KB168735

문예신서
278

도리스 레싱:
20세기 여성의 초상

분열에서 통합으로

민경숙 지음

東 文 選

도리스 레싱: 20세기 여성의 초상

분열에서 통합으로

감사의 글

이 책은 필자가 10년 이상 도리스 레싱의 책을 읽으며 쓴 논문들의 모음집이다. 우연히 접하게 된 레싱의 작품은 우리가 별 생각없이 받아들이는 관례나 통념을 일일이 점검하는 철저함과, 특히 작가 자신에게 가장 엄격한 진솔함으로 독자를 매료시키는 힘을 갖고 있었고, 다루는 주제가 광범위하고 혁신적인 것들이어서 읽을수록 그 다음 작품이 궁금해지는 중독성까지도 겸비하고 있었다.

이 책에서는 레싱이 '폭력의 시대'라고 명명한 제2차 세계대전 전후를 배경으로 씌어진 작품들을 주로 분석하였으나, 그녀가 다룬 주제들은 우리가 살고 있는 동시대에도 그대로 적용될 수 있는 시사성을 갖고 있다. 레싱이 '폭력의 시대'라고 정의한 시대는 달리 말하자면 요즈음 우리의 입에 곧잘 회자되는 '분열의 시대'이기 때문이다. 레싱이 말하는 폭력은 차이를 인정하거나 존중하지 않고, 내편·네편으로 가르며 상대를 물리적·정신적 압력으로 제압하려는 것을 의미한다. 그리고 그 차이는 인종·계급·빈부·성별·성향·세대 등등의 차이이다. 우리나라의 현 상황에 이것을 적용하자면 여기에 '지역'이 더 첨가되어야 할 것이다.

레싱은 '우리'와 '남'을 편가르지 않는 사고, 차이를 존중하고 인정하는 사고, 다양성을 미덕으로 삼는 사고, 그리고 이에 덧붙여 약자, 소외된 자들을 보듬는 사고 등으로 통합을 지향할 것을 주장하는데, 이런 결론은 곧 우리의 결론이기도 해야 할 것이다.

이 책에 실린 10편의 논문들은 이미 다른 논문집에 발표되었던 것들이다. 제1장에 실린 《풀잎은 노래한다》: 억압과 압제〉는 같은 제목으로 《현대영미소설》 창간호(1995): 53-86에 수록되어 있으며, 제2장에 실린 《마사 퀘스트》: 인식론적 탐색의 시발점〉은 《마사 퀘스트》: 진정한 여성성과 탈식민을 향한 여정〉이라는 제목으로 용인대학교 인문사회과학연구소가 발간한 《인문사회논총》 제6호(2000): 91-110에 수록되어 있다. 제3장에 실린 《올바른 결혼》: 가부장제에 대한 반항〉 역시 같은 제목으로 용인대학교 인문사회과학연구소가 발간한 《인문사회논총》 제5호(2000): 145-162에 수록되어 있고, 제4장에 실린 〈도리스 레싱과 모성〉은 명지대학교 인문과학연구소가 발간한 《문학 속의 여성》(2002): 328-351에 수록되어 있으며, 본책에 삽입하기 위해 상당한 수정을 가하였다. 제5장에 실린 《폭풍의 여파》: 분열증후군에 시달리는 세계, 사회 그리고 개인〉은 같은 제목으로 《용인대학교논문집》 제18집(2000): 15-30에 수록되어 있고, 제6장에 실린 《육지에 갇혀서》에 나타난 탈공간의 의미〉는 같은 제목으로 용인대학교 인문사회과학연구소가 발간한 《인문사회논총》 제7호(2001): 25-51에 수록되어 있다. 제7장 《황금 노트북》의 입체적 구성과 그 의미〉 역시 같은 제목으로 용인대학교 인문사회과학연구소가 발간한 《인문사회논총》 제10호(2004): 57-78에 수록되어 있으며, 제8장 〈연속성과 해방의 기호, 패러디: 《황금 노트북》을 중심으로〉는 《영어영문학》 제50권 1호(2004): 121-140에 수록되어 있다. 제9장 〈도리스 레싱의 유토피아, 《사대문의 도시》〉는 용인대학교 인문사회과학연구소가 발간한 《인문사회논총》 제9호(2003): 289-305에 수록되어 있으며, 제10장 〈5부작 《폭력의 아이들》을 통해 본 진화와 여성성〉은 《영미문학 페미니즘》 제11권 1호 (2003): 73-95에 수록되어 있다.

그동안 부족한 논문을 실을 수 있도록 공간을 허락해 주신, 위에 거론된 학회 및 학회지 관계자들께 심심한 감사의 뜻을 전한다. 특히 용인대학교 《인문사회논총》은 필자가 게으름 피우지 않고 꾸준히 논문을 쓸 수 있도록 무언의 독려를 해준 논문집으로, 인문사회과학연구소가 없었다면 아마도 본책은 탄생되지 못했거나 훨씬 뒤에 출판되었을 것이다. 그리고 변변하게 공헌하지 못한 회원에게 귀한 공간을 내주신 현대영미소설학회, 영미문학 페미니즘학회, 한국영어영문학회에 감사드린다.

본책은 용인대학교의 학술연구비 지원 덕분에 탄생되었다고 말해도 과언이 아니다. 항상 마음에 두고 있던 계획이긴 하였지만 2003년 학술연구비를 받게 된 것을 계기로 이 계획을 실천에 옮길 수 있었다.

이 책의 발간을 흔쾌히 허락해 주신 동문선 신성대 사장님께 감사의 뜻을 전하고 싶다. 이번이 신 사장님과의 세번째 작업인데, 매번 본인의 뜻과 요구를 존중해 주시는 사장님께 깊은 존경과 감사를 함께 보낸다.

마지막으로 가족에게 감사의 말을 전하고 싶다. 가정과 직장, 그리고 개인 연구까지 삼중의 짐을 지고 있는 아내이자 어머니, 그리고 딸인 점을 배려해 주는 남편과 두 아들, 그리고 친정어머니께 그동안 말로 못한 고마움을 이렇게나마 전하고 싶다. 미흡하게라도 이런 세 가지 일을 그럭저럭 꾸려 나갈 수 있는 것은 가족이 든든하게 받쳐 주고 있는 덕분일 것이다.

2004년 6월 17일 도곡동에서

차 례

약자 표기

본 저서에서는 번거로움을 피하기 위해 자주 인용되는 작품들을 다음과 같이 약자로 표기하였다.

⟨Doris Lessing의 작품, 에세이, 자서전⟩

The Grass is Singing	*GS*
Martha Quest	*MQ*
A Proper Marriage	*PM*
A Ripple from the Storm	*RS*
Landlocked	*LL*
The Golden Notebook	*GN*
The Four-Gated City	*FGC*
'A Small Personal Voice'	SPV

Under My Skin: Volume One of My Autobiography to 1949   *UMS*

Walking in the Shade: Volume Two of My Autobiography, 1949 to 1962

WS

⟨Doris Lessing의 전기⟩

Carole Klein, *Doris Lessing: A Biography*   *CK*

제1부

서론: 분열의 시대를 산 한 여성 작가의 초상

우리 시대를 분열의 시대라고 부르는 사람이 많아졌다. 이념·세대·성별·성향(진보/보수) 별로 나누어져 서로를 비방하고 단죄하며, 배제의 논리만을 내세우고 있다. 이런 때에 비슷한 분열의 시대를 살며 그 분열상을 집중적으로 조명하고 해결책에 대해 고심한 한 여성 작가의 삶과 작품 세계를 훑어보는 것은 특별한 의미가 있을 것으로 생각된다.

도리스 레싱의 20세기는 초반부에는 양차 세계대전의 후유증으로, 그리고 후반부에는 냉전시대의 후유증으로 분열을 향해 치달은 시대였고, 이념·인종·성별, 그리고 세대간의 간격을 좁히지 못해 폭력으로 얼룩진 시대였다. 레싱은 이런 시대를 극단적으로 묘사하기 위해 지구의 종말을 상정하였고 그 이후까지 상상하여 그렸다. 그리고 물리적 세계의 분열은 개개인의 정신적 분열까지 초래한다고 믿었다. 그렇다면 어떻게 통합된 사회를 이룰 수 있는가? 레싱은 작품을 쓰면서 통합된 사회, 그리고 통합된 인격을 이루기 위한 방법을 여러 각도로 연구하였다. 본 서론에서는 레싱의 작품을 분석하기 전에 우선적으로 그녀의 일생을 요약하며 그녀가 체험한 분열의 시대를 조명하려 한다.

한 사람의 일생을 요약한다는 일은 생각만큼 쉽지 않은 일이다. 자료로 쓰이게 되는 자서전이나 전기·인터뷰들의 객관성이 자주 의문시될 뿐 아니라 요약하는 당사자의 편견 역시 첨가되지 않을 수 없기 때문이다. 레싱이 자신을 대상으로 하여 쓰인 전기에 민감하게 반응하였다든가, 그래서 선수치듯 자서전을 쓰곤 했다는 등의 사실들은 모두 남의 삶을 개괄적이나마 조명한다는 일이 얼마나 무모한 일인가, 그리고 나의 삶이 남에 의해 난도당한다는 느낌이 얼마나 괴로운가를 여실히 드러낸다. 그럼에도 불구하고 이런 무모한 시도를 하는 것은 필자의 생각으로는 이러한 시도가 레싱을 연구하는 그리고 연구할 많은 후학들에게, 또한 레싱에게 조금의 관심이라도 가진 독자들에게 편린일지언정 유용한 정보를 제공할 수 있으며, 특히 레싱의 작품 읽기에 도움이 되리라고 생각하기 때문이다.

비록 작가의 삶을 아는 것이 작품을 읽는 데 도움이 되는가 혹은 오히려 방해가 되는가 하는 문제도 여전히 논쟁거리로 남아 있기는 하지만, 필자는 경험상 작가의 삶을 알되 그것을 정보의 일부로 사용하고 작품의 인물과 레싱을 지나치게 동일시하지 않으며, 작가로서의 레싱과 인간으로서의 레싱 사이에 존재하는 차이를 인정한다면 전혀 모르는 것보다 낫다고 생각한다. 레싱의 작품은 자서전적인 요소를 많이 띠고 있다는 것이 레싱 연구자들의 공통된 의견이므로 특히 그러하다. 그래서 본책의 서론에서 필자는 레싱의 삶에 대해 요약적으로 개괄하되 작품과 연관지어 의미가 있는 것들을 중심으로 기록하려고 한다. 이를 위해 필자는 2000년 발간된 캐롤 클라인의 《도리스 레싱: 전기》와, 레싱이 노년에 들어 집필한 자서전들인 《피부 아래에서: 자서전 제1권, 1949년까지》와 《그늘 속을 거닐며: 1949년~1962년》 등 비교적 최근에 씌어진 저서들을 참조하였다. 그러나 레싱이 누누이 말하듯이 우리는 이들 자료가 어느 정도 진실인가에 대해 언제나 신중하여야 하며, 또한 레싱이 제기하듯이 같은 사람의 관점도 시간이 흐르면서, 즉 유년에서 청년, 중년, 그리고 노년이 되면서 변화를 겪음을 항상 유념해야 할 것이다.

1. 아프리카로의 도피

도리스 레싱은 한 개인의 자아에는 그 개인의 사적인 경험 혹은 그 가계의 독특한 경험뿐 아니라 인류 전체의 보편적 역사가 각인되어 있다는 생각을 가지고 있다. 이것은 개인의 심리에는 의식과 무의식이 있으며, 무의식에는 개인 무의식과 집단 무의식이 있다는 융의 사고와 상통한다. 그리고 한 개인의 유전자에는 그 개인이나 그 개인이 속한 가계의 유전 정보 외에 인류의 유전 정보가 새겨져 있다는 근래의 유전학적 발견과도 일치한다. 레싱은 개인이 개체인 동시에 전체의 일부이며, 이런 상충적인 정체성 속에서 개인이 어떻게 인류의 발전 혹은 진화를 모색할 수 있는가에 대해 고심한다.

하지만 개인이 인류의 구원 혹은 진화를 이룰 수 있다는 각성은 레싱이 어느 정도 나이가 들어서 이룬 것이고, 유년 시절, 사춘기 시절, 청년 시절에는 어느 특정한 가정 · 집단 · 사회에 속한다는 사실이 상당한 부담으로 여겨졌던 것으로 보인다. 부모에 대한 불만, 영국인이라는 정체성에 대한 조소, 식민 계층에 속한다는 죄의식 등으로 인해 레싱은 개인과 집단이라는 이분법적인 사고에 얽매이게 되었고, 특정 집단에 속한다는 구속감은 마치 피할 수 없는 운명처럼 여겨졌다. 그리고 이런 굴레의 감정을 처음으로 느끼게 해준 사람이 바로 부모였다. 특히 어머니에 대한 레싱의 애증 관계는 상상을 넘을 정도로 심각한 것이어서 '모성'은 레싱의 작품에서 언제나 갈등의 모태 역할을 한다. 어머니에 대한 증오와 그로 인한 죄의식 등의 복합적 감정에 시달렸던 만큼 레싱은 어머니에 대해 상당히 많은 사고를 한 듯이 보이며, 더 나아가 외할머니-어머니-자신으로 이어지는 악순환의 고리가 있고, 여기에서 더 나아가 모든 인간은 조상과 자신이 살고 있는 시대가 부과한 고유한 운명의 짐을 지고 있다는 역사적 결정론을 인식하게 되었다. 그래서 이런 악순환의 정체 밝히기와 이로부터 벗어날 수 있는 방법에 대해서도 깊이 연구한 것으로 보인다.

도리스 레싱의 외할아버지 존 윌리엄 맥비그는 중간 계층으로 진출하기 위해 열심히 일하여 사무원에서 은행 지점장까지 오른 입지전적 인물이었다. 그러므로 계층 의식이 매우 강하였으리라고 쉽게 상상할 수 있다. 반면 그의 아내 에밀리 플라워는 노동 계층의 습관과 취향을 버리지 못해 짧은 일생을 살게 된 여자였다. 외할아버지는 아내에게 반해 있었다고 할 정도로 사랑했지만, 그녀의 쾌락지향적인 성격과 그에 따른 경박한 행동에 대한 불만으로 그녀가 죽은 뒤 자식들에게 아내 이야기를 일절 안했고, 그래서 아이들은 어머니에 대해 부정적인 시각만을 품게 되었다. 레싱의 어머니 에밀리 모드는 자신의 어머니가 하류 계층의 생활 습관을 버리지 못해 그 벌로 요절하게 되었다고 믿는 듯한 인상을 어린 도리스 레싱에게 주곤 하였다. 레싱은《피부 아래에서: 자서전 제1권, 1949년까지》의 첫 문장을 "어머니는 매우 예쁘셨지만 말과 춤에만 관심이 있으셨어"(*UMS* 1)라고 말하곤 했던 에밀리 모드의 말을 인용함으로써 외할머니에 대한 어머니의 서운함이 운명적으로 자신의 일생에 상당한 영향력을 미쳤음을 간접적으로 시사한다. 에밀리 모드는 새어머니 밑에서 성장하였는데, 아버지나 새어머니나 아이들에게 별로 관심이 없었던 것으로 보인다. 이런 외가의 내력을 알던 도리스 레싱은 아프리카의 집에 걸려 있던 초상화 속의 외할아버지를 보며 그의 퉁퉁한 체격과 기름진 머리, 꼭 끼는 구식 양복을 입은 모습에서 영국 제국의 오만함과 억압, 그리고 계급 제도를 연상하곤 하였다.

에밀리 모드는 부모의 사랑을 충분히 받으며 자라지는 못하였지만 활달하였고, 운동·음악 등 다방면에 재주가 있었으며, 외할아버지가 당시의 여자들에게는 귀한 기회였던 대학 교육을 받게 하려고 했을 정도로 유능하였다. 그러나 에밀리 모드에게는 사람들을 돌보려는 순수한 욕망이 있었고, 이 욕망은 대단히 확고한 것이어서 외할아버지의 반대를 무릅쓰고 간호사가 되었다. 도리스 레싱은 어머니가 음악에 대한 열정을 버리고 간호사가 된 이유를 사랑에 대한 굶주림을 환자들의 감사의 표현으로 채울 수 있었기 때문이라고 믿고 있다. 당시는 1914년에 발발한 제1차 세계대전으로 인해 간호사의 수요가 급증하던 때였고, 에밀리 모드는 헌신적인 간호로 수많은 환자들의 선망의 대상이 되었다.

도리스 레싱의 아버지 알프레드 쿡 테일러는 할아버지 알프레드가 은행원으로 근무하던 콜체스터 근처의 작은 마을에서 태어났다. 별 야심 없이 시간이 나면 교회에서 오르간을 치던 할아버지는 그와 대조적인 성격의 할머니 캐롤라인 메이 배틀리를 좌절에 빠뜨리곤 하였고, 후에 이런 이야기를 들으며 도리스 레싱은 이들 부부 관계에서 자신의 부모의 부부 관계를 연상하곤 하였다. 할머니는 일찍 돌아가셨고, 할아버지는 할머니가 돌아가신 바로 그해 재혼하셨으므로 도리스 레싱은 이 사실로 이들 부부 관계를 짐작하였다.

아버지 알프레드 역시 어머니 에밀리 모드처럼 자신의 부모를 사랑하지 않았으므로 이들 부부에게는 부모에 대한 정이 없었고, 특히 어머니가 실체 없는 그림자였다는 강력한 공통점을 갖고 있었다.

형과 함께 아버지의 뒤를 이어 은행원으로 사회에 첫 발을 내딛었지만 지점장급으로 승진한 형과 달리 아버지 알프레드는 은행 업무에 흥미가 없었다. 고향에서 약간 떨어진 루턴이라는 곳으로 이사한 뒤 독립된 생활을 하게 된 알프레드는 비로소 다양한 운동과 사회 생활로 행복한 생활을 한 것으로 보인다. 그러나 곧 발발한 전쟁으로 알프레드의 삶은 돌이킬 수 없는 큰 변화를 겪게 된다. 참전한 알프레드가 포탄의 파편에 다리를 맞아 다리 한쪽을 절단하는 불행을 맞게 된 것이다. 영국에 대한 자부심과 애국심에 불타 전쟁에 참가하였지만 불구가 된 사람들에게 전쟁 후의 영국 국민들은 큰 관심을 쏟을 여력이 없었고, 그에 실망한 알프레드는 병원에서 퇴원하자마자 영국을 떠나기로 결심한다.

알프레드가 병원에 있을 당시 그를 극진하게 돌봐 주던 간호사가 바로 도리스 레싱의 어머니 에밀리 모드였고, 알프레드는 퇴원할 무렵 그녀에게 청혼하였다. 에밀리 모드는 애인이었던 군의가 익사한 뒤였고 혼기도 놓친 상태였으므로 알프레드의 청혼을 받아들이게 된다.

알프레드는 페르시아에 있는 페르시아 제국은행(Imperial Bank of Persia)의 지점장으로 발령받았고, 이 사실이 에밀리 모드가 결혼을 받아들이는 데 어느 정도의 역할을 했을 것으로 도리스 레싱은 짐작하고 있다. 당시 페르시아에서 영국인들이 누린 생활은 상류 계층의 것으로 에밀리 모드의 허영심을 잔뜩 부풀려 놓았기 때문이다.

그러나 그들의 결혼 생활에 대한 환상은 예기치 않던 이른 임신, 즉 도리스 레싱의 임신으로 어느 정도 깨어진 듯이 보인다. 1919년 10월 22일 에밀리 모드는 난산 끝에 딸을 낳았는데, 아들이 아닌 딸이 태어났기에 실망의 정도가 더욱 컸다고 도리스 레싱은 자서전에서 단언하고 있다. 아들을 기대했던 에밀리 모드는 딸의 이름은 생각해 두지도 않았고, 그래서 얼떨결에 의사가 '도리스'라는 이름을 짓게 된다. 에밀리 모드는 결혼 직후 자신의 이름에서 '에밀리'를 빼고 '모드'로, 그리고 남편 이름을 '알프레드'에서 '마이클'로 바꿀 정도로 작명에 관심이 많았던 사람으로, 태어날 아기 이름을 '존'으로 지어 놓고 있었다. 그러므로 후에 이런 사실을 알게 된 도리스 레싱은 어머니에 대해 매우 서운한 감정을 품게 되었다. 더욱이 집게로 아기를 꺼내야 하는 난산이었기 때문에 레싱은 이런 출산으로 인해 자신의 성질이 괴팍하게 된 것이 아닌가 의심까지 하였다.

도리스의 육아에도 여러 문제가 있었는데, 모드는 페르시아의 우유가 묽다는 사실을 모른 채 영국식으로 우유를 희석하여 엄격하게 시간에 맞춰 일정량을 먹였고, 그 결과 도리스는 항상 배고픔에 우는 힘든 아이가 되었다. 도리스가 우는 이유를 몰랐던 모드는 까다로운 아이라고 생각하여 주로 가정부에게 맡기게 되었고, 가정부 역시 까닭을 몰랐으므로 도리스에게 화를 내곤 하였다. 그리하여 도리스는 방치되어 있었다는 느낌을 받으며 자랐다. 게다가 모드는 도리스의 유년 시절 내내 친구들에게 도리스가 딸이어서 실망했다거나, 페르시아 우유가 묽은 줄 몰랐다거나, 도리스가 까다로운 아이였다는 등의 이야기를 재미있게 늘어놓곤 하였고, 이런 이야기를 듣던 어린 도리스는 어머니에 대한 증오를 더욱 키우게 된다.

도리스를 분노에 떨게 한 또 하나의 기억은 동생 해리의 탄생과 어머니의 기뻐하던 모습이다. 자신에게는 거부되던 사랑이 동생에게 쏟아지고 있었고, 이로 인해 도리스는 유년 시절 내내 분노를 터뜨리곤 하였다. 모드는 이런 도리스를 힘들고 성질이 못된 아이로 규정하게 된다. 모드는 도리스에게 해리를 '도리스의 아기(your baby)'라고 부르며 동생을 사랑하도록 유도하였고, 반면 도리스는 '모드의 아기'를

'도리스의 아기'라고 거짓말을 하면서 어머니가 자신을 속인다고 생각하였다. 그러나 어쨌든 도리스는 동생 해리를 사랑하였다고 말하고 있다. 자신이 어머니의 사랑을 받지 못해 반항적 성격을 갖게 되었다고 꾸준히 변명하던 도리스 레싱은 75세에 출간한 《피부 아래에서: 자서전 제1권, 1949년까지》에서 어린아이의 의식이라는 것이 미숙하기 마련임을 상기시키며, 어머니에 대한 자신의 반항이 정말로 그렇게 근거가 있는 것이었는지 의심하고 있다.

반면 아버지에 대한 도리스의 감정은 이와 사뭇 달랐다. 아버지를 사랑한다고 믿었고 아버지도 자신을 사랑한다고 믿었다. 그러나 아버지는 사랑을 표현하는 사람이 아니었다.

페르시아에서 5년을 보낸 뒤 마이클은 영국으로 휴가를 떠나게 되고, 아직 정치적으로 불안하던 소련을 가로지르는 위험한 여행을 감행한다. 도리스는 이때 불구의 몸으로 가족을 보호하지 못하여 어머니에게 의존하는 아버지의 무능한 모습과, 아버지 대신 억척스럽게 가족을 돌보고 부양하는 강한 어머니의 모습에서 이들 부부의 실제 관계를 파악하게 된다. 또한 이 여행중에 도리스는 모스크바의 한 호텔에서 낯선 사람들로 가득 찬 복도에 혼자 놓이게 되었는데, 객실문을 열지 못해 불안에 떨었던 이 짧은 순간 도리스는 자신이 가족들로부터 소외되었다는 공포와 어려서 문을 열지 못하는 무력감을 강력하게 느끼게 된다. '분노' '소외감' '공포' '무력감' 등등은 유년 시절 도리스 레싱의 감정을 집약해 표현하는 단어들이다.

1924년 영국에서 6개월 동안의 휴가를 보내는 동안 테일러 가족은 웹블리에서 열렸던 '제국박람회'를 관람하게 되었고, 남로디지아(지금의 짐바브웨)에서 옥수수 농사로 수년 안에 큰 돈을 벌 수 있다는 선전에 미혹되어 아프리카로 이민을 떠나기로 결심한다. 모드는 아프리카에서의 체류가 5년 정도의 단기간이 될 것이라 예상하였고, 페르시아에서 누렸던 것과 같은 화려한 사회 생활을 하리라고 기대했으므로 예쁜 옷들과 가구·피아노 등의 이삿짐과 가정교사 비디 오핼로랜을 고용하는 등 현실과 동떨어진 준비를 하였다.

몇 주에 걸친 아프리카로의 여행 동안 마이클은 몸이 불편했던 반면 모드와 가정교사는 배 위에서 사교 생활을 즐겼고, 이들이 외출한 저녁 시간 동안 동생 해리는 지시대로 일찍 잠자리에 들었으나, 억울하게 갇혀 있다고 생각한 도리스는 가위로 어머니의 옷에 구멍을 내기도 하는 등의 불만을 터뜨리곤 하였다. 모드는 그런 도리스를 사랑의 말로 달래려고 하였으나 어머니의 사랑을 믿지 않았던 도리스는 어머니를 거짓말쟁이라고 생각하였다.

로디지아에 도착한 테일러 부부는 농장 부지를 찾아 떠나곤 하였고, 그때마다 도리스와 해리는 가정교사에게 맡겨졌다. 도리스는 가정교사에게도 힘든 아이였고 임시수용소에 있던 다른 아이들 사이에서도 따돌림을 당하던 처지라, 부모와 떨어져 있는 동안 도리스의 불안은 한층 가중되어 마구 소리지르고 물건과 돈까지 훔치는 난폭한 아이로 변해 갔다. 테일러 부부는 아이들을 안정시키기 위해 서둘러 남로디지아의 초원지에 정착하게 된다. 남로디지아는 땅의 대부분이 고원 지대로 두 개의 큰 강이 국경 역할을 하는데, 북쪽의 잠베지 강은 남·북 로디지아를 가르고, 남쪽의 림포포 강은 남아프리카 공화국과의 국경을 형성한다. 테일러가의 농장은 고지대 초원에 위치하고 있었는데, 우기에는 초록빛이던 초원이 건기에는 황금빛으로 변하는 아름다운 곳이었다.

2. 영국으로의 도피

학교로부터의 도망

1924년 마이클 테일러가 남로디지아에 구입한 농장은 수도인 솔즈베리에 인접한 지역이었으나 이 지역은 예상했던 것과 달리 드문드문 정착된 곳이었다. 마이클은 거처할 집을 지으며 사무직에서 탈피하여 농부가 된다는 사실에 매우 고무되어 있었다. 이 당시 정착민들은 개밋둑의 진흙을 사용하여 임시 거처를 지었고, 몇 년 뒤 경제적으로 안정이 되면 멋진 새집을 짓곤 하였다. 테일러 부부도 진흙으로 집을 지었는데, 이때 도리스는 해리와 함께 진흙으로 장난을 하며 재미있게 놀곤 하였다. 개밋둑의 진흙 속에서는 가끔 아프리카 추장들의 유골이 발견되기도 하여 원주민 일꾼들은 집짓는 일을 꺼리기도 하였으나, 도리스는 자기 집의 벽에 아프리카인들의 뼈와 피가 섞여 있다는 데 대해 묘한 감정에 빠지곤 하였다. 도리스의 방에는 밖으로 통하는 문이 따로 나 있어 자연을 감상하기 위해 그 문을 열어두곤 하였는데, 전망이 좋은 그 방에서는 붉은 땅, 황금 태양, 크롬색 산, 초록의 옥수수밭 등의 현란한 색채를 띤 경치가 한눈에 들어왔다. 후에 영국으로 간 도리스 레싱은 이 경관을 잿빛의 칙칙한 런던과 자주 비교하면서 그리워하곤 하였다. 유난히 많았던 개미·거미·메뚜기 등의 곤충, 하늘을 나는 매들 등 아름다운 자연과의 접촉은 어린 도리스에게 정신적 안정을 가져다 준 것으로 보이며, 더 나아가 유년 시절부터 아름다운 시를 쓸 수 있도록 영감을 불어넣어 주었다.

모드는 부지런한 성격과 남다른 유능함으로 어려운 환경 속에서 가사를 잘 꾸리고 아이들 교육에도 열성이었으나 얼마 가지 못해 병석에 눕게 된다. 정부의 선전과 달리 남로디지아의 초원은 농사짓기에 척박하였고, 효용성보다는 경관에 반하여 구입한 땅이라 더욱 그러했는지 잦은 가뭄과 메뚜기떼의 공격 등으로 농사는 실패하기 일쑤였으며, 마이클은 의욕만 높았을 뿐 효율적으로 농장을 운영하는 능력이 없었다. 이들의 경험은 도리스 레싱의 처녀작 《풀잎은 노래한다》에 메리와 딕 부부가 농장 경영을 하며 겪는 여러 어려움으로 그대로 재현되어 있다. 모드는 잼·젤리·치즈를 만들고 닭과 토끼를 치는 등 갖가지 노력으로 마이클을 도왔고, 아이들에게는 진흙으로 지도·동물들·행성들을 만들어 보여 주며 지리·생물·물리 등을 효율적으로 교육시켰으나 각고의 노력에도 불구하고 한계를 극복할 수 없었으며 그녀가 꿈꾸던 상류 생활은 요원하기만 했다. 모드는 농장 경영으로 큰 돈을 벌 수 없으리라고 깨닫게 되자 병들고 만다. 도리스 레싱은 1994년에 발간된 《피부 아래에서: 자서전 제1권, 1949년까지》에서 이당시를 회상하면서, 어머니가 이웃들이던 스코틀랜드 출신의 노동 계층과 그보다 멀리 떨어져 있던 영국이나 아일랜드 출신의 부유한 지주들과 모두 왕래하고 있었으나, 자신들이 그 두 계층의 가장자리에 있다는 의식, 즉 경제적·물리적인 위치는 스코틀랜드 노동 계층과 같고, 정신적 위치는 영국 지주들을 향하고 있음에서 오는 절망감, 즉 자신들의 사회적 입지로 인한 절망감으로 어머니가 병들었다고 진단하였다. 어머니는 어느 날 병석을 박차고 일어나 과감하게 머리를 잘랐고, 그뒤 다시 병으로 눕는 일은 없었다. 도리스는 그런 어머니를 보며 경제적인 성공으로 영국으로 금의환향하는 꿈을 완전히 버렸음을 깨닫게 된다. 그런데 도리스 레싱은 1997년에 쓴 자서전 《그늘 속을 거닐며: 1949년~1962년》에서 이 사건에 대해 새로운 해석을 하나 더 첨가하는데, 병석에서 일어난 어머니는 이전과 매우 다른 사람이 되었고, 이때부터 아이들을 위해 자신의 삶을 희생하였다는 푸념을 하기 시작했다는 것이다. 레싱은 모드가 이 사건을 계기로 이전의 젊은 모드조차도 증오하고 경멸했을 인물로 변모했다고 회상한다.

이제 어머니는 아이들의 교육에 온 열정을 쏟게 된다. 모드는 궁핍한 생활에도 불구하고 솔즈베리 외곽 지역의 룸바부 파크(Rumbavu Park)라는 기숙사 학교에 두 아이를 보냈다. 도리스는 자신이 쓴 꽃과 새에 대한 시를 칭찬해 주던 교장선생님 제임스 부인 덕분에 이 학교에 대해 좋은 기억을 갖고 있었으나, 이 학교가 재정상의 문제로 문을 닫게 되는 바람에 한 학기만 체류하였다. 짧은 시간을 보낸 학교지만 도리스는 한 가지 사건으로 이 학교를 영영 잊지 못하였다. 당시 학교 소유주의 딸 메리 피치가 영국을 방문중이었고 그녀 대신 도리스가 시빌 손다이크라는 유명한 영국 배우가 맥베스 부인의 배역을 맡은 연극에 갈 수 있었는데, 메리가 공연 직전 도착하는 바람에 갈 수 없게 된 사건이었다. 어린 도리스였지만 학교 소유주의 딸은 영국에 자주 가곤 했으니까 그녀보다 자기가 그 연극을 관람하는 것이 공평하다고 생각하였고, 이때부터 '사회적 불평등'에 대한 의식이 서서히 싹트기 시작하였다.

룸바부 파크가 문을 닫자 에이번데일의 통학 학교로 옮겼는데, 도리스와 해리는 집이 먼 관계로 스콧 부인의 집에서 하숙하였고, 도리스는 이때를 집에 대한 그리움과 외로움에 떨던 시절로 기억한다. 두 학기 후 모드는 영특한 도리스를 보다 성공시키기 위해 솔즈베리의 수녀원 부속학교(the Convent)로 전학시킨다. 8세의 도리스는 고향을 떠나 외지에 있는 것이 싫었고, 엄격하고 금욕적인 삶을 요구하는데다 불결하기까지 한 기숙사 생활을 매우 혐오하고 두려워하였으나, 자식들에 대한 야심에 불탄 어머니에게 이런 사실을 말할 수 없었다. 더욱이 테일러 가족은 신교도인 반면 학교는 가톨릭 학교였기 때문에 도리스는 종교의 차이로 혼란을 겪기도 하여 결국에는 무신론자가 되기로 결심한다. 레싱은 밤이 되면 자신 외에도 많은 여학생들이 잠자리에서 울고 있었음을 기억하였다.

그녀는 4년간 이 학교에 다녔고, 궁지에 빠져 있던 어린 도리스는 자구책으로, 즉 자신을 보호할 존재로 새로운 페르소나(persona)를 개발한다. A. A. 밀른의 《위니 더 푸》에 나오는 농담 잘하고 낄낄거리며 통통 뛰어다니는 말썽꾸러기 호랑이 티거 노릇을 하게 된 것이다. 도리스는 어른이 되어서도 이 가면 뒤로 꾸준히 도피하곤 하였으므로, 이 존재는 도리스의 일종의 분신이자 알터 에고(alter ego)로 도리스 레싱의 여러 작품에서 그 존재를 확인할 수 있다. 특히 《사대문의 도시》의 초반부에 자세히 묘사되어 있다.

이 당시 레싱의 심리를 보여 주는 또 하나의 기제로, 10세가 되기 이전의 유년 시절부터 악몽을 자주 꾸곤 하였다는 사실을 들 수 있다. 이후에도 악몽은 레싱이 힘들 때마다 어김없이 찾아왔고, 그녀의 작품에 없어서는 안 될 소재이자 모티프로 자리잡게 된다.

1930년대의 세계적인 대공황의 여파로 농장 경영이 더욱 어려워지자 마이클은 광산에 손을 대기 시작하지만 이것 역시 여의치 않았고, 지병인 당뇨가 악화되자 전과 다르게 원주민 노동자에 대한 불평의 소리만 높이게 된다. 이에 도리스는 비참한 생활을 꾸려 나가는 원주민 일꾼들을 보며 인종차별의 부당성에 눈뜨기 시작하고, 《마사 퀘스트》에서 볼 수 있듯이 원주민들이 백인 여성들을 성폭행할 수 있으니 조심하라는 어머니의 현실과 동떨어진 경고에 특히 반발한다.

어머니가 절망을 병으로 표현하였듯이, 도리스 역시 수녀원 부속학교 생활에서 오는 절망감을 병으로 표현하였다. 모드는 도리스가 좋은 성적으로 장학금을 받아 영국으로 진학하도록 설득하였지만, 도리스는 마치 어머니에게 벌을 주려는 듯 계속 통증을 호소하였고 결국 학업을 중단하고 집으로 돌아오게 된다. 도리스는 특히 음악·그림·글쓰기 등 예술 면에서 창조적인 재능이 있었고, 그래서 모드는 친지들에게 도리스가 자신과 꼭 닮았다고 말하곤 하였는데, 도리스는 이때마다 분노를 터뜨리곤 하였다.

13세가 된 도리스는 솔즈베리의 여자고등학교에 다녔으나 이 학교 생활에도 만족하지 못하였다. 이 학교에는 4개의 기숙사가 있었고, 도리스가 그 중 한 기숙사의 잡지를 만들어 글도 쓰고 편집도 하곤 하였는데, 어느 날 선배 여학생들이 다가와 특정 기사를 삭제해 줄 것을 요구하였다. 결국 그 요구를 들어 주었고, 후에 레싱은 이때 '검열'이라는 것을 처음 경험하였다고 말하곤 하였다. 도리스는 1년 후 당시 유행하던 유행성 결막염에 걸렸고, 이 병이 다 나은 후에도 계속 눈이 안 보인다고 주장하여 집으로 돌아오게 된다. 그리고 이것으로 도리스는 공식적인 학업을 중단하였으며, 모드에게 또다시 큰 실망을 안겨 주었다.

부모로부터의 해방

도리스 레싱은 어머니의 기대를 저버리기 위해 음악과 그림을 포기하였지만 글쓰기를 포기하지는 못했다. 도리스는 고전뿐 아니라 영국·러시아·프랑스·미국 등 당대 세계적인 작가들의 작품을 폭넓게 섭렵하였고, 유년 시절부터 시를 짓기 시작하여 14세경인 사춘기 때에는 단편 소설들을 지어 잡지사에 보내기도 하였다. 그녀는 자신보다 약간 앞선 세대에 속하며 비슷한 환경 속에서 성장한 남아프리카의 여성 소설가 올리브 슈라이너를 특히 좋아하였고, 그녀의 작품 《아프리카 농장 이야기》의 영향을 크게 받았음을 인정하곤 하였다. 특히 자연과 사람이 하나라는 생각, 즉 만물이 하나라는 전체론적 사고, 여성차별의 문제, 그리고 슈라이너와 그녀의 어머니와의 관계 등이 도리스에게 많은 공감을 불러일으켰고, 사랑 및 성욕과, 이것과 대치되는 개인적 자유의 필요 사이의 균형 문제, 반유대주의 등의 인종차별 문제, 아프리카 야생동물 보호 문제 등등에 대한 슈라이너의 주장은 도리스의 의식을 고양시키는 데 큰 몫을 하였다.

《마사 퀘스트》에 잘 묘사되어 있듯이 사춘기에 접어든 도리스는 어머니와 성에 대한 의견 차이로 전쟁을 치르곤 하였다. 몸매가 드러나는 옷을 입으려는 도리스와 어린아이처럼 입기를 바라는 모드와의 싸움에 지친 아버지는 도리스가 독립해 나가길 바랐고, 그리하여 도리스는 솔즈베리에서 집안 일을 해주고 숙식을 제공받는 오페어걸(au pair girl)이 되었다. 작가 도리스 레싱은 사회에 만연되어 있는 여성차별주의와 그로 인해 여성이 사회에서 부딪히는 장애에 대해서는 페미니스트들과 의견을 같이했지만, 성욕 문제에 대해서는 전통적인 남성성과 여성성에 대한 관념을 인정함으로써 그들과 의견을 달리 하곤 하였다. 사춘기 시절부터 도리스는 처녀성이나 정절보다는 자유를, 금욕보다는 성적 만족감을 중시해야 한다고 생각하였고, 여성성을 드러내는 외모를 가꾸는 일에 남다른 관심을 갖고 있었다. 이 당시 사회 생활을 통해 도리스가 실망한 것 중 하나는 남로디지아 식민 사회의 남성들이 강한 청교도적 가치로 인해 성 문제에 관해 매우 소극적이라는 점이었다.

17세가 되던 해 도리스는 장편 소설을 쓰기 위해 농장으로 돌아왔고, 두 개의 소설을 쓰지만 실패작이라고 생각하여 폐기해 버린다. 그리고 보다 철저한 연습을 하기 위해 단편 소설을 계속 쓰기로 한다. 다른 한편으로는 타이핑과 속기를 배워 완전한 자립을 할 수 있도록 준비를 하기도 하였으나, 결국 평범한 전화교환원의 일자리를 얻게 되었고, 도리스의 재능을 아는 어머니에게 이것은 매우 실망스러운 일이었다. 그러나 이것을 계기로 도리스는 원하던 완전한 자립을 얻게 되었고, 이후 다시 농장으로 되돌아가지 않았다.

도리스가 1년간 전화교환원으로 보낸 도시 생활은 《마사 퀘스트》의 마사가 도시에서 겪은 생활과 대동소이하였다. 마사는 변호사 사무실의 타이피스트로 일했으므로 직장은 달랐지만, 마사가 직장 생활보다 더 중시하던 퇴근 후의 사교 생활은 도리스가 이 당시 솔즈베리에서 겪었던 것과 매우 흡사하였다. 도리스는 퇴근 후 스포츠 클럽의 남성들과 다양한 파티에서 춤추는 것을 즐겼으며, 자신을 바라보는 어느 남자보다도 자신의 몸에 흠뻑 빠져 있었다.

이 당시 그녀의 도서 목록에 추가된 작품으로는 슈라이너를 대신할 만큼 큰 영향을 받았던 버지니아 울프와 톨스토이 · 도스토예프스키 · 체호프 · 투르게네프 등의 러시아 작가들이 있었는데, 이들에게서 글쓰기와 인간의 조건에 관한 사고를 배우곤 하였다. 그러던 어느 날 도리스는 도로시 슈바르츠의 주선으로 좌익 독서 클럽에 초대를 받게 된다. 그 클럽에 나간 도리스는 정신적으로나 지적인 면에서 그 클럽의 회원들과 교감이 가능했지만 아직 재미 · 쾌락 · 자유 등을 쫓고 있었으므로, 이들의 심각함이나 특히 여성들의 가사와 육아에 찌든 모습, 매력없는 차림새에 혐오를 느껴 등을 돌리게 된다. 다만 이것을 기화로 《마사 퀘스트》에서처럼 《옵서버》지 대신 좌익 잡지인 《뉴스테이츠맨》지를 구독하게 된다. 그리고 여전히 《마사 퀘스트》에서처럼 이 잡지를 구독하던 공무원 프랭크 위즈덤을 자신과 같이 인종 문제에 관심이 있는 진보적인 사람으로 오해하여 그와 결혼하기로 결심한다.

도리스 레싱은 이 결혼 결심에 대해 당시의 시대 정신(Zeitgeist)에 의한 것이었다고 작품과 자서전에서 누누이 설명하였고, 프랭크 위즈덤을 사랑하지 않았으며 그 역시 자신을 사랑하지 않았다고 말하곤 하였다. 또한 결혼한 사람은 19세의 도리스가 아닌 분신 티거였다고 말하기도 하였다. 결혼 당시 도리스는 이미 임신중이었음에도 불구하고 이를 알지 못하고 있었다. 《올바른 결혼》에서처럼 한참 후에야 임신 사실을 알게 된 도리스는 낙태를 하기 위해 요하네스버그로 가지만 이미 임신 5개월에 접어들었기 때문에 낙태가 불가능하다는 이야기를 듣는다. 도리스 레싱은 자신의 임신을 자연의 의지에 의한 것이라고 믿고 있다.

도리스의 임신과 출산의 경험은 《올바른 결혼》에 자세히 묘사되어 있고, 이런 진솔한 묘사로 인해 이 작품은 폭넓고 충실한 독자층을 형성하게 된다. 특히 그때까지 신성시만 여겨지던 모성에게 실은 이중적인 면이 있다는 사실, 즉 여자에게 축복일 수 있으나 족쇄로도 작용할 수 있다는 모성의 또 다른 면을 적나라하게 밝힘으로써 많은 여성들에게서 공감을 얻었다. 도리스는 임신중에 프랭크의 친구의 부인이자 자신처럼 임신중이던 간호사 아이비 월튼과 친구가 되는데, 레싱은 아이비와 일종의 동맹 관계를 맺어 의사와 출산 제도에 저항했으며 이런 관계 덕분에 아이비는 진정한 첫 여자 친구였다고 후에 술회하였다.

도리스는 《올바른 결혼》에서와 달리 첫 아들 존을 낳았지만, 육아의 어려움은 마사가 캐롤라인 노웰을 키우며 겪은 것과 거의 비슷했으며, 당시 도리스를 자주 방문하던 모드로부터 '이기적인 엄마'라는 비난을 들었다.

동생 해리와 남편 프랭크 모두 당시 유럽에서 발발한 제2차 세계대전에 참여하게 되지만, 프랭크는 발에 문제가 있어 곧 고향 솔즈베리로 돌아온다. 공무원이라는 직업 덕분에 프랭크와 도리스의 가정은 점점 안정되어 갔고, 도리스는 프랭크가 출근하면 동네 여자들과 담소를 하며 보내곤 하였지만, 이런 생활에 싫증을 내기 시작한다. 구속을 싫어하고 자유를 추구하는 도리스에게는 동네 여자들의 진부하고 관습적인 사고나, 프랭크의 남편으로서의 권위 등이 참을 수 없는 구속이었다. 도리스는 존이 9개월되었을 때 또다시 임신을 함으로써 이런 감정을 희석시키려 하였고, 그 결과 딸 진을 출산하였다. 늘어난 식구에 맞게 큰집으로 이사하여 새가구를 들여 놓는 등 모드가 만족할 만한 가정으로 점차 변모되고 있었으나 도리스는 오히려 더 큰 구속감을 느낄 뿐이었다. 이 당시에도 도리스는 악몽에 시달리곤 하였고, 구덩이나 큰 도마뱀, 특히 혀를 길게 빼곤 하는 도마뱀의 꿈을 자주 꾸었다.

도리스는 어머니와 아내의 역할을 벗어 버리고 티거가 아닌 도리스의 삶을 찾겠다는 결심을 점차 굳히게 된다. 14세에 학교를, 15세에 고향을 떠난 도리스는 이제 24세에 이르러 남편과 아이들을 떠나기로 결심한다. 그리고 이 결심은 동생 해리가 후에 증언하듯이 도리스가 부모인 마이클과 모드에게 가한 최대의 타격이었다.

그렇지만 도리스는 《올바른 결혼》에서 누누이 변명하듯이 자신의 가출이 오히려 자식들을 구속으로부터 해방시키기 위한 것이었다고 주장하곤 하였다. 자신이 부모에게서 받은 억압을 자식들에게 물려 주지 않으려 했다는 것이다. 외할머니-어머니-자신-아이들로 이어지는 운명의 고리를 끊겠다는 신념에서 나온 것이라고 주장하기도 하였다. 그리고 당시 주변에는 자신보다 아이들을 더 잘 돌봐 줄 수 있는 사람들이 많았다고도 변명하였다. 그러나 도리스 레싱은 이런 결정의 의도는 좋았을지 모르지만 결과적으로도 과연 옳은 결정이었는가에 대해서는 확신하지 못하였다. 당시는 죄의식을 느끼지 않았으나 오랜 세월이 흐른 뒤 이로 인해 자신이 무거운 죄의식의 짐을 지고 살아왔음을 깨닫는다.

가정으로부터의 도망

가정을 떠나는 것이 옳은 일인가 고민하던 도리스는 수년 전 자신을 좌익 독서 클럽으로 인도했던 도로시 슈바르츠를 길거리에서 만나게 되고, 그녀의 충고로 지하 과격단체에 가입하여 맹렬한 정치 활동에 몰입하기 시작한다. 혁명적 사고를 가진 지식인들과 모임을 가지면서 지금까지의 삶이 거짓에 불과했음을 느끼기 시작하였고, 처음으로 어떤 공동체에 속해 있다는 감정도 갖게 된다. 제국주의적인 사고에 젖어 있는 부모, 관습과 타성에 젖어 있는 동네 여자들에게서 느끼지 못했던 감정이었다. 이 당시 도리스가 만나던 사람들은 영국 노동계층 출신의 RAF, 즉 공군들과 대개는 유대인이었던 유럽 망명자들이었다. 이들은 개별적으로는 진보주의자·사회주의자·노동개혁가 등으로 조금씩 색채가 달랐지만, 자신들을 공산주의자로 부르는 공통점을 갖고 있었다. 도리스는 이들 어느 누구보다도 열성적으로 활동하였다. 프루스트나 울프를 읽던 도리스는 이제 레닌·마르크스·스탈린을 읽는 데 열중하였고, 토론과 독서를 통해 공산주의가 그동안 그녀가 겪었던 갈등에 대한 유일한 해결책임을 의심치 않았다. 그리고 인류를 구할 유일한 단체의 일원이라는 우월감 또한 매우 컸다.

정치 활동에 대한 신념이 커지자 도리스는 큰 이상을 위해 부르주아적인 사소한 문제에 대해서는 시간과 정력을 낭비하지 않기로 결심한다. 즉 남편과 아이들을 떠나기로 결정한 것이다. 도리스는 집을 나와 법률회사의 타이피스트로 독립한다. 부모로부터 독립하였을 때에는 성적인 관심에 충만해 있었으나, 가족으로부터 독립한 이 당시의 도리스는 지적인 관심으로 충만해 있었다. 그리고 사적이고 개인적인 목표나 관심보다 자신이 속한 단체 혹은 공동체에 대한 책임 의식 또는 연대 의식에 더 큰 비중을 두었다. 이 당시 도리스의 행적에 대해서는 스스로 가장 자서전적인 작품이라고 밝힌 《폭풍의 여파》에 자세히 묘사되어 있다.

도리스와 함께 활동을 하던 사람으로는 영국의 계급 제도에 불만이 컸으며 후에 레싱이 '정치 광신자(political fanatic)'라고 불렀던 RAF 출신의 프랭크 쿠퍼, 레싱을 정치 세계로 이끈 도로시 슈바르츠, 열렬한 공산주의자이자 루마니아 망명자이며 유대인인 네이선 젤터, 그리고 러시아 태생의 독일인 망명자인 고트프리트 레싱 등이 있었다. 고트프리트 레싱은 베를린에서 법학을 전공한 법학도로서 유대인의 피가 섞여 있어 아프리카로 망명하여 공산주의자가 된 인물이었다. 우수한 인재임에도 독일국적의 망명자라는 신분 때문에 도리스가 일하던 법률회사에서 낮은 봉급을 받으며 일하고 있었고, 얼마 안 되어 도리스의 두번째 남편이 된다. 도리스 레싱은 그에 대해 '냉철하고, 냉소적이며 권위주의적인 사람' 혹은 '사려깊고 비이기적인 사람'의 엇갈린 평가를 하였으며, 그와의 결혼에 대해서는 애정보다 정치적 편의를 위한 것이었다고 말하곤 하였다. 도리스는 이 당시 개혁적인 변화와 진보를 갈망하고 있었고, 그것이 결혼 사유이었을 것으로 많은 사람들이 추측하고 있다.

1943년 도리스 테일러 위즈덤과 고트프리트 레싱은 결혼하였다. 고트프리트 레싱과 《폭풍의 여파》의 안톤 헤세는 신체적인 외모는 닮지 않았지만, 심리적으로는 상당히 유사했던 것으로 도리스 레싱은 밝히고 있다. 도리스는 이상적인 남녀 관계란 만족한 성적 합일에서 비롯된다고 믿었고, 고트프리트에게서 그런 만족을 얻지 못하면 혼외정사를 통해 추구한다 해도 정당하다고 생각하였다. 《육지에 갇혀서》의 마사처럼 도리스 레싱 자신도 정신이 여러 갈래로 분열되어 있다고 느끼곤 하였으며, 그리하여 만족한 성적 합일을 통한 인격적 통합을 이루려는 강력한 소망을 갖고 있었다. 따라서 도리스와 고트프리트는 당시의 사람들 눈에는 보헤미안적이라고 생각될 정도로 비도덕적이고 퇴폐적인 생활을 한 것으로 보이며, 도리스는 각자의 성을 즐기며 상대방에게 예의바르게 대하는 자신들을 '결혼에 대한 환상이 없는 개화된 부부'라고 생각하곤 하였다.

도리스는 자본주의를 타파하고 사회주의 낙원을 건설하겠다는 숭고한 이념 아래 여러 단체와 모임을 결성하고 운영하는 활발한 정치활동을 하면서, 어머니 모드의 편협하고 무의미한 삶과 전혀 다른 삶을 영위한다는 점에서 무한한 해방감을 느꼈다. 특히 극단적인 부조리와 부당함을 일상적으로 목격할 수 있는 환경 속에서 인종차별을 위해 투쟁하는 삶을 살고 있었으므로 작가의 꿈을 갖고 있던 도리스는 큰 보람을 느꼈고, 아프리카에서 젊은 시절을 보낸다는 것 자체를 늘 천혜라고 생각하였다. 후에 도리스 레싱은 이 당시 자신이 한 가장 의미 있던 일들은 굶주리는 흑인 가정에 음식을 가져다 주고, 흑인 어린이들을 학교에 보내도록 주선한 복지 활동들이었다고 술회하곤 하였다. 백인이 나서서 흑인을 지도하기보다는 흑인 지도자를 양성하여 스스로 문제를 해결하도록 돕는 것이 공산주의 이념에도 부합된다고 믿었던 도리스는 남로디지아 노동당의 흑인 아프리카 지부를 만드는 데 크게 협조하였고, 이 일을 주도적으로 도모한 여성 정치가 글래디스 마스도프를 매우 존경하였다. 이 여자가 《폭풍의 여파》와 《육지에 갇혀서》에 등장하는 반 더 빌트 부인의 모델이다. 그녀는 비록 공산주의에는 찬성하지 않았지만 흑인의 복지와 권익을 위해 많은 일을 하였으므로, 도리스는 그녀를 지원하는 데 최선을 다했다. 이 당시 이들이 이룬 일들에는 흑인이 백인 지역에서 일하는 것을 금지한 차별적 법을 개정하고, 흑인도 공무원이 될 수 있도록 하였으며, 궁핍한 흑인들을 위해 건강·복지·교육 제도들을 개선한 일 등이었다. 글래디스 마스도프 외에 도리스가 진정으로 존경한 인물로는 그녀의 작품에 등장하는 인물들 중 유일하게 진정한 공산주의자이자 가장 진실된 인간으로 그려진 아텐 굴라미스이다. 도리스 레싱은 아텐에 대한 존경의 표시로 그의 이름을 실명 그대로 작품에 사용했다고 밝히고 있다.

제2차 세계대전이 끝나고, 남로디지아에도 도시화가 가속화되자 많은 유럽 이민자들과 시골에 있던 흑인들이 솔즈베리로 몰려들었는데, 이 중의 한 사람이 제1세대의 흑인 아프리카 작가 중 거목으로 손꼽히는 로렌스 뱀비이다. 신문기자로 사회 생활을 시작한 그는 남로디지아 노동당에 관여하기 시작하였고, 도리스와 함께 일하기도 하였다. 후에 그는 도리스 레싱에게서 상당한 문학적 영향을 받았다고 시인하기도 하였다. 그러나 도리스 레싱은 그녀의 이상과 달리 원주민들과 실제적 접촉을 빈번하게 갖지 않아 많은 비평가들은 이 점을 비난하곤 하였다. 버나드 캅스 같은 극작가는 도리스 레싱의 유독 차갑고 거만한 자세가 제국주의적인 인종차별의 환경에서 자란 결과라고 말하기도 하였다.

도리스는 자신이 고트프리트와 곧 이혼하게 되리라는 것을 알고 있었음에도 불구하고 세번째 아이를 임신한다. 두 아이를 포기한 도리스이기에 많은 사람들이 그녀의 임신에 대해 이해하지 못하였으나, 도리스는 이것 역시 자연이 하는 일이라고 주장하였다. 도리스는 어느 누구보다도 이성적이고 논리적인 여자라고 자타가 공인하였지만 이처럼 강한 운명론적인 사고를 갖고 있었다. 또한 이 당시의 도리스는 공산주의 이상이 유토피아를 가져올 수 없음을 서서히 깨닫기 시작하고 있었고, 동지였던 많은 사람들이 다른 일자리를 찾아 떠나기 시작하였을 때였으므로, 임신을 결심한 것이 아닌가 의심하게 된다.

도리스는 《풀잎은 노래한다》의 초고를 완성하여 런던으로 보냈는데, 이때의 원고는 최종본보다 세 배 정도로 긴 분량이었다. 이 원고는 출판해 주겠다는 약속없이 반송되었고 도리스는 발송과 반송의 반복되는 과정을 거치며 최종판을 완성하게 된다. 남로디지아에서 보낸 마지막 3년 반의 기간 동안 도리스 레싱은 단편 소설들과 여러 편의 시 그리고 《풀잎은 노래한다》를 완성하였다. 많은 사람들이 글쓰기가 그녀에게 심리적 방어 역할을 했으리라고 추측한다. 그녀가 쓴 시들 중 14편은 《뉴로디지아》라는 잡지에 발표되었지만 도리스는 시보다는 소설이 자신의 생각을 표현하는 데 더 적합하다고 생각하여 이후부터 소설에 더 열중하였다.

도리스 레싱은 전쟁이 끝나면 곧 고트프리트와 이혼하겠다고 결심하고 있었지만, 적대국 망명자인 고트프리트가 영국 시민권을 얻고, 자신도 고트프리트와의 결혼으로 잃었던 영국 시민권을 되찾을 때까지 이혼을 미루게 된다. 영국을 흠모하는 어머니를 조롱하던 도리스가 영국 시민권을 신청했다는 사실은 이율배반적으로 보일 수 있지만 작가로서의 성공을 꿈꾸던 도리스에게 영국은 성공의 귀중한 발판이었다.

1946년 10월 피터 레싱이 태어났고, 곧이어 아버지 마이클이 돌아가셨다. 아버지 마이클 옆에 누워 있는 피터를 보며, 도리스는 《풀잎은 노래한다》의 권도언에서처럼 죽음과 부활을 생각하곤 하였다. 아버지가 돌아가시자 어머니를 돌보는 일은 더욱 힘들어졌다. 아버지의 간호에서 해방된 어머니는 자신이 보기에 결점과 오류투성이의 삶을 사는 딸을 교정하기 위해 사사건건 간섭하였다. 도리스와 해리는 어머니에게 재혼을 권유하였지만 어머니는 이를 거절하였다. 도리스는 영국으로의 도피를 더욱더 갈망하게 된다.

1948년 도리스와 고트프리트는 모두 영국 시민이 되었고, 그 즉시 이혼하였으며, 피터가 15세가 될 때까지 도리스가 양육권을 갖기로 합의하였다. 도리스와 피터가 먼저 영국으로 출발하였고, 요하네스버그의 한 출판사와 50퍼센트의 로열티라는 좋지 않은 조건으로 《풀잎은 노래한다》의 출판 계약을 맺었지만, 내심 도리스는 영국에서 더 나은 조건으로 계약을 맺을 수 있으리라고 자신하고 있었다.

3. 작품 속으로

《풀잎은 노래한다》

도리스 레싱이 영국에 도착한 직후 겪은 자세한 일에 대해서는 《영국적인 것을 추구하며》와 《그늘 속을 거닐며: 1949년~1962년》에 잘 묘사되어 있으나 이 둘에 묘사된 내용들 중에는 서로 엇갈리는 것들도 있다. 전후의 런던 풍경은 《사대문의 도시》에 잘 묘사되어 있다.

도리스는 커티스 브라운(Curtis Brown) 중개소에 단편 소설들을 몇 편 보냈고, 그곳에 속해 있던 한 중개인인 줄리엣 오히아에게서 혹시

장편 소설을 쓴 것은 없느냐는 문의 편지를 받게 된다. 도리스는 《풀 잎은 노래한다》와 남아프리카에서 맺은 계약에 대해서도 말하였다. 줄 리엣 오히아는 그 계약의 부당성에 분노하며 그 계약을 무효화하도록 주선해 주었고, 견실한 출판사인 마이클 조셉에게 판권을 팔아 주었 다. 이 당시의 출판사들은 대개 강한 문학적 열정을 가진 한 사람이 혼 자의 힘으로 운영하는 정도로 영세하였다.

이 작품은 '탁월하다' '주목할 만하다' '놀랍다' 등등 연일 계속되 는 극찬의 평 덕분에 5개월 사이에 7판까지 인쇄되었고, 1970년대까 지 영국뿐 아니라 전 세계에서 꾸준히 판매되어 도리스 레싱의 중요 한 작품으로 자리잡았다. 이 작품이 이렇게 큰 반향을 불러일으킬 수 있었던 것은 1950년대 초반 영국이 소위 '새 시대(New Age)'를 맞고 있었다는 사실과 무관치 않다. 정치에서뿐 아니라 사회·문화 전반에 서 '전복'이라고 불릴 만큼 큰 변화가 일어나고 있었고, 식민주의나 계급 제도에 대해 새로운 시각으로 보는 사회주의가 중요한 화두로 떠 오르고 있을 시기였기 때문이다. 아파르트헤이트(apartheid, 인종 격리 정책) 같은 아프리카의 현실에 대해 무지해 있던 영국인들에게 이 소 설은 매우 신선한 충격을 가져다 주었다. 《풀잎은 노래한다》는 아프 리카의 식민 사회 특히 영국 출신의 한 가정의 불행을 통해 영국 제국 주의가 낳은 폐해를 고발하고 있으며, 토니 마스턴이라는 자칭 진보 주의 성향의 이상주의자인 영국 이민자를 등장시켜 영국의 소위 지식 계층의 '진보'라는 개념의 얄팍함, 무능함, 그리고 비겁함까지 비난하 고 있다. 도리스는 이 작품을 가까이는 부모에 대한 반발(이 작품의 메 리와 딕 부부는 여러모로 어머니 모드와 아버지 마이클을 연상시킨다)로, 좀더 멀리는 아프리카 식민 사회에 대한 반발로 썼지만, 궁극적으로는 영국 제국주의의 오만성과 그 오만이 낳은 결과에 무관심한 영국인들에 대한 일종의 도전으로 집필하였다. 그리고 이런 도리스 레싱의 의도는 정확하게 적중하였다.

이 작품은 일차적으로는 아프리카 식민 사회의 백인 여성을 다루는 특이한 소재로 성공하였지만, 도리스 레싱이 후에 쓰게 될 소설들에 나타나는 다양한 모티프들을 모두 잉태하고 있는 중요한 소설로도 인식되고 있다.

도리스는 《풀잎은 노래한다》 판권의 대가로 선금 1백50파운드를 받았지만 작가라는 직업만으로는 생계를 유지할 수 없음을 깨닫고 타이피스트의 일자리를 얻는다. 런던에 뒤늦게 도착한 고트프리트 역시 자신의 능력에 맞는 적절한 일자리를 찾지 못해서 결국에는 베를린에 있는 누나 이레네 레싱의 도움으로 베를린에 정착하게 된다. 도리스에게 함께 떠날 것을 제안하였지만 그녀는 거절하고 런던에 남는다. 이 두 사람은 런던에서 함께 공산당에 가입하여 활동하였기 때문에, 동독으로 간 고트프리트는 공산당원으로 일했던 경력 덕분에 정밀한 조사를 받은 후 1951년 후반 SED(Socialist Unity Party, 사회통일당)의 당원이 된다. 그리고 그후 재능을 인정받아 동독에서 상당한 거물로 성장한다.

고트프리트가 떠나자 도리스가 피터의 양육 책임을 홀로 떠맡게 되었는데, 여전히 경제적 효율성과는 무관한 자유분방한 생활을 누리곤 하였기 때문에(저녁이 되면 피터를 베이비 시터에게 맡기고 대도시의 문화 생활을 즐기곤 하였다) 도리스는 항상 숙식의 어려움을 겪었다. 다행히 1950년 여름 어느 파티에서 만난 유명한 시인 존 로드커의 딸 조앤 로드커의 도움으로 처치 스트리트(Church Street)에 있는 조앤의 집에 살게 되는데, 이 조앤 로드커가 《황금 노트북》에 나오는 몰리의 실제 모델이다. 조앤은 몰리처럼 공산주의자이며 아들 어니스트를 키우고 있었다. 도리스는 1957년 단편집인 《사랑의 습관》을 그녀에게 헌정하며 깊은 우정을 표현할 정도로 이 둘의 사이는 돈독하였고, 이후 오랫동안 이들의 우정은 계속되었다. 이 두 사람의 우정은 종종 도리스 레싱의 여러 작품에 반영되어 여성들이 동성간의 우정으로 이성 관계에서 생긴 감정의 기복을 어떻게 조정하고 어떻게 위안을 얻는지를 잘 보여 준다.

도리스 레싱의 첫 남편인 프랭크 위즈덤과 달리 고트프리트 레싱은 그녀의 작품에 자주 등장하여 많은 사람들이 도리스의 고트프리트에 대한 감정이 그녀의 말과 사뭇 다르다고 말하곤 한다. 도리스 레싱은 고트프리트가 동독으로 떠난 뒤 동독으로의 이주를 고려한 적이 있었고, 독일과 토마스 만에 대한 각별한 애정을 드러내곤 하였으며, 고트프리트의 이후의 사생활에도 관심을 기울이곤 하였다고 한다. 그리고 '레싱'이라는 성을 그대로 간직하였다는 사실로도 도리스의 고트프리트에 대한 감정이 단순한 것이 아니었음을 짐작할 수 있다고 말한다.

1951년 도리스 레싱은 두번째 작품이자 10편의 단편을 모은 단편집인 《이곳은 늙은 추장의 나라였다》를 출간하였고, 이 작품 또한 평론가들과 독자들로부터 좋은 호응을 얻어 개별 작품들이 명문집에 실리는 영예도 누리게 된다. 도리스는 자신이 인종차별주의와 페미니즘의 작가로 한정되는 데 만족하지 않았지만, 영국 정부의 식민주의적 정책과 그 결과에 대해 계속 비판하였고, 영국 공산당에 가입하여 한 일들도 대개는 제국주의적 정책과 아파르트헤이트에 맞서 투쟁하는 일이었다. 도리스는 열성적인 영국 공산당원으로서 많은 연설을 통해 대중들의 계몽에 힘썼지만, 그녀의 연설을 들은 사람들은 그 내용이 사회운동가의 것이기보다는 작가이자 예술가의 것에 가까웠다고 술회하였다. 그녀의 작품들 역시 공산당원들로부터 이데올로기적인 면이 부족하고 프로이트의 이론에 지나치게 의존한다는 비판을 들었다. 그러나 레싱은 공산당 작가 그룹(The Communist Party Writers' Group)의 일원으로 꾸준히 활동하였고, 당의 요구대로 작가들의 노동조합이라고 할 수 있는 작가협회(The Society of Authors)에서 1년간 운영위원으로 봉사하였다. 1952년 도리스는 좌익 성향의 영국 작가들과 함께 소련을 방문하여 소련 작가들과 회의에 참석하였는데, 이때의 의제는 국제적 긴장의 감소에 관한 것이었다.

도리스 레싱은 1954년 처음으로 흑인 소년을 주인공으로 하는 단편 소설 〈굶주림〉을 썼고, 본인은 그 작품을 별로 탐탁하게 여기지 않았지만 섬머셋 모옴상을 수상하였다.

5부작 《폭력의 아이들》

도리스는 조앤 로드커의 집으로 이사한 후 약 6개월 뒤인 1951년 어느 날 어머니 모드로부터 조만간 런던을 방문한다는 편지를 받는다. 도리스가 편히 글을 쓸 수 있도록 피터를 돌봐 주겠다는 내용의 편지였다. 도리스는 그 편지를 받은 뒤 심한 스트레스로 자리에 눕게 되고, 급기야 어머니를 피할 수 없다는 절망감을 극복하기 위해 서스맨 부인이라는 유대인 여자에게 정신과 치료를 받게 된다. 이 여자는 《황금 노트북》에 나오는 마크스 부인의 실제 모델로 칼 융의 정신분석학을 연구한 보수적 성향의 사람이었다. 도리스 레싱은 모드가 런던에 있던 4년 중 3년간 일주일에 두세 번씩 상담을 받았는데, 이 상담이 없었다면 어머니의 존재의 무거움을 이겨내지 못했을 것이라고 말하곤 하였다.

모드는 도리스가 떠난 뒤에도 전혀 변하지 않았고, 이전처럼 도리스의 피터 양육에 간섭하려 들었다. 괴로워하는 도리스에게 친구들은 어머니에게 맞서 극복할 것을 조언하였다. 이 당시 도리스에게는 공산주의자이자 정신과 의사인 잭이라는 애인이 있었는데, 이 사람은 《황금 노트북》에 나오는 마이클의 모델로 이미 가정이 있는 사람이었다. 잭은 도리스에게 어머니에게 솔직히 떠나 달라고 말하도록 조언했을 뿐 아니라, 도리스가 지나치게 조앤의 영향을 받는다며 《황금 노트북》의 마이클처럼 조앤의 집에서 이사할 것도 종용하였다. 도리스는 마침 수상하게 된 섬머셋 모옴상 덕분에 4백 파운드라는 돈이 생기게 되었고, 그 돈의 일부로 워릭 로드(Warwick Road)로 이사한다. 도리스의 수상 소식을 들은 잭은 자신보다 일을 더 중시한다고 불만을 터뜨렸고, 어느 날 갑자기 해외에 있는 병원 근무를 수락하여 런던을 떠난다. 도리스는 이런 결별을 진작 예상하고 있었음에도 불구하고 4년간의 사랑이 끝나자 큰 충격을 받는다. 레싱은 잭과의 관계가 이전의 어느 결혼 때보다도 더 부부다운 관계였으며, 자신의 일생 중 가장 심각한 사랑이었다고 술회하곤 하였다. 설상가상으로 피터는 새 아파트를 싫어하였고, 학교 생활에도 적응하지 못하였다. 레싱은 피터가 가족 같은 분위기를 느끼도록 해주기 위해 아이들을 전문적으로 돌봐주는 위탁 가정인 아이크너 부부에게 자주 보냈고, 그 덕분에 피터는 점점 안정을 되찾게 된다.

반면 모드는 피터가 자신보다 아이크너 부부를 더 좋아한다는 사실을 인정하게 되고, 자신이 가버리기를 노골적으로 바라는 도리스와 함께 새삶을 산다는 것이 헛된 꿈에 불과함을 깨닫게 되자 4년 만에 아프리카로 돌아가기로 결정한다. 1955년 모드는 떠났지만, 5부작 《폭력의 아이들》 내내 주인공의 억압적인 어머니로 부활한다.

1952년 도리스 레싱은 5부작 《폭력의 아이들》의 첫번째 작품인 《마사 퀘스트)를 출간하였는데, 이 5부작을 모두 출간하는 데 약 20년의 시간을 소모하였지만, 1940년대말, 즉 《풀잎은 노래한다》를 완성하기 이전 이미 다섯 권의 줄거리를 구상해 놓고 있었다. 이 5부작의 상당 부분이 자서전적이라는 점이 신경 쓰이곤 했으나 도리스 레싱은 자서전적인 요소가 많다는 점을 솔직히 인정하며, 작가란 우선적으로 자기 이해에 도달하기 위해 글을 쓰는 법이라고 말하였다. 그러나 또 한편으로는 작품 속에는 자서전적이지 않은 점도 상당 부분 있음을 강조하면서 자신은 소설을 쓴 것이지 연대기를 쓴 것이 아니며, 작가란 개인적인 것으로부터 보편적인 것을 끌어내는 사람이라고 말하였다.

도리스는 이 5부작을 '폭력의 아이들' 이라고 명명한 이유로 아버지가 제1차 세계대전의 희생자라는 점과 자신이 직접 제2차 세계대전의 대량 살상을 목격하였다는 점을 들었다. 그리고 런던에 살기 시작하면서 목격하게 된 1950,60년대의 사회적 불안 역시 양차 세계대전의 후유증이라고 생각하였다.

1954년 발간된 《올바른 결혼》 역시 상당히 좋은 반응을 얻어 유럽과 미국에서도 출판되었으나 베스트셀러는 되지 못하였다. 레싱의 작품은 대개 베스트셀러이기보다 꾸준히 팔리는 스테디셀러였고, 그래서 레싱은 항상 돈에 쪼들리는 생활을 하였다. 《그늘 속을 거닐며: 1949년~1962년》에서 레싱은 1958년 당시 자신의 평균 소득을 계산해 보니 주당 20파운드 정도였으며, 이것은 노동자의 임금 수준이었다고 밝히고 있다. 그러나 당시의 분위기는 작가가 돈에 신경을 쓴다는 것은 저급한 부르주아가 되는 것이었으므로, 레싱은 1970년대에 이르러서야 비로소 상당한 재산을 모을 수 있었다. 레싱은 돈이 궁할 때마다 중개인이자 좋은 친구였던 줄리엣 오히아와 조나단 클로우즈의 도움을 받곤 하였다.

도리스 레싱은 소설로 어느 정도 명성을 얻자 연극에 관심을 갖기 시작하였는데, 소위 '성난 젊은이들(angry young men)'이라고 불리던 새로운 극작가들에게서 활력을 얻곤 하였다. 1956년 5월에 초연된 존 오즈번의 《성난 얼굴로 돌아보라》는 특히 전쟁 전의 '정상 상태'로 돌아가야 한다고 주장하던 세대에게 대폭발과도 같은 효과를 연출하였다. 《마사 퀘스트》의 주인공 마사 퀘스트를 《성난 얼굴로 돌아보라》의 지미 포터와 비교하는 사람이 많았고, 그래서 도리스 레싱을 '성난 젊은이' 계열의 작가의 한 사람으로 평가하는 평론가도 있지만, 레싱은 작가의 사회 참여와 사회적 책무를 주장하므로 그들과 다르다.

1950년대 초반 영국 문학계의 변화를 하나 꼽는다면, 사회주의에 대한 전반적인 관심과 함께 젊은 극작가들이 이전의 고학력자(웨스트 엔드 지역으로 대표되는)의 중간 계층 출신에서 노동 계층이나 유대인(이스트 엔드 지역으로 대표되는) 출신으로 서서히 바뀌었다는 점이다. 해럴드 핀터 · 버나드 캅스 · 아놀드 웨스커 등은 유대인이었고, 셸라 딜레이니는 노동 계층 출신이었으며, 핀터와 존 오즈번은 런던과는 멀리 떨어진 레퍼토리 극단의 삼류 배우 출신이었다.

도리스 레싱은 후에 영국 최고의 출판업자가 된 톰 매슐러가 기획한 당대의 촉망받던 작가들의 에세이를 모은 《선언문》(1957)이란 모음집에 〈작은 개인적인 목소리〉라는 제목의 에세이를 실었고, 그 에세이에서 작가의 사회적 임무에 대해 설명하였는데, 이 모음집에 기고한 작가들은 대부분 영국 문학과 드라마에 새로운 시대가 도래하였으며, 자신들이 그 새로움의 일부라는 데 의견을 같이하였다. 톰 매슐러는 마치 '성난 젊은이들'의 선언문과도 같은 이 책의 출판 이후 매우 유명해졌다. 도리스 레싱은 '성난 젊은이들'이라는 용어와 그 용어의 대중화는 언론이 만들어 낸 것으로 정작 이들 성난 젊은이들 사이에는 공통점을 거의 찾을 수 없다고 주장하였다.

　도리스 레싱은 1950년대 런던의 보헤미안식 삶의 중심지였던 소호 지역(Soho District)의 커피 바나 좌익 정치 클럽, 이탈리아나 프랑스식 카페, 문학인들이 모이던 술집 등등에서 친구들과 자주 어울렸지만 그런 생활을 잘 즐기기 위해 굳이 일찍부터 피터를 기숙사 학교에 보내지는 않았다. 자신이 이미 어린 시절 경험하였듯이 어린아이를 지나치게 일찍 가정으로부터 멀리 떠나 있게 하는 영국식 전통에 대해 바람직하지 않다고 생각했기 때문이다. 그러나 피터가 12세가 되던 해 기숙사로 보냈는데, 이때에도 그녀는 자신보다 피터에게 이것이 더 좋을 것이라는 판단에서 결정하였다. 이처럼 피터의 행복을 최우선으로 고려하여 만사를 결정하곤 하였지만, 그렇다고 해서 피터를 위해 자신의 생활을 희생하려 하지도 않았다. 도리스가 모드를 비난한 가장 큰 이유가 자식과 자신을 지나치게 동일시한다는 점이었기 때문이다.

　1956년은 영국 좌익들에게 분수령과도 같은 해였다. 영국과 프랑스가 이집트와 수에즈 운하를 침입하였고, 소련은 민중의 봉기를 진압하려고 헝가리를 침입하였다. 모스코바에서 열렸던 제20차 공산당 전당대회에서는 흐루시초프가 그동안 풍문으로 떠돌던 스탈린의 만행을 폭로하였다. 이 사건으로 인해 다른 지역과 마찬가지로 영국의 공산당도 소련에 대한 충성심을 잃게 되었고, 급속도로 붕괴하기 시작하였다. 《황금 노트북》에 잘 묘사되어 있듯이 지성인들부터 당을 떠나기 시작하였고, 당을 개혁하자는 움직임이 있기도 하였으나 결국에는 실패하였다.

　1956년 도리스 레싱은 5부작 《폭력의 아이들》을 잠깐 제쳐두고, 아프리카가 아닌 영국을 무대로 한 첫 소설이자 그녀의 네번째 소설인 《순진함으로의 후퇴》를 집필한다. 이 소설은 당시 공산주의에 대한 그녀의 관심을 그대로 반영하고 있으며, 여전히 레닌·엥겔스·마르크스의 영향을 크게 받고 있음을 드러낸다. 레싱은 이 작품이 주제는 좋았으나 제대로 살리지 못한 실패작이라고 평하였다.

1953년 영국은 남로디지아(후의 짐바브웨)·북로디지아(후의 잠비아)·니아살랜드(후의 말라위) 등 세 국가를 묶어 중앙아프리카연방(the Federation of Central Africa)을 결성하면서 이 지역의 정치·경제적 평형을 도모하고 인종적 조화를 이루기 위함이라는 명분을 내세웠으나, 실상은 미국의 자본을 끌어들여 막대한 천연자원을 개발하고자 하였다. 중앙아프리카연방은 당시 가장 큰 문제였던 인종적 분할을 치유하기 위한 기제로 아파르트헤이트를 대체할 '파트너십(partnership)'이라는 정책을 고안해 냈는데, 이 새 정책은 실질적인 결과를 창출하기보다는 영국 내의 반대 의견들을 무마시키고, 연방 내의 유럽인들의 지배에 분노하는 아프리카인들을 진정시키려는 진정제 역할을 하는 용어에 불과하였다. 도리스 레싱은 아프리카인들과의 대화를 통해 연방이 결성된 후에도 여전히 불평등이 계속되고 있으며, 파트너십이라는 용어가 위선이라는 의심이 들자 아프리카에 직접 가서 이런 사실을 확인하고 싶었다. 그리하여 1956년 소련대사관의 후원으로(실제로 이때 레싱이 받은 돈은 소련에서 팔린 레싱의 책에 대한 로열티와 다름없었다) 아프리카를 방문하게 되고, 그때의 경험을 《귀향》이라는 일종의 보고서에 담았다.

도리스 레싱이 아프리카 방문을 결심한 이유들에는 공산주의자인 자신이 과연 입국 허락을 받을 수 있을까 하는 호기심도 있었다고 한다.

도리스 레싱은 당의 제안으로 같은 공산당 당원이며 삽화가이던 폴 호가스와 합작하여 《귀향》을 집필하기로 하고 함께 아프리카로 떠났다. 도리스 레싱은 솔즈베리에 도착하여 네이선과 도로시 젤터 부부의 저택에 머물렀으며, 동생과 어머니, 함께 정치 활동을 하던 옛 친구들, 그리고 흑인 노동자들을 만났고, 그리워하던 아프리카의 자연을 감상하는 데 많은 시간을 보냈다. 그러나 도리스 레싱과 폴 호가스는 방문 내내 감시당하였고, 남아프리카공화국을 방문하고자 하였을 때에는 허가를 받지 못하고 당장 솔즈베리로 되돌아와야 했다. 솔즈베리에 돌아와서는 당시 남로디지아의 총리였던 가필드 토드를 만나 인터뷰를 하였는데, 인터뷰 도중 레싱은 자신이 이미 오래전부터 '입국이 금지된 이민자(Prohibited Immigrant)'로 분류되어 있음을 알게 된다. 총리의 개인적 배려로 입국이 가능했던 것이다. 총리는 레싱이 파트너십 정책에 관해 호의적으로 글을 써줄 것을 부탁하였으나 레싱은 이를 단호하게 거절하였으며, 그 결과 다시는 고향을 밟을 수 없으리라는 통고를 받게 된다.

《황금 노트북》

고향에서 돌아온 뒤 얼마 안 되어 레싱은 공산당을 탈당하였는데, 이것은 고향으로 떠나기 직전 있었던 제20차 전당대회에서의 흐루시초프의 스탈린의 범죄 행위 폭로와 무관치 않다. 이 당시 공산당을 탈당한 다른 유명 인사로는 역사학자인 에드워드 톰슨과 경제학자인 존 새빌이 있었다. 이들 두 사람은 당의 개혁을 요구하는 수정주의자들로서 1956년부터 《리즈너》지라는 좌익계 잡지를 통해 당을 비판하였고, 이로 인해 당으로부터 비난을 받자 《리즈너》지의 편집이사직을 사임하고 새롭게 《뉴리즈너》지를 만든다. 이들에게 동조하던 레싱은 《뉴리즈너》지의 편집이사로 일하였다. 1958년에는 옥스퍼드 대학생들이 출판하던 《대학과 좌익 논평》지와 《리즈너》지가 합병을 하여 《신좌익 논평》지를 만들게 되는데, 레싱은 이 잡지의 편집이사직도 맡았다. 레싱은 《뉴리즈너》지의 이사회에는 정규적으로 참석하였으나, 《신좌익 논평》지는 내용이 '무기력하다(lifeless)'고 판단되어 그 이사회에는 소극적으로 참석하였다. 1958년 레싱은 모든 사람이 공산주의자이던 시대를 조명한 작품 《폭풍의 여파》를 출판하였고, 이 책에 대한 다양한 논평들을 읽은 뒤 에드워드 톰슨에게 보낸 편지에서, 이 책을 가장 정확하게 읽을 수 있는 좌익계 잡지들이 오히려 침묵하고 있음에 불만을 터뜨린다. 이 작품은 《뉴리즈너》지를 통해 그동안 이론화되었던 정치를 다룬 책이었고, 《뉴리즈너》지나 《신좌익 논평》지의 독자들을 대상으로 하여 쓰인 책인데도 불구하고, 이 두 잡지가 이 책에 대해 한 줄의 논평도 실지 않은 것이다. 레싱은 좌익계 잡지들이 작가의 명성만을 이용하여 이론화하는 데에만 관심이 있을 뿐 그 작가의 실제 작품에는 관심이 없음을 비난하였다.

도리스 레싱은 당을 떠난 뒤에도 급진적 정치의 중심에 계속 머물러 있었으며, 특히 미국의 매카시즘 때문에 반미주의를 오랫동안 간직하고 있었다. 1957년 레싱은 《황금 노트북》에 나오는 소올 그린의 실제 모델이자 시카고의 노동자 계층 출신 작가 클랜시 시걸을 만나게 된다. 노동자이자 조합원이었던 부모 밑에서 성장한 시걸은 정치적 성향이 강한 일종의 선동가였고, 레싱보다 7세 연하였지만 정치적으로는 더 성숙하였다. 그는 미국인 공산주의자인데다 트로츠키 지지자였으므로 '소수 중의 소수'로서 극단적인 반항자였고, 레싱은 그런 그에게 급속히 매료되었다. 이들의 관계는 《황금 노트북》의 안나-소올의 관계와 상당히 비슷하여 안나의 질투, 안나의 소올 일기 훔쳐보기, 자신의 일기를 보도록 펼쳐놓기 등등이 실제로 그들 사이에서 벌어지곤 하였으며, 시걸은 자신들의 사생활이 소설 속에 그려지는 것에 대해 항의를 하곤 했다. 레싱의 아들 피터 역시 자신이 《황금 노트북》의 몰리의 아들 타미와 동일시되는 데 마음의 상처를 입곤 하여 레싱이 《육지에 갇혀서》를 자기에게 헌정하기로 한 데 대해 반대하였고, 결국 레싱은 이 책을 누구에게도 헌정하지 않았다.

1957년은 또한 어머니 모드가 돌아가신 해로, 레싱은 그녀의 사망 후 강력한 정신적 고통에 시달렸다. 레싱은 어머니가 누구에게 도움이 된다는 느낌을 계속 가질 수 있었다면 더 오래 살 수 있었으리라는 일종의 죄의식을 갖고 있었다. 한편으로는 다시 기회가 온다 해도 자신이 어머니에게 다르게 행동할 수 없었으리라는 것 또한 깨닫고 있었다. 시걸은 그런 레싱을 위로하기 위해 재즈 음악, 특히 베시 스미스와 빌리 홀리데이의 블루스 음악을 소개하고 듣는 법을 가르쳐 주었다.

1959년 레싱의 아파트가 있던 지역이 재개발되는 바람에 레싱은 이사를 가지 않을 수 없게 되고, 그 비용을 마련하기 위해 마이클 조셉 출판사에 《사랑의 습관》에 대한 선금을 요구하지만 거절당한다. 대신 톰 매슐러의 도움으로 랭햄 스트리트(Langham Street)에 아파트를 빌려 이사하게 되었다. 이곳 역시 누추하였기 때문에 피터가 불만스러워하였다.

제2차 세계대전을 종결시키는 데 결정적인 역할을 했던 원자폭탄은 전쟁 후에도 공포의 그림자를 길게 드리우고 있었다. 더욱이 살얼음 같은 미·소 냉전시대를 살아가고 있던 만큼 대량 살상 무기를 감축하고 제거해야 한다는 목소리가 커지고 있었고, 그에 따라 1958년 '핵 군축 캠페인(Campaign for Nuclear Disarmament)'이 발기되었다. 당시의 많은 유명 배우들과 작가들이 발기인이 되었는데, 이들 중에는 바네사 레드그레이브·도리스 레싱·아놀드 웨스커·로버트 볼트·

존 오즈번 등이 있었으며, 성 바울 성당의 참사회위원인 존 콜린스가 의장이 되었고, 버트런드 러셀이 회장이 되었다. 이들은 영국이 우선적으로 핵경쟁을 포기하고 미국에게도 핵군축을 종용한다면 다른 국가들도 따르리라고 믿고 있었다. 이 캠페인은 회의를 통해 처음에는 다우닝가로 행진하기로 결정하였으나, 교통 혼잡의 문제로 런던에서 올더마스톤까지 4일간 행진하기로 하였다. 도리스 레싱은 시위에 잘 참여하는 사람이 아니었으나 이 행진에는 적극 참여하였다.

1959년 보다 강력하고 공격적인 항의를 하기 위해 '시민 불복종(Civil Disobedience)'의 사상을 지지하는 '100인 위원회(Committee of 100)'라는 새로운 단체가 러셀의 지휘 아래 결성되었고 트라팔가 광장에서 집단 시위를 하기로 결정하였다. 시위를 하기로 한 날인 1961년 9월 17일 일요일이 되기 며칠 전부터 이 위원회에 대한 정부의 단속이 시작되었으나 시위는 거행되었고, 러셀을 비롯한 시위자들은 잠시 투옥되었다. 도리스 레싱을 비롯한 많은 작가들이 트라팔가 항의에 참석하였다. 시간이 흐르면서 임박한 듯이 보였던 핵전쟁은 일어나지 않았고, 그 위협에 대한 불안감도 서서히 줄어들면서 '핵군축 캠페인'과 '100인 위원회'의 두 단체는 영향력이 현저히 감소하게 되었으며, 결국에는 이들 사이의 균열로 활동이 더욱 위축되어 레싱은 이 두 단체를 모두 탈퇴한다.

1962년은 레싱의 대표적인 소설 《황금 노트북》이 출간되고, 희곡인 《호랑이와의 놀이》가 상연된 중요한 해였다. 이 희곡의 주인공 데이브 밀러와 안나 프리먼은 《황금 노트북》의 안나와 소올의 쌍둥이라고 불릴 정도로 비슷하였으며, 이 두 작품 모두 형식에 대한 실험을 감행하였다. 레싱은 이 희곡에 상당한 기대를 걸고 있었으나 반응이 좋지 않아 큰 실망을 한 반면, 《황금 노트북》에 대한 비평계의 관심이 기대

이상으로 강력하여 매우 놀라기도 하였다. 이것은 무엇보다도 여성들에게나 남성들에게나 페미니즘적인 시각에서 큰 충격을 가져다 준 작품이었다. 이 작품을 읽은 남성들은 그동안 알지 못했던 여자들이 남자들을 보는 시각을 깨우쳐 준 작품이라고 평하였고, 여성들은 이 작품을 찬양하는 그룹과 분노하는 그룹으로 나누어져 맹렬한 토론에 몰입하였다. 그러나 레싱 자신은 이 작품이 여성 해방과 큰 관계가 없으며, 자신은 어느 작품도 페미니즘 운동을 지지하기 위해 쓴 적이 없다고 주장하였다.

레싱은 《황금 노트북》의 탄생에 가장 영향력을 미친 사건을 '도덕적 힘으로서의 공산주의의 붕괴'라고 말한다. 레싱에게 공산주의는 단순한 정치 이념 이상의 의미를 갖고 있었다. 사회적 불평등이 없는 황금시대를 가져올 수 있는 유일한 해결책으로 간주했었기 때문이다. 그런데 공산주의에 대한 그런 희망이 심각한 환멸로 변하게 되었고, 그 당연한 결과로 레싱은 중요한 기로에 서게 된다. 더욱이 잭과 클랜시와의 사랑과 이별은 이성으로 제어하기 힘들 정도로 레싱의 감정을 고조시킨 상태였다. 이제 레싱은 리얼리즘에서 판타지로, 이성적인 것에서 비이성적인 것으로의 선회를 시작한다. 서양 문화나 서양적 가치에서 제외된 것들, 즉 불교·힌두교·수피즘 등에 대해 관심을 갖기 시작한 것이다.

레싱은 《황금 노트북》이 '여성 운동의 바이블'로 회자되거나 '아프리카에 있는 백인들을 불공평하게 처우했다' 등의 비평을 받은 반면, 이 작품의 최대 특징이라고 할 수 있는 형식의 문제에 대해 비평가들이 함구하는 데 대해 큰 충격을 받는다. 그러나 이 작품이 밀리언셀러가 되고, 여성학이나 문학 강좌에서뿐 아니라 역사학이나 정치학 강좌에서 논의되는 데 대해서는 매우 만족스럽게 생각하였다. 왜냐하면 레싱은 작품을 쓸 때 당시의 시대 정신, 혹은 당시 사람들이 어떤 생각을 하고 어떤 고민을 하며 어떤 결정을 하였는지를 다루는 그 시대의 연대기를 쓰겠다는 목적을 최우선으로 삼았기 때문이다.

레싱을 연구하는 많은 학자들은 《황금 노트북》에서와 달리 레싱 자신은 글을 쓰지 못하는 장애에 시달린 적이 없었다고 한다. 그러나 소올의 실제 모델인 클랜시 시걸은 심각하게 장애를 겪은 듯이 보이며, 《황금 노트북》에서처럼 정신적 고통뿐 아니라 신체적인 증상으로도 표출되었다고 한다. 레싱은 시걸에게 그 통증의 원인이 글을 못쓰는 장애에 있는 것이 아니라 더 근원적으로 어린 시절의 경험, 특히 어머니에 대한 경험에 있다고 진단하였고, 그래서 그에게 정신과 치료를 받도록 권유하곤 하였다. 시걸은 오랫동안 이 제안에 거절하였으나 결국 당시 가장 유명한 정신분석가인 랭을 만난다. 랭은 스코틀랜드 출신의 진보적인 정신분석가로, 급진적 정치로 대변되는 1960년대의 영국 사회상이 배출한 또 하나의 인물이다. 랭은 《신좌익 논평》지의 직원들과 정규적으로 정치·사회 문제들에 대해 대화를 나누었으며, 이론과 경험을 접목시키는 '신좌익 개념(idea of New Left)'에 대해 주창하곤 하였다. 시걸이 랭과 상담을 하던 시기는 랭이 이미 레싱의 집에서 나왔을 때였다. 시걸은 레싱과의 관계가 사랑보다는 전쟁에 더 가까웠다고 표현하곤 하였으나, 그들은 둘 다 그 관계를 통해 잃은 것보다는 얻은 것이 많았다고 생각하였다. 이들은 결별한 후에도 계속 만났으며, 특히 레싱은 시걸의 정신치료에 꾸준한 관심을 보였다. 작가인 일레인 쇼얼터가 "1950년대말 도리스 레싱·로널드 랭·클랜시 시걸은 서로에게 지나치게 강력한 영향력을 행사하고 있었다"고 말했을 정도로 이들 세 사람의 관계는 오랫동안 긴밀하였다.

《사대문의 도시》

레싱은 랭의 진보적인 정신분석 이론에 크게 매료되었다. 그 중 한 예를 들면 랭은 부모와 자식 간의 관계에 대해 다음과 같이 말하였는데, 레싱은 이에 절대적으로 동의하였다.

태어나는 순간부터, 즉 석기시대의 아기가 20세기의 어머니를 만나는 순간과도 같은 시간부터, 그 아기의 부모가 그리고 그 부모의 부모가 그랬던 것처럼 아기는 사랑이라고 불리는 폭력의 힘들에 굴복한다. 이 힘들은 주로 그 아기의 잠재력의 대부분을 파괴시키는 데 관계하며 대체적으로 이런 기도는 성공한다. 그 새로운 인간은 약 15세 가량 되면 광기에 물든 세계에 다소 적응된 우리와 비슷한 인간이 된다. 그리고 이것이 바로 소위 '정상성'이라는 것이다.(랭, 《경험의 정치학》, 58)

랭과 레싱은 광기와 실재(reality)에 대해 규명하려고 부단히 노력하였으며, 레싱은 정신이상자들은 병든 사회의 희생자이자 상징이라는 랭의 신념에 동의하였다. 랭은 정신분열증 환자는 모든 인간들이 조금씩 그러하듯이 삶의 공격으로부터 자신을 보호하려는 것뿐이라고 주장하였다. 랭에게 명성을 안겨다 준 1960년 출판된 책 《분열된 자아》에서 그는 "정상적인 정신분열의 존재 방법(the sane schizoid way of being-in-the-world)으로부터 정신이상의 존재 방법(a psychotic way of being-in-the world)으로의 전이가 일어나고 있다"고 말하였다. 또한 "광기가 반드시 인간을 붕괴(breakdown)시키는 것은 아니며 (…) 오히려 돌파구(break through)가 될 수 있다." 그리고 정신분열증을 앓는 사람은 예언자일지도 모르며, 그래서 우리에게 새롭고 보다 통합된 삶의 방식을 가르쳐 줄 수 있다고 말함으로써 큰 반향을 일으켰다.

만약 인류가 생존한다면 내 생각에, 미래의 인간은 우리의 계화된 시대를 진정 어둠의 시대였다고 회상할 것이다. (…) 그들은 우리가 소위 '정신분열증'이라고 부르는 증세를, 지극히 정상적인 사람들을 통해 우리의 꽉 막힌 정신 세계의 틈 사이로 빛이 새어들기 시작하였음을 보여주는 여러 형태들 중 하나로 간주하게 될 것이다.(랭, 《경험의 정치학》, 133, 129)

랭은 전통적인 정신치료 방법인 감금 · 쇼크치료 · 진정제 처방 등을 피하고, 환자와 함께 대화함으로써 정신적 안정을 되찾게 해주는 방법을 썼다.

랭이 정신병 진단을 받은 사람들의 사회적 조건을 바꾸려고 노력하는 동시에 개인 의식 또한 변화시키기 위해 노력하였듯이, 레싱은 공산주의를 통한 사회 변화에 대한 신념으로부터 멀어질수록 개인의 변화, 즉 의식의 변화가 중요하다고 생각하기 시작하였다.

우리는 외부 공간과 시간 속에 완전히 몰입하는 것을 정상적이고 건전하다고 생각하도록 사회적으로 조건지어졌다. 우리는 내부 공간과 시간에 몰입하는 것을 반사회적인 움추림이다, 일탈이다, 무가치하다, 그 자체만으로 병적이다, 어떤 의미에서는 불명예스러운 수치스런 일이다 등으로 간주하려는 경향이 있다. 현재 우리는 광활한 외부 공간에 대해 어느 정도 접근하고 있다면, 그보다 무한하게 광활한 내부 공간에 대해서는 가장 가까운 접근조차도 전혀 시도하지 않고 있다.(랭, 〈정신

    이런 랭의 이론들은 도리스 레싱의 작품에 상당한 영향을 미쳤으며, 특히 1971년 출판한 소설 《지옥으로의 하강에 대한 짤막한 보고서》가 이런 작품에 속하여, 레싱은 이 소설을 '내부 공간 혹은 정신 세계 픽션(inner space fiction)'이라고 불렀다.

    도리스 레싱은 아들 피터의 교육 문제로 상당히 고심하곤 하였는데, 교육 제도가 피터를 망쳤다고 생각하고 있었다. 피터가 12세 되던 해 레싱은 피터를 매우 신중하게 선택한, 교복이 없고 선생님과 학생이 똑같이 이름을 부르는 남녀공학의 진보적인 기숙사 학교로 보냈다. 진보적인 학교는 공립학교와 달리 자유롭고 개방적이라는 장점이 있는 반면, 학교의 이론과 실제가 일치하지 않는다거나 교육에 어떤 뼈대가 없다는 점 등등이 단점으로 작용하여 아이들에게 오히려 혼란을 가져다 주기도 하였다. 피터의 반에 제니퍼 시몬즈라는 여학생이 있었는데, 심각한 문제가정 출신이었다. 이 여학생은 14세가 되던 해 학교에서 퇴학당했고, 부모는 그녀를 정신병원으로 보냈다. 레싱은 그 여학생을 만난 적이 없었으나 그 여학생이 정신병원에서 나와 자신의 집으로 거처를 옮기도록 주선하였다. 레싱은 이 여학생과 약 4년간 함께 살았고, 그후 다른 학교에 보냈으나, 방학에는 자신의 집에 살게 하면서 글을 쓰도록 북돋우는 등 그녀가 소설가 제니 디스키로 성장하는데 큰 도움을 주었다. 뿐만 아니라 심각한 정신적 고통에 시달리며 자살을 시도하던 실비아 플래스를 돌봐 주기도 하였는데, 레싱은 플래스를 제니퍼 보다 다루기 힘든 사람이라고 생각하여 그녀에 대해서는 소극적이었다고 한다.

    단편 소설집인 《한 남자와 두 여자》와 《아프리카 이야기》, 그리고 소설 《육지에 갇혀서》가 1960년대에 출판되었고, 이 세 작품 모두 반응이 좋았다. 1960년대의 마지막 작품이자 5부작 《폭력의 아이들》의 마지막 작품인 《사대문의 도시》는 리얼리즘으로부터 선회하여 사회적·개인적 붕괴라는 이상한 풍경을 만들었고, 가상의 미래를 보여주는 듯한 묘사로 가득 차 있다. 이 묘사 속에서는 심각한 정신병에 걸린 현 세계를 구성하는 사람들이 정신병자가 아니라 오히려 정상인들로 그려져, 앞에서 본 랭의 정신분석 이론이 큰 영향력을 미쳤음을 보여 준다.

오랜 성장의 고통을 겪던 5부작 《폭력의 아이들》의 주인공 마사 퀘스트는 드디어 《사대문의 도시》에 이르러 진정으로 성숙의 변화를 겪는다. 자신의 광기가 세계의 광기의 일부이므로, 주위의 광기를 인식해야만 자신에 대한 진실을 발견할 수 있음을 이해한 결과이다. 레싱은 이 당시 광기에 집착하고 있었으므로, 마사가 《사대문의 도시》에서 그랬던 것처럼 고의적으로 정신이상을 유도하는 실험을 하곤 하였다. 여러 날 음식과 수면을 멀리 하다가 환각 속에서 정신적 일탈을 시도하는 것인데, 레싱은 이런 경험 속에서 자기-혐오자(self-hater)를 만나곤 하였다고 한다. 레싱은 이 자기-혐오자에 대해 설명하면서, 어린아이는 '착하게' 행동한다는 조건에서만 자기를 사랑해 주는 어머니에게서 큰 상처를 받으며, 그래서 이렇게 성장한 사람들은 자신이 증오를 받고 있다거나 잔인한 악의의 대상이라고 확신하는 미망에 빠진다고 하였다.

도리스 레싱은 특히 《사대문의 도시》와 《지옥으로의 하강에 대한 짧은 보고서》를 집필할 때 랭과의 접촉이 빈번하였으므로, 그와의 토론을 통해 터득하게 된 정신분석 이론들이 이 작품들 속에 반영되었다. 레싱은 인간의 정신 세계는 무한할 정도로 광활하지만 인간은 그 능력의 일부분만을 사용할 뿐이며, 그래서 만약 그 능력을 잘 계발한다면 텔레파시 같은 다른 사람의 생각을 들을 수 있는 능력을 능히 가질 수 있다고 생각하였다. 레싱은 이것을 다른 파장의 소리를 듣는 능력이라고 불렀으며, 이런 능력의 계발을 통하여 그리고 소위 '정신이상자'들에게 자신의 광기를 투사함으로써 그들의 광기의 원인을 알아내려고 시도하였다. 그리고 이런 과정과 그에 따른 고통이 그녀의 작품 속에 그대로 반영되곤 하였다. 꿈에 대한 관심도 각별하여, 꿈을 사상의 원천이나 과거를 다시 포착할 수 있는 방법 혹은 경고용의 이야기라고 인식하였다. 또한 글을 쓰는 데 중요한 방법론 역할도 한다고 생각하였는데, 예를 들어 글을 쓰다가 문제가 생겼을 때 꿈속에서 해결책을 발견하곤 하였다. '4대문의 도시'라는 제목 역시 꿈속에서 생각해 낸 것이었다. 꿈은 또한 과거를 회상하는 데 중요한 역할을 하였으며, 1974년 출판된 소설 《어느 생존자의 비망록》은 바로 이런 생각을 소설화한 것으로, 이 작품의 화자는 꿈의 세계로 통하는 벽을 투시하여 어린 시절을 다시 보게 된다. 그래서 이 작품은 '자서전의 시도'라는 소제목도 갖고 있다.

레싱 작품을 출판한 시몬 앤드 슈스터(Simon & Schuster)사의 주요 편집자인 로버트 고틀리브는 1962년부터 레싱과 출판 작업을 같이하였고, 1968년 그가 알프레드 크노프(Alfred A. Knopf)사로 옮길 때에는 레싱도 함께 옮겼다. 한편 레싱은 미국측의 대리인으로 존 쿠슈먼과 함께 일하였다.

고틀리브는 직설적이고 강력한 비판으로 레싱의 작품을 다듬는 데 큰 역할을 하였으며, 특히 《사대문의 도시》《지옥으로의 하강에 대한 짧은 보고서》《어둠 전의 그 여름》 등의 작품에서 그의 조언이 빛을 발하였다.

《지옥으로의 하강에 대한 짧은 보고서》의 출판부터는 조나단 케이프(Jonathan Cape)사에서 레싱 작품의 편집과 출판을 맡게 되었는데, 이 출판사는 톰 매슐러가 운영하던 것으로, 레싱은 이 일을 매우 경사스러운(most felicitous) 일이라고 표현하였다. 레싱과 매슐러의 우정은 매우 돈독하였고, 레싱은 고틀리브·매슐러와 함께 있는 것을 대단히 즐겼다고 한다. 고틀리브와 매슐러는 편지를 통해 레싱의 작품에 대해 긴밀하게 의논하곤 하였다.

앞에서도 밝혔듯이 《황금 노트북》은 레싱에게는 마치 분수령과도 같아 이 책이 출판된 이후 레싱은 상당한 변화를 겪었다. 그 이전의 작품과 사뭇 다른 사고를 하기 시작하였고, 그런 변화를 적극적으로 받아들였다. 이런 변화를 간략하게 요약하자면, 이전의 합리적이고 마르크시스트적인 사고에서 벗어나 신비주의적이고 비이성적인 것에 관심을 쏟기 시작한 것이다. 그리고 이런 것 중 가장 두드러진 것이 아이드리스 샤로 대표되는 수피즘에 대한 관심이다.

수피즘은 다른 이슬람 전통처럼 예언자 모하메드에 기원을 두고 있으며, 코란의 가르침에서 영감을 얻었다고 한다. 그러나 '수피'라는 용어가 모하메드의 사후 100년이 흐른 뒤에야 사용되었듯이, 정확한 기원에 대해서는 밝혀진 바가 없다. '수피(sufi)'라는 단어는 아랍어로 '양털(suf)'이 변형된 것으로 성인들이 입었던 소박한 옷을 말한다. 수피즘은 처음에는 이슬람의 신비스러운 면이라고 단순하게 묘사될 수 있는 사고 전체를 지칭하였으며, 수백 년의 시간이 흐르면서 여러 다른 사상들이 그 틀 안에 포함되기도 하였으나, 가장 확실한 특징은 금욕주의와 신과의 개인적인 관계를 강조한다는 점이다.

수피 가르침은 12세기 수피 훈령의 확립으로 보다 성문화되긴 하였지만, 수피즘은 일관성 없는 교리와 실천으로 어떤 중심적인 뼈대를 구축하지는 못하였다. 그러므로 수피즘에 대한 토론은 고도로 주관적인 영역에 갇히곤 하였고, 그래서 서양에서는 이런 종류의 토론은 자주 수피즘 추종자들과 이슬람 역사가들 사이의 열띤 논쟁으로 대체되곤 하였다. 레싱 역시 이런 논쟁에 휘말리곤 하였고, 그 결과 학계에 껄끄러운 존재가 되었다. 일례로 1975년 1월 레싱은 《가디언》지에 〈만약 당신이 수피를 아신다면〉이라는 기사를 실었고, 같은 해 5월 이슬람 학자인 엘웰서턴은 《조우》지에 레싱의 글에 대한 응답으로 아이드리스 샤를 공격하는 기사를 실었다. 레싱은 기사에서 아이드리스 샤의 모하메드까지 거슬러 올라가는 집안 내력과 그의 족적, 사상 등을 설명하며 그가 이슬람교 수도사의 정통 후계자임을 역설하였고, 엘웰서턴은 그런 주장에 대해 수피의 지식은 물리적으로 계승되는 것이 아니므로 정통 후계자란 없다고 반박하였다. 그리고 샤의 사상에 대해서는 신에 중심을 두지 않고 인간에게 중심을 두는 이슬람도, 종교도 사라진 수피즘이라고 비난하였다.

레싱은 《수피주의자》라는 책을 읽은 후 오랫동안 찾던 해답을 발견한 듯이 기뻐했고, 고틀리브에게 이 사실을 알렸다. 고틀리브는 레싱에게 수피즘에 대해 설명해 줄 것을 요구하였고, 레싱은 자아에는 양육되고 개발될 수 있는 작은 핵만이 존재하며, 성장을 촉진시키는 그 부분은 우리 내부 깊숙이 묻혀 있어 준비가 됐을 때에만 우리를 빛으로 인도한다. 그래서 수피의 가르침은 그것을 알 준비가 되어 있지 않은 사람에게는 설명하기가 쉽지 않다고 답하였다. 설명은 모호하지만 레싱은 이 가르침 속에서 어느 정도 마음의 안정을 찾은 듯이 보이며, 수피즘과 샤에 대해 다음과 같이 찬사를 아끼지 않았다. "수피의 태도는 존재(being)의 태도이지만 다른 신비주의와 달리 인식(knowing) 또한 사용한다. 샤는 사실에 대한 평범한 인식과 실재에 대한 내적인 인식을 구별한다. 그의 활동은 오성(understanding)·존재·인식 등의 모든 요인을 관련시키고 조화시킨다."

샤는 수피즘은 전통적인 정의 형식으로 설명될 수 없으며, 수피즘을 연구하였다고 해서 이해했다고 볼 수 없다. 외부에서 관망하는 사람은 수피즘에 대해 평할 수 없으며 맛을 본 자만이 알 수 있다. 수피즘은 가르침의 한 방법으로 이야기들을 사용하는데, 이 이야기들은 개인적 성장을 이루는 데 큰 도움이 된다. 이 이야기들은 전통적인 우화와 달리 결말이 열려 있고 개인적인 해석을 하도록 유도하므로 지적·개인적 성장을 촉진시킨다. 반면 많은 사람들은 이 이야기들을 접하며 모호하다거나 요점이 없다고 느끼기도 한다. 대체적으로 수피의 이야기들은 직관적인 것과 추상적인 것이 이성적인 것과 논리적인 것과 만나는, 즉 좌뇌와 우뇌의 영역이 합치는 전체론적 인생관을 보여준다. 수피즘의 목적은 단선적인 사고 모드에서 삶에 대한 보다 자발적이고 본능적인 이해로 지각의 변화(perceptual change)를 이루도록 가르치는 것이다 등의 말로 수피즘을 설명하였다.

레싱은 수피즘의 가르침 덕분에 그녀의 사고와 언어에 가해졌던 관습적인 한계를 극복할 수 있었다고 주장하였으며, 이런 주장들은 작품에 반영되었다. 앞에서도 언급하였듯이 다른 사람들의 마음을 읽는 능력에 대한 관심은 수피즘의 결과이다. 레싱은 어느 단계의 진화에 도달한 사람은 다른 사람의 마음의 작용을 알 수 있다고 생각하였고, 이런 생각은 《사대문의 도시》에 지배적으로 드러나 있어, 레싱은 이 책의 각 장의 권두언으로 《수피주의자》에서 발췌한 구절들을 사용하여 수피즘의 영향을 명백하게 밝히고 있다.

반면 레싱의 친구들은 레싱이 정치에서 수피즘으로 방향을 전환한 데 대해 매우 당황하였다. 수피즘이 레싱의 마음을 안정시키고 정신

세계를 강화하였다는 점에는 동의하였지만 그녀가 보다 더 엘리트 의식을 갖게 되고 자기 중심적이 되며 비밀주의가 되는 데 대해서는 불만을 표현하였다.

1996년 11월 샤의 죽음을 알리는 런던 《텔레그래프》지의 사망 기사에서 레싱은, 지난 30년간 수피 스승을 통해 이룬 학습을 요약하기란 어렵지만 그것은 놀라움으로 가득 찬 여정이었고 환상과 선입견을 뿌리치는 과정이었다고 술회하였다. 수피즘을 통해 정치 이데올로기와 예술적 업적이 완전하게 밝혀내지 못한 삶에 대해 이해할 수 있었으며, 이 경험은 자신의 일생에서 가장 중요한 것이었다고 말하였다.

그 이후

1973년 고틀리브는 열번째 소설 《어둠 전의 그 여름》이 곧 출판될 것이라는 기쁜 소식과 함께 그 책이 그 해에 씌어진 최고의 소설이라는 평판을 얻고 있음을 레싱에게 알렸다. 이 책은 레싱의 가장 대중적인 소설들 중 하나로 손꼽히며, 출판될 당시 좋은 평을 받았다. 페미니즘 혁명이 한창이던 1970년대에 등장한 이 소설은 여성들에게 매우 강력한 영향을 미쳤다. 중상류층의 케이트 브라운은 25년간의 만족스러운 결혼 생활 후 갑자기 자신이 더 이상 가정에서 필요하지 않음을 깨닫게 된다. 남편은 일 때문에 미국으로 홀로 떠나고, 성장한 아이들은 완전한 자립을 원한다. 케이트는 자신이 돌봐 오던 사람들에게서 버림받고 있음을 깨닫는다. 실상 이것은 레싱 자신과 어머니 모드와의 관계이기도 하다. 케이트 브라운은 가족이 떠나자 회의 통역자로 일하면서 자신의 양육 기술이 직업 전선에서도 큰 도움이 됨을 발견한다.

레싱은 모성이 여자에게 생물학과 지적인 신념, 다시 말해 타인에 대한 책임과 개인의 자유 사이에서 화해할 수 없는 선택임을 이해하였다. 레싱은 앞에서도 보았듯이 어머니에 대한 적개심과 반항, 두 아이의 양육권 포기, 어머니이자 '자유 여성'으로서의 삶의 어려움 등을 실제로 겪었고, 그 어려움을 소설 속에 재현하면서 모성을 둘러싼 갈등에 대해 철저히 연구하였다. 그리고 어느 한 사람이 삶의 어느 영역에서 희생을 치렀다면 다른 영역에서 그에 대한 보상을 받으며, 반대로 어느 한 영역에서 혜택을 누렸다면 다른 영역에서는 그에 대한 대가를 지불하게 된다는 점도 깨달았다.

《어둠 전의 그 여름》에서 레싱은 타인의 시선에서 독립된 완전한 자아, 즉 외모의 굴레에서 벗어난 독립된 자아의 모색에도 관심을 가져 중년에서 서서히 노년으로 향하는 레싱의 심리 상태를 보여 준다. 1950,60대의 레싱은 낭만적 사랑과 성욕에서 해방된 것을 한편으로는 섭섭해하지만 다른 한편으로는 홀가분하게 생각하며 자축하였으나, 1970대에 들어서서는 오히려 다시 사랑할 수 있을 것 같다고 친구들에게 말하며, 1996년 《사랑이여 다시》라는 소설을 썼다. 이 작품에는 사랑·성욕, 그리고 억압적인 어머니가 다시 등장한다. 주인공 사라는 젊은 남자에 대한 자신의 끊임없는 열정을 자신이 아기였을 때 어머니를 애타게 필요로 했던 경험 때문이라고 깨닫는다. 레싱은 이 작품이 출판된 직후 지인에게 자신보다 상당히 젊은 남자와 사랑하였음을 털어 놓았다.

도리스 레싱은 1979년부터 1983년 사이에 쓴 과학 소설 5부작 《아르고스의 카노푸스 제국》을 매일 밤 수시간씩 별들을 바라보던 아버지에게 헌정하였다. 레싱은 처음에는 첫 작품 《시카스타》, 즉 '과학 소설로서의 성경(Bible as Science Fiction)'만 집필할 예정이었으나 집필

도중 후속 작품들에 대한 구상이 떠오르면서 시리즈로 쓰기로 결정하였다. 이 5부작에서 레싱은 예전처럼 다른 인간 관계나 다른 집단, 다른 나라로 도피하는 대신 지구 자체로부터 도피한다.

이 5부작은 카노푸스라는 행성과 그 주변에 관한 이야기로, 어린 시절부터 사물은 겉으로 보이는 것이 전부가 아니라고 생각하던 레싱은 자유롭게 새로운 우주질서를 창조한다. 카노푸스 행성은 큰 선행을 베푸는 은혜로운 제국으로, 이 제국의 사람들은 다른 행성에 관리를 파견하여 문제가 생기면 해결해 주고 평화롭게 살도록 감시한다. 그들이 식민지로 만든 행성 중 하나가 지구를 대변하는 시카스타이며, 카노푸스 제국의 반대 세력으로는 악을 행하고 배반을 일삼는 샤맷 제국이 있다. 그리고 세번째 세력으로 시리우스인들이 있는데, 이들은 카노푸스인들보다 훨씬 신뢰감이 없고 매우 관료적이다. 카노푸스 제국과 시리우스 제국과의 관계는 레싱이 어린 시절 경험한 영국 제국과 아프리카 식민지와의 관계를 연상시킨다.

첫 작품인 《시카스타》는 지구의 역사, 즉 구석기시대부터 제3차 세계대전까지의 역사를 다룬다. 카노푸스 제국 관리들의 보고에 의해 독자들은 지구가 은총으로부터 버림받았음을 알게 된다. 지구의 주민들이 더욱 포악해졌고, 편협해졌으며, 더욱 기만적이 되었고, 어리석어져 결국 극심한 고통, 즉 대재앙을 자초한다. 이 행성에 파견된 카노푸스 제국 관리들은 지구인들에게 대재앙을 경고하는 성경의 예언자 혹은 선지자의 역할을 한다. 이 작품은 형식은 과학 소설의 것을 취하였지만 실은 이전 작품 특히 《사대문의 도시》에서 보았던 주제들, 즉 인간의 탐욕과 폭력에 의한 타락, 인간 정신 혹은 내부 세계에 대한 탐구, 인간의 진화 가능성에 대한 연구 등과 크게 다르지 않은 주제들을 다루고 있다.

둘째 작품인 《제3,4,5지대 사이의 결혼》은 육체적·정신적 사랑에 대한 알레고리로, 레싱은 개인적 삶이 고달팠던 40대에 상상한 여성 왕국과 남성 왕국을 소설로 발전시킨 것이라고 한 인터뷰에서 밝혔다. 마치 신의 섭리를 전달해 주는 듯한 프로바이더(Providers)는 제3,제4, 제5지대의 주민들이 격리 상태에서 벗어나 서로의 문화를 교환하고 소통함으로써 정신적 진화를 이룰 것을 명령한다. 우선 서로 두려워하던 제3지대의 여왕과 제4지대의 왕이 결혼을 함으로써 두 지대는 서서히 변화를 경험한다. 이들 사이에 태어난 아들이 6개월 가량 되었을 때 프로바이더는 여왕에게 제3지대로 돌아가도록 명령하고, 제4지대의 왕은 이번에는 제3지대의 여왕과 성격이 매우 다른 제5지대의 여왕과 결혼하도록 명령을 한다. 이렇게 이질적인 문화와의 연속적인 접촉으로 공동체간에 역동적인 조화가 이루어지고 더 나아가 정신적 진화도 이룰 수 있다는 우화와도 같은 이야기이다.

셋째 작품인 《시리우스인들의 실험》은 《시카스타》와 동시대를 배경으로 하여 시리우스 행성에 파견된 관리인 여성 앰비언 II의 긴 여정, 즉 5부작 《폭력의 아이들》의 마사처럼 지식을 향한 긴 여정을 줄거리로 삼고 있다. 이 작품의 특이한 점은 시리우스인들이 죽는 대신 닳은 부속품을 교체하며 영원히 산다는 설정으로 레싱은 처음으로 과학기술(technology)에 대해 다룬다. 시리우스인들의 과학기술 수준은 카노푸스인들보다 우수하지만, 감정의 수준은 훨씬 저급하여 점점 탐욕과 거짓 오만에 빠진다. 이로써 레싱은 현대의 과학기술이 인간을 더 숭고하고 가치 있게 혹은 더 행복하게 만들지 못함을 암시한다. 스승인 클로라시의 영향을 받아 앰비언 II는 시리우스의 실용적인 전제들에 대해 의문을 제기하고 전체(wholeness)·통합(unity)·조화(harmony) 등의 카노푸스 제국의 가치를 향해 서서히 나아간다.

넷째 작품인 《제8행성에 보낼 대표 만들기》는 이 5부작의 다른 작품들과 달리 식민자가 아닌 피식민자를 통해 서술된다. 제8행성은 유전자 개량에 의해 진화한 사람들의 에덴과도 같은 안식처인데, 식민주의자들이 행성 주위에 검은 벽을 쌓자 눈이 내리기 시작하고 빙하기에 접어든다. 이 작품은 빙하기를 견뎌 내는 인간의 능력, 그리고 자연의 힘에 초점을 맞춘다. 레싱은 1901~1914년과 1910~1913년에 수행되었던 로버트 팰콘 스콧의 남극탐험(Scott's expeditions in Antarctica)에 대한 기록에 50년간이나 매료되어 있었고, 결국 그 관심을 이런 소설로 발전시켰다.

마지막 작품인 《볼린 제국의 감성적 관리들에 관한 문서》에서는 카노푸스 제국 밖의 일군의 행성을 무대로 장래에 카노푸스 제국의 관리가 될 인센트라는 인물의 교육에 초점을 맞추고 있다. 인센트는 수사학적 질병에 매우 허약한 것으로 설정되어 있어, 레싱이 이 작품에서 수사학을 풍자하고 있음을 드러낸다. 말은 감정을 고조시키거나 거짓 논리에 빠지게 하며, 환상을 만들고 정신을 오염시켜 미치게 만들며, 과잉의 감정과 감성을 유발시키고 대중 폭력을 부추긴다. 레싱은 이전 작품에서도 꾸준히 언어에 대한 불신을 화두로 삼곤 하였는데, 이 작품에서는 본격적으로 언어의 허상에 대해 연구한다. 5부작 《아르고스의 카노푸스 제국》 내내 교정자의 역할을 하던 카노푸스 제국은 제8행성을 구하지 못해 그 권력이 축소되고 그동안 제국이 내세웠던 선전에 대한 믿음도 붕괴되었다. 레싱은 이 작품에서 카노푸스 제국 역시 역사의 순환, 즉 부침의 순환에서 자유로울 수 없음을 밝히며, 더 나아가 개인과 전체, 내부 세계와 외부 세계의 이분법을 해체하면서 전체는 일관성이나 개별성의 상실을 의미하는 것이 아님을 역설한다.

레싱은 이 작품들을 통해 주요한 사회학적 화두들을 다루었고, 고틀리브는 그녀가 지나치게 설교조로 되어 가고 있다는 점과 논쟁을 좋아한다는 점을 우려하였다. 고틀리브는 과학 소설이 문제들을 지나치게 단순화하여 마치 정치 선전처럼 보일 수 있다고 레싱에게 자주 경고하였다. 반면 레싱은 이 5부작을 출판하면서 비평가들의 평까지 미리 계산하여 자신의 작품의 출판 시기를 조정할 정도로 치밀하였고 그만큼 자신의 작품에 대해 자신감을 갖고 있었다. 예를 들어 레싱은 《시카스터》가 출판되기 이전 《제3,4,5지대 사이의 결혼》을 완성하였으나 이 두번째 작품의 출판을 약간 늦추었다. 첫 작품에 대한 비평이 나온 뒤 그 작품의 후속 작품이지만 성격이 다른 두번째 작품을 발표함으로써 그 비평가들의 생각이 편협된 것임을 밝히고 그들이 다시 생각하도록 만들기 위해서였다.

그러나 고틀리브의 예상이 적중하였고, 많은 비평가들과 독자들은 레싱이 이 작품들을 통해 강의하고 있다는 인상을 받았다. 레싱의 과학 소설은 진정한 과학 소설이기보다 고압적이고 설교조라는 평을 받았다.

이렇듯 이 작품들은 레싱의 기존 독자층 사이에서는 별로 환영받지 못하였지만 새로운 신봉자들을 양산하여, 작곡가인 필립 글래스는 《제8행성에 보낼 대표 만들기》와 《제3,4,5지대 사이의 결혼》을 오페라로 만들었다. 레싱은 현 세계의 문제들을 보다 환상적인 콘텍스트 속에서 다루려고 하였으나 비평가들이 지나치게 편협하여 이런 의도를 알지 못함을 서운하게 생각하였다. 레싱은 과학소설이 사회를 비판할 수 있는 궁극적인 형태라고 굳게 믿고 있었기 때문에 평이 좋지 않았음에도 불구하고 5부작을 완성하였다.

레싱의 다음 소설은 1983년과 1984년에 발표된 《어느 좋은 이웃의 일기》와 《만약 노인이 할 수 있다면》인데, 이들 작품의 특기할 점은 제인 소머스라는 익명으로 씌어졌다는 사실이다. 레싱은 '도리스 레싱'이라는 이름이 갖는 위력을 잘 알고 있었으므로 작품의 질만으로 평가받겠다는 소신으로 이런 일을 감행하였다. 그녀의 예상처럼 《어느 좋은 이웃의 일기》는 어렵게 출판사를 구했고, 그래서 레싱의 출판계에 대한 비판이 입증된 면도 있지만, 많은 사람들이 이런 시도에 대해 당황해 하였고 비난하였다.

레싱을 연구하는 많은 사람들은 레싱이 이렇게 익명을 사용한 것은 과학 소설에서 리얼리즘 소설로 회귀하면서 과학 소설에 대해 비판하던 사람들에게 다시 한번 생각할 기회를 주기 위함이라고 옹호하기도 하였다.

《어느 좋은 이웃의 일기》는 어느 면에서는 레싱이 제인 소머스라는 익명을 쓰게 되는 이유를 설명해 주는 작품이기도 하다. 레싱이 도리스 레싱이라는 이름이 갖는 특권 밑에 숨어 있는 진정한 자아를 다시 실험하였듯이, 이 작품의 케이트 브라운은 자신의 정체성에 대해 꾸준히 의문한다.

《만약 노인이 할 수 있다면》은 《어느 좋은 이웃의 일기》의 주인공 재나가 나이를 먹으며 겪는 갈등들, 즉 나이가 들면서도 채워지지 않는 욕망, 세대간의 격차 등에 대해 서술한다. 재나의 실제 모델로 거론되는 인물로 여러 명이 있는데, 그 중에는 어머니 모드도 들어 있다. 재나의 효율성·실용성, 그리고 인간의 허약함에 대해 이해하지 못하는 성질 등이 모드의 것과 매우 흡사하기 때문이다. 재나가 자신의 어머니나 남편의 병간호에는 혐오스러워하였지만 우연히 만나게 되는 모디라는 가난한 노인은 잘 돌봐 준다는 설정이 흥미롭다.

1985년에 출간된 열아홉번째 소설 《선량한 테러리스트》는 레싱이 이전에 《황금 노트북》 《사대문의 도시》 《어둠 전의 그 여름》에서 다루었던 친숙한 주제들, 즉 좌익 정치·영국의 계급 제도·가정·남녀 관계 등을 앨리스 멜링즈라는 1980년대를 살아가는 여주인공을 중심으로 다루고 있다.

1988년 레싱은 서른다섯번째 작품인 《다섯번째 아이》를 발표한다. 러벗 가정을 다룬 이 소설은 자연주의적 리얼리즘과 과학소설을 혼합해 놓은 듯한 괴기 소설로 명확하게 범주화하기 어려운 작품이다. 남 부럽지 않은 평화로운 가정에 다섯째아이로 괴물 같은 아이가 탄생하고 그후 이 가정은 서서히 붕괴된다. 이 아이를 수용소에 보냈으나 어머니인 해리엇은 다시 이 아이를 데려와 키운다. 이 아이는 크면서 자신이 다른 아이와 다르다는 것을 알게 되고 결국에는 소외된 젊은이들과 어울려 범죄자의 길로 들어선다.

이 작품은 일종의 우화로 벤은 AIDS, 테러 등 현대 사회의 악, 우리가 만들어 낸 악을 대표한다. 《사대문의 도시》에서는 레싱이 이상 감각 기관을 발전시키는 좋은 방향으로의 인간 진화를 예언하였다면, 이 작품에서는 반대 방향의 진화를 상상하고 있다. 레싱은 한 서신에서 벤은 악이 아니라 이 세계에 살고 있는 아웃사이더일 뿐이며, 만약 그 아이가 어느 먼 과거의 숲에 태어났다면 악의 세력으로 치부되지 않았을지도 모른다고 말하였다. 그 아이는 오랜 세월 동안 우리 유전자 속에 잠재해 있던 것이 튀어나온 것일지도 모른다는 것이다. 그래서 어떤 비평가들은 벤이 각 가정의 어두운 면, 혹은 각 개인의 어두운 그림자를 상징할 수도 있다고 주장한다.

반면, 많은 비평가들은 레싱이 벤 같은 인물을 창조할 수 있었던 것이 그녀의 양육 경험의 결과라고 생각한다. 존과 진 두 아이를 포기하고, 피터와 제니를 양육하면서 겪은 어려움, 그리고 1960년대의 다루기 힘들었던 10대들을 목격하였기 때문에 벤의 부모인 해리엇과 데이

비드에 대해 생생하게 묘사할 수 있었다는 것이다. 자신이 두 아이를 포기하고 피터를 아버지 없이 키우게 된 것을 운명이라고 생각하였듯이, 해리엇과 데이비드에게 그런 아이가 태어난 것도 순전히 운명임을 강조한다.

레싱은 1960년대에 존과 진을 만났고, 이들과 피터에게 상당한 액수의 신탁자금을 마련해 주었다. 존에게는 커피 농장을 구입해 주어 그가 1990년 심장마비로 사망할 때까지 경영하도록 해주었고, 1995년에는 남아프리카공화국으로 딸 진과 손녀들을 방문하였다.

레싱은 일생 동안 고양이들을 키웠는데, 레싱 주위의 사람들은 그녀가 사람들을 다루는 솜씨는 형편없었으나 고양이들은 매우 잘 다루었다고 할 정도로 고양이들을 사랑하였다. 그녀가 고양이들에 대한 기억을 모아 《특히 고양이들은》이라는 책을 썼다는 사실로도 그 정도를 가늠할 수 있다.

1994년과 1997년 레싱은 자서전인 《피부 아래에서》와 《그늘 속을 거닐며》를 출간하였다. 여러 사람에게서 자기의 전기를 쓰겠다는 제안을 받곤 하였는데 레싱은 다른 사람들이 전기를 쓰며 자기의 삶을 왜곡할까 두려워 직접 자서전을 쓰기로 한 것이다. 이들 작품은 1962년까지의 기록으로 그 다음 작품은 일부 등장 인물들이 아직 어리기 때문에 혹시 그들에게 누가 될까봐 쓰지 않기로 했다고 말하였다.

노년의 레싱은 여전히 아프리카 문제에 관심이 많아 짐바브웨의 백인 사회에 대한 비판의 강도를 높이고 있으나, 아이러니컬하게도 그녀가 아들에게 사준 커피농장은 다른 백인 소유의 자산과 함께 1997년 몰수되어 흑인들에게 분배되었다.

최근의 작품으로는 1999년 발간된 미래를 배경으로 하는 소설 《마라와 단》, 2001년에 발간된 《다섯번째 아이》의 후속 작품 《세상 속의 벤), 2002년 발간된 《가장 달콤한 꿈》, 그리고 올해 초 발간된 《할머니들: 4개의 단편 소설》 등이 있다. 80대 중반의 노인임에도 불구하고 거의 매년 작품을 출판하고 있는 그녀의 꺼지지 않는 열정에 놀라울 뿐이다.

　본 저서의 제목을 '도리스 레싱: 분열에서 통합으로'라고 정한 이유는 그녀가 산 20세기의 대부분이 양차 세계대전의 회오리 속에서, 그리고 그 후유증으로 계층·인종·이념·성별의 차이에 따른 분열을 겪었으며 그로 인해 오랫동안 안정을 찾지 못한 시대였기 때문이다. 레싱은 이 시대를 마치 민달팽이처럼 온몸으로 예리하게 겪으면서 작품 속에 그 체험을 반영하고 있으며, 분열을 통합으로 발전시키기 위해 다양한 실험을 시도한다. 본 논문집은 레싱이 이 시대의 분열의 원인을 어떻게 진단하고 있으며, 그 치유책으로 어떤 것을 제시하고 있는지에 초점을 맞출 것이다.

　앞의 내용에서 충분히 밝혔듯이 레싱은 전후의 공산주의와 사회주의의 약진과 소멸뿐 아니라 과학기술의 발전으로 가능해진 우주로의 진출의 꿈에도 관심을 갖는 등 사회의 변화에 끊임없이 촉각을 세워 작품 속에 재현하였다. 그녀의 작품이 워낙 방대하여 한 권의 책에 그 모든 것을 담는 것은 불가능하다. 이 책에서는 20세기 후반부, 정확히 말해 1970년대 이후 출간된 작품에 대해서는 다루지 못하였다. 그러므로 이 책은 보다 정확히 말하자면 《도리스 레싱》 제1권 '분열에서 통합으로'이며 조만간 1970년대부터 최근의 작품까지 다루는 제2권이 나올 수 있도록 최대한으로 노력할 예정이다. 오늘날까지도 꾸준히 작품을 생산하는 작가이므로 두 권의 책으로 다루기에도 벅찰 것으로 예상되지만 주제가 반복되는 경우가 많으므로 중요 작품들을 중심으로 집필할 예정이다.

이 작품에 수록된 논문들 역시 그 주제가 겹치는 경우가 빈번하였지만 같은 이야기는 최대한으로 피하도록 노력하였다. 예를 들어 《황금 노트북》과 《사대문의 도시》는 모두 칼 융의 정신분석학 개념이 도구로 사용될 수 있는 작품이나 그럴 경우 새로운 논문이 되기 어려우므로 《황금 노트북》에 대해서는 주로 그 형식에 주목하는 논문들을 썼다. 그 결과 제2부 '제국주의가 드리운 또 하나의 그림자'에는 《풀잎은 노래한다》와 《마사 퀘스트》를 중심으로 제국주의의 폐해에 주목하는 논문을 실었고, 제3부 '가정, 가족, 그리고 여성'에는 《올바른 결혼》에 관한 논문과 레싱과 모성과의 관계를 조명한 글을 실었고, 제4부 '제2차 세계대전과 이념 논쟁'에는 《폭풍의 여파》와 《육지에 갇혀서》에 초점을 맞춘 논문을 실었고, 제5부 '새로운 사회, 새로운 형식'에서는 《황금 노트북》의 실험적 형식에 관심을 기울였으며, 제6부 '전쟁 후유증인 정신병과 그 의미'에는 《사대문의 도시》에 관한 논문과 5부작 《폭력의 아이들》을 통틀어 다룬 논문을 수록하였다.

레싱의 작품들은 독자들, 특히 여성 독자들이 미처 알지 못했거나 무심코 지나친 것들을 명확하게 꿰뚫어 보게 하는 묘한 매력을 지니고 있다. 어느덧 중년의 한복판에 들어서서 어떤 노년의 세월을 맞이해야 할지 종종 그려보는 요즈음, 중년에서 노년이 되며 여성이 겪는 심리적 변화를 자세하게 그려낸 레싱의 작품들을 읽을 수 있으리라는 기대만으로도 벌써부터 든든한 기분이다.

제2부
제국주의가 드리운
또 하나의 그림자

19세기 후반 번영과 진보의 상징이자 표상이던 영국의 제국주의는 20세기 문턱에 들어서면서 서서히 대·내외적인 비판에 직면하게 된다. 그때까지 자본주의적 산업 국가간의 팽창주의적 경쟁에서 줄곧 우위를 차지하던 영국은 대외적으로 국제적 긴장을 고조시키고 있었고, 결국 1898년에는 파쇼다 사건으로 프랑스와 충돌하기까지 하였다. 1899~1902년에 남아프리카에서 벌인 보어 전쟁은 세계 여론의 공격 대상이 되었을 뿐 아니라 영국 내에서조차 반전 운동을 고조시키고 있었다.

유럽의 자본주의 국가들은 주요 해외 진출 기지였던 아프리카 대륙에 군인뿐 아니라 민간인들을 이주시켜 정착케 하였는데, 영국 제국주의의 최대 피해자이자 희생자는 물론 피식민자들이었던 아프리카 원주민들이었지만, 아프리카로 이주한 유럽인 식민자들 역시 제국주의의 또 다른 피해자였다.

이들은 유럽 대륙의 소외 계층에 속한 사람들로 계급 제도의 희생자인 경우가 많았으며, 따라서 아프리카에서 크게 한몫 잡아 당당하게 귀향하려는 야망을 품고 있었다. 아프리카에 영구히 정착하려는 생각이 적었기 때문에 자연히 아프리카 대륙에 적응하고 원주민들과 화합하려는 의지가 희박하였으며, 오히려 착취하려는 생각에만 골몰해 있었다. 따라서 이들은 프란츠 파농이 《검은 피부, 하얀 가면》에서 표현한 대로 열등 의식과 우월 의식이 혼합된 일탈된 심리 상태를 보였고,

그 결과 원주민들에 대해서는 같은 인간으로 대하기보다 노예나 짐승처럼 대하기 일쑤였으며, 이와 같이 근거없는 우월 의식으로 원주민들을 대하다 보니 의식적 혹은 무의식적 죄의식에서 오는 피해 의식에도 시달리고 있었다. 레싱은 작품 곳곳에서 원주민들에 대한 비합리적인 심리적 우월 의식과 그 밑에 깔린 신경병적 불안감에 시달리는 식민자들을 묘사하고 있다. 제국주의와 식민주의를 비판할 때 피식민자의 시각에서 이루어지는 경우가 대부분이나 레싱은 식민자의 시각에서 이들을 제국주의의 또 다른 희생자로 부각시키고 있으므로, 레싱의 작품은 이런 점에서 또 다른 중요성을 지니고 있다고 하겠다.

여기에 실린 두 편의 논문 《《풀잎은 노래한다》: 억압과 압제〉(1993)와 〈《마사 퀘스트》: 인식론적 탐색(Quest)의 시발점〉(2000)은 레싱의 초기작들에 대한 논문들로, 이들 초기작들이 주요 주제들을 복합적으로 다루고 있지만, 일차적으로 식민 계층의 인물들을 그리면서 그들이 그런 정체성으로 인해 겪는 사회적 문제들과 심리적 갈등에 초점을 맞추고 있으므로, 이 두 논문을 '제국주의가 드리운 또 하나의 그림자'라는 제목으로 묶었다.

제1장은 레싱의 처녀작 《풀잎은 노래한다》에 대한 논문이자 필자가 접한 레싱의 첫 작품에 대한 논문으로 레싱을 깊이 알기 전에 쓴 글이다. 원숙하거나 깊이가 있지는 않지만 레싱의 작품을 읽고 얻은 여러 인상들을 기초로 하여 쓴 글이다. 그녀의 작품에서 소홀히 다룰 수 없을 정도로 중요한 정신분석학 · 마르크시즘 · 포스트식민주의 · 페미니즘 등이 잘 어우러진 논문을 쓰고 싶었고, 당시 줄리아 크리스테바에 대한 개인적 관심이 컸기 때문에 그녀의 이론을 적용하였다. 아마도 작가 레싱에 대해 깊이 알고 있었다면 혹은 레싱의 다른 작품들에 대해 잘 알고 있었다면 이런 시도는 하지 못했을지도 모른다. 레싱과 줄

리아 크리스테바 사이에 개인적 친분 관계가 있었다거나 이들이 서로에 대한 학문적 · 예술적 관심이 있었다는 기록을 찾아볼 수 없기 때문이다. 필자는 이후의 논문에서 정신분석학을 적용할 때에는 레싱이 관심을 보였던 프로이트 · 융 · 랭의 이론에 충실하였다.

크리스테바와 레싱 간의 어떤 물리적 가교도 발견하지 못했지만 이들 사상에 공통점이 있음을 부인할 수 없다. 논문에서 밝혔듯이 이들은 둘 다 공산주의 이념, 정신분석학 이론, 페미니즘에 대한 확고한 생각, 그리고 중심과 주변 사이의 역학 관계 등에 유난히 관심이 많았기 때문이다. 이 논문은 이 점에 착안하여 전개되었고, 10년 이상의 세월이 흐른 오늘날 다시 읽어도 레싱에 대한 글읽기가 바른 방향을 향하고 있음을 느낄 수 있게 해준다. 본책에 삽입하는 과정에서 어색한 문장을 조금 다듬었다.

제2장 〈《마사 퀘스트》: 인식론적 탐색의 시발점〉은 5부작 《폭력의 아이들》의 첫 작품, 《마사 퀘스트》에 대한 논문이다. 《마사 퀘스트》는 처녀작 《풀잎은 노래한다》의 분위기와 매우 흡사하지만, 5부작이라는 거대한 포맷의 첫 작품인 만큼 사고의 크기와 깊이 면에서 훨씬 장대해져 있음을 느낄 수 있다. 《풀잎은 노래한다》에서 보다 개인적인 경험을 더욱 진솔하게 그리고 있어 리얼리티가 살아 있으며, 《풀잎은 노래한다》에서 제기되었던 문제점들이 보다 차원높게 그려지고 있다.

무엇보다도 이 작품을 읽으며 독자가 느끼는 딜레마는 5부작의 첫 작품으로서 주인공 마사의 사고와 행동에 대한 판단을 어디까지 신뢰하여야 하는가 하는 점이다. 어린 마사는 주변의 인물보다 탁월한 지성을 갖고 있는 것으로 그려져 전통적인 주인공에게처럼 독자는 쉽게 동일시하려 들지만, 다른 한편으로는 이 작품이 성장 소설인 5부작의 첫 작품이라는 점, 주인공이 아직 어리므로 시행착오를 거듭할 수 있다는 점 등등을 떠올리며 판단을 유보하게 된다. 이 작품을 분석하는 학자 역시 이런 문제에서 자유롭지 못한데, 앞에서도 밝혔듯이 이 작품은 여러 논점들을 제기하는 단계이므로 이 작품에 적용하기에 가장 적절한 포스트식민주의적 접근 방법이나 페미니즘 접근 방법 모두 어떤 결론을 도출하기가 어렵고, 더욱이 레싱의 어느 작품보다도 적용 가능성이 큰 생태학적 비평 역시 어떤 결론을 유도하기 어려운 상태에 있다. 이런 점에서 볼 때 이 작품에 대한 진정한 결론은 5부작을 모두 읽은 후에나 가능할 수 있다.

그렇지만 이런 대하 소설을 읽을 때, 개별 작품에 대한 글읽기와 전작(全作)을 염두에 둔 각 작품에 대한 글읽기 중 어느 것이 옳은가 혹은 중요한가를 판단하는 문제에 있어서 우리는 그 둘 다 나름대로의 의미가 있다는 결론에 도달한다. 개별 작품에 대한 꼼꼼한 글읽기는 저자의 사고 변화를 생생하게 느끼게 해주며, 독자의 독창적이고 자유로운 글읽기를 가능케 하는 반면, 전작을 읽은 후 다시 읽는 글읽기는 이미 답을 알고 푸는 문제처럼 흥미는 반감될 수 있지만 개별적인 글읽기에서 놓친 점들을 새로 발견하는 재미를 주며, 작가의 보다 큰 철학 세계를 이해하게 되면서 작가의 치밀함이나 역량에 다시 한번 감탄할 수 있기 때문이다.

필자 역시 이 작품을 읽고 큰 딜레마에 봉착하였으며, 논문 역시 그런 흔적을 여실히 드러낸다. 처음에는 포스트식민주의 · 페미니즘으로 이 작품을 읽으려 하였으나 이들 모두 어떤 결론을 도출할 수 있을 정도로 진전되지 않은 채 제자리걸음만 하므로, 그 결론을 생태주의적인 접근 방법으로 대신하려고 노력하였다. 그 결과 이 논문의 제목을 〈《마사 퀘스트》: 진정한 여성성과 탈식민을 향한 여정〉에서 〈《마사 퀘스트》: 인식론적 탐색의 시발점〉으로 변경하였다. 원 제목으로는 생태주의적 결론을 포함시킬 수 없기 때문이다. 주인공의 지성은 높으나 아직 어린만큼 의식이 깨어나는 중이고 행동도 크게 미숙하다. 따라서 제도에 대한 저항에 한계가 있다. 그러나 주인공의 본능이나 직관은 살아 있고 지성보다 더 큰 통찰력을 발휘한다. 따라서 생태주의적인 전체론적 해석을 통해 주인공의 변화 잠재력을 끌어내었다.

제1장

《풀잎은 노래한다》: 억압과 압제

I

첩첩산중의 이 황폐한 골짜기에서
희미한 달빛 아래,
교회당 주변의 붕괴된 무덤 너머로 풀잎은 노래한다.
그곳에는 텅 빈 교회당만 있으니, 오로지 바람의 안식처라.
……

수탉 한 마리만이
꼬꼬리꼬 꼬꼬리꼬
마룻대 위에 앉아 있었다, 번갯불의 섬광 속에.
그러자 비를 몰고 오는
축축한 돌풍 한 가닥.

인간의 역사는 권위에 대한 도전·전복·해체의 역사였으며, 이 파괴적인 힘은 새로운 창조를 전제하는 힘이었다. 정지는 이미 후퇴를 의미하며, 전진은 파괴를 발판으로 삼는다. 이런 인간 경험은 인간의 유한성을 넘어 공간적·시간적으로 무한히 전개되는 우주적 과정 속에 편입된다. 폐허가 된 황무지 속에서 풀잎은 노래하고, 생명력을 불어넣어 줄 비는 번개로 바람으로 자신의 도래를 약속한다. 《풀잎은 노래한다》의 권두언이며, 재생과 부활을 노래하는 엘리엇의 《황무지》에서 발췌된 위의 인용은 이 작품에 대한 레싱의 시각과 우주관을 잘 대변해 준다. 인간이 감각하고 인지하는 현상적인 것뿐 아니라, 이 현상의 배후에 존재하는 사고할 수 있으나 인지할 수 없는 실재도 이런 변증법적 변화의 과정을 겪으며, 감각하고 사고하며 인지하는 주체의 내면적 정신 세계도 이런 변화에 종속된다.

레싱은 처녀작인 《풀잎은 노래한다》를 쓰면서 개인적 차원과 사회적 차원의 담론뿐 아니라 우주관까지 반영된 담론을 목표로 하였으나, 레싱이 《아프리카 이야기》의 서문에서 애석해 하였듯이, 이 작품은 발표된 후 상당 기간 동안 주로 흑백 간의 인종 문제를 다룬 작품으로 수용되었다. 다행히 근래에 들어서면서 이 작품은 작가가 의도한 대로 그리고 희망한 대로, 여러 겹의 담론을 추출해 낼 수 있는 복합적 텍스트로 인정받고 있다.

이 작품을 저술하던 당시 레싱은 마르크시즘에 관심을 기울이고 있었고, 이 작품에는 노동자의 노동력이 착취당하고 대자본이 소자본을 흡수하는 자본주의 사회에 대한 비판이 함축되어 있으므로 사회주의 리얼리즘 계열의 소설로 읽히기에 충분하다. 반면, 특정 가치를 내세우는 사회는 이 가치 기준에 반발하는 개인과 충돌하게 마련이고, 이때 이 문제를 사회주의 관점에서 분석하기보다 개인이 겪는 혼란이 인간 관계의 위기이자 인격의 위기라는 인식 속에서 개인의 무의식에 대한 관찰을 통해 정신분석학적으로 접근할 수 있다. 정신분석 방법은 언어를 매개로 하여 무의식과 인간 사회 간의 연관성도 탐구할 수 있게 하므로 이 작품을 정신분석 담론으로 읽는 것은 매우 설득력이 있다. 또 다른 측면에서 볼 때 이 작품 속에서 희생되는 주된 인물이 여자이고, 저자 역시 여성인 만큼 페미니즘 시각으로 읽어도 중요한 의미를 끌어낼 수 있다.

사회주의적 접근, 정신분석학적 접근, 페미니즘적 접근 중에서 하나를 선택하여 그에 따라 중점적으로 분석하여도 이 작품으로부터 큰 의미를 산출할 수 있겠으나, 본 논문은 인물들이 겪는 문제점들을 '억압'과 '압제'라는 개인이 경험하는 두 가지 압력으로 정리하여 이 텍스트를 분석하려 하며, 더 나아가 이것이 두 개의 분리된 힘이 아니라 동일한 전제 속에서 출발된 하나라는 데 초점을 맞추려 한다. 물론 여기에서 '억압'은 정신분석 용어로 개인이 자신의 욕망과 충동을 무의식 속으로 밀어넣은 상태를 의미하며, '압제'는 개인의 이해 관계가 사회의 가치 기준과 상충될 때 희생을 강요받는 것을 지칭한다.

본 논문은 인간이 필수적으로 조우하게 되는 이 두 압력을 분석하는 틀로 줄리아 크리스테바의 이론을 이용하였다. 크리스테바는 20세기 중반의 많은 지성인들, 그리고 레싱처럼 사회주의와 더 나아가 공산주의에 심취했다가 깊은 환멸을 느끼며 돌아선 전력을 갖고 있다. 크리스테바는 기호학자인 동시에 정신분석학자이므로 프로이트·융·랭 등의 정신분석학에 관심이 컸던 레싱을 이해하는 데 유용한 틀을 제공하며, 레싱의 작품에 자주 등장하는 부모와 자식 간의 관계·꿈·신경병 증세 등에 대해 의미 있는 설명을 해줄 수 있다. 무엇보다도 이들이 둘 다 여성이기 때문에 크리스테바의 이론은 레싱의 작품을 분석하는 데 적합하다.

그러나 이 이론의 적용을 특히 고무시킨 것은 이들이 주변화된 것, 즉 그것이 어느 계층의 사람들이든, 여성이든, 주목받지 못했던 이론이나 텍스트이든, 주변화된 모든 것들에 관심을 갖고 있다는 공통점이다. 그리고 이들은 더 나아가서 주변화된 것은 거대한 에너지를 잉태하고 있으며, 이 에너지는 주변화된 것을 중심 쪽으로 밀어붙이는 작용을 한다는 사실에도 동의한다. 이들은 둘 다 헤겔의 변증법에 친숙하였고, 이 변증법에 의거한 역동적 사회 구조에 주목한 것이다. 이들의 이런 관심은 우선적으로 그들이 위치해 있던 물리적 위치에서 그 원인을 찾을 수 있다.

레싱이 《풀잎은 노래한다》를 쓴 곳은 남로디지아, 지금의 짐바브웨이다. 레싱은 이곳에서 농장을 하던 아버지 밑에서 인종차별을 일상적으로 목격하며 성장하였다. 이때의 레싱은 한편으로는 유럽 내의 대문명국이라는 중심적 위치에서 멀리 떨어진 아프리카 내의 식민 계층이라는 주변화된 사회에 위치한 여성이었고, 또 다른 한편으로는 아프리카 내의 부유한 주류 영국 사회라는 중심적 위치에서 밀려난 가난한 영국 가정의 딸이라는, 이중적으로 주변화된 입장에 처해 있었다. 그리고 식민 사회와 피식민 사회의 경계에 서서 착취당하는 원주민들을 바라보며 식민 사회의 도덕적 허약성과 아프리카 원주민의 잠재적 힘 사이의 역동적 관계를 통찰할 수 있었다.

크리스테바는 25세에 고향 불가리아를 떠나 파리에 정착한 학자로, '텔켈(Tel Quel)' 그룹에 가입하여 규범적 문학의 변두리에서 진가를 인정받지 못한 인물들을 재평가하는 아방가르드로 활동하였으며, 프랑스 구조주의 대가들의 연구를 도우며 이들의 것과 다른 포스트구조주의 성격의 기호분석학을 창시하였다. 크리스테바는 여성 이방인이라는 주변적인 물리적 입장과 아직 인정받지 못한 새로운 이론의 창시자라는 주변적인 학문적 입장의 이중적인 주변적 위치에서 구조주의라는 중심지를 향해 도전하였으며, 이 과정에서 사회의 역동 구조를 체험하고 그 경험을 이론 형성에 이용한 인물이다.

또한 전통적으로 가장 큰 단위로 주변화된 사람들이 여성인 만큼 이 두 여성들은 여성의 입장에 대해서도 관심을 갖고 있었다. 레싱은 《풀잎은 노래한다》에서 페미니즘에 관한 자신의 입장을 밝히고 있는데, 그것은 '메마른 페미니즘'(*GS* 41)에 대한 저항이다. 여성은 가부장제 속에서 남성에 의존적인 범위 내의 주체성만 소유하고 있으므로 여성이 온전한 자유를 누리기 위해서는 남성과 정치적 투쟁을 해야 한다는 안일한 페미니즘에 반대한다.

줄리아 크리스테바는 1979년에 쓴 〈여성의 시간〉에서 페미니스트들을 3세대로 나누고 있는데, 첫째 세대는 여성에게 남성과 동등한 권리를 줄 것을 요구하는 평등주의 페미니즘, 1968년 이후의 둘째 세대는 여성과 남성의 이질성을 강조하는 급진주의 페미니즘, 셋째 세대는 여성과 남성 사이의 이분법적 구별을 해체하고 여성을 가부장제에 의해 주변화된 존재로 파악하려는 페미니즘이다.

제3세대의 페미니스트들의 시각을 대변하는 크리스테바는 역사적·사회적 특수성을 고려하여 여성성을 논하며 본질적 여성성이나 남성성이란 존재하지 않는다는 입장이다. 이런 논리를 뒷받침하기 위해 크리스테바는 라캉의 정신분석학을 응용한다. 라캉은 성별 정체성을 갖기 이전 단계와 이후 단계를 상상계와 상징계로 분리하고, 상상계에서는 유아가 어머니와 합일을 이루는 충족의 상태나 거울 단계를 거치면서 자아와 투영된 자아 사이의 불완전한 동일시를 겪는다고 설명한다. 이 거울 단계는 유아가 상징계로 들어가는 입구이며 오이디푸스 콤플렉스를 겪게 되는 초기 단계이다. 유아는 아버지라는 제3의 인물의 등장으로 어머니와의 근친상간적 관계를 포기하고 이 어머니에 대한 욕망을 무의식 속으로 억압하게 된다. 라캉은 무의식이 언어와 같은 구조를 갖고 있으며 언어의 산물이라고 표현함으로써 프로

이트와 구별되는데, 유아는 자신의 욕망을 언어로 분절하여 표현하며 이때 언어가 흡수하지 못한 것은 무의식 속에 남게 된다. 언어의 습득은 유아가 상징계에 들어왔음을 뜻하는 것으로, 언어란 발화와 달리 법의 체계에 종속되며 아버지라는 인물도 법이나 규칙을 상징하게 되어 유아는 상징계에 들어오면서 사회화된다.

크리스테바는 이 라캉의 이론 중 상상계를 기호계로 대치한다. 이 기호계에서는 유아가 언어를 습득하기 이전의 욕망과 충동을 기호적 코라라는, 모든 것을 받아들이기만 하는 존재 속에 간직한다. 이 기호적 코라는 아이가 상징계에 들어가고 동시에 언어를 습득하면서 심한 억압을 겪는다. 억압당한 것은 언제든지 되살아날 가능성을 안고 있으므로 이 아이가 놓이게 되는 주체 위치는 근본적으로 불안정한 성격을 띠게 된다. 잠재해 있던 기호적 코라가 부정성으로 발동하게 되면서 이 주체는 끊임없이 도전을 받게 된다. 헤겔에게 이 부정성이 존재 · 비존재 · 생성으로서의 변증법적 운동을 일으키는 원동력이었듯이 크리스테바에게도 그러하다. 크리스테바는 여성 · 남성 모두 기호체계와 상징계를 거치므로, 기호계를 비합리성으로, 상징계를 합리성으로 규정지어 여성에게도 합리적 '남성성'이 있고, 남성에게도 비합리적 '여성성'이 있다고 주장한다.

필자는 앞에서 말한 여러 근거를 바탕으로 크리스테바의 이론을 적용하여 《풀잎은 노래한다》를 분석할 예정이다. 그렇지만 이 텍스트에는 로트레아몽에서 볼 수 있는 무의식에서 분출한 듯한 초현실적 언어나 조이스에서 볼 수 있는 다의적 언어의 유희 등 언어상의 기호적 측면은 부재하고 그대신 주인공 메리 터너의 심리에 기호적 성격이 잘 나타나므로 이 점에 주목하여 분석할 것이다. 크리스테바의 이론 중에서 프로이트와 라캉의 이론을 그대로 수용한 부분에 대해서는 프로이트와 라캉의 이론을 그대로 적용하려고 한다.

II

이 작품은 전형적인 탐정 소설의 구조를 갖고 있다. 3인칭의 전지전능한 화자는 우선 살인 사건을 제시하고 그 처리 과정을 빠르게 요약한 후, 살인 사건의 원인을 캐기 위해 주인공의 먼 과거로 시점을 옮긴다. 이제부터 화자는 먼 과거부터 사건이 일어나는 시점까지 연대기순으로 언술하는데, 독자는 이 언술의 마지막 부분에 이르러서야 이 사건을 접하게 되고 새삼 관심을 갖게 되어 이 사건이 어떻게 처리되었는지 궁금해진다. 그러므로 독자는 마지막 장을 읽은 뒤 다시 첫 장을 읽음으로써 이 작품의 글읽기 과정을 완성한다. 즉 레싱은 이 작품을 원의 구조로 구성하였는데, 이 구조는 뒤에 다시 언급하겠지만 특별히 중요한 의미를 갖고 있다.

소설을 읽기 시작하면서 독자는 필연적으로 언술 행위를 하는 화자에 관심을 갖는데, 독자는 화자의 어조로부터 이 화자가 영국 사회에 대해 냉소적이며 원주민 사회와는 먼 이질적인 생활을 산 사람이라고 추측하게 된다. 텍스트 전체에 등장하는 이 화자는 인물들에 대해 시종일관 몰개성적인 초연한 태도를 유지하나 인물들의 내적 독백이나 자유간접 화법 등을 사용하여 인물들의 심리도 간간이 드러내 보인다. 독자는 이 화자가 메리의 심리를 표현할 때 가장 자연스럽고 설득력이 있음을 느끼게 되고, 이 사실로 화자를 통해 저자 레싱의 목소리가 상당히 표출되고 있음을 감지하게 된다.

이 작품은 위에서 말한 바와 같이 메리 터너의 살인 사건을 알리는 기사로 시작되는데, 이 기사는 사실에 대한 보도이기보다는 대개의 신문 독자들이 백인이므로, 백인들의 고정관념에 부응하는 내용으로 변조된 보도로, 시작 부분부터 이 사회에 고착화하려는 권위적 힘과 변화를 도모하는 도전적 힘 사이에 정치적 갈등이 존재하고 있음을 드러낸다. 이 두 힘은 크리스테바의 상징적 성질과 기호적 성질의 대립과 유사한 권력 관계를 함축한다.

이 당시의 로디지아는 남아프리카 공화국과 함께 인종적 갈등이 가장 심하게 나타나던 곳이다. 이곳에서는 영국 이민자들이 아프리카 원주민을 정복하고 착취하는 과정 속에서 생긴 두 인종 간의 마찰 외에도 유럽 이민자들 간의 마찰도 심각하였는데, 특히 영국 이민자들이 다른 나라 출신의 이민자들과 거리를 두며 아프리카 사회를 조각내듯 배타적으로 살고 있었다. 선민 의식에 젖어 있는 영국인 사회는 그 구성인들의 면모를 뜯어 볼 때 '선민'을 내세울 입장이 아닌 평범한 아프리카 이민자들로, 이들은 본토로부터 소외되었거나 추방된 사람들임에도 불구하고 다음의 인용에서처럼 영국 본국을 선망한다.

> 순간적으로 그들은 그렇게도 그리워하던 고향으로 돌아가 있었다. 그러나 다시 돌아가 살 생각은 없는 곳이었다. "남아프리카에 완전히 젖어들었어." 이 스스로 추방당한 사람들은 말하곤 하였다, 침울하게.(*GS* 37)

영국은 이들이 몹시 향수를 느끼는 대상이지만 다시 돌아가 살고 싶은 곳은 아니다. 영국으로 돌아가고 싶지 않은 이유를 '남아프리카에 완전히 젖어 들었기 때문'이라고 내세우지만, 맨 뒤에 첨부된 '침울하게'라는 단어는 이 이유의 진실성에 의문을 갖게 한다. 이들은 계급 사회인 본토 영국에서 소외된 일종의 추방자들, 즉 계급 사회의 피해자로 다시 본토에 돌아가 계급에 의한 차별을 받고 싶지 않은 사람들이다. 그럼에도 불구하고 이들은 아프리카에 와서는 인종 사회를 만들고 있다.

주인공 터너 부부, 즉 메리와 리처드가 속해 있는 사회는 이런 특징을 갖고 있는 오만한 영국 식민 사회이며, 이들 부부의 가장 큰 문제는 이들이 이 사회의 중심부가 아니라 변방에 위치해 있다는 사실이다. 아프리카의 영국인 사회는 자신들을 다른 유럽 이민자들과 차별화하기 위해, 즉 영광의 고립정책을 쓰기 위해 상당한 부와 권력을 가질 수 있도록 서로 돕고 있다. 아프리카너들, 즉 아프리카에서 태어난 네덜란드계 백인들은 '가난한 백인'이라고 불릴 수 있으나 영국인들은 그렇게 불려서는 안 된다. 영국인들이 가난에 빠져 다른 유럽인들이나 원주민들 수준으로 전락하는 것은 영국인 사회 전체에 대한 위협이 될 수 있다. 그런데 터너 부부는 일부 원주민들까지도 소유할 수 있는 작은 오두막집에 사는 절대적 기준으로 볼 때 '가난한 백인'이다. 이들 부부는 영국 사회와 다른 종족들, 즉 다른 이민 사회나 원주민들과의 경계에 위치해 있는 것이다. 이들은 영국인 사회에서 볼 때 원주민들과의 타협 가능성 때문에, 반면에 원주민 사회에서 볼 때는 영국을 대표하는 도전 대상이기 때문에 양쪽으로부터 비난받기 쉽고 붕괴되기도 쉬운 취약한 위치에 있다. 이 취약성을 잘 아는 영국인들은 단결 정신을 내세우며 터너 부부에게 도움의 손길을 보내지만 이들 부부는 고립된 생활을 고집한다.

그런데 위와 같은 사회적 배경 속에서 일어난 살인 사건의 원인을 추적하면서 레싱은 조각난 사회간의 직접적 갈등보다는 메리의 개인사로 먼저 독자의 눈을 돌린다. "……이 살인의 원인은 먼 과거에서 찾아야 하며 이 원인이야말로 이 사건에 중요하다. 즉 메리 터너가 어떤 여자였는가가 중요한 것이다……."(*GS* 33) 이 작품에서 레싱은 핵가족 특히 부모와 딸 또는 아들과의 삼각 관계에 주시한다. 메리에게는 언니와 오빠가 있었으나 일찍 죽은 것으로 처리되어 실제로 아버지·어머니·메리의 삼각 관계가 형성되며, 리처드 역시 외아들로 아버지·어머니·리처드의 삼각 관계가 스치듯이 암시된다. 메리 가족 내의 삼각 관계는 메리 심리의 핵 역할을 하는 이 소설의 응어리 부분이다. 아버지에 대한 어머니의 분노, 이 분노를 메리에게 하소연하는 것으로 푸는 어머니, 어머니를 위로하고 아버지를 혐오하는 메리, 이것이 이들의 표면상 삼각 관계이다. 오이디푸스 콤플렉스의 틀을 적용하자면 메리는 유아시 사랑의 첫 상대인 어머니를 사랑하나 어머니는 완전한 존재가 아니며 거세된 인물임을 깨닫는다. 이것은 부모의 성관계를 목격하고 특히 아버지의 공격성, 어머니의 수동성을 불쾌하게 생각하며 성 자체를 혐오하게 되는 메리를 보며 짐작할 수 있다. 메리는 어머니를 위로하는 입장에 있긴 하지만 실제로 어머니를 증오하고 있으며, 성장과 함께 사랑의 대상을 어머니로부터 아버지에게로 옮겨야 하지만, 아버지와 메리 사이를 가로막고 있는 어머니의 존재 때문에 오히려 아버지를 배척하게 됨으로써 이 과정이 생략된다. 그 결과 메리 내부에 존재해 있던 아버지에 대한 욕망이 심하게 억압당한다.

이런 해석은 프로이트식의 정신분석학을 따른 것이다. 크리스테바의 정신분석은 프로이트와 라캉의 이론들을 수용하여 기본으로 삼고 있으므로 그런 부분에 관해서는 이들의 생각을 그대로 참고하려고 한다. 라캉의 정신분석학은 사회 속에서 주체로서의 인간 위치에 주목한다. 메리의 심리를 사회적 측면과 연관지어 보면 메리의 아버지와 어머니는 모두 아프리카에서 태어난 영국인들이고, 아버지가 기관차에서 펌프질하는 사람으로 근무하여 그 봉급으로 가정 경제를 꾸리고 있다. 전형적인 자본주의 형태의 '성에 따른 노동 분화'로 아버지는 생산 과정에 노동력을 공급하고, 어머니는 아버지의 일상사를 도와주고 자식을 양육하며 미래의 노동력을 준비시킨다. 어머니가 아버지에게 냉담하게 대하거나 아버지와 싸움을 벌이는 주된 이유는 아버지의 경제적 무능력 때문이다. 어머니는 술을 마신다는 이유로 아버지의 험담을 늘어놓으나, 실상 아버지는 인사불성이 되는 술주정꾼이 아니며 기분 좋을 정도로 마셔 노동으로 지친 심신을 달래고 있다. 아버지는 경제적인 이유로 어머니에게 무시당하고 저녁도 스스로 챙겨 먹어야 하며 가정 내에서 쓸모 없는 사람으로 취급받는다. 가족 관계에 관한 화자의 언급은 거의 어머니의 행동과 울분에 집중되어 있고, 이것의 원인이 아버지로 지칭되며, 아버지의 심리는 소홀히 취급된다. 이것은 메리의 이중적 시각을 반영한 것으로, 한편으로는 어머니를 동정하는 어조로 말하면서도 어머니 행동의 허위성과 비논리성을 곧 노출시켜 메리가 무의식중에 어머니의 본질을 파악하고 있음을 드러내며, 다른 한편으로는 어머니의 넋두리를 통해 아버지의 인물됨됨이를 파악하도록 하여 메리가 겉으로는 어머니의 판단을 수용하고 있으며 아버지를 끔찍한 인물로 배척하고 있음을 암시한다. 즉 메리는 어머니가 주도권을 차지하고 있는 가정에서 어머니에 의해 내몰린 아버지와의 참다운 인간 관계가 차단되어 있다. 이렇게 오이디푸스 콤플렉스를 극복하지 못한 메리는 정상적인 인간 관계를 이루지 못한 채 상징계, 즉 사회로 나가므로 이미 사회와의 충돌의 불씨를 안고 있다.

일탈된 삼각 관계로 형성된 메리의 이중적 자아는 별 문제를 일으키지 않은 채 잠재해 있다가 메리가 사회로 진출하여 사회가 요구하는 결혼 문제에 부딪칠 때 표면으로 떠오른다. 라캉은 인간의 무의식이 단지 개인의 성적 감정의 차원이 아니라 주위 사람들과 맺는 인간 관계의 결과라고 한다. 오이디푸스 콤플렉스 이전 단계인 상상계에서 아이는 통합된 자아를 세우는 연습을 하는데, 거울에 비친 자신의 모습을 보며 자기라고 알아보든가 아니면 낯선 것으로 잘못 알아보며 일종의 유쾌한 통일감을 맛본다. 아이는 대상과의 이런 상상적 동일시를 반복하면서 단일한 자아를 추구한다. 이 단계는 두 항만이 존재하는 영역으로 두 항이란 아이와 어머니를 지칭하는데, 이때 어머니는 외부 현실을 대표한다. 이런 이중 구조에 아버지가 끼어들면서 삼각관계로 바뀌고, 아이가 느꼈던 자아의 통일감도 깨진다. 아이는 거울을 볼 때 자기 자신, 즉 '기표'와 거울에 비친 모습, 즉 '기의' 간에 어떤 결핍도 끼어들지 못하는 충족감을 느꼈으나 상징계로 들어오면서 이제 기표와 기의 간의 완전한 합치 관계는 깨지고, 의미는 기표 간의 차이에 의해서만 생기게 된다. 그 결과 아이는 자기의 정체성이 주위의 주체들과의 차이와 유사성에 의해서만 만들어짐을 깨닫게 된다. 더욱이 상징계는 가정과 사회 내에서의 고정된 성 역할을 미리 정해놓은 구조이다. 그러므로 억압을 당한 분열된 주체는 한 기표에서 다른 기표로 욕망의 대상을 옮기며, 영원히 잃어버린 대상을 소유하기 위한 헛된 노력을 시작한다.

무의식적으로 형성된 메리의 이중적 자아도 라캉의 이 아이처럼 사회와의 충돌을 겪으면서 통일된 자아감을 잃게 되고, 이 공허함을 메우기 위해 결혼이라는 기표에 집착하는 동일 과정을 밟는다. 우선 메리의 성격 중 두드러진 특징은 자만심 혹은 상대적 우월감을 강하게 느낀다는 점이다. 이 성격은 결혼 전에는 무의식 속에 잠재해 있다가 강한 충격을 받자 표출되고 결혼 후에는 급속도로 강화된다. 불행했던 어린 시절 어머니에게 보호받기보다 어머니를 위로하는 입장에 있던 메리에게 이런 성질은 어찌 보면 당연한 것이다.

집을 떠나 학교 교육을 받게 되고 16세 때부터는 도시에서 직장 생활을 하게 되면서 메리는 무한한 해방감과 행복감을 느끼게 되고, 강한 자만심은 무의식 속에 잠재해 있게 된다. 메리의 해방감은 어머니와 아버지의 죽음으로 한층 더 상승되고, 이제 그녀는 직업 생활과 사회 생활을 모두 망라하여 더욱 고양된 만족감을 느끼며 살게 된다. 메리는 30세가 될 때까지 시간의 흐름도 인지하지 못한 채 이런 삶을 계속 사는데, 그녀가 살았던 행복한 삶의 정체가 그녀가 생각하는 것만큼 진정 행복한 것이었는가 하는 의문은 여러 측면에서 부정적인 답과 부딪치게 된다.

우선 메리가 직장에서 느끼는 행복감은 능력 발휘에 따른 자신감이나 성취욕이 충족된 만족감이거나 이상이나 꿈의 실현 같은 적극적이고 주체성을 띤 것이 아니라, 일에 자신의 감정을 쏟지 않아도 된다는 지극히 소극적인 것이다. 오랜 경력을 쌓아 직장에서 중요한 일을 하지만, 독립적인 일보다는 다른 사람에게 의존하는 일을 하고 있다. 그녀의 소극성은 직장 밖의 사회 생활 면에서도 특징적으로 나타난다. 메리는 독립하여 살아갈 수 있는 능력이 있는데도 처녀들을 위한 독신녀 회관에 살고 있다. 표면상으로는 많은 사람들과 어울려 지내며 친구들의 고민을 들어 주는 편안한 처녀 노릇을 하지만, 정작 그녀 자신은 친구에게 털어 놓을 고민이 없는 피상적인 삶을 살고 있다. 데이트를 즐기는 남자친구들도 많지만 특별한 사람은 없다. 요컨대 그녀의 행복한 삶은 주체성이 결여된 수동적 삶이며, 인생의 가장자리만 맴도는 소외된 삶이다. 특히 그녀의 차림새를 30세가 된 처녀의 것이 아니라 16세 소녀의 것으로 설정한 레싱은 메리가 인간적 성숙을 멈추고 있음을 암시한다. 도시에서의 메리의 삶이 메리가 생각한 만큼 이상적인 삶이 아니었다는 사실은 후에 메리가 다시 도시로 돌아왔을 때 그녀를 고용해 줄 직장도, 그녀를 도와 줄 친구도 없었다는 사실이 또한 잘 증명해 준다. 메리의 이런 공중누각과도 같은 행복감은 우연히 들은 친구들의 대화로 인해 일시에 무너진다. 다음의 인용은 이때 메리가 얼마나 큰 충격을 받았는지를 잘 묘사한다.

그녀는 너무 순진했었고, 자신이 다른 사람들과 관계를 맺고 있다는 것을 의식하지 못한 채 살아 왔기 때문에 사람들이 자신의 등 뒤에서 자기 이야기를 하리라고 생각해 본 적이 없었다. 그리고 그들이 하는 이야기라니!

그녀는 손을 꼬고 비틀며 한동안 거기에 앉아 있었다. 그리고 나서 어느 정도 냉정을 되찾고서는 방으로 들어가 배반한 친구들 곁으로 갔다. 그들은 언제 그녀의 가슴에 비수를 꽂아 휘청거리게 했느냐는 듯이 반갑게 맞아 주었다. 그녀는 그들이 만든 자신의 모습이 진정 자신의 모습이라고 도저히 인정할 수가 없었다.(*GS* 48-49)

친구들의 대화는 비수처럼 그녀의 가슴에 꽂혔고 그후 그녀의 정신적 균형은 깨지기 시작한다. 메리는 무엇보다도 자신이 그리던 자아의 모습과 남들이 생각하는 자아 사이의 괴리에 경악한다. 다시 라캉의 용어로 표현하자면, 상상계에서 유아는 거울 속의 모습 속에서 통일된 자아를 보며 즐거워했으나 상징계에 들어서면서 성별을 인지하게 되고 자아의 분열된 모습을 보며 불안감을 느낀다. 상징계로 이미 들어와 있었지만 이 사실을 갑자기 절감하게 된 메리는 이전의 충족감을 더 이상 느끼지 못하게 되고, 자신의 공허한 자아를 인식하게 되면서 그 공허함의 실체와 의미는 파악하지 못한 채 그것을 채워 줄 기표를 찾기 시작한다. 메리는 자신의 외모를 변화시키려고 다른 스타일의 옷을 입고 남자들을 이성으로 대하려고 노력하면서 남편감을 찾기 시작한다. 이제 메리는 사회적 존재로 변화하려고 노력하는 것이며, 사회가 요구하는 30세의 여성이라는 주체 위치에 자신을 맞추려는 것이다.

그래서 그녀는 결혼할 상대를 찾기 위해 주위를 돌아보기 시작하였다. 그녀는 스스로에게 그렇게까지 말한 것은 아니었으나 자신이 사회라는 추상적 개념에 관해 생각해 본 적이 없다 하더라도 자신이 사회적인 존재가 아니라면 결국 아무것도 아니라고 생각하게 되었다. 친구들이 자신이 결혼해야 한다고 생각하고 있다면 자신은 응당 결혼해야한다. 그 안에 무엇인가 중요한 것이 있을 테니까. 모르긴 해도 그녀가자신의 감정을 말로 표현하는 법을 배웠더라면 그렇게 말했을 것이다. (*GS* 49-50)

이런 메리의 모습은 상징계에 갓 들어선 아이의 특징, 즉 성별화된주체로서의 자각, 사회적 존재로서의 깨달음, 자신의 욕망을 언어로분절하여 표현할 수 없다는 언어의 공허성에 대한 인식 등을 잘 나타낸다.

메리가 자신의 감정을 말로 정확하게 표현하지 못한다는 것은 자신의 심리적 결핍을 정확히 인지하지 못하였다는 증거이지만, 친구들의비평, 즉 결혼하지 못할 뭔가 부족한 여자라는 말의 의미를 정확히 깨닫기보다는 무조건 결혼을 함으로써 손상된 자존심을 회복하겠다는일념에 더 사로잡히게 된다.

포스트구조주의나 포스트모더니즘의 관심 중 하나인 신경증이나 정신병 등 현대인의 광기를 이야기할 때 자주 열정이 갖는 위험이 거론되곤 하는데, "우리 정신의 일탈은 맹목적으로 욕망에 집착한 결과이며, 열정을 다스리거나 통제하지 못한 결과이다"라는 질병분류학자 보시에의 말이 아니더라도 결혼이라는 욕망의 대상에 집착하는 메리의 모습은 이미 그녀의 정신적 균형이 깨지기 시작하고 있음을 보여 준다.

메리는 우연히 리처드를 만나게 되고 결혼을 위한 결혼에 성공한다. 이 작품의 언술 행위는 메리의 시각을 빌리는 경우가 많아, 아버지에 대한 정보가 그랬듯이 리처드에 대한 정보 역시 양도 적고 신빙성도 적다. 그 중 한 예인 리처드의 어린 시절에 관한 이야기도 다음의 인용처럼 몇 줄로 요약되어 있고, 그나마 메리의 시각에 의해 걸러진 것이다.

그의 부모는 이미 죽었고 그는 외아들이었다. 요하네스버그 교외에서 성장했으며 그가 직접 말한 적은 없지만 궁핍하고 가난했을지라도 자기보다는 덜 비참한 어린 시절을 보냈으리라고 메리는 추측했다. 그는 화를 내며 자신의 어머니가 어려운 삶을 살았다고 말했었는데 그 말로 메리는 그에게 친밀감을 느끼게 되었다. 왜냐하면 자기처럼 그도 어머니를 사랑했고 아버지를 증오했다고 생각했기 때문이다.(*GS* 169)

위의 인용문에서 독자가 확신할 수 있는 정보는 그가 부모와 일찍 사별했으며 어린 시절 가난했으므로 그의 어머니가 몹시 고생했었다는 것이다. 이때 리처드는 분개하며 이 말을 했고 메리는 이 분개의 감정을 자신이 겪었던 분노와 동일시하여 리처드도 어머니를 사랑했고 아버지를 증오했다고 믿으며 친밀감을 느낀다. 위의 인용문으로 리처드의 억압된 욕망의 실체를 헤아리기란 무리이다. 그러나 그의 언어, 분노의 감정의 빈번한 노출, 그가 다른 사람들과 맺고 있는 인간 관계에서 추측할 수 있는 것은 어머니에 대한 그리움이다. 도시에 대한 광적인 혐오, 자연에 대한 희생적 사랑, 메리에게 의존하는 모습, 특히 말라리아에 걸려 메리의 간호를 받는 반복되는 사건은 어머니의 손길을 그리워하는 어린 아들을 상기시킨다.

메리가 리처드를 자신의 손상된 자존심을 회복시켜 줄 구원의 인물이라고 생각했듯이, 리처드도 메리에 대한 환상을 실제의 모습으로 고집하며 결혼한다. 극장 안의 조명 아래에서 본 메리의 모습은 문자 그대로 환상 속의 여인이었으며, 그래서 극장에서 나와 우연히 집까지 태워 주게 된 여자가 극장 속에서 본 여자와 같은 사람임을 알지 못한다. 환상 속의 여자는 외로운 그를 괴롭히고 결국 메리를 다시 찾아간 그는 그토록 혐오하던 '도시 여자'에게 자신이 좋아하는 환상적 이미지를 억지로 씌워 결혼한다. 쌍방의 필요에 의한 결혼은 시초부터 어긋난 출발이었으며, 이들이 잡은 욕망의 기표는 충족감을 줄 수 없는 것으로 이들은 그 다음의 대상으로 욕망을 이전시킬 수밖에 없다.

III

리처드는 자신이 가정 내에서 전형적 가부장제를 충분히 이행할 수 있으리라고 기대한 보수적인 사람이었다. 자신이 사회가 요구하는 성별에 따른 역할에 충실하리라고 자연스럽게 믿었던 사람, 다시 말하자면 상징계 내의 가부장적 남성의 고정된 주체 위치를 확고히 지켜 나가리라고 믿었던 사람이다. 그러나 결혼 후 리처드가 영위하게 되는 가정 생활은 이런 그의 의도와 전혀 다른 방향으로 전개된다. 리처드는 지나치게 자신의 경제적 궁핍을 의식하여 메리에게 항상 미안하게 생각하고 호소하는 수동적인 사람이 되고 있으며, 인간 관계는 상대적인 성격을 띠게 마련이라 이런 태도로 인해 메리의 잠재해 있던 적극적 성격이 표출되기 시작한다. 메리가 남편 리처드에게 갖는 태도는 이중적인 성격을 띠고 있다. 그 중 하나는 결혼 당시 리처드에게 호감을 갖게 된 직접적인 원인이기도 했던 리처드의 수동성에 대한 안도감이다. 리처드에게서 남성성을 기대하지 않는 메리는 부부관계를 흡사 어머니와 자식 간의 관계처럼 이끌어 간다. 이것은 리처드가 원하는 사랑, 즉 '모성애' 같은 사랑과 맞물려 이들은 어려운 상황에서도 심하게 충돌하지 않고 잘 지낸다. 리처드에 대한 메리의 또 다른 태도는 무의식적인 것으로 다음의 인용에 잘 나타나 있다.

그리고 세번째 이유는 그녀가 미처 깨닫지 못하고 있던 것이었지만 실상 가장 강한 이유였다. 그녀에게 이제는 결혼하여 돌이킬 수 없는 사이가 된 남자, 즉 딕(리처드의 애칭)을 스스로의 힘으로 설 수 있는 사람, 자신의 노력으로 성공한 사람으로 생각할 필요가 있었다. 허약하고 목표가 없는 동정해야 할 모습을 한 그를 보았을 때 그녀는 그를 증오했고, 곧 그 증오는 자신에게로 돌아왔다. 그녀는 자신보다 강한 남자를 원했고, 딕을 그런 남자로 만들려고 애쓰고 있었다.(*GS* 156)

메리 내부에는 남성을 거부하는 성향과 강한 남성을 원하는 이중성이 존재해 있으나, 메리 자신은 후자에 관해서는 의식하지 못하고 있다. 이 성향은 아버지를 원하지만 증오할 수밖에 없었던 아버지와의 관계의 연장으로, 아버지와의 관계 단절로 인해 정상적인 이성애(異

性愛)가 발전하지 못하였음을 나타낸다. 이런 욕망의 억압은 리처드의 무능함과 허약함으로 인해 정상적인 출구를 찾지 못한 채 원주민에게 퍼붓는 잔소리로 변형되어 나타나고, 경제적 궁핍과 집 내부의 열기는 메리의 이런 성향을 가속시킨다.

　이것은 크리스테바의 '기호적 성질'이 메리에게 나타나기 시작하는 것으로 이 기호적 성질을 설명하자면 다음과 같다. 크리스테바는 《시적 언어의 혁명》에서 상상계 대신에 '기호적'이라고 명칭한 단계를 상징계에 대립시킨다. 기호계는 유아가 아직 언어를 습득하지 못한 상태라는 측면에서 상상계와 유사하나, 기호계는 언어로 조직되기 이전의 맥동이나 충동이 자유롭게 흘러다니는 곳으로, 어조나 운율 등의 물질적 속성으로 표현될 뿐 아니라 모순·무의미성·혼란·침묵·부재 등의 포스트모던적 특성으로도 나타난다. 크리스테바가 말라르메나 로트레아몽의 시에서 일상 언어가 지니는 안정된 의미가 이런 기호적 특성의 언어에 의해 공격받고 붕괴되는 것을 찬양하듯이, 억압된 기호적 성질은 강한 에너지로 표출될 수 있다. 크리스테바는 이 역동적 에너지를 담고 있는 실체를 플라톤의 《티마이오스》에서 차용한 단어 '코라'로 명명하였다. 코라는 신의 조화와 질서가 개입되기 이전의 무정형의 무한한 수용체로, 모든 감각적 속성이 담기기 이전의 물질적 에너지의 공허 그 자체이다. 플라톤은 이것을 또한 모성적인 것이라고 비유적으로 말하는데, 크리스테바는 이런 플라톤의 개념을 아이가 오이디푸스 콤플렉스 이전 단계에서 일종의 수용체인 어머니와 합일시 느끼는 충만된 충동 에너지로 변형시켰다. 즉 언어 습득 이전의 생체 에너지의 충동 운동으로 변형시킨 것이다. 기호적 코라는 하느님·아버지·국가·질서·법 등 고정된 의미를 고집하는 상징계에 들어오면서 심하게 억압되고, 이 억압된 충동 에너지는 상징계 속으로 부단히 침투하여 부정성, 즉 파괴력으로 작용한다. 그러므로 이 에너지는 본질적으로는 파괴적인 힘이지만 그에 못지않게 생산적인 힘으로서, 창조적인 예술성으로 나타나거나 역동적인 혁명을 유발시킬 수 있다. 이 기호적 성격은 레싱이 즐겨 읽던 융의 '비이성적 성질'과 같은 성질의 것으로 융의 이론에서도 인간의 그림자 같은 존재, 즉 인간의 무의식을 지칭하며, 파괴적 성격도 갖고 있으나 변화를 가져올 수 있는 생산성의 원천이다.

메리의 기호적 코라의 분출은 불만족스러운 결혼 생활, 주위의 위협적 자연 환경, 그리고 고립된 사회 환경으로 가속화된다. 메리는 결혼 전 '사회'의 배반을 경험했고, 자신을 결혼하도록 만든 것이 사회라고 생각하여 이웃 사람들과 교제를 피하고 고립된 생활을 한다. 이런 고립된 환경은 메리·리처드·원주민의 삼각 관계를 극단화하여 원주민에 대한 메리의 가혹한 행동은 집착의 형태까지 띠게 된다. 농장주로 성공하려는 리처드의 여러 시도는 실패로 끝나고, 그에 따른 경제적 압박과 원주민 하인으로 인해 생기는 리처드와의 잦은 충돌로 절망하던 메리는 자연스럽게 어린 시절을 떠올린다. 궁핍한 생활, 남편과의 싸움으로 인해 메리는 자신을 어머니와 동일시하게 되고, 이에 놀라 어머니에게서 탈출했듯이 농장으로부터의 탈출을 시도한다. 그러나 찾아간 도시에서 자립할 가능성이 없음을 깨닫게 되자 뒤쫓아온 리처드와 다시 농장으로 돌아온다. 이제 이 농장에서 탈출할 수 있는 유일한 길은 리처드가 농장에서 크게 성공하여 그 돈으로 도시로 나가는 것이다. 메리는 리처드에게 담배농사를 강요하여 그의 마지막 자존심을 꺾는다. 그러나 그 담배농사 또한 실패하고 마지막 탈출 기회를 놓쳤음에 절망하는 메리는 기호적 성질의 강한 에너지가 분출될 여건이 무르익는 상태에 놓이게 된다.

메리는 농장으로 성공하기 위해 바느질, 페인트칠, 닭치기, 그리고 농사일까지 도시 여자라는 한계를 뛰어넘어, 그리고 리처드가 스스로의 무능력을 절감할 정도로 유능함을 발휘하며 노력하였으나, 성공의 가능성이 없음을 깨달은 메리는 이제 서서히 정신적 일탈 상태로 나아간다. 이 텍스트에서 빈번하게 쓰이는 분노와 혐오를 나타내는 단어들이 더욱 자주 등장하여 메리의 내부 붕괴의 정도를 알려 준다. 일종의 정신적 마비처럼 수시간씩 잠을 자거나 의자에 몇 시간씩 앉아 있는 우울증 증세를 보이고, 닭에게 먹이와 물 주기를 잊어버려 모두 죽이는 건망증, 식욕 감퇴 등 다양한 신경증 증세를 보이며, 자신도 모르는 사이에 중얼거리거나 의도하지 않은 말이 무의식중에 튀어나오는 등 스스로의 언어를 통제하지 못하는 지경에 이르게 된다.

그녀는 이상한 중얼거리는 소리를 들었다. 그리고 그 소리가 자신이 걸으면서 큰 소리로 중얼거리는 소리라는 것을 깨달았다. 얼른 손으로 입을 꽉 틀어막고 그 상태에서 벗어나려고 머리를 세차게 흔들었다.(*GS* 177)

이 기표에서 저 기표로 욕망의 대상을 이전시키며 쫓아다니다 잡은 듯한 순간 그 기표가 자신이 원하던 것이 아님을 알게 되는 반복적 좌절을 겪던 메리에게 모세의 출현으로 한번의 기회가 더 부여된다. 모세는 메리에게 미지의 세계, 즉 자신의 무의식에 대한 호기심을 채워 줄 기표로서, 특히 모세의 건장한 체구는 메리의 억압되었던 남성에 대한 욕구를 자극한다. 원주민은 결혼 전의 메리에게는 추상적 개념에 불과했고, 결혼 후에는 주종적 관계를 의미하는 존재였으나 이제 모세에게서는 인간을 느끼게 된다. 그런 자기 자신의 변화에 두려움을 느낀 메리는 이전의 하인에게처럼 모세에게도 잔소리를 늘어놓는다. 그러나 모세의 떠나겠다는 말에 더 이상 하인을 바꿀 수 없다는 리처드와 충돌하지 않기 위해 떠나지 말라고 애원한다. 이런 메리의 행동은 물론 리처드와의 충돌을 피하기 위해서라기보다는 스스로의 욕망에 충실한 행동이다. 모세는 여느 하인과는 달리 시키는 일 이외의 행동도 하는데, 식욕이 없는 메리에게 아침을 차려 주고 컵에 꽃까지 꽂아 갖다 준다. 주종 관계에서 인간 관계로, 그리고 연인 관계로 이들의 관계는 발전하고 이런 발전에 불안을 느끼는 메리는 신경증 증세와 함께 악몽에 시달린다.

이제 그녀는 선잠을 자며 끔찍하고 무서운 꿈을 꾸었다. 그 원주민(모세)의 꿈을 두 번이나 꾸었는데, 매번 그가 그녀의 몸에 손을 댔고 그 순간 심한 공포를 느끼며 깨어났다. 그녀의 꿈에 나타날 때마다 그는 그녀 위에 강하고 위압적으로, 그러면서도 친근하게 서 있었고 그녀가 자신을 만져야 하는 자세를 취하도록 강요하였다.(GS 192)

꿈이 무의식적 욕망이나 이전의 경험의 축적임은 주지의 사실이다. 그리고 이런 자료를 가지고 환상적인 꿈의 내용을 엮어 가는 이른바 꿈의 작업은 이 자료를 변형시키거나 응축 또는 대치시켜 그 의미를 정확히 해석하기가 어렵다. 레싱은 이 텍스트에서 네 번 메리의 꿈을 도입하는데, 이 꿈들은 모세나 아버지라는 기표로 응축되어 의미 작용을 벌인다. 메리는 꿈속에서 아버지나 모세가 그녀에게 다가오는 모습 혹은 리처드의 죽은 모습 등을 보며 아버지의 모습과 모세의 모습이 중첩되어 나오는 환상까지 보게 된다. 이것들은 일관되게 억압된 성에 대한 두려움과 욕망을 의미하며, 그녀가 전에 느끼던 불쾌감을 피하지 않고 그대로 직면하도록 강요한다. 꿈은 본질적으로 무의식적인 소망의 상징적 달성이다. 메리는 이런 일관된 의미의 꿈을 꿈으로써 연기되었던 오이디푸스 콤플렉스를 해소할 기회를 맞게 된다. 그러나 메리는 다른 한편으로는 이 욕망의 달성을 두려워하고 이것으로부터 자신을 보호하려고 하므로 이 두 상반된 심리 사이의 갈등은 메리의 신경증 증세를 심화시킨다. 메리는 이런 꿈이 빈도를 더해 나타나자 더 이상 자신이 지탱해 나갈 수 없다는, 즉 어떤 힘에 항복하고 말아야 한다는 것을 인정해야 하는 상황에 빠지게 된다.

이때 메리가 느끼는 긴장감은 무엇보다도 사회가 호명한 주체 위치와 자신의 본능이 강요하는 주체 위치 간의 갈등으로 해석될 수 있다. 상징계에서 메리에게 부여된 주체 위치는 영국인 기혼 여성이다. 그러나 메리는 사회가 호명한 주체 위치에서 서서히 멀어지며 본능이 주장하는 주체 위치로 나아가고 있다. 앞에서 보았듯이 메리는 정상적인 부모의 사랑을 받지 못해 타인들과 원만한 인간 관계를 맺지 못하였고 결혼 생활도 실패하였다. 그런데 원주민 모세와의 관계가 자연스러운 발전 과정을 거침으로써, 즉 주인과 하인 관계에서 인간 대 인간 관계로, 그리고 연인 관계로 차츰 발전해 가는 과정을 거침으로써 자연스럽게 그 다음 관계로의 발전도 기대할 수 있게 된다. 이런 과정은 뒤로 연기되었던 아버지라는 기표와의 관계까지 어느 정도 정상적으로 회복시키는 동시에 메리를 원주민 모세의 여자라는 다른 주체 위치 속으로 빠져들게 한다. 그런데 이것은 영국 사회에 대한 혁명적 대반란으로, 메리의 고립된 생활 환경에 의해 가능했던 반란이다.

이런 혁명적 사건이 일어난 뒤 약 4년간의 공백 기간을 뛰어넘어 화자의 언술이 계속된다. 이 공백은 혁명적 변화가 진행되고 자리잡는 시간적 여유를 제공한다. 아프리카 내 영국 사회의 상징인 슬래터가 터너 부부를 방문하는 것으로 시작되는 제10장은 이들 부부의 근황을 궁금해하는 슬래터의 시선에 그보다도 더 깊은 궁금증을 갖고 있는 독자의 시선이 겹쳐진다.

슬래터는 인물과 집, 농장 구석구석을 예리하게 관찰하는데, 리처드의 쇠약해진 모습, 메리의 변화된 차림새와 태도, 집안 장식의 변화, 메리와 모세와의 대화하는 태도 등에 큰 충격을 받는다. 이때의 메리는 그전의 오만하던 메리가 아니라 수줍어하며 교태를 부리는 여자답게 치장한 여자이다.

메리는 귀고리를 흔들며 야윈 어깨를 비비꼬는 그런 어울리지 않은 수줍은 태도로 갑작스럽게 상관도 없는 날씨 이야기를 꺼냈다. 그리고 찰리(슬래터)에게 전형적인 교태를 부리며 추파를 던지기까지 하였다. (*GS* 219)

리처드와 슬래터는 이런 메리의 모습에 부정적인 반응을 보이는데 영국 여자로서의 품위가 결여되어 있다고 생각하기 때문이다. 슬래터는 터너의 집이 원주민들이 사용하는 물건으로 치장되어 있는 것도 불쾌하게 생각하지만 가장 견딜 수 없는 일은 메리가 자신에게 했던 것과 똑같은 교태에 가득 찬 수줍은 태도로 모세를 대한다는 사실이다. "그를 가장 불쾌하게 한 것은 그 원주민에게 말을 거는 그녀의 말투였다. 그녀는 자신에게 했던 것과 똑같은 교태에 가득 찬 수줍은 태도로 그에게 말하고 있었다."(*GS* 219) 슬래터는 자신이 목격한 사실로 미루어 어떤 조치를 반드시 취해야 한다고 깨닫게 되고 결국 리처드에게서 농장을 팔겠다는 동의를 받아낸다.

리처드의 별명은 불운한 요나이다. 이상과 꿈을 쫓던 그는 경제적 현실에 의해 계속 이상을 축소해야 했던 인물이다. 아프리카 내의 다른 영국인들에게 그는 미련한 농부이다. 도덕성은 무시한 채 수익성만 좋은 작물을 재배하고, 벌목 등 자연을 착취하여 이익을 얻으며, 이렇게 해서 얻은 이익을 농장에 재투자하기보다 광산에 투자하는 자본주의적 농장 경영을 무시하고 있다. 자연과 땅을 사랑하여 콩·면화·대마를 재배하고 나무를 심고 토양을 보호하는 등 자연에게서 얻기만 하는 것이 아니라 되돌려 주기도 하는 손해만 보는 농부이다. 슬래터는 그런 리처드를 비난하고 수익성 좋은 농사를 권유하지만 내심으로는 그런 리처드를 존경하고 그의 농장을 탐낸다. 리처드에게 농장은 이익을 내는 경제 요소가 아니라 자신의 신체 일부분이며, 돈을 벌기 위한 수단이 아니라 그것 자체가 목적이다. 리처드는 원주민에게도 다른 영국인보다 너그럽게 대한다. 이런 리처드의 모습은 레싱이 아프리카에 농장을 하러 온 이민자들에게 권하는 이상적 농부의 모습으로, 이런 자세를 가진 영국인만이 아프리카에 살 자격이 있으며, 이런 자연과의 교감이 원주민과의 자연스런 친교에도 도움이 될 것이다. 이런 효과는 이미 리처드에게서 실현되어 메리는 어느 순간 그가 원주민과 완전히 동화되어 구별될 수 없을 지경임을 인식한다.

리처드가 자신의 삶의 일부인 농장을 슬래터에게 파는 것은 이중적인 희생이다. 첫째는 메리의 이해할 수 없는 비정상적인 상태를 치료하기 위해 휴양을 가야 한다는 슬래터의 설득, 즉 아프리카 내 영국사회의 명령에 굴복하는 것이며, 또 한편으로는 메리에 대한 배려이다. 결혼초부터 메리에게 거부당한 리처드는 자신의 결혼이 실패임을 깨닫고 메리에게 아내보다는 어머니의 모습을 찾으며 의존해 왔다. 결혼 당시 메리의 참 모습을 보지 못한 채 자신의 환상을 쫓았듯이 그 후에도 푸근한 어머니의 상(象)만을 메리에게 기대한 것이다. 메리가 살해당한 후 그는 메리가 겪었던 신경증보다 더 심각한 상태의 환자, 즉 현실과 접촉이 완전히 끊긴 정신병 환자가 되는데, 이것은 농장이나 메리나 그에게는 모두 원초적인 어머니의 기표였으므로 갑작스럽게 이것들을 상실하게 된 충격의 결과이다.

리처드에게서 농장을 빼앗은 슬래터는 리처드와 메리가 휴양을 떠나는 동안 농장을 맡을 마스턴을 고용하는데, 그는 영국에서 온 지 얼마 안 되는 상당한 교육을 받은 청년이다. 슬래터가 아프리카 내의 영국 사회를 대변한다면, 마스턴은 영국 본국을 대변하는 인물로, 인종차별에 관해 진보적이고 이상주의적인 사고를 가지고 있다.

그는 인종차별에 관해 진보적인 생각을 갖고 있었다. 그러나 이 생각은 이기심과의 싸움에서 결코 살아남지 못할 이상주의자들의 피상적인 진보주의였다. 그는 책이 가득 든 여행 가방을 가져왔다. (…) 거기에는 인종 문제, 로우드와 크루거, 농업, 금의 역사에 관한 책 등이 들어 있었다. 그러나 일주일 뒤 그가 책 한 권을 집어들었을 때는, 이미 흰개미들이 뒷장을 갉아먹기 시작하고 있었다.(*GS* 226)

아프리카에 대한 낭만적 사고에 기초한 그의 허약한 이상주의는 흰개미가 갉아먹은 책처럼 아프리카에 적응함에 따라 곧 허물어질 그런 종류의 것이다. 이런 그의 허약한 이상주의는 허약한 도덕성으로 이어져 리처드가 농장을 슬래터에게 내주는 비극적 장면을 보며 대농이 소농을 흡수하는 자본주의 농업의 당연한 현상으로 오히려 낭만을 느끼고, 메리의 살인 사건 처리 과정에서도 사회가 요구하는 증언만을 하고 진실은 외면한다. 이런 마스턴을 등장시켜 레싱은 직접적인 가해자격인 아프리카 내의 영국 사회뿐만 아니라 공모자로서의 영국을 비판하고 있는 것이다.

마스턴이 이 집에 살면서 메리와 모세의 관계는 더욱 표면화되는데, 마스턴은 모세가 메리에게 옷을 입혀 주는 장면을 목격하게 되고 그때의 모세의 태도를 '아내를 극진히 사랑하는 남편의 태도'(*GS* 230)라고 표현함으로써, 이제 이들의 관계가 연인 관계에서 부부 관계로 발전했음이 증명된다. 이때 마스턴의 반응은 그가 표명해 왔던 진보주의적 인종관과 달리 이것을 인정하지 않으려는, 즉 원주민 남자와 백인 여자 간의 관계의 가능성을 회피하려는 것이다. 원주민과의 관계는 동물과 관계를 맺는 것과 흡사한 것이고, 특히 백인 여자와 원주민 남자의 경우는 그 반대의 경우와 달리 그의 문화권 내에서 용납될 수 없는 관계이기 때문이다. 마스턴의 존재로 메리는 자신이 더 이상 사회와 유리된 생활을 할 수 없음을 깨닫게 되며 다시 한번 사회와의 충돌을 절감한다.

메리의 불행은 어린 시절 가정적 문제에서 출발한 것이었지만, 이 가정적 문제 배후에도 경제적 궁핍이라는 사회적 문제가 도사리고 있으며, 영국 기혼 여성이라는 주체 위치를 포기하게 된 이유에도 영국 기혼 여성으로서의 주체성의 발휘보다는 제약과 수동성을 강요하는, 환언하자면 남편을 통해서만 꿈과 희망을 달성할 수 있는 가부장적 사회에 대한 반란도 포함되어 있다. 모세와의 관계가 발전해 감에 따라 이들에게서 발견되는 특징은 모세는 오만해지고 공격적이 되며, 메리는 그 앞에서 애원하고 간청하는, 즉 소위 전통적 '여성성'이 두드러지게 나타난다는 것이다. 원주민 사회도 가부장적이고 여자와 남자와의 구별이 뚜렷한 사회이다. 메리는 그녀가 위치하게 된 대안적 주체 위치도 주변화되고 억압된 불안정한 것임을 깨닫는다.

마스턴과의 대화에서 메리는 자신의 위치가 잘못된 것임을 인정하게 되고 모세에게 떠나라고 말한다. 모세는 이것을 자신과 마스턴, 메리의 삼각 관계로 받아들이고 자신을 배반한 메리를 살해할 생각을 한다. 메리에게 이제 남은 욕망의 기표는 최종적 기표, 즉 죽음밖에 없다. 배반감을 느끼는 모세가 자신을 살해하리라고 본능적으로 아는 메리는 도망하거나 도움을 청할 생각도 해보지만 결국 죽음을 기다리고 원한다.

이때의 메리는 자신의 삶과 주변을 다시 돌아다보고 자신을 냉정하게 판단하는 이전의 그녀와 매우 다른 모습을 보여 준다. 혐오하고 두려워했으며 자신과 유리된 존재로 느끼던 자연이 상쾌한 존재라는 새로운 인식, 자신의 삶이 결혼하기 훨씬 이전 어렸을 때부터 뒤틀어지기 시작했다는 깨달음, 자신을 전혀 이해하지 못하는 리처드에게서 이미 마음이 떠났으나 그도 동정받을 만한 불쌍한 사람이라는 인식, 즉 자신뿐만 아니라 리처드도 결혼의 희생자라는 자각, 자신을 구원해 줄 사람은 자신뿐이라는 실존주의적 깨달음, 그리고 자신이 이 집을 떠나면 주위의 자연에 의해 곧 폐허가 되리라는 생각, 즉 인간 문명의 허약성과 자연의 끈질긴 힘의 인식 등이 메리가 마지막으로 깨닫는 진실의 모습들이다. 그리고 이에 덧붙이자면 이때의 메리는 아프리카 내의 영국 사회의 허약성, 즉 이 사회의 도덕적 허약성뿐만 아니라 아프리카 내의 영국 사회는 거대한 자연적 흐름에 대한 일시적 역행일 뿐이라는 사실도 깨닫는다. 이것은 그녀가 마스턴의 책 중 아프리카 대륙을 정복한 로우드에 관한 책을 보며 냉소적인 웃음을 터뜨림으로써 과연 영국이 진실로 아프리카를 정복했으며, 또한 그 일은 그렇게 자랑스럽고 찬양할 만한 일이었던가 하는 의문을 던지는 것으로 잘 알 수 있다. 자신의 삶을 되돌아보며 정리하고 자신의 주변에 대해, 리처드에 대해, 그리고 영국 사회에 대해 정확한 결론을 내리는 메리는 처음이자 마지막으로 자신의 진정한 정체성을 깨닫는다.

메리가 살해된 직후 비가 내리기 시작하는데 이 텍스트에서 비는 엘리엇이 《황무지》에서 고대하는 바로 그 비의 모습이다. 메리는 결혼 이후 건조한 기후로 고생하며 물 때문에 리처드와 싸움까지 했었는데, 이 작품에서 물은 생명력 혹은 사랑의 상징이다. 이제 메리가 죽고 내리는 비는 이 텍스트의 원으로 된 구성적 특징과 함께 생명력의 부활과 이런 개인적 재생의 반복을 의미하게 되어 사회에 도전하는 힘으로까지 확장시켜 생각할 수 있다. 메리에게서 분출되었던 기호적 성질은 그녀의 육체적 죽음에도 불구하고 새로운 탄생 또는 새로운 변화로의 길을 연 것이다.

백인 여자를 소유했고 빼앗길 위험에 처해 있다고 느껴 배반한 여자에 대한 복수로 살인까지 한 모세는 도망하지 않고 자수하며 의연한 태도까지 보여 오히려 백인들의 두려움을 자아낸다. 고정된 가치 체계의 전복을 시도하는 도전자의 풍모까지 느끼게 하는 이 태도에는 이런 폭력이 당연하고 정당한 것이라는 의미가 함축되어 있으며, 이것이 종말이 아니라 시작이며 언젠가는 이기적 영국 사회가 무너질 가능성이 크다는 것을 시사한다. 이것은 모세라는 그의 이름과 함께 메리가 죽는 순간 느끼는 자연이 복수하고 있다는 생각으로도 뒷받침될 수 있다.

IV

이제까지의 텍스트 분석을 통해 필자는 정신분석과 사회비평을 병행하여 이들이 불가분 연결되어 있음을 보이려고 노력하였다. 특히 크리스테바 이론을 적용하여 메리가 결혼 생활·사회 생활에도 적응하지 못하는 근원적 문제를 분석하고, 더 나아가 그런 메리에게서 사회 변혁의 가능성까지 엿보았다. 즉 인간 개인의 정신분열은 사회의 분열과 깊은 관계가 있으며 개인 심리를 분석하는 정신분석은 개인뿐 아니라 사회를 진단하고 치료하는 데 필수적임을 간파하였다. 그러므로 사회 생활의 기본인 인간 관계부터 올바르게 교정하는 것이 사회적 병폐의 근원적 치료 방법임을 깨달을 수 있었다.

이제 마지막으로 크리스테바가 실제로 신경증 환자를 치료하며 얻은 결과를 제시함으로써 이 글의 결론을 대신하려 한다. 크리스테바는 정신분석학에 대한 이론적 탐구뿐만 아니라 이론의 실천을 중시하여 신경증 환자들을 실제로 치료하였다. 크리스테바는 이론적으로는 상징계 내의 어떤 주체 위치도 불안정하여 도전받기를 피할 수 없는 해체성을 띠고 있다고 주장하였으나, 환자를 치료할 때에는 환자가 법이 지배하는 상징계에 적응하며 살 수 있도록 일시적이나마 고정된 정체성(正體性)을 주려고 노력한다. 신경증 환자란 메리의 경우처럼 개인의 주체성과 사회가 호명하는 주체성, 즉 사회가 부과하는 거짓 자아 사이의 불균형의 산물이다. 분석자는 환자와의 대화 속에서 환자가 자신이 처해 있는 특수한 입장을 분명하게 표현할 수 있도록 유도하며 이런 정확한 표현을 통해 주체성을 확립할 수 있도록 돕는다. 메리가 죽기 직전 자신의 정체성을 찾는다 것은, 비록 메리의 육체는 죽으나 정신적 분열 상태는 모세와 사랑의 관계로 치유되었음을 뜻한다.

그러므로 신경병 환자들은 결국 사랑의 결핍으로 인한 환자이며, 환자들이 분석자에게 호소하는 이야기는 사랑의 담론이므로, 그들에 대한 치료는 바로 사랑할 수 있는 능력의 회복이다. 이런 개인의 심리적 분열에 대한 치료는 개인적 차원의 교정일 뿐만 아니라 가족 관계를 올바른 사랑의 관계로 회복시키는 것이며, 더 나아가 정상적인 사회적 인간으로 성장시키는 것이다. 즉 이런 분열의 치료는 사회 분열을 치료하는 가장 확실한 방법 중의 하나이며, 따라서 정신분열 상태에서 벗어나는 메리는 사회 치료의 가능성을 제시한다고 볼 수 있다.

페미니즘에 관한 해결도 이런 사랑과 화합의 측면에서 고려해 볼 수 있다. 가부장제가 여성 억압의 원인이 되고 있으나 이 해결을 반드시 남성과의 정치적 투쟁에서 찾으려 하지 않는다. 여성이 상징계에서 주변화되듯이 남성도 상징계에서 주변화될 수 있기 때문이다. 우리는 자본주의 사회에서 그리고 결혼 생활에서 주변화되는 리처드를 통해 이런 사실을 충분히 보았다. 상징계는 사회·법·가부장제 등 억압을 강요하는 것의 총체이며, 기호계는 억압된 것의 총체일 뿐이다. 그리고 남성 중심적인 사회에 살고 있으므로 여자가 남자와 혼돈 사이의 경계에 위치하게 되어 혼란의 속성을 공유하는 것처럼 보일 뿐이다.

이처럼 크리스테바가 남성/여성의 이항 대립의 해체를 주장하듯이 레싱도 분열 상태보다는 서로 합심하여 공통된 문제, 즉 인간성의 회복으로 나아갈 것을 제안하며, 더 나아가 억압하는 부류와 억압당하는 부류 간의 모든 관계도 변증법적 역동 관계에 의해 변화될 수 있으리라고 기대하고 확신한다. 고정된 권위는 변화의 원동력인 부정성에 의해 도전받고 이런 도전은 가중되어 종국에는 새로운 질서로 변하게 되리라는 것이 레싱의 우주관이기 때문이다.

끝으로 첨언하자면, 레싱은 이 텍스트에서 아프리카 내의 영국 사회와 원주민 사회를 대립시켰으나 마스턴이라는 영국 사회를 대표하는 인물도 등장시켰다. 레싱은 아프리카를 영국 문명이 시험받는 곳으로, 그리하여 영국 문명의 취약성이 적나라하게 노출된 곳으로 그리려 했기 때문이다. 레싱은 1949년 아프리카를 떠나 영국으로 정착하러 갔는데 그때 이 작품의 원고를 들고 있었다. 작품 속에는 작가의 무의식도 작용하게 마련이다. 필자가 이 작품을 읽으며 마음속에 떠올린 레싱은, 허리에 채찍을 찬 채 원주민을 감독하러 농장으로 나가는 당당한 메리의 모습처럼 '원주민과 간음한 영국 여성'의 초상화를 들고 당당하게 영국 사회에 데뷔하는 모습이다. 그리고 마치 이렇게 외치고 있는 듯이 보인다.

어떤 문명의 약점을 가장 잘 판단하려면 그 문명이 저지른 실패와 부당한 일들을 보면 된다.(*GS* 8)[1]

---

1) 작자 미상의 글로 레싱은 엘리엇의 《황무지》와 함께 《풀잎은 노래한다》의 권두언으로 사용하고 있다.

제2장

《마사 퀘스트》: 인식론적 탐색의 시발점[2]

I

그녀는 사춘기에 있었으므로 불행할 수밖에 없었고, 영국인이었으므로 불안하고 반항적이었으며, 20세기의 1940년대에 살고 있어 인종·계층·여성의 문제에 직면하여 살아야 했고, 과거의 얽매인 여자들을 거부할 수밖에 없었다. 그녀는 죄의식과 책임감과 자의식으로 고문당하고 있었다(*MQ* 19).

1952년, 30세 초반의 도리스 레싱은 《폭력의 아이들》이라는 제목 아래 다섯 권의 소설로 구성된 연작을 구상하고, 첫 작품으로 《마사 퀘스트》를 발표하였다. 처녀작 《풀잎은 노래한다》에서처럼, 그리고 레싱 자신이 그랬듯이 이 작품의 주인공은 여전히 '여성'이라는 족쇄에 묶

---

2) 이 논문은 1999년도 용인대학교 교내 연구비의 지원을 받아 씌어졌다. 논문의 원래 제목은 〈마사 퀘스트: 진정한 여성성과 탈식민을 향한 여정〉이었으나, 이 제목이 생태주의적 접근 방식의 결론을 수용하는 데 한계가 있으므로 〈《마사 퀘스트》: 인식론적 탐색의 시발점〉으로 바꾸었다.

인 채 '식민 계층(colonizer)' 이라는 죄의식의 멍에를 짊어지고 있다. 영국의 아프리카 식민지에서 살며, 영국인 부모를 둔 백인 여성인 주인공은 프란츠 파농이 《검은 피부, 하얀 가면》에서 언급한 대로 '우월감(superiority complex)과 더불어 죄의식'에 사로잡혀 있으므로, 아프리카 원주민의 열등감 못지않은 신경증을 앓고 있다. 영국을 대표하는 부모와 영국의 제국주의가 표방했던 가치들에 저항하는 그녀는 높은 이상과 두터운 현실의 벽 사이에서 반항적 행동과 나른한 권태감 사이를 왕복한다. 성장 소설의 형식을 갖고 있는 5부작의 첫 작품으로 10대 소녀가 주인공인 만큼 주인공의 경험 부족, 향락의 유혹에 대한 면역결핍, 충동적이고 감정적인 언행 등 사춘기에 빠지기 쉬운 여러 시행착오가 이 작품의 주요 내용이지만, 주인공의 오류의 가장 큰 원인은 '식민 계층의 여성'이라는 자의식에서 비롯된 주인공의 '분열된 자아'이다. 그러므로 주인공의 여정은 조각난 자아를 통합하여 통일된 정체성을 확립하고, '개인'과 '사회'라는 양극의 장력 속에서 조화로운 주체성을 이루어 나가는 과정이어야 한다.

인식론적 탐색의 여정을 떠나는 주인공을 제시할 때 작가는 흔히 여러 장애로 여정을 굴곡화하고 목적지를 밝히는 일을 가능한 한 뒤로 연기함으로써 독자의 호기심을 극대화시키게 마련이다. 레싱은, 한편으로는 주인공의 억압적 가정 환경, 인종차별주의적 정치 환경, 성차별적 사회 환경을 장애의 모델로 제시하여 순탄치 못한 여정을 예고하지만, 다른 한편으로는 주인공이 출발하자마자 성숙되고 논리적인 사변에서가 아니라, 백일몽 속에서 모호하지만 본능적으로 자신의 목적지를 깨닫게 만든다. 첫 부분에서부터 갑작스럽게 독자에게 행선지를 드러냄으로써 기존의 리얼리즘 소설과 차별화하는 것이다.

그녀는 경작된 땅 너머로 초원을 건너 덤프라이즈 언덕을 바라보며 이 사용되지 않고 있는 전원을 자기의 상상의 규모에 맞춰 보았다. 그리하여 거친 관목 숲과 주저앉은 듯한 나무 위로 하얗게 빛나며 떠오른 것은 완만히 경사진 꽃밭에 둘린 테라스를 연해 가로수가 늘어선 정사각형의 장대한 도시였다. 거기엔 물이 철철 넘치는 분수가 있고 플루트 소리가 들리며 위엄 있고 아름다운 시민들이 흑인·백인·황인 모두 어울려 움직이고 있었다. 그리고 노인의 무리들은 북녘 태생의 파란 눈과 흰 살결의 아이들이 남녘 태생의 갈색 피부와 검은 눈의 아이들과 손을 잡고 놀고 있는 모습——그러한 아이들의 모습을 즐거운 듯이 미소지으며 바라보는 것이었다. 그렇다! 그들은 인종이 다른 조상에게서 태어난 아이들이 이 환상의 고대 도시의 꽃밭과 테라스 사이나 하얀 기둥과 높은 나무들 사이로 뛰어 노는 것을 미소지으며 가상히 여기는 것이었다.(*MQ* 22)

이곳은 레싱이 '사대문의 도시(four-gated city)'라고 부르는 곳으로 '인종차별이 없는 유토피아'이며, 5부작의 최종 작품의 제목 또한 《사대문의 도시》인 점을 감안할 때, 이곳을 레싱의 목적지라고 가정할 수 있다. 이제 행선지를 파악한 독자는 억압적인 현실에 대한 주인공의 강한 저항 의식, 확고한 이상, 높은 지적 수준과 광범위한 독서량 등을 보면서 주인공에게서 꿈을 향한 과감한 사회적·정치적 행보를 기대한다. 그러나 이 작품은 오히려 주인공의 불평, 무기력, 충동적 행동, 사고와 행동의 불일치 등의 오류의 되풀이로 가득 차 있을 뿐이다. 이 작품은 통일된 자아로 나아가는 발전적인 과정보다 원래의 위치로 되돌아가는 회귀적 성격이 더 강하게 나타난다.

이 작품에 대한 그동안의 해석은 로나 피커링의 것처럼 높은 이상을 꿈꾸는 주인공이 저항과 반항으로 높은 현실의 벽과 맞서 투쟁하지만, 결국에는 환멸만을 느끼게 된다는 것이었다. 그러나 본 논문은 주인공 마사가 충분한 지성과 감성을 갖추고 있음에도 불구하고, 의식적인 사고와는 다른 모순되고 충동적인 행동으로 오류만을 되풀이한다는 점에 초점을 맞추려 한다. 그리고 그에 대한 원인을 루이 알튀세르의 '이데올로기'와 '주체성'에 대한 탁월한 예지를 빌려 분석하려고 한다. 알튀세르는 인간이 사회 속에서 주체(subject)인 양 행동하지만 실은 사회의 이데올로기에 종속(subjection)된 인물임을 정신분석과 연계하여 논리적으로 밝힌 바 있다.

반면, 이 작품은 저항하던 제도 속으로 안주하고 마는 주인공, 지배 이데올로기에서 자유롭지 못한 젊은 여성의 모습을 보여 주는 정체적 성격을 띠고 있긴 하지만, 결혼과 동시에 곧 이혼하게 되리라고 예감하는 주인공의 모습을 언뜻 비춤으로써 이 작품의 표면 아래에 변화와 개혁의 잠재력이 침잠해 있음을 암시한다. 5부작의 첫 작품으로서, 주인공 마사가 나머지 네 작품에서도 험난한 시행착오의 과정을 밟으며 제도권에 대한 반항, 평등 사회를 향한 사회적 운동, 자유 여성의 실현 등을 향한 여정을 계속하리라는 언질을 주므로 이 잠재력에 주목하는 일은 의미가 크다. 본 논문은 이 잠재력을 레싱의 자연과 우주에 관한 관점과 연관지어 설명하려고 한다.

레싱은 우선적으로 개인 심리와 사회와의 상호 관계를 연구함으로써 진정한 여성성과 탈식민의 길을 모색하였지만, 보다 심층적으로는 개인과 사회가 자연의 일부라는 생각, 인간이 무생물과 더불어 자연의 일부라는 사고, 더 나아가 우주 속의 인간, 개인의 하찮음, 우주 삼라만상의 유기적 관계 등에 대해 사유함으로써 보다 큰 틀의 해결책을 구상하고 있었던 것으로 보인다. 레싱은 정신분석학적 · 사회주의적 접근을 통해 자기 고유의 세계관을 형성하려 하였으나, 정신적으로 건강한 개인의 통합된 주체성은 사회적 통합뿐 아니라 생물·무생물을 모두 포함하는 자연 전체와의 교감, 심지어 우주와의 합일을 통해서 달성할 수 있다는 생각에까지 이르게 되었다. 즉 레싱이 구상하는 진정한 여성성, 진정한 탈식민의 최종 목적지는 바로 '우주의 삼라만상과의 합일' 일 가능성이 크다. 5부작의 첫 작품으로 아직 이런 점이 확연하게 강조되어 있지 않고, 이 점에 관심을 기울인 비평가들도 거의 없지만, 본 논문은 이 작품에 나타난 자연 묘사 등을 근거로 하여 개인의 심리적 안정과 사회적 안녕과의 상관성, 자연과 우주, 인간의 유기적 관계, 자연과 우주 속의 인간의 위치 등을 부각시키려고 한다. 이 주제는 강력하게 주장되지는 않았지만 레싱의 작품 속에 항상 존재하기 때문이다.

II

이 5부작의 제목이 《폭력의 아이들》, 즉 '제국주의의 후손들' 이라는 것은 이 작품들이 인종 문제를 다루고 있음을 직설적으로 표현한다. 레싱은 1956년 《뉴스테이츠맨》지에 기고한 글에서 자신이 인종 문제에 민감하게 된 일화를 소개하였다. 그녀는 16세이던 해 남로디지아와 남아프리카 사이의 국경선을 넘게 되었고, 이때 국적·인종·출생지 등을 쓰는 서식에 출생지를 '페르시아' (지금의 이란)라고 썼기 때문에 이민국 관리에 의해 '아시아인' 으로 분류되어 입국이 금지된 적이 있었다. 레싱은 국적란에는 '영국인,' 인종란에는 '유럽인' 이라고 썼으나, 출생지에 '아시아' 라고 기록하였다. 레싱은 이때 자신이 영국인이지만 '추방된' 상태(displaced)의 영국인임을 깨닫게 되었다고 한다. 그런데 자신과 비슷한 처지의 추방된 영국인들이 원주민이나 다른 식민지인들 (예를 들어 아프리카너, 그리스인, 유대인 등)에 대해서는 '상대적 우월감'을, 영국 본토인들에 대해서는 '상대적 열등감'을 느끼며 살아가는 것을 보고, 영국 식민 사회의 허약한 정체성과 조각난 사회를 만드는 부조리에 크게 분노하게 된다.

《마사 퀘스트》의 주인공 역시 '영국'과 '영국인'에 대한 강한 반항심을 느끼는데, 그녀가 읽는 책의 제목은 《대영 제국의 몰락》이며, 부모의 영국에 대한 자긍심에 반발한다. 그러나 제국주의 이데올로기는 마사가 의식하지 못하는 수준까지 깊숙이 광범위하게 침재해 있다. 이데올로기란 통상적으로 어떤 뚜렷한 신조나 신념으로 통용되지만, 실은 이보다 더 무의식적으로 개인에게 영향을 미친다. 다시 말하자면 이데올로기는 개인과 사회와의 관계를 묶어 주는 매개항이며, 개인에게 사회와 관련된 목적 의식과 정체감을 부여해 주는 사회적 실천의 영역인 것이다. 개인이 교육을 받고, 투표를 하고, 영화를 보고, 유행하는 스타일의 옷을 입는 등의 행위도 특정한 이데올로기의 영향 아래 있음을 반증한다.

알튀세르는 자신의 유명한 논문, 〈이데올로기와 이데올로기적 국가 기구〉('Notes towards an Investigation')(알튀세르 127-186)에서 지배 계급이 권력을 유지하기 위해서는 이데올로기의 부과와 유포가 필수적이며, 이때 이데올로기는 추상적 관념이 아니라 구체적인 물질적 존재를 갖는다고 주장한다. 이데올로기는 언제나 하나의 기구 및 그 실행 혹은 그 실행들 속에 존재한다는 것이다. 이데올로기를 구체적으로 실천하는 기구로는 우선 '국가 기구(State Apparatuses)'를 들 수 있으나, '국가 기구'는 억압과 폭력으로 기능하므로 이데올로기로서 역할을 하는 데 덜 효과적이라고 알튀세르는 말한다. 반면 이데올로기로서 더 효과적으로 작용하는 것은 소위 '이데올로기적 국가 기구(Ideological State Apparatuses)'이다. '이데올로기적 국가 기구'는 억압적 국가 기구와 달리 사적인 영역에 존재하는 것으로, 가정 · 교육 · 종교 · 법, 심지어 문화까지 모두 포함한다.

　어머니가 강요하는 가정 교육, 즉 빅토리아 시대의 부르주아 계급에 알맞은 교육, 신체의 정상적인 발육을 무시하고 성을 억압하는 전통적인 여성 교육에 반발하여 마사가 옷을 가위로 잘라 버리는 장면이나, 이웃인 반 렌즈버그 부인의 가정 · 육아 · 결혼 등 가정의 중요성 강조에 대해 강한 혐오감을 보이는 장면, 안질을 핑계로 대학시험을 포기하는 장면 등등은 마사가 정규 교육 제도, 결혼 제도 등 제도 자체를 거부함을 보여 주며, 이들 지배 계층의 위선적 사고를 뒷받침하는 지배 이데올로기에 구속되지 않으려고 몸부림치고 있음을 보여 준다. 19세기 유럽의 제국주의는 팽창하는 자본주의를 유지하기 위해 국내에서는 '가정에 대한 숭배(cult of domesticity)'를 유포하고(앤 매클린토크, 169), '천사같이 가정에 충실한 여성(angel of the house)'을 모델로 제시하였으며, 국외에서는 해외시장의 확장을 위해 '영국 국민, 혹은 영국 국가의 위대성(cult of nationality)'을 선전하였다. 영국의 식민지가 되는 것은 치욕적인 일이 아니라 야만인에서 문화인이 되는 영광스러운 일이었다. 식민지에서 착취당하는 원주민들을 보면서 영국의 위선과 야만적 폭력성을 일상적으로 목격하며 살아가는 마사는, 부모의 영국인으로서의 오만함에 저항하고 유대인들과 친밀하게 지내며, 원주민에게 동정한다. 또한 빅토리아 시대의 여성처럼 살기를 강요하는 어머니에게 반발하기 위해 개방적인 성을 추구하며 처녀성도 쉽게 포기한다. 마사가 유대인인 아돌프를 대상으로 하여, 사랑의 행위로가 아니라 유대인을 차별하지 않는다는 것을 증명하기 위한 한 방편으로 처녀성을 포기한다는 것은 시사하는 바가 크다. 인종차별의 가해자가 겪는 '우월 의식과 죄의식'에서 오는 일종의 역피해인 것이다. 아돌프 역시 유대인이라는 힘겨운 자의식 때문에 마사에게 비열한 행동을 하는 인종차별의 희생자이다. 마사가 살던 식민지에는 단지 식민 계층과 피식민 계층 사이의 분열만 있었던 것이 아니라, 대개의 유럽인들로 구성된 식민 계층 사이에서도 네덜란드인·그리스인·유대인 등 층층이 계층화된 세분된 사회였다.

부모의 위선과 속박, 고향의 폐쇄성으로부터 탈출한 마사는 도시에서 직장인으로서의 사회 생활을 시작하는데, 도시의 거의 모든 젊은이들은 직장의 일원으로, 그리고 일종의 사교장인 '스포츠 클럽'의 회원이 됨으로써 자신들의 정체성을 부여받는다. 스포츠 클럽은 단순히 건강 증진을 위해 운동을 하는 곳이나 사교장이 아니라 이 도시의, 더나아가 이 국가의 정치·경제·문화를 지배하고 조정하는 곳이다. 즉 또 하나의 강력한 이데올로기적 국가 기구인 셈이다. 스포츠 클럽은 이 아프리카 식민지의 상류 계층들이 자녀들을 위해 구상하여, 2세들이 직접 나서서 건립한 곳으로, 영국적인 것에서 탈피하여 자신들 고유의 스포츠 클럽을 만들자는 계획 아래 건설되었다. 분열이나 장벽이 없는 곳을 만들겠다는 미명 아래 건립되었지만 스포츠 클럽이 번성함에 따라 이곳의 특권은 거대해져서 이곳에 가입하지 않는다는 것은 사회로부터, 환언하자면 지배 이데올로기로부터 소외되는 것을 의미한다. 이곳에는 이곳 고유의 규칙이 있고, 이 규칙을 만들고 스포츠 클럽의 운영을 맡고 있는 소위 '늑대들'은 지배 계층의 자제들로, 능력과는 상관없이 출신 덕분에 자연스럽게 이 나라의 공무원이 된다.

마사는 이곳의 분위기와 '늑대들'의 경박함 때문에 쉽게 동화되지 못하지만, 그들의 찬미와 간절한 구애 등 젊은이로서 확고하게 뿌리칠 수 없는 쾌락의 유혹을 이기지 못한 채 많은 시간을 이곳에서 보낸다. 이곳에서 만나는 젊은이들마다 지적 수준이 자신보다 떨어져 상대할 만한 가치가 없다고 느끼면서도, 자신의 사회적 가치를 높여줄 속기나 타자 등의 학습에 열의를 보이거나 지적 수준이 높고 자신과 비슷한 이상을 가진 좌익 독서 클럽의 공산주의자 회합에 참여하기보다, 스포츠 클럽의 분위기에 휩쓸린다. 특히 좌익 독서 클럽은 인종이나 계급에 따른 차별에 저항하고 사회주의적 유토피아를 꿈꾸는 마사의 이상과 표면적이나마 부합하는데도 이 클럽의 이상보다는 이 클럽을 소개한 조스 코헨과 솔리 코헨 형제에 대한 개인적 관심이 더 크다. 유행에 민감한 도노반의 지시대로 몸매를 가꾸고 치장하면서, 의식 있는 여성보다는 매혹적인 여성이 되는 데 더 적극적이다. 마사도 결국 이데올로기적 국가 기구에서 자유롭지 못한 것이다.

그 결과 그녀는 고향에서 도시로 지리적인 위치만 변경하였을 뿐 분열된 심리 상태나 사회적 위치는 크게 변하지 않았음을 느끼게 된다. 하숙집 여주인 건 부인은 어머니와 반 렌즈버그 부인을 동시에 연상시키고(*MQ* 116), 쇼윈도의 탐나는 값비싼 드레스는 고향에서 만들어 입었던 하얀 드레스와 같은 스타일의 것이며(*MQ* 177), 고향 파티에서의 흙탕물 장면은 도시의 파티에서의 흙탕물 장면(*MQ* 184)으로 반복되어 나타난다. 마사가 아돌프를 따라 그의 아파트에 들어가면서 낯설지 않게 느끼는 이유는 이 아파트의 창틀이 고향집을 연상시키기 때문이다. 부모의 결혼 생활을 보며, 결혼 특히 동정에 의한 결혼은 안 한다고 여러 번 결심했지만 아돌프와 관계를 맺게 되는 가장 큰 이유는 그에 대한 동정이며, 후에는 그렇게도 혐오하던 결혼도 하게 된다. 결혼 상대는 경멸하던 '늑대들' 중 한 사람으로, 아돌프가 예언한 대

로 (마사는 이 예언에 화를 내며 부인하였다) 그의 사회적 위치는 중산
층의 도시 청년이다. 그녀의 반항과 저항은 전혀 목소리를 내지 못하
였으며, 결과는 어머니의 결혼과 그리 다르지 않은 결혼, 그리고 어머
니의 희망과 다르지 않은 결혼, 즉 지배 이데올로기 속으로의 안주이
다. 인종적 자의식을 벗어 던지고 사회 운동가로 나서는 행로, 즉 탈
식민을 향한 여정에서 이탈한 채 그녀의 여행은 원점으로 회귀하고
말았다.

III

레싱의 비평가들뿐 아니라 본인도 자신의 작품들 중에서 가장 자서
전적이라고 평가하는 《폭력의 아이들》의 다섯 작품은 《사대문의 도
시》를 제외하고, 모두 나이 든 레싱이 자신의 젊은 시절을 몰개성적
인(impersonal) 관점에서 바라보는 형식을 취하고 있다. 페르시아(현재
의 이란)에서 태어났으나 매우 어린 나이에 아프리카로 이주해 온 레
싱은 주인공 마사의 이야기를 15세의 나이부터 시작한다. 그 이전의
이야기는 부모의 아프리카 이주와 농장 경영의 실패, 그리고 그 결과
몽상가로 변해 현실을 회피하는 아버지, 아버지와 달리 현실적이지만
가부장적인 사회에서 남편의 실패를 질병의 탓으로 정당화한 채 채워
지지 않은 야심을 자식들의 성공으로 보상받으려는 어머니의 모습으
로 대체한다. 《풀잎은 노래한다》에서처럼 무능한 아버지, 억압적인
어머니, 그 사이의 딸이라는 삼각 관계의 도식이 되풀이되고 있는데,
《풀잎은 노래한다》에서는 아버지가 일찍 제거되나 《마사 퀘스트》의
아버지는 아내와 딸의 논쟁으로부터 자신만의 피안적 세계로 도피해

버린다. 라캉이 말하는 '아버지의 이름으로 규정되는 역할'을 못하는 셈이다. 라캉에 따르면 '아버지'는 말로 이루어진 자신의 법을 통해서만 존재하고, 그의 말이 어머니에 의해서 인정받을 때에만 힘을 발휘한다. '아버지'의 위치가 의문시되면 아이는 어머니에게 계속 종속되는데, 특히 어머니의 욕망에 종속된다. 마사의 아버지는 '법' 혹은 '현실'을 상징하지 못한 채 몽상가로서 현실을 도피해 버렸기 때문에 마사는 오이디푸스를 통과하지 못하고, 그의 주체는 자아와 주체성을 나타내는 최초의 완전한 기표를 부여받지 못하여 분열된다. 이제 주체는 문화 · 언어 · 문명 세계에 제대로 적응할 수 없으므로 자아 실현이 어렵고, 따라서 소외된다. 즉 라캉의 표현을 빌리자면 마사는 정상적으로 상징계에 안착하지 못한 채 상상계적 요소가 심하게 억압된 상태이다.

알튀세르는 "이데올로기는 개인과 개인의 실제 조건과의 상상적 관계를 표현한다"(알튀세르 162)고 주장하였는데, 이것은 이데올로기가 세상과 '실제적' 관계와 '상상적' 관계를 모두 맺고 있다는 뜻으로, 인간은 살아가면서 인간의 존재 조건을 지배하는 사회 관계와 실제로 관계를 맺으므로 이데올로기는 '실제적'이라고 볼 수 있으나, 반면 인간이 그 존재 조건을 완전히 이해할 수 없게 만들 뿐 아니라 그 존재 조건 속에서 인간이 사회적으로 구성되는 방식을 완전히 이해할 수 없게 하므로 '상상적'이라는 것이다. 여기에서 '상상적'이라는 표현은 라캉의 정신분석을 응용한 해석으로, 상징계에 도달하기 이전 단계인 상상계에서 거울에 비친 자신의 모습을 보고 그 반영된 모습과 자신을 완전히 동일시하는 아이의 모습에서 따온 이론이다. 이때 아이가 거울에서 보는 자신의 모습은 소위 '이상적 자아'로서 남에게 '보여짐(객관화되기)'을 모르는 채, '바라봄'만이 존재하는 상태이다. 아이는 대상과의 동일시를 통해 만족스럽게 통합된 자아의 이미지를 얻지만, 이 대상은 이미지를 폐쇄하고 자기애적인 순환 관계 속에서 아이에게 다시 비춰지면서 실제의 모습보다 이상화되므로, 이때 얻는 이미지는 그릇된 인식을 포함한다. 라캉은 이것이 상상적 통제이며, 그래서 자아(ego)는 자기 자신의 신체에 대한 주체의 상상적 관계를 토대로 해서 형성된다고 주장한다. 자아는 자율성이라는 환영을 가지지만, 그것은 환영일 뿐 주체는 파편화와 불충분성에서 환영적인 통일성을 향해 나아간다. 즉 거울 단계는 환영적 이미지에 의한 자기 착각의 시기이며, 오인(méconnaissance)이 일어나는 단계인 것이다. 알튀세르의 '이데올로기는 개인과 개인의 실제 조건과의 상상적 관계'라는 주장은, 이데올로기를 마치 하나의 세계관 혹은 진리로 실현하고자 하지만, 이런 세계관들은 '상상적인 것'이거나 혹은 '현실과 맞지 않은 것'으로, 이데올로기란 하나의 환상(illusion)이며, 단지 현실을 암시하는 것(allusion)일 뿐이다.

마사가 거울 속의 자신의 모습을 바라보며 "넌 너무나 아름다워"(*MQ* 28)라고 자기애에 빠지는 장면, 마니 반 렌즈버그의 집에서 열린 파티에서 거울 속에 비친 자신의 모습을 바라보며 자기임을 알아보지 못하는 장면은 모두 마사가 안정된 주체 위치를 확립하지 못하고 있음을 보여 준다. 특히 마사 '자신이 스스로를 바라보는 모습'과 '현실 속에서 남에게 비춰지는 모습'이 크게 유리되어 있어, 그녀에게 '실제의 나'와 '상상의 나'가 분리되어 있음을 알 수 있다.

맥그레이드나 클럽의 무도회에서의 마사 퀘스트는 억지 미소를 띠고 권태에 빠져 시무룩히 독설이나 퍼붓는 젊은 여자이거나, 아니면 높고 부자연스러운 웃음 소리를 내며 재잘거리는 바보였다.(*MQ* 262)

마사는 이 작품 내내 자타가 인정하는 뛰어난 미모와 지성의 소유자로 자기도취적이다. 고향에서는 평범하고 뚱뚱한 마니와 비교하고, 도시에 와서는 직장에서 쉽게 인정받고 사교계에서도 많은 청년들의 흠모를 받게 되자 자신의 능력을 높이 평가한다. 주위 청년들의 지성이 자신보다 훨씬 뒤떨어져 자신의 관심을 끌지 못하므로 권태롭다고도 느낀다. 그러나 위의 장면은 이와 반대로 그들이 오히려 그녀를 현실에 적응하지 못하는 어리석은 여자로 보고 있음을 보여 준다. 레싱의 마사에 대한 시각이 매우 철저하게 몰개성적일 뿐 아니라 냉소적이기까지 하다는 것도 잘 보여 주는 위의 장면은 심지어 희극적이기까지 하다.

이 작품 내내 마사가 반복된 오류를 범하는 가장 큰 이유 역시 바로 이런 그녀의 자신에 대한 오인 때문이며, 아돌프와 어긋난 관계를 맺는 것도, 결혼 상대로 더글러스를 선택하게 되는 것도 같은 이유 때문이다. 마사는 더글러스가 진보적인 신문을 읽는다는 사실만으로 그를 지적이고 의식 있는 사람으로 쉽게 믿어 버린다. 그가 공무원이자 상류층의 자제이며 '늑대들' 중의 한 명이라는 것을 알면서도, 그가 가난하며 자신처럼 공산당을 지지하리라고 믿는다. 스스로를 매우 지성적이라고 생각하는 마사가 번번이 누구나 다 알고 있는 사실을 몰라서 실수로 치닫는 이유는 알튀세르의 주장처럼 '실제의 나'와 '상상의 나'가 분리되어 사회 관계 속에서 계속 오인하기 때문이다.

알튀세르는 이데올로기의 역할을 사람들을 주체로 호명하는 것(알튀세르 173)이라고 규정한다. 개개인은 자신이 사회의 중심에 있다고 느끼며, 사회와 의미 있는 관계를 맺고 있다고 생각한다. 즉 사회가 자신을 '주체'로 알아 보고(reconnaissance) 귀중한 사람인 양 대접한다고 생각하며, 스스로를 자율적인 주체로 간주한다. 즉 이데올로기는 사람들을 억압하거나 강요하기보다는 자신들이 이 사회에서 자율적인 존재, 즉 주체라고 생각하도록 만든다는 것이다. 이들은 자신들이 행위의 주인이며, 신념에서 우러난 행위를 하고 있다고 믿는다. 그러나 이것은 아이가 거울을 보면서 자신의 상상적 이미지를 자신으로 잘못 알아보듯이 오해하는 것이며, 실상 주체들은 이데올로기에 종속되어 있다. 개개인은 사회 속에서 자신이 생각하는 것만큼 일관되고 자율적인 자생적 주체가 아니며, 여러 사회적 결정 항들에 의해 '중심을 박탈당한' 직능에만 머물러 있다. 자신에게 투영된 이미지에 마음을 빼앗겨 스스로를 이미지에 종속시키고, 이러한 종속을 통해 사람들은 주체로 탄생한다. 주체란 자유로운 주체성과 발언권을 가진 중심 있는 행동의 주인이자 책임지는 사람이지만, 이와 동시에 종속된 존재, 보다 높은 권위에 복종하며 그 복종을 받아들이는 자유를 제외한 어떤 자유도 박탈당한 사람이기도 하다. 사회가 이데올로기를 통해 개개인을 주체로 호명하는 것이며, 따라서 개개인이 주체화된다는 것(subjectified)은 아이러니컬하게도 종속되는 것(subjected)을 의미한다.

마사는 위에서 본 바와 같이 '자신을 바라보는 나'와 '남에게 보여지는 나'가 심하게 분열되어 있다. 스스로가 주체로서 자신의 행위의 주인이며, 사회에서의 자신의 위치를 잘 파악하고 있다고 생각하지만 이것은 사회와의 상상적 관계일 뿐이다. 그녀의 자아는 '실제의 나'와 '상상의 나'로 분열되어 있으며, 자신이 억압적인 이데올로기와 억압적 국가 기구에 반발하고 있다고 생각하지만, 실은 그보다 더 영향력이 큰 이데올로기적 국가 기구에 속박되어 있다. 그러므로 그녀의 반항이나 저항은 무위로 돌아가고, 그 결과 그녀의 되풀이되는 실수만이 남게 된다.

그렇다면 인간은 이데올로기에 영원히 종속되어 사회를 변화시키는 일이 영원히 불가능한가? 라캉은 인간이 상징계로 들어가면서 무의식을 심하게 억압당하고, 그 결과로 구성된 주체 위치는 상당히 모순되고 불안정하다고 말한다. 욕구(desire)는 심하게 억압되어 있으나 그 흔적은 남게 마련이어서 욕구의 환유로 여러 요구(demands)가 나타난다. 그리고 이런 요구들로 인해 주체는 항상 변형될 수 있는 가능성에 열려 있다. 그러므로 주체는 고정된 것이 아니라 언제나 형성되는 과정에 있다고 한다. 어린 마사는 사회 전반에 짙게 깔려 있는 이데올로기에서 해방되지 못한 채 어머니가 바라던 안정된 중산층의 공무원과 결혼한다. 언뜻 보기에는 19세기의 고전적인 리얼리즘 소설의 해피엔딩을 보는 듯하지만, 마사는 결혼하기도 전에 이미 이 결혼을 지속할 의사가 없음을 밝힘으로써 중산층의 안정된 유부녀로서의 그녀의 주체 위치 역시 불안정한 것이 될 것임을 예고한다.

그녀는 '지금이라도 나를 해방시킬 수 있어. 그와 꼭 결혼을 할 필요는 없어' 라고 생각했다. 그러나 동시에 자기가 어쩔 수 없이 그와 결혼하리라는 것도 잘 알고 있었다. 원하든 원치 않든 간에 그와 결혼하리라는 것을 그녀는 잘 알고 있었다. 그녀는 또한 마음속에서 이 남자와의 결혼을 계속하지는 않을 것이라고 조용히 말하는 소리를 들었다. (*MQ* 292)

레싱은 이 작품을 통해 가정적·사회적으로 불안정한 주체성을 확립할 수밖에 없는 상황으로 내몰리는 한 여성의 모습을 보여 준다. 마사는 어느 여성보다도 세상을 잘 알고 있는 의식 있는 여성으로, 그리고 자유로운 여성으로 살아갈 자신이 있다고 믿고 있으나, 그와 정반대로 사회가 백인 여성에게 요구하는 주체로 규격화되어 가고 있다.

그러나 레싱은 여기에서 그치지 않고 그녀의 자아 분열이 일탈을 야기하는 부정적 에너지만을 갖고 있는 것이 아니라 변화와 개혁을 가져올 수 있는 잠재적인 긍정적 에너지도 함유하고 있음을 암시한다.

IV

이 논문의 서두에서 나는 마사의 여정의 행선지로 마사가 꿈꾸는 인류 통합의 유토피아를 제시하였다. 심리적으로 분열된 마사의 모습은 분열된 식민 사회의 반영이므로 완전한 합일을 이루기 위해서는 단지 심리적 합일만이 아닌 사회적 합일도 동반되어야 한다. 그러나 마사의 담론은 개인과 사회와의 상관성에 대한 담론에 머무르지 않는다. 이 작품은 마사의 심리, 식민지의 사회상에 대한 담론으로 가득 차 있으나 자연에 대한 의미 있는 묘사도 자주 등장한다.

우선, 마사가 고향의 폐쇄적 사회 환경 속에서 부모와 이웃의 고정관념의 주입에 식상하여 보는 자연의 모습은 이때의 마사의 심리처럼 무미건조하고 회피하고 싶은 구속적 성격의 자연이다.

확 트인 파란 하늘을 향해 불뚝 솟은 언덕 위에 선 집은 산에 둘러싸인 방대한 분지 한가운데 있었다. 집 앞에서부터 덤프라이즈 언덕까지는 7마일이었고, 옥스퍼드 산맥까지 경사져 올라가는 지면이 7마일이요, 동으로 7마일 거리에는 제이콥의 성이라는 길게 솟은 산이 있었다. 집 뒤로는 이렇다 할 산맥이 없었으나, 땅은 가없이 뻗어 우리에게 없어서는 안 될 상상의 오지 같은 푸르스름한 아지랑이 속으로 사라져 가고——널찍한 내리받이 땅이 북쪽으로 활짝 나 있었다.

이 모든 것 위에 구름 하나 없는 아프리카의 하늘이 곡선져 있었으나 마사는 그것을 바라볼 수 없었다. 온통 햇빛이 고동치듯 쏟아져 내려왔기 때문이다. 그녀는 관목 숲으로 눈을 떨구어야 했고 숲의 모습은 너무나 낯익은 것이어서 주변의 방대한 산야는 오히려 심한 폐소공포증을 느끼게 할 뿐이었다.(*MQ* 13)

그러나 이 똑같은 자연은 마사가 더글러스와 함께 부모에게 인사하러 갈 때에는 전혀 다르게 보인다. 폐쇄적인 모습은 전혀 느껴지지 않고 오히려 관능적인 자연의 모습을 보게 된다.

하늘은 망망대해처럼 깊고 푸르고 신선했으며 하얀 구름이 그 속에서 꾸준히 굽이쳐 가고 있었다. 뜨겁게 단 화강암 돌들이 반짝반짝 조그맣게 엎드린 언덕이 이따금 보이는 초원은 풀로 두껍게 덮인 채 대담하게 솟아올라 하늘과 맞닿고 있었다. 이 땅과 하늘의 적나라한 포옹, 나뭇잎이나 대지로부터 물기를 빨아올리는 머리 위의 억세게 이글거리는 태양 때문에 눈으로 볼 수 있게 된 애무의 손처럼 피어오르는 열기의 반짝임, 탁 트인 하늘, 동그라미를 그리는 매가 (햇살이 날개 위로 번쩍 빛났다) 태양과 들 사이에서 가만히 고정된 듯이 보이도록 가없이 트인 시야——대지의 추켜올린 가슴과 하늘의 깊고 푸른 따스함의 이 솔직한 포옹이야말로 아프리카에서 추방된 이들이 꿈에도 그리는 것들이다. (…) 그녀가 벽돌과 콘크리트에 싸여 여기로부터 격리되었던 것은 몇 주간의 일이었다. 그런데 이것은 생판 모르는 나라 같았다.(*MQ* 276-7)

똑같은 풍경을 바라보며 매우 다른 감흥을 받는다는 것은 바라보는 이가 자신의 마음의 상태를 자연 속에 투영하기 때문일 것이다. 고향으로부터 탈출하고 싶다는 생각에서 바라본 자연의 모습과 결혼을 앞두고 애인과 함께 바라보는 자연의 모습 간의 차이는 곧 마사의 심리의 차이이다.

이 작품 도처에 나타나 있는 소홀히 다룰 수 없는 주인공 마사의 중요한 특징은 들판을 마음껏 활보하며 어린 시절을 보낸 여성답게 자연에 대한 애정이 깊을 뿐 아니라, 그녀의 몸 자체가 자연과 서로 감응을 주고받는다는 것이다. 고향의 사계절이 건기와 우기로 나누어져 순환하듯이 마사의 몸은 살이 오르는 시기와 빠지는 시기가 번갈아 찾아오며, 이에 따라 그녀의 기분도 우울증과 활기 사이를 오간다. 특히 우기의 비는 마사에게 활력을 불어넣으므로, 아끼는 드레스와 구두를 비와 흙탕물로 더럽혀도 불쾌함보다는 상쾌함을 느낀다. 고향 파티에서 비를 맞는 장면은 특히 의미가 깊은데, 마사는 이 장면 뒤에 곧바로 도시로 탈출할 것을 결심하므로, 비가 초목에게 그러하듯이 그녀에게도 생명력을 불어넣고 있음을 단적으로 보여 준다. 이 작품에서 반복되어 나오는 비와 물의 이미지는 마사의 활력과 생기의 상징으로 마사의 심리 상태, 몸의 생리적 흐름, 자연의 운동 사이에 유기적 상관성이 있음을 나타낸다.

위의 인용에 나타나 있는 관능적 자연 묘사는 자연을 마사의 심리 투영 대상으로 볼 수 있을 뿐 아니라 일반적 '여성'을 상징한다고 확대 해석할 여지를 갖고 있다. 즉 자연·여성·피식민 계층을 서양의 로고스중심주의의 똑같은 피해자로 볼 수 있다는 것이다. 그리고 바로 이 지점에서 여성의 문제와 탈식민의 문제가 동시에 해결될 수 있는 가능성을 레싱이 제시하고 있는 것이 아닌가 추측할 수 있다. 레싱에게 여성성은 분리주의적 페미니즘의 여성성이 아니다. 레싱은 암수의 조화에 기초를 둔 자연의 원리처럼 남성성과 조화를 이루는, 남성과 동등하게 존재하는 여성의 여성성을 주장한다. 주인공 마사에게는 자유의 추구, 보편적 진리의 추구 문제도 중요하지만, 진정한 사랑의 대상을 발견하는 일도 이런 추구와 별개의 문제가 아니다. 레싱에게 진정한 사랑은 단지 지적·영혼적 조화의 사랑이 아니라 육체적 조화가 동반된 사랑이기 때문이다. 그러므로 레싱은 전통적으로 서구 철학의 근간을 이루어 온 여성/남성의 이항 대립을 뛰어넘는다.

또한 서구에서는 자연/문화라는 이항 대립을 내세워 자연 정복을 미화해 왔고, 아프리카의 식민지화를 정당화하는 논리 역시 '아프리카인들의 문명화'였다. 마사의 어머니는 원주민들을 비난하면서 '미개한 아프리카인을 계몽시켜 준 데 대해 고마워할 줄 모르는 배은망덕한 인종'이라고 분개하는데, 마사는 오히려 남의 땅에 와 있는 자신들보다 자연과 조화를 이루며 사는 원주민들에게서 더 강력한 힘을 느낀다. 영국인들의 물리적·도덕적 허약성을 상징하는 것으로 마사의 고향집을 들 수 있는데, 이 집은 퀘스트 부부가 한몫 잡아 영국으로 돌아갈 목적에 허술하게 지어졌으므로 벌써부터 벌레들의 은신처가 되어 언제 무너질지 모른다. 마사는 《풀잎은 노래한다》의 메리처럼 이 고향집이 곧 자연 속에 묻혀 버릴 것이라고 생각한다. 거대한 자연의 힘 속에서의 문명의 왜소성과 아프리카의 주인은 다름 아닌 원주민임을 암시하고 있는 것이다.

자연을 억압하며 문명을 주장하고, 여성성을 억압하고 남성성을 강조해 온 유럽중심주의에 대해 꾸준히 비난해 온 레싱은 여성의 억압이나 제3세계의 억압을 분리해서 다룰 것이 아니라, 지금까지 서양의 로고스중심주의에 의해 상대적으로 억압되어 온 여성, 백인종 이외의 타인종, 노동 계층, 자연의 문제를 통합적으로 다룰 수 있는 틀을 모색하였고, 서양의 이항대립적 틀로는 통합원리를 찾을 수 없다고 판단하였기 때문에 중년이 되어서는 동양 사상인 수피즘이나 불교의 선(禪)에 관심을 기울이기도 하였다.

위의 인용에서 도출해 낼 수 있는 또 하나의 자연관은 자연이 단지 기계적인 존재가 아니라 자율적인 생명력이 있는 존재라는 관점이다. 자연은 인간을 중심으로 한 상대적 가치만 있는 것이 아니라 자연 본연의 내재적 가치가 있으며, 인간은 자연이라는 거대한 생명체의 일부에 불과하다. 마사는 어느 날 역에서 집으로 걸어 돌아오는 길에 신비한 체험을 하는데, 이 체험에 대한 묘사는 레싱이 이 작품을 통해 개인과 사회 간의 관계를 넘어서 자연과 우주와의 관계까지 아우를 계획임을 암시한다.

하나의 완만한 융화가 이루어지고 있었다. 그녀와 조그만 짐승들과 움직이는 풀과 햇살에 따뜻해진 나무와, 몸을 떠는 은빛 옥수수밭의 경사와 머리 위 푸른 광선의 방대한 창공과 발 밑 대지의 돌들이, 춤추는 원자가 분해할 때처럼 함께 흔들리며 하나가 되어 가고 있었다. 그녀는 땅 밑에 스민 강이 자기 혈관을 아프게 뚫고 들어와 견딜 수 없는 압력으로 부풀어 오르는 듯이 느꼈다. 그녀의 육신은 대지가 되고 효소처럼 증식을 견디며 눈은 태양의 눈처럼 고정되어 있었다. 여기에 (시간적 언어가 조금이라도 적용된다면) 그녀는 견딜 수가 없었다. 그러나 그때 갑작스런 앞과 밖을 향한 움직임과 밖을 향한 움직임과 더불어 전체의 진행 현상이 정지했다. 그리고 그것이 나중에는 도저히 기억해 낼 수도 없는 '순간'이었던 것이다. 그동안에(그것은 초시간적인 기간이었다) 그녀는 자신의 왜소함과 인류의 보잘것없음을 궁극적으로 이해했다. (*MQ* 70)

이 장면은 마사가 동물과 식물, 더 나아가 돌, 강 등의 무생물과 하나가 되는 환상, 즉 그녀의 신체가 자연의 일부가 되는 환상을 보여주면서 신체의 운동과 자연 현상, 우주 현상이 하나로 연결되어 있음을 암시한다.

마사는 여러모로 어머니보다는 아버지의 기질을 물려받았는데, 아버지는 현실에서 자연 속으로 도피하여 자연을 감상하고 그 속에서 어떤 의미를 찾으려 하며, 개미들이 인간을 보는 모습과 신이 인간을 보는 모습을 대비해 보기도 한다. 이것은 자연 · 인간 · 우주 사이의 상관성을 암시하는 일화로, 작은 시각에서 큰 시각으로, 큰 시각에서 작은 시각으로 자유롭게 이동하고, 주체와 대상 간의 관계를 맞바꿔 봄으로써 이들간의 상관적 관계를 음미한다. 그리고 이것은 인간과 자연을 똑같은 생명의 일부로 보는 관점이기도 하며, 오만한 인간중심주의에 대한 반성이기도 하다. 이런 점에서 5부작의 제목인 '폭력의 아이들'은 탈식민주의적 관점의 '제국주의의 후손들'이라는 의미에서 더 나아가 인간중심주의에 대한 반성 혹은 생태학적인 관점에서 '자연을 착취해 온 인간'이라는 의미로까지 확장될 수 있다.

레싱은 5부작 《폭력의 아이들》을 처음 구상할 때부터 인간 · 자연 · 우주를 아우르는 거대한 담론을 계획하였고, 그 첫 작품인 《마사 퀘스트》에서는 우선적으로 마사의 심리 상태와 사회 상태의 상관성에 대해 깊이 조명한 것으로 보인다. 레싱은 작품 내내 마사에 대해서는 몰개성적인 관점이나 혹은 냉소적인 어조로 상당한 거리를 유지하였고, 마사의 심리를 자세히 재현하거나 마사의 눈을 통해 다른 인물들을 볼 때에는 비교적 거리를 좁히는 등 거리 유지에 민감하였다. 그런데 이 작품의 종결 부분에서 화자는 마사의 개인적인 시각에서 벗어나 파노라마적인 앵글을 취함으로써 그동안 그녀에게 밀착되었던 카메라 렌즈를 먼 거리에 놓고 한 장면에 주요 등장 인물들을 모두 집어넣는다. 마사와 더글러스 · 퀘스트 부부 · 메이나드 · 스텔라 · '늑대들'의 각각의 성격이 그대로 드러나는 행태들을 한꺼번에 보여 줌으로써 대단원의 막을 내리는데, 종결 부분이지만 진전된 것도, 해결된 것도 없이 이들 인물들은 각자 자신들의 오류를 되풀이하고 있을 뿐이다. 영국의 지배 계급 출신이며, 식민지의 치안판사인 메이나드는 결혼식이 끝나고 '늑대들'이 원주민을 차로 친 후 돈을 뿌리는 모습을 비참한 심정으로 바라본다. 그리고 곧 발발하게 될 대전쟁(제2차 세계대전)을 생각하며 애써 그들을 용서한다. 마사의 결혼식에 대해서도 그들이 곧 이혼하리라는 것을 직감적으로 느낀다. 이 작품 내내 마사의 결혼과 필연적으로 뒤따를 것 같은 그녀의 이혼이 그녀의 심리적 · 사회적 분열의 결과라고 제시되었으나, 종결 부분에서 메이나드는 이것을 역사의 이 시점에서 젊은이들이 빠질 수밖에 없는 필연적 오류라고 진단한다.

황금 같은 우리 청년들이 도시 어떻게 돌아가는지 알 수가 없어요. 이렇게 결혼식이 많은 해는 처음 봤습니다.(*MQ* 296)

얼마 안 있어 내가 담당해야 할 이혼이 네 건이란 말이군. 방금 치른 것까지 합하면 다섯이지. 결혼은 서둘러 하고 후회는 두고두고 하라. (*MQ* 297)

이제까지 마사의 분열된 심리 상태와 식민지의 분열된 사회상을 오가던 화자의 시점이 인류 전체의 관점으로 확장되면서 이 식민지의 개인적 · 사회적 문제가 지엽적인 문제로, 인류 전체가 당면한 거대한 문제의 일부로 축소된다. 지금까지 중점적으로 다루어지던 마사의 반항과 권태감이 어느새 불안했던 이 시대 젊은이들의 공통적인 고뇌의 한 단면으로 흡수되고 있는 것이다. 이것은 개미의 관점에서 인간을 보고 신의 관점에서 인간을 본 것처럼 레싱도 시각의 방향을 자유롭게 조정하면서 자아로서의 인간, 사회 속의 인간, 세계 속의 인간, 자연 속의 인간, 우주 속의 인간을 조명하고 있음을 보여 준다. 한 개인의 성장은 인류 전체의 행보와 연관되어 있고, 인류의 행태는 자연의 운동, 더 나아가 우주의 움직임과도 연관되어 있다. 반면 우주적 관점에서 인간의 문제를 고려하는 시각도 필요하다.

V

레싱은 이 작품에서 20세기초 양차 세계대전의 사이에 낀 불행한 세대들의 초상을 마사라는 한 젊은 백인 여성의 인생 행로를 통해 조명한다. 영국인이지만 아프리카 식민지에서 어린 시절을 보내는 이 여성은 정신적으로는 영국의 전통적 문화 영역 속에 있으면서 육체적으로는 아프리카(특히 아프리카의 초원)에 놓여 있다는 사실 때문에 소위 호미 바바의 '잡종성(hybridity)' 영역에 있으며, 따라서 변화와 개혁을 가져올 수 있는 잠재력을 안고 있다. 부모가 주입시키는 구세대의 가부장적 가치와 새세대의 여성 해방에 대한 의식 사이에서 분열증을 앓지만 이 분열증 역시 변화와 개혁을 야기할 수 있는 에너지원이다.

레싱은 자서전적인 이야기를 통해 자신의 시대를 조감하고, 당시 자신이 겪던 여성 문제와 인종차별의 사회적 문제에 대한 해결책을 추구하였으나 여성 해방이나 사회주의적 해방 같은 근시안적이고 미시적인 해결보다는 보다 거대한 관점까지 확대하여 사고하는 잠재력을 보여 준다. 그녀가 위치한 아프리카의 조그만 식민 국가의 국지적 문제를 급변하는 세계 정세에 비추어 조명하고, 더 나아가 자연과 문화의 문제로까지 확대한 것이다. 그리고 생물과 무생물을 망라한 자연의 일부로서의 인간, 우주 속의 인간이라는 극대적인 시각을 동원하여, 개인의 심리, 사회의 병리 현상, 세계대전을 준비하는 국제 정세, 자연을 황폐시키는 문화, 그리고 우주의 일부로서의 인간 사이에 어떤 상관 관계가 있음을 암시한다.

《마사 퀘스트》는 총 다섯 작품으로 구상된 《폭력의 아이들》의 첫 작품으로 어린 마사가 직면한 여성 문제와 인종 문제로 시작되지만, 레싱은 앞으로 쓰게 될 네 작품에서 자연, 우주까지 아우르는 거대한 담론까지 담아 내겠다는 계획을 제시한다. 일견, 이 작품에서는 해결된 것이 하나도 없고, 시행착오를 되풀이하는 어린 마사의 모습만이 조명을 받고 있지만 그녀의 뒤에 길게 늘어져 있는 그림자 속에는 변화와 개혁의 에너지가 꿈틀거리고 있으며, 여성과 인종적 문제는 물론 자연과 우주까지 아우르는 진리 탐구의 열정까지 타오르고 있다.

참고 문헌

1. 도리스 레싱의 작품

Lessing, Doris. *The Grass is Singing*. London: Heinemann Education Books Ltd., 1973.

―― *Martha Quest*. London: Hart-Davis, MacGibbon Limited, 1977.

2. 도리스 레싱에 관한 논문 및 저서

Bertelsen, Eve. 〈The Quest and the Quotidian:Doris Lessing in South Africa〉, *In Pursuit of Doris Lessing*. London: The MacMillan Press Ltd., 1990, pp.41-60.

Brewster, Dorothy. *Doris Lessing*. Twayne Publishers, Inc., 1965.

Chennells, Anthony. 〈Reading Doris Lessing's Rhodesian Stories in Zimbabwae〉, *In Pursuit of Doris Lessing*. London: The MacMillan Press Ltd., 1990, pp.17-40.

Howe, Florence. 〈A Conversation with Doris Lessing〉, *Doris Lessing*. The University of Wisconsin Press, 1974, pp.1-19.

King, Jeannette. *Doris Lessing*. Chapman and Hall, Inc., 1989.

Pickering, Jean. *Understanding Doris Lessing*. University of South Carolina Press, 1990.

Pratt, Annis and Dembo, L. S.(ed.) *Doris Lessing*. Madison: University of Wisconsin Press, 1987.

Rowe, Moan Margaret. *Doris Lessing*. London: The MacMillan Press Ltd., 1994.

Rubenstein, Roberta. *The Novelistic Vision of Consciousness*. University of Illinois Press, 1979.

Sage, Lorna. *Doris Lessing*. Mathuen & Co., Ltd., 1983.

Schlueter, Paul(ed.). *A Small Personal Voice*. New York: Vintage Books

Edition, 1975.

Sprague, Claire. 〈Introduction—Doris Lessing: 'In the World, But Not of It'〉, *In Pursuit of Doris Lessing*. London: The MacMillan Press Ltd., 1990, pp.1-16.

Thorpe, Michael. *Doris Lessing's Africa*. Evans Brothers Limited, 1978.

Vlastos, Marion. 〈Doris Lessing and R. D. Laing: Psychopolitics and Prophesy, *PMLA*. March, 1976〉, pp.245-257.

Whittaker, Ruth. *Doris Lessing*. MacMillan Publishers Ltd., 1988.

Zak, Michael Wender. 〈*The Grass is Singing*: A Little Novel about the Emotions〉, *Doris Lessing*. The University of Wisconsin Press, 1974, pp.64-73.

3. 줄리아 크리스테바의 저서

Kristeva Julia. 〈The System and the Speaking Subject〉, *The Kristeva Reader*, Columbia University Press, 1986, pp.24-33.

──── 〈Word, Dialogue and Novel〉, *Ibid.*, pp.34-61.

──── 〈From Symbol to Sign〉, *Ibid.*, pp.63-73.

──── 〈About Chinese Women〉, *Ibid.*, pp.139-59.

──── 〈Stabat Mater〉, *Ibid.*, pp.160-86.

──── 〈Women's Time〉, *Ibid.*, pp.187-213.

──── 〈The True-Real〉, *Ibid.*, pp.214-37.

──── 〈Freud and Love〉, *Ibid.*, pp.238-71.

──── 〈Psychoanalysis and Polis〉, *Ibid.*, pp.301-20.

4. 줄리아 크리스테바에 관하여

Moi, Toril. *Sexual/Textual Politics: Feminist Literary Theory*. Methuen & Co. Ltd., 1985.

──── *The Kristeva Reader*. Columbia University Press, 1986.

5. 기타

민경숙. 〈프란츠 파농과 포스트콜로니얼 문학〉《인문사회과학연구》제2호. 용인: 용인대학교, 69-86. 1998.

—— 〈호미 바바와 포스트콜로니얼 비평〉《인문사회과학연구》제3호. 용인: 용인대학교, 41-56. 1999.

Albinski, Nan Brown. *Women's Utopias in British and American Fiction*. London: Routledge, 1988.

Althusser, Louis. *Lenin and Philosophy and Other Essays*. New York: Monthly Review Press, 1971.

Anne McClintock. *Imperial Leather*. New York: Routledge. 1995.

Bhabha, Homi K. *The Locaton of Culture*. London and New York: Routledge. 1994.

Eagleton, Terry. *Literary Theory*. Oxford: Basil Blackwell Publisher Limited, 1983.

Fanon, Frantz. *Black Skin, White Masks*. trans. Charles Lam Markmann. London: Pluto Press. 1986.

—— *The Wretched of the Earth*. trans. Constance Farrington. Harmondsworth: Penguin Books. 1986.

Yelin, Louise. *From the Margins of Empire: Christina Stead, Doris Lessing, Nadine Gordimer*. Ithaca and London: Cornell University Press, 1998.

제3부
가족, 가정, 그리고 여성

가족과 가정은 여성에게 축복인가, 혹은 형벌인가? 1954년 레싱의 《올바른 결혼》이 출판되자 이 작품을 읽은 많은 여성들은 그동안 자신들을 짓눌렀던 가정과 가족에 대한 전통적 시각에서 해방됨을 느꼈고, 특히 신성시되던 모성과 양육에 대한 억압적 시각에서 탈피한 진솔한 묘사에 깊은 공감을 표현하였다. 이 작품은 또한 이미 상당히 진전되었던 페미니즘적 사고에 여성의 재생산과 모성, 육아에 대해 새로이 사고할 수 있는 계기도 제공하였는데, 서구의 페미니스트들이 모성과 육아에 대한 이론을 산출하기 시작한 시기를 1960년대말부터 1970년대초라고 흔히 일컬음을 상기할 때, 레싱의 사고가 얼마나 앞선 것이었는지 능히 짐작할 수 있다.[3] 레싱에게 가정은 폐소공포증을 느끼게 하는 곳, 그래서 뛰쳐나가야 할 곳이고, 가족은 결정론적인 운명의 굴레를 씌우는 사람들이다. 모성은 일종의 제도로서 여성을 억압하고, 양육 역시 사회가 공동으로 책임져야 할 힘든 일임에도 불구하고 여성에게만 일방적으로 부당하게 강요하고 있다.

이런 관점은 여성의 정체성이 우선적으로 주부인 동시에 어머니이며, 따라서 여성은 이런 역할에 본질적으로 만족해야 하고, 만약 그런

---

3) 《모성의 담론과 현실: 어머니의 성·삶·정체성》에서 이연정은 1960년대말에서 1970년대 초반에 서구 페미니스트들이 최초로 모성 및 어머니 노릇에 관한 규정들에 대해 문제를 제기하였다고 말한다. 이런 점으로 볼 때 레싱이 얼마나 선구자적인 역할을 했는가 쉽게 짐작할 수 있다.

생활 양식에 만족하지 못한다면 그것은 그 여성의 성향에 문제가 있기 때문이라는 전통적인 시각에 정면으로 대항하는 것이다. 레싱은 본능적으로 그리고 직관적으로 이런 전통적 시각에 저항하지만, 그녀 역시 그런 자신에 대해 끊임없이 죄의식을 느끼며 그 잘못이 자신의 성격에 있는 것이 아닌가 꾸준히 의심한다.

식민 사회를 살아가는 유럽 출신의 여성으로서 제국주의의 부당성에 비판의 목소리를 낮추지 않았던 레싱은 어머니로서 겪는 부당함에도 비판의 끈을 늦추지 않았다. 여성이 남성처럼 자유롭게 사회 활동을 하려고 할 때 아내라는 신분과 어머니라는 지위는 항상 걸림돌이 되었고, 그래서 남성보다 몇 배의 정신적 · 육체적 노력과 노동을 하지 않을 수 없으며, 그럼에도 불구하고 가족과 가정에 대한 책임 또한 여성의 몫으로만 남기 일쑤이다. 레싱은 이에 대한 저항으로 이혼과 동시에 두 아이들을 남편에게 맡기고 가정을 떠났다.

레싱이 아프리카에 살게 된 것은 전적으로 부모의 선택이었다. 그러나 아이들을 유기한 것은 그녀 자신의 선택이었다. 레싱은 그럼에도 불구하고 이것을 운명의 탓으로 돌린다. 그리고 그 운명의 뿌리를 캐기 위해 자신의 어머니와 외할머니의 삶을 추적한다. 외할머니 · 어머니, 그리고 자신에게 이어지는 어떤 운명의 끈이 있으며, 그 운명의 끈을 끊기 위해 자식들을 유기하였다고 변명하기 위해서이다. 그리하여 제3부는 레싱의 삶의 가장 큰 사건 중의 하나였던 자식들의 유기를 다룬 작품 《올바른 결혼》에 대한 논문, 〈《올바른 결혼》: 가부장제에 대한 반항〉(2000)과 그녀의 일생의 화두였던 '모성'과 그녀와의 관계를 설명한 논문, 〈도리스 레싱과 모성〉(2001)을 '가정, 가족, 그리고 여성'이라는 제목으로 묶어 레싱이 자신과 어머니와의 관계 그리고 자식과의 관계를 어떻게 보고 있으며, 이런 시각이 그녀의 작품에 어떻게 재현되고 있는지 살펴보았다.

제3장에 실린 논문 〈《올바른 결혼》: 가부장제에 대한 반항〉은 레싱의 5부작 《폭력의 아이들》의 두번째 작품 《올바른 결혼》에 대한 글읽기로, 결혼과 모성이 한 여성에게 어떤 사회적 억압을 가하는지에 초점을 맞추었다. 결혼과 모성이 일종의 사회적 제도로서 기능하여 여성의 몸을 구속하고 가부장제를 유지시키는 데 큰 역할을 담당하고 있으며, 그 결과 여성의 창작 능력은 임신·출산·육아에 제한된다. 따라서 본 논문은 여성의 몸을 구속하는 남성적 담론에서 벗어나 풍요로운 생산력·창조력을 강조하는 여성 담론을 정립하고, 여성 고유의 능력을 발휘할 수 있는 정치적·사회적 환경을 조성하여 자신의 비전을 향해 나아갈 것을 주장한다. 그런데 이 결론 역시 앞에서 말했듯이 개별 작품에 대한 글읽기 수준의 결론이다. 전작(全作)을 읽은 후에는 다른 결론에 도달할 수 있으므로, 다시 말하자면 레싱의 더 큰 결론은 이것과 다를 수 있으므로 논문의 마지막에 '이 시점에서의 마사의 결정을 올바른 것으로 보인다' 라는 문장을 덧붙였다.

제4장에 실린 논문 〈도리스 레싱과 모성: 자서전적 소설, 자서전, 전기를 중심으로〉는 앞에서도 말했듯이 레싱이 자식들을 유기한 원인을 가족사에서 찾으려고 하므로, 레싱의 소설·자서전·전기를 읽으며 그 진실을 확인하려 노력하였다. 이 논문은 원래 《사대문의 도시》와 《황금 노트북》을 읽기 전에 씌어졌지만, 본 저서에 삽입하기 위해 이 두 작품에 나타나 있는 모성에 대한 레싱의 변화된 시각도 포함시키기로 결정하였다. 레싱은 《황금 노트북》의 집필을 경계로 하여 여러모로 변화된 모습을 보여 주는데, 모성에 대한 시각 역시 크게 변모하였다. 《황금 노트북》과 《사대문의 도시》에서 레싱은 모성에 대한 전통적인 시각으로 회귀하는 듯이 보이며, 책임감과 돌봄, 희생의 결정

체인 모성을 진정한 여성성으로, 그리고 이 세상을 구원할 수 있는 미덕으로 간주하고 있다. 그러므로 원래의 논문에 이 작품들에 대한 설명을 첨가하여 대폭 수정하였다. 레싱은 책임감, 타인을 돌보는 일, 희생 등으로 일생을 보낸 어머니에게 물리적으로는 일관되게 저항하고 증오하였으나, 정신적으로는 그대로 이어받고 있다.

제3장

《올바른 결혼》: 가부장제에 대한 반항

I. 들어가면서

도리스 레싱의 5부작 《폭력의 아이들》의 두번째 작품 《올바른 결혼》은 "진정한 여성성을 추구하는 여성에게 '결혼' '임신' '출산' 그리고 '육아'가 갖는 의미는 무엇인가?"를 심층 분석하였다는 데 가장 큰 중요성이 있다. 특히 임신·출산·육아의 과정과 그에 따른 여성의 심리적·육체적 변화와 고통을 자세히 묘사함으로써 이제까지 임신·출산, 그리고 자녀가 축복의 상징으로만 여겨지던 통념을 깨고 이 과정들이 여성에게 어떤 고통을 강요하는지, 그리고 이런 강요가 어떻게 사회적·조직적으로 자행되고 있는지 냉철하게 조명하고 있다.

반면 이런 개인적인 삶의 변화의 축과 함께 또 다른 축의 변화가 이 작품 속에서 진행되고 있는데, 그것은 제2차 세계대전의 발발과 그에 따른 아프리카 식민 국가들의 사회적 변화이다. 마사가 위치해 있는 아프리카 내의 영국 식민지는 전쟁터에서 멀리 떨어져 있으나 영국의 후방 기지 역할을 하게 됨으로써 젊은 식민지 남성들은 전쟁터로 징집되어 나가고, 영국 공군의 군인들, 유럽 본토의 추방자들 또는 망명자들이 유입되어 들어오면서 점진적인 변화를 겪게 된다. 이 두 개의 거대한 변화의 축 속에서 주인공 마사 퀘스트는 자신의 정체성을 찾아가는 여정을 계속하는데, 첫 작품 《마사 퀘스트》에서처럼 아직은 어리고 허영심에 쉽게 빠지는 젊은 여성이지만, 이 작품에서는 출산과 모성을 경험하는 과정을 통해 여성으로서 보다 성숙해지고 자기 주관이 강해진다. 첫 작품에서는 다양한 오류와 시행착오만을 되풀이하다 결국 맹목적인 결혼으로 대단원을 내린 반면, 이 작품에서는 유혹에 대해 보다 강하게 대처하며, 이혼을 결심하고 단행하는 과정도 훨씬 이성적이고 단호하다.

그러나 이 작품에서도 여전히 어머니에 대한 반항과 거부감이 짙게 깔려 있어 마사로 하여금 평상시의 냉철하고 이성적인 사고와 달리 감정적이고 돌발적인 행동을 하도록 강요하는 가장 큰 기폭제가 되고 있다. 어머니와의 갈등의 원인에 대해서는 이 5부작의 첫 작품 《마사 퀘스트》에 대한 장에서 정신분석학을 빌려 상세히 설명하였으므로, 이 논문에서는 생략한 채 기정 사실화하여 논하기로 한다.

마사는 사사건건 어머니와 갈등을 빚고, 이 갈등 구조를 자신과 딸 캐롤라인과의 관계에 투사하며 이 갈등이 악순환될 것이라고 두려워한다. 결국 어머니와의 갈등은 돌이킬 수 없는 큰 사건을 만들어 내는데, 마사는 이혼을 하면서 딸의 양육을 포기하고 그 이유로 어머니·자신·캐롤라인으로 이어지는 악순환의 고리를 끊기 위함이라고 설명한다. 그런데 《마사 퀘스트》에서는 적대적인 모녀 관계를 정신분석학을 이용하여 부각시키려 했던 레싱이 이 작품에서는 사회 제도의 한 측면으로 이해하려고 노력하는 듯이 보인다. 자신의 결혼 생활에 일일이 간섭하며 잔소리를 퍼붓는 어머니에 대해 분노하다가도 마사는 다음과 같은 깊은 이해에 빠지기도 하기 때문이다.

(…) 그녀(어머니)가 그런 사회에서 성장한 것은 그녀의 잘못만이 아니야. 이런 생각으로 그녀(마사)는 비교적 초연할 수 있게 되었다. 그녀는 앉아서 자신의 잠옷을 수선하는 어머니의 옹이 진 쭈글쭈글한 손을 바라보았다. 그러자 어머니에 대한 동정심이 물밀듯이 밀려왔다.(*PM* 125)

딸에게 사회적 통념을 강요함으로써 격렬한 저항과 증오에 시달리는 어머니 역시 사회의 희생자임을 통찰하게 되므로, 마사의 그리고 레싱의 저항 대상은 어머니이기보다는 사회, 또는 사회 제도이다. 그러므로 본 논문에서는 결혼과 모성도 일종의 사회 제도라는 논리에 입각하여 이 작품을 분석하려고 한다.

앞에서도 밝혔듯이 지배 이데올로기를 보다 확실하게 유포시킬 수 있는 장치는 '정부 기구' 보다는 소위 '이데올로기적 국가 기구' 로 우리가 알지 못하는 사이에 개인 생활과 사고 속에 깊숙이 파고든다. 모성이 일종의 제도라는 주장에 대해 "'모성'이 모든 여성의 생물학적 본능이지 어떻게 사회적 제도일 수 있는가?"라고 의심할 수 있지만, 오랜 역사를 통해 '여성'은 긍정적 남성과 상반되는 이미지로 '감정' '히스테리' '아담을 유혹한 사악한 존재' '불결' '위험' 등을 상징해 온 반면, '어머니' 는 항상 '성모 마리아' '은혜' '희생' '성스러움' '풍요로움' 등을 상징하여 왔다는 점을 고려할 때 사회가 '여성'은 부정한 반면 '어머니'는 신성시하여 모든 여성에게 '어머니가 될 것'을, 그리고 '모성을 갖도록' 강요해 왔음을 유추할 수 있다. 미국의 유명한 시인이자 페미니스트 이론가인 에이드리엔 리치는 그의 저명한 저서 《타고난 여성에 대하여: 경험과 제도로서의 모성》에서 모성을 두 가지 의미로 쓰고 있는데, 그 중 하나는 '자신의 출산 능력과 자녀에 대해 가지는 잠재적 관계'란 뜻이고, 나머지 하나는 '제도'를 의미하는 것으로, 이 제도는 "모든 여성을 그리고 여성의 잠재력을 남성 통제하에 안전하게 두려는 데 목표를 두고 있다"(리치 880)고 밝히고 있다. 그러므로 본 논문은 이 작품이 마사가 결혼한 직후부터 이혼까지의 삶의 여정을 담고 있으므로 우선적으로 결혼 제도가 여성을 어떻게 억압하는지 조사하고, 사회가 요구하는 남편과 아내와의 관계의 허상에 대해 분석하려고 한다. 제도로서의 모성은 결혼 제도 이상으로 여성을 억압한다. 여자에게는 어머니라는 정체성 이외의 어떤 정체성도 인정되지 않는다고 할 정도로 모성은 여성의 위치를 고정시키고 한정시킨다. 본 논문은 이 점에 대해서도 논하게 될 것이다. 제도로서의 결혼이나 모성은 여성을 억압하는 가부장제를 강화시키고 영속시키는 장치이자 무기이다. 그러므로 끝으로 가부장제 속에서 여성의 몸이 어떤 희생을 강요당하는지, 그리고 이에 대한 극복의 방향은 어떤 것인지 논의하려고 한다.

II. 제도로서의 결혼

이 작품의 제목 《올바른 결혼》은 'A Proper Marriage'의 번역이다. 'proper'란 단어의 사전적 의미는 첫번째, '올바른(right, correct), 적절한(suitable),' 두번째, '어떤 목적에 잘 맞는(correct for a purpose),' 세번째, '사회에서 올바르다고 간주되는 것에 면밀한 주의를 기울이는(paying great attention to what is considered correct in society),' 네번째, '멋진(fine, splendid), 잘생긴(good-looking),' 다섯번째, '철저한(thorough), 완전한(complete),' 여섯번째, '진짜의(real), 실제의(actual),' 일곱번째, '정확한(exact),' 여덟번째, '고유의(natural to)' 등이 있다.[4]

레싱은 이 작품에서 이 단어를 즐겨 사용하였는데, 대개는 헤어스타일 · 옷 · 음식 · 침대 정리 · 거리 · 몸무게 등을 수식하는 한정어로, 즉 첫번째의 사전적 의미로 가장 자주 썼다. 그러나 이 단어가 결혼 · 교육 · 대화 등을 수식할 때에는 세번째의 사전적 의미를 사용한 것으로 '사회에서 요구하는 규범에 잘맞는' 결혼 · 교육 · 대화를 뜻한다. 예를 들어 마사의 사교 범위 내에 있으면서 마사 부부에게 지대한 영향력을 행사하는 톨벗 부인은 마사에게 편지를 보내 '적절한 대화 (proper talk)'를 나누자고 청하는데, 그녀가 말하는 '적절한 대화'의 주제는 '마사에게 아기를 가지라는 것'이며, 이어 자신의 딸 일레인이 '올바른 결혼'을 하지 못한 것을(if she could only get properly married)을 한탄하며 그녀와 친구가 되어 달라고 청하는 내용이다(PM 96-106). 마사는 톨벗 부인의 초청으로 그녀의 저택을 처음으로 방문하면서 영국 소설에 나오는 집을 연상하고, 그녀의 불안정한 심리 상태를 보며 프랑스 혁명에서 간신히 살아남았음에도 불구하고 새로운 양식에 적응하지 못하는 공작 부인처럼 보인다고 생각하는데, 이 작품에서 톨벗 부인은 식민 사회에서도 제국주의적 영국, 보수주의적인 영국 전통을 고집하는 계층을 대표한다. 즉 과거 영국의 전통과 문화를 상징한다. (이 당시 영국은 사상 면에서는 식민 사회보다 훨씬 진보적이어서 식민 사회의 인종차별에 대해 오히려 더 비판적이었다.) 그러므로 톨벗 부인이 말하는 'proper'의 의미는 영국의 과거 전통과 문화의 견지에서 본 '올바른' 결혼을 의미하며, 중년의 여성이 젊은 여자에게 해줄 '적절한' 이야기는 '임신하라'이고, 이 작품의 끝 부분에서는

---

4) *Longman Dictionary of Contemporary English*. Harlow: Longman Group Limited. 1978. p.880.

'이혼은 절대로 안 된다' 는 것이다.

5부작 《폭력의 아이들》의 첫 작품 《마사 퀘스트》에서 마사가 더글러스와 결혼하기로 결심하였을 때, 더글러스에 대한 오해로 인한 잘못된 결정이었고, 그래서 마사는 결혼하기 이전부터 이혼을 예감한다. 그러나 식민 사회의 통념으로 볼 때 이 결혼은 '올바른 결혼' 이었기 때문에 마사에 대해서 항상 못마땅하게 생각하던 어머니도 별 반대를 하지 않았다. 인종차별 속에서 신음하는 계층들에 대해 부당함을 느끼고 모든 인간이 평등하게 살아가는 이상향을 꿈꾸며, 그런 꿈을 실현시키기 위해 독서 클럽을 운영하고 좌익 모임을 조직 · 운영하는 사람들을 선망하던 마사는, 더글러스 사무실 책상 위에 놓여 있는 좌익계의 진보주의적 성향의 신문을 보고 더글러스가 그런 인물들 중 한 사람일 것이라고 단정해 버린다. 그 신문은 공무원인 더글러스가 사회 동향을 살피기 위해 구독하는 것인데, 그런 사실을 모른 채 식민 사회 전체가 모두 아는 더글러스의 정체를 오해하고 그와의 결혼을 결심한다. 더글러스나 혹은 어느 다른 사람이 고의로 속인 것이 아니라 마사 자신의 부주의와 편견, 독선으로 인해 눈이 먼 채 이런 결심을 한 것이다. 마사는 어머니가 원하는 인물, 즉 기득권을 누리는 부유한 계층의 인물이 아닌 의식 있고 가난한 인물과 결혼하기로 결심했다고 믿고, 어머니가 당연히 반대하리라고 생각한다. 그러나 더글러스는 실상 장래가 유망한 공무원이며, 이 식민 사회의 대표적인 사교 클럽인 스포츠 클럽의 창립에 가담했을 정도로 '늑대들' 중에서도 골수분자이므로 어머니는 이 결혼에 반대하지 않는다. 오히려 어머니가 바라던 '올바른' 신랑감이다. 마사는 어머니가 반대하지 않는다는 사실에 의아해하면서도 자신의 결혼의 본질을 꿰뚫어 보지 못한다.

그러므로 이 작품이 시작되는 첫 페이지부터, 다시 말해 신혼 여행에서 돌아온 직후부터 마사가 불행하다고 느끼며 끊임없이 이혼을 생각하게 되는 것은 당연하다. 그녀의 결혼은 사회적 통념의 견지에서는 '올바른' 결혼이나 그녀에게는 '잘못된' 선택이었기 때문이다. 우선 결혼 상대로 마사 자신의 세계관과 전혀 다른 이상을 가진 사람을 택하였다. 마사는 인종차별이 없는 이상적인 사회를 지향하는 반면, 더글러스는 기존의 특권을 누리며 부와 명예를 누리려는 인물이다. 그러므로 마사에게 더글러스는 속물이며, 더글러스에게 마사는 이해할 수 없는 까다로운 불평덩어리이다.

마사가 자신의 결혼 생활에 대해 느끼는 감정을 단적으로 집약하여 보여 주는 이미지는 마사의 침실 창문 밖으로 보이는 공원의 거대한 바퀴 모양의 놀이기구이다.

거대한 바퀴는 하얀 불빛을 번쩍거리면서 끊임없이 돌고 있었다. '마치 저주받을 결혼반지 같군.' 그녀(마사)는 생각했다. 그러자 분노가 치밀어 오르기 시작했다. 마음대로 소리지를 수도 없었기 때문이다.(*PM* 43)

마사는 잠에서 깨자 제대로 자지 못했음을 깨달았다. 어떤 일을 해야한다는 절박한 마음에 여러 번 잠에서 깨었다. 이런 근심은 저 거대한 불빛원이 암시하는 것과 같은 성질의 근심 같았다. 그래서 그녀가 잠을 자고 있는 동안에도 마치 경고등처럼 계속해서 번쩍인 것이다.(*PM* 45)

더글러스가 군대에 나가 있는 동안에는 이 불빛으로 시달리지 않던 마사가 그가 집으로 돌아오자 다시 불면에 빠진다.

그녀는 제대로 잠을 자지 못했다. 지난 1년간 이렇게 잠을 자지 못한 적이 없었다. 그녀는 또다시 놀이공원의 슬픈 음악을 들으며 밤을 지새우고 있었다.(*PM* 319)

위의 인용들은 마사가 결혼을 굴레처럼 느끼고 있음을 확연하게 보여 준다.

반면 더글러스에게 마사는 마치 자신이 수집하는 부나 명성처럼 큰 포획물의 하나이다. 이 식민 사회에서는 남자보다 여자의 수가 상대적으로 부족하여 남성에게는 결혼을 한다는 것 자체가 마치 큰 업적을 쌓는 것처럼 대단한 일이고, 더욱이 마사처럼 영국 혈통의 미인이자 지적인 여자를 배우자로 맞이한다는 것은 다른 사람들에게 더할나위 없이 자랑할 만한 일이다.

"늦어서 미안해. 우연히 친구들을 만나서 뿌리칠 수가 없었어. 축배도 들어야 했구." 마치 소유물을 바라보는 듯한 그의 시선이 그녀를 반쯤 불편하게 만들었다. 그러나 그녀는 운명적인 쾌락이 시작되고 있음을 느낄 수 있었다. 그녀를 보며 손을 비비는 모습을 바라보면서 그가 또다시 자신의 획득물에 대해 축하받았음을 알았다. (…)

"내가 억세게 운이 좋은 놈이래……." 그는 말했다. 그리고 바에서 친구들과 있었던 광경을 떠올리고는 자랑스러우면서도 당황스럽기도 해서 씽긋 웃었다. 그는 그녀에게 바짝 다가와 꼭 움켜쥐고는 선언하였다. "사실 그렇지."(*PM* 39)

마사는 남편의 이런 태도에 대해 항상 불쾌하게 여기면서 그가 자신을 사랑하고 있지 않으며, 단지 일개의 소유물로 간주할 뿐이라고

생각한다. 그래서 이혼을 요구당한 더글러스가 분노하며 거절할 때에
도 마사는 그의 소유 본능이 상처를 받았기 때문이라고 생각한다.(*PM*
399)

아내와 자식을 자산의 일부로 보기 때문에 더글러스는 아내와 딸에
게 권위를 내세우며 이들이 자신의 의지대로 움직이기를 바란다. 마
사의 고집과 주관을 꺾을 수 없을 때에는 톨벗 부인, 자신의 어머니,
혹은 산부인과 의사 스턴, 마사의 어머니 등을 움직여서라도 마사에
게 압력을 넣으려 하며, 이 때문에 마사는 더욱 분노하게 된다. 마사
는 정정당당하게 자신의 의지를 고집하지 못하고 사회의 힘을 동원하
는 남편을 존경할 수 없다. 더욱이 마사와의 말다툼에서 불리해질 때
마다 남편은 마치 어린아이처럼 떼를 쓰고, 자신은 어머니처럼 달래
주는 상황이 되풀이되자 남편의 유아적 행태에 실망한다.

   그는 갑자기 지각 있고 남성다운 책임감 있는 젊은이에서 골난 사내
   아이로 변해 버리곤 하였다. 그의 입술은 자기 연민으로 떨고 있었다.
   (*PM* 345)

아내를 설득할 수도 없고, 떼를 써도 통하지 않을 때 남편은 마지막
으로 폭력을 휘두른다. 이혼을 요구하는 마사에게 부정을 범했다는
거짓 자백을 강요하며 잠을 재우지 않고 폭력을 휘두르는 더글러스의
모습 또한 미숙한 어린아이의 모습이다.

그러나 더글러스의 미숙함은 무엇보다도 그가 독자적인 주관보다
는 사회의 통념에 따라 사고하고 행동한다는 데 있다. 자신의 결혼에
대해 스스로 만족하는가에 대해 생각하기보다는 주위 사람들이 어떻
게 판단하는가에 따라 자신의 결혼이 성공인지 실패인지를 결정하며,

아기를 가져야 하는가에 대해서도 스스로 결정하기보다는 마사의 판단이나 주위의 반응을 우선 살핀다. 그러므로 결혼 · 임신 · 출산 · 제대 등의 중요한 사안이 있을 때마다 마사와 의논하고 그 결과를 즐기기보다 먼저 술집에서 친구들을 만나 그들의 반응을 탐색한다.

> 그녀(마사)는 결혼에 대한 그의 만족감, 그의 유쾌함이 왜 그녀로 인해 충족되지 않고 다른 사람들에 의해 충족되는지 이해할 수 없었다. (*PM* 41)

그러므로 마사의 결론은 자신들의 결혼이 올바른 것이 아니라 허상이라는 것이다.

그런데 레싱은 이 작품에서 비단 마사와 더글러스 부부의 결혼 생활만을 문제삼고 있지 않다. 이 작품에서 언급되는 거의 모든 부부들, 예를 들어 마사 부모 · 앨리스와 윌리엄 부부 · 톨벗 부부 · 메이나드 부부 등이 결혼 생활을 유지하고 있을 뿐 행복하게 영위하고 있지 못하다. 마사 부부의 이혼 위기설이 퍼지자 많은 여성들이 마사를 찾아와 그녀의 용기를 찬양하고 부러워하는 것을 보고 마사는 놀란다. 겉으로는 올바른 결혼 생활을 누리는 듯이 보이는 많은 부부들이 실상은 사회 제도의 권위와 권력 아래에서 허울뿐인 결혼 생활을 유지하고 있는 것이다.

III. 제도로서의 모성

신혼부터 마사는 자신의 결혼이 잘못된 것임을 깨닫고 더글러스에게 이혼을 요구해야 한다고 막연하게 느낀다. 자신이 결혼 생활에 불만을 느낀다면 더글러스도 행복할 리가 없고, 그러므로 더글러스도 이혼에 동의할 것이라고 생각한다. 그러나 더글러스는 스스로 행복과 불행을 느끼고, 사고하고, 의심하는 사람이 아니다. 주위 사람들이 부러워하는 결혼이므로 행복한 결혼이라고 생각하며, 불만이 있더라도 마사와 논의하고 해결하기보다 친구와 시간을 보내며 회피할 뿐이다. 그에게 결혼으로 인한 부담이 있다면 남자이기 때문에 가족을 부양해야 한다는 점이며, 전쟁이 발발해도 영웅주의를 마음껏 누리지 못함을 한탄하는 객기를 부리는 정도이다. 그가 가벼운 위궤양 덕분에 전쟁에는 직접 참가하지 못한 채 중도에 제대하는 것으로 보아 그의 영웅주의는 객기인 것으로 판단된다.

　이혼을 생각하는 마사에게 임신에 대한 공포는 큰 억압으로 다가온다. 의사 스턴을 찾아가지만 의사는 임신인 것을 알면서도 젊은 여자들이 흔히 그러하듯이 낙태를 요구할까봐 임신 사실을 숨긴다. 이 남성 의사도 가족을 구성하는 것이 여성의 첫번째 의무라고 생각하기 때문이다.(*PM* 26) 더욱이 낙태는 이 식민 사회에서는 불법이므로 굳이 낙태를 하기 위해서는 멀리 요하네스버그까지 가야 한다. 마사는 여성 자신이 아닌 국가 기관인 정부가 여성의 육체에 대해 구속력을 행사하는 것에 분노한다.(*PM* 30) 마사의 임신 사실을 먼저 알아차리는 사람은 마사 자신이 아니라 의사와 더불어 경험이 많은 중년의 여성들이다. 이들은 마사의 안색으로 임신을 의심한다. 그래서 임신하지 않았다고 부정하는 마사에게 임신하였음을 고집하고, 임신 사실이 밝혀지자 축하의 편지나 방문으로 기뻐할 것을 강요한다. 마사의 어머니는 여성에게 가장 큰 만족은 모성이라고 끊임없이 주입시킨다. 항상 새로움과 변화를 추구하던 마사는 임신의 새로움과 아기에 대한 기대로 결혼 생활을 연장한다. 그러나 임신 기간중의 무료함, 기형적으로 변화하는 몸에 대한 불쾌함, 임신한 아내를 집에 놓아두고 바깥에서 친구들과 어울리는 남편 때문에 생기는 우울증 등에 시달리게 되고, 출산할 때에는 의료 기관과 의료인들의 무성의, 비인간적인 대우 때문에 실망한다. 더욱이 아기가 태어난 뒤에는 거의 24시간을 육아에 바쳐야 하는 어려움 때문에 여성은 자신의 생활을 포기해야 한다. 임신과 출산으로 인한 여성의 고통과 일은 과중한 반면, 남편들은 거의 도움이 되지 못한다. 임신과 출산에 참여하지 못하는 것은 당연하다 하더라도 육아의 짐도 고스란히 여성의 몫이다. 남편들은 아이들을 보다 열심히 돌보라고 여성의 희생만 강요할 뿐이다. 육아의 고통이 너무 크므로 여성은 아이들에 대해 '사랑'을 느끼기보다는 오히려 '무거운 책임감' 때문에 아기를 증오하는 지경에까지 이른다.

어머니가 된다는 것은, 아니 아이를 돌보는 일은 아이를 임신하고 출산하는 일과 달리 그녀에게 성취감을 느끼게 하는 것이 아니라 짐이 될 뿐이었다.(*PM* 330)

그러나 무엇보다도 마사를 고통스럽게 만드는 것은 자신과 딸 캐롤라인과의 관계가 자신과 어머니와의 관계의 답습이 되지 않을까 하는 결정론적 성격의 우려이다. 마사는 임신중에 더글러스와 딸의 미래에 대해 세 가지 약속을 한다. 첫째, 어떤 성을 타고나든 그것은 양도할 수 없는 권리이므로 실망해서는 안 된다. 둘째, 부모는 어떤 방식으로든 자식의 마음을 좌지우지하려고 해서는 안 된다. 셋째, 아이를 반드시 진보적인 학교에 보내서 사회의 횡포로부터 자유롭게 해주어야 한다는 것들이 약속의 내용이다. 마사는 어머니의 간섭과 사회의 요구와 억압에 시달리는 자신과 달리 자기 자식은 부모나 사회의 강압에서 자유로워야 하며, 그래서 부모가 없는 아이가 완전한 인격체로 성장할 가능성이 더 크다고 생각한다.(*PM* 148)

캐롤라인이 커가고 살림은 윤택해져 아이를 하인들에게 맡길 수 있게 되자 마사는 한가로워지고 마음속에 늘 품고 있던 일, 즉 자신의 소명이라고 생각하는 일을 시작하려고 한다. 전쟁의 여파로 식민 사회는 점차적으로 변하고 있었고, 독일의 소련 침공으로 좌익계에 대해서도 우호적이 되어 좌익 모임의 활동도 활발해지며 공산당의 설립도 임박해진다. 결혼 생활의 무료함에 불만스러워하던 마사는 마치 '새로 탄생한 것'처럼 좌익 모임의 활동에 전념한다. 물론 이런 열정에는 마사의 허영심과 지적인 청년들에 대한 선망이 포함되어 있으나, 고질적인 인종차별에 대한 죄의식과 이상적인 사회 건설에 대한 포부역시 강력하게 내재되어 있다. 그녀에게는 공산주의가 계급 · 성별 · 인종에 따른 차별을 없앨 수 있는 유일한 길로 생각되었다. 그러나 그녀의 활동은 한 사람의 아내이자 어머니이기 때문에 제재를 당한다.

남편 더글러스는 아내가 좌익 청년들과 어울리는 것이 못마땅하여 둘째아이를 갖도록 강요한다. 결혼 생활에 만족하지 못해 무기력해진 마사에게 의사를 찾아가 임신하라는 조언을 듣도록 만들고, 톨벗 부인과 마사의 어머니를 동원하는 등 또다시 사회적인 압력을 가한다.

"너에게 이런 이야기를 하는 것이 내 의무라고 생각한다. 모든 이들이 네가 아기를 가져야 한다고 말하더구나."

마사는 하던 일을 멈추고 일어나 뻣뻣하게 움직였다.

"얘야, 그렇게 까다롭게 굴지 말아라. 내가 커피에 설탕을 넣지 않는 것도 너를 위해 기도드리기 위해서야. 네가 제정신을 차리라고 기도드리기 위한 거지." 그녀는 망설였다. "더글러스에게도 좋지 않아. 캐롤라인에게도 좋지 않고. 네가 이기적인 거야." 그녀는 만족스럽게 결론지었다.

"나는 아직 준비가 안 되었어요." 마사는 앉으면서 단호하게 말했다.

"아니다, 애야. 아기를 가져야 돼. 모든 이들이 그렇게 말하고 있어 ……." 그녀는 마사의 시선을 보며 망설였다.

"모든 이들이 내가 둘째애를 가져야 할지 말아야 할지를 이야기하고 있다고요?" 마사는 이상할 정도로 침착하게 물었다.

"애야, 사람들이 어떻게 얘기하는지 너도 잘 알잖니."(*PM* 341)

마사는 자신이 둘째아이를 가져야 한다는 것을 왜 자신이나 더글러스가 아닌 주위 사람들이 결정하고 강요하는지 이해할 수가 없다.

마사에게 두번째 임신을 강요하는 마사의 어머니의 삶을 유심히 들여다볼 때 마사와 여러 공통점을 발견하게 되는데, 마사의 어머니도 마사를 낳고 싶지 않았으나 임신이 되는 바람에 딸을 낳게 되었고, 낳은 시기도 제1차 세계대전이 진행중일 때였다. 육아법도 역시 유사한데, 마사가 딸 캐롤라인을 정확한 스케줄에 따라 수유하는 것 역시 어머니가 마사에게 하던 방식이었다.

퀘스트 부인은 이상한 작은 미소를 띠며 캐롤라인을 바라보았다. 그리고는 죄의식이 깃든 환한 웃음을 터뜨리며 "너도 내가 그랬던 것처럼 네 딸을 굶주리고 있구나"라고 말했는데, 이 웃음 소리에는 언제나 마사를 자극하는 의기양양함이 배어 있었다.(*PM* 206)

마사의 어머니 역시 젊은 시절 마사처럼 남편에게 실망하였고, 임신과 출산, 육아가 부담스럽고 싫었으며, 이런 증오심 때문에 딸에게 죄의식을 느끼는 유사한 경험과 사고를 하였다. 유일하게 다른 점은 어머니는 사회의 강압과 요구에 굴복하여 자신을 희생하였고, 마사는 희생을 거부하고 있다는 것이다. 마사가 어머니와 자신과의 적대 관계가 자신과 딸과의 관계로 이어지는 것을 두려워하듯이 어머니 역시 자신의 삶이 마사에게, 그리고 캐롤라인에게 되풀이되리라는 것을 안다. 그러나 마사가 캐롤라인과의 모녀 관계를 끊음으로써 이 악순환의 고리도 함께 끊기를 원하는 반면, 어머니는 자신이 그랬던 것처럼 마사도 자기의 삶을 희생하도록 강요한다. 마사가 어머니에게 더글러스와 헤어지겠다고 하자 어머니는 욕설을 퍼붓는데,

　마사는 이렇게 욕설을 퍼부으리라고 예상하지 못했었다. 그녀는 준비해 온 모든 주장이 쓸데없는 것이었음을 깨달았다. 퀘스트 부인은 마치 자신이 위협이나 비난을 받은 것처럼 연달아 독설을 퍼붓었고 마사는 그 독설이 끝날 때까지 기다려야 했다. 그런데 어머니는 이런 비난을 누구에게서 받았던 것일까? 그녀는 마치 욕쟁이 하녀처럼 욕을 해 댔다. 마사는 이 중년의 정숙한(proper) 부인이 그런 언어를 알고 있는 줄은 꿈에도 몰랐다.(*PM* 439)

어머니는 불만스러운 결혼 생활과 자신의 야심대로 성장해 주지 않는 자식들로 인해 인생 전체가 황폐해졌고, 그래서 마사의 결혼 생활과 손녀 캐롤라인의 육아에 간섭함으로써 또다시 자신의 야심을 채우려 한다. 딸을 자기 인생의 대체물로 이용하려는 것이다. 그러나 이것이 용납되지 않자 이번에는 사사건건 트집을 잡고, 남편과 딸을 위해 희생하라고 강요하면서 자신에게 황폐한 인생을 강요한 사회에 대한

일종의 복수를 딸에게 퍼붓는 것처럼 보인다. 그래서 마사가 더글러스의 폭력으로부터 도망쳐 어머니를 찾아갔을 때에도 어머니는 단호하게 도움을 거절한다.

'어머니' 마사는 울고 있었다. 그녀의 팔은 떨어져 나갈 지경이었다. 어머니가 집 안으로 받아들이지 않으리라고는 전혀 생각하지 못했었다. 이제 마사는 어머니가 받아들이지 않으리라는 것을 분명하게 깨달았다. 퀘스트 부인은 슬쩍 쳐다보고는 만족스럽고 의기양양한 표정을 지었다.

"몹시 아파요, 어머니." 마사는 오만의 흔적이라고는 사라진 차분한 목소리로 말했다.

"조용히 하거라. 아버지 깨실라. 편찮으셔."

"어머니, 저를 괴롭히도록 놔두시겠어요?"

"글쎄다. 네가 그럴 만한 짓을 했잖니?" 퀘스트 부인은 말했다. "그가 옳아. 침실로 돌아가거라."(*PM* 444)

어머니는 사회에서 받은 폭력을 마사에게 되돌려 주고 있고, 마사는 자신의 딸에게 이 폭력을 되돌려 주지 않기 위해 딸을 남편에게 남기고 떠난다. 사회가 요구하는 모성은 진정한 모성일 수 없기 때문이다.

IV. 가부장제의 희생양인 여성의 몸

마사는 자신의 몸을 내려다보았다. 그러나 바로 이것 때문에 결혼 생활에 묶이게 되는 거야라는 근심스러운 생각이 떠올랐다.(*PM* 86)

앞에서 결혼과 모성이 제도라는 주장을 하였는데, 이렇게 이들이 여성에게 제도로서 권력을 휘두를 수 있는 것은 바로 여성의 몸 때문이다. 여성의 몸은 생산성이라는 특성을 갖고 있으며, 이 생명 창작의 능력 때문에 남성에게서 선망·질시·경외·증오 등을 동시에 받는다. 자신들에게 결핍된 이 능력을 평가절하하고 단지 출산과 육아에만 사용하도록 한정시킴으로써 남성들은 창조·창작·생산의 작업을 자신들이 독점한다. 그러므로 출산을 하지 않은 여성은 쓸모없는 여성으로 인간 이하의 취급을 받으며, 출산 이외의 창조적 일을 하려는 여성은 주제넘은 여성으로 사회의 적으로 간주된다.(리치 39-40) 가부장제는 여성에게 종족 보존을 위해 자기 성취 같은 것은 포기하고 고통과 자기 부정의 짐을 지도록 요구하며, 그 결과 가부장제는 여성의 몸을 희생한 채 그 위에 군림하게 되었다.(리치 55)

마사는 임신 사실을 모른 채 결혼하였고, 임신으로 인해 자신의 몸 속에서 일어나는 변화로 더욱 우울해진다. 임신 전의 목욕 장면에서는 자신의 아름다운 몸을 사랑의 시선으로 바라보며 "괜찮아, 괜찮아. 어떤 것도 너를 해치지 못해"(*MQ* 179)라고 자신감을 보였으나, 임신 후에는 "그렇게도 유쾌한 친구였던 그런 조용하고 순종적인 몸이 아님"(*PM* 86)을 느끼게 된다. 자신의 몸이 자신의 의지와 달리 '자기만의 생각을 쫓고 있는 듯'이 보인다. 임신 사실을 알게 되고 몸이 기형적으로 부풀어 오르자 우울증은 심해진다. 더욱이 남편들은 전쟁을 핑계로 친구들끼리 모여 모험심에 들떠 있고, 임신부들은 건강을 염려한다는 미명 아래 집 안에 갇혀 있도록 만든다. 우울증에 지친 임신부들은 둔하고 매력없는 몸을 바라보며 자기 혐오감을 느낀다.

"내가 남자라도 우리가 재미없다고 느낄 거야." 그 두 여자(마사와 앨

리스)는 서로를 바라보고는 그순간 결혼하지 말걸, 임신하지 말걸 하고
후회했다. 그러자 남편들이 미워졌다. 그녀들은 또다시 굵은 회색빛 빗
줄기를 쳐다보았다.(*PM* 176)

이들은 비를 맞지 말라는 남편들의 충고를 무시하고 마치 그들에게
도전장을 내밀듯이 자동차를 타고 나가 옷을 몽땅 벗어던진 채 폭풍
우가 몰아치는 웅덩이 속으로 뛰어든다.

마사는 앨리스의 길고 기형적인 몸이 핏기없이 회색 빗속으로 사라
지는 것을 보았다. 그리고 그녀가 환희의 비명을 지르는 소리를 들었
다. (…) 그녀(마사)는 자신의 입에서도 똑같은 승리의 외침 소리가 나
오는 것을 들었다. 그녀는 무작정 뛰었다. (…) 밝은 초록색의 개구리
한 마리가 그녀의 얼굴로부터 6인치 가량 떨어진 곳에서 동그란 눈으
로 목구멍을 할딱거리며 그녀를 지켜보고 있었다. (…) 그녀는 커다란
뱀이 갈색 껍질을 아름답게 반짝이며 뿔처럼 생긴 머리를 바짝 쳐들고
풀줄기 사이로 움직이는 것을 볼 수 있었다.(*PM* 177-178)

생명력을 상징하는 굵은 비를 맞으며 붉은 진흙 구덩이에서 개구
리·뱀 등의 동물과 교감을 느낀 뒤 마사와 앨리스는 흉물스럽게 생
각하던 자신의 몸에 대한 생각을 바꾼다.

(…) 그녀는 자신의 배를 자랑스럽게 안고는 자동차가 있으리라고 짐
작되는 곳으로 무작정 걸었다…….
(…) 갑자기 걱정스럽게 길을 위아래로 훑어보면서 앨리스가 나타났
다. 그녀 역시 노출된 길을 단숨에 달려 자동차 안으로 들어왔다. 그들

은 흠뻑 젖은 머리카락을 얼굴에서 떼어내며 서로를 바라보았다. 그들은 가느다란 하얀 다리 위에 공격적으로 부풀어 있는 울긋불긋 줄무늬가 나 있는 배를 들여다보며 웃기 시작했다.(*PM* 178-179)

자연과 혼연일체가 되는 경험을 통해 자신들의 생산력에 대한 긍정적 사고를 되찾게 되면서 그들의 우울증이 치유된 것이다.

여성의 몸은 그 생산력 때문에 풍요로움을 상징할 수 있다. 그러나 가부장제는 여성의 풍요로움을 가정 내에 국한시키려 모색하였고, 이를 위해 여성의 몸을 억압하였다. 결국 자연, 대지에 비유되던 여성의 몸은 본연의 긍정적 의미, 즉 풍요로움의 의미를 박탈당한 채 오히려 여성의 자유를 구속하는 족쇄 역할을 하게 된 것이다. 여성의 몸은 남성의 몸에 비해 열등한 것으로 간주되었고, 그에 따라 여성과 남성에게 적합한 노동도 구별되어 규정되었다. 신체의 결정론적 차이를 빌미로 사회적 차별을 만든 것이다.

그렇다면 이제 여성은 자신의 몸의 제기능을 찾아야 하며, 남성 중심의 담론이 아닌 여성의 담론을 구성해야 한다. 결혼은 제도로서 여성을 구속하는 것이 아니라 계약, 혹은 선택으로서 동등한 개인이 자발적으로 결정할 수 있는 것이어야 한다. 임신 역시 선택이어야 하고, 육아의 경우는 여성에게만 짐을 지우는 것이 아니라 여성이 육아 외에도 자신의 일을 전혀 부담없이 할 수 있는 사회적 환경이 조성되어야 한다. 여성이 행복하고 즐겁게 육아에 임할 수 없다면 자식에게 정신적인 불행까지 전달할 수 있기 때문이다. 건전한 사회와 건전한 가정을 이루기 위해서는 우선적으로 가정을 이루는 데 기본이 되는 여성의 몸에 대한 긍정적인 사고와 태도가 정립되어야 하며, 여성의 몸을 억압하는 것이 아니라 보호할 수 있는 사회적 · 제도적 장치가 마련되어야 한다.

V. 나가면서

　레싱은 5부작 《폭력의 아이들》의 두번째 작품 《올바른 결혼》에서 가부장제에 대항하는 젊은 여성을 다루고 있다. 자신의 일대기를 몰개성적으로 초연하게, 그리고 가끔은 냉소적으로 담고 있는 작품들로 구성된 이 5부작은 연대기적 순서로 이야기되고 있지만 각각 독립적으로도 의미 깊은 작품들로 구성되어 있다. 첫 작품 《마사 퀘스트》는 결혼 전의 사춘기 여성을 소재로 부모의 구속으로부터 해방되려고 노력하지만 아직 어려서 미숙한 판단으로 결혼이라는 또 다른 구속에 갇혀 버리는 이야기를 담고 있는 반면, 《올바른 결혼》은 결혼 직후부터 임신 · 출산 · 육아 · 이혼까지의 과정을 상세히 묘사함으로써 결혼과 모성의 구속력에 대해 이야기하고 있다. 《마사 퀘스트》에서는 결혼 생활과 사회에서 모두 성공하지 못한 부부 사이에서 태어나 인종 차별로 인해 분열된 사회에서 성장하며, 어머니와의 갈등으로 심리적 분열을 겪는 마사의 정체성 추구가 가장 큰 화두였다면, 《올바른 결혼》에서는 한 개인의 은밀한 사생활까지 깊숙이 파고드는 사회의 억압으로부터 자주성을 회복해 가는 마사의 저항 과정이 가장 큰 이야기 줄기이다. 첫 작품에서는 마사의 저항 심리보다 유혹에 대한 약한 저항력으로 반복되는 시행착오에 초점을 맞추었다면, 두번째 작품에서는 백일몽을 꾸는 듯이 어렴풋했던 이상향 추구가 보다 구체적이 되어 좌익계 모임에 대한 참여 의식도 보강되고, 임신 · 출산 · 모성을 겪으면서 정신적 · 육체적으로 강해져 마사의 이혼을 향한 결심도 점진적으로 확고해지고 있음에 초점을 맞춘다. 회피하고만 싶던 어머니에게 대항하여 자신의 의지도 관철시키고, 무엇보다도 마치 운명처럼 구속하던 모녀 관계를 캐롤라인에게 계승시키지 않겠다는 확고한 신념을 그대로 실천에 옮긴다. 첫번째 작품이 제자리걸음만을 되풀이하는 순환 구조였다면, 이 작품에서는 그 순환 구조를 과감히 깨고 있다. 그리고 자신이 항상 추구하던 이상향의 꿈을 이루기 위해 공산주의라는 구체적인 활동에 뛰어든다.

여성의 몸의 특수성을 기반으로 하여 사회적 억압을 부과하는 사회의 기존 틀을 깨고, 자신의 풍요로운 생산성·창조성을 확신하면서 이상 사회를 향해 자신의 몸을 바치겠다는 신념으로 자동차에 책을 가득 실은 채 가정을 떠나는 마사는, 집 밖을 나서기가 무섭게 치안판사 메이나드를 만나 다음과 같은 말을 듣는다.

프랑스 혁명을 아버지로, 러시아 혁명을 어머니로 하여 가정을 잘도 내팽개쳤군······.
내 대녀(god-daughter, 캐롤라인)를 버리고 떠나다니 절대로 용서 못 해.(*PM* 447)

공산주의에 대한 확신과, 모녀 관계를 끊음으로써 캐롤라인에게 정신적 부담을 주지 않겠다는 신념이 과연 마사가 생각한 대로 옳은 것으로 판명될지는 아직 미지수임을 보여 주는 장면이다. 이것이 5부작의 두번째 작품인 만큼 다음 작품들에서 이에 대한 결과가 드러나겠으나, 이 시점에서 마사의 결정은 올바른 것으로 보인다. 적어도 스스로 내린 판단이므로 결과에 대한 책임도 의연하게 짊어질 수 있으니까.

제4장

도리스 레싱과 모성: 자서전적 소설, 자서전, 전기를 중심으로

"우리는 부모를 되풀이되는 꿈으로 이용하여 필요할 때마다 그 꿈이
시작되도록 만든다. 부모는 사랑과 증오를 위해 항상 존재한다."

도리스 레싱

I. 들어가면서

아직 페미니즘이 만개하기 전인 20세기 중반, 한 여성이 열악한 사
회 풍토 속에서 위대한 여성 작가로 성장하였다면 그것은 분명히 그
녀에게 남다른 에너지가 있었기 때문일 것이다. 훌륭한 고등교육을
받았거나 고매한 스승을 가까이 모시는 행운을 누리지 못하였고, 기
껏해야 당대의 고전 작품들을 접하는 흔한 기회만을 누릴 수 있었던
도리스 레싱에게는 특히 이런 남다른 에너지가 필수 조건이었을지도
모른다. 출판 기회를 쉽게 얻을 수 있는 런던 출신도 아니었고, 더욱
이 아프리카에서도 대도시인 요하네스버그 출신도 아닌 그녀가 아프

리카의 시골 처녀에서 영국에서도 손꼽히는 여성 작가, 노벨문학상 후보로 거명되는 작가가 되기까지는 남보다 유달리 강한 개인적 경험이 있었기 때문일 것이다.

도리스 레싱은 1940년대말부터 오늘날까지 꾸준히 활동을 하는 다산의 여성 작가로, 리얼리즘 · 모더니즘 · 포스트모더니즘을 망라하며 다양한 작품을 집필해 왔다. 초기의 작품은 자서전적 소설, 중반기의 작품은 우주 공상과학 소설, 최근에는 괴기적이고 초현실적인 공포 소설로 마치 영화의 발전사처럼 인간들의 관심을 꿰뚫으며 꾸준히 소재를 넓혀 왔다. 그러나 어느 한 시대사조에 안주하지 않고 끊임없이 변신을 꾀하며 연신 새로움을 추구해 온 그녀의 작품 세계에서도 공통분모라고 생각할 수 있는 어떤 특징을 발견할 수 있는데, 그것은 바로 '기존 체계에 대한 일관된 저항 의지' 이다. 1940년대와 1950년대에는 공산주의 활동으로 자본주의에 맞서 투쟁하였고, 이후 공산주의에 실망하게 된 레싱은 과감히 공산주의를 떠나 제2차 세계대전 이후에는 원자폭탄과 이분화된 냉전 체제로 인한 세계 멸망의 가능성에 대해 널리 경고하였으며, 자신의 고향이라 할 수 있는 짐바브웨의 정치 상황에 대한 꾸준한 비판으로 짐바브웨에 대한 사랑과 관심을 대신하였다. 그리고 일생 동안 인종차별주의에 대한 비판의 목소리를 낮추지 않았다. 레싱이 이렇게 지치지 않고 꾸준히 사회의 부조리한 면을 부각시키며 개선하려는 의지를 불태울 수 있었던 것은 그녀의 독특한 기질 때문이었으며, 이 기질은 아주 어린 시절부터 아버지를 대신하여 가정의 기둥 역할을 했던 어머니에 대한 저항심과 연관이 있는 것으로 많은 비평가들은 입을 모으고 있다.

어머니와 딸의 관계는 전통적으로 페미니스트들이 관심을 두는 영역으로, 그들은 어린 시절의 모녀 관계가 성장한 후의 여성들의 사회적 위치를 좌우한다고 믿는다. 즉 이 관계 여하에 따라 딸이 사회가 요구하는 여성성에 굴복하든가, 혹은 당당한 여성으로 거듭나며 어머니 역시 죄의식 속에서 자멸하든가, 용기 있게 사회에 맞서든가 할 수 있다고 주장한다. 어머니와 딸 사이에는 특별한 유대 관계 혹은 어떤 학자는 생화학적 친화성이 형성된다고 하는데, 이는 산고의 고통을 통해 딸이 어머니가 되는 공통의 경험을 겪기 때문이라고 한다. 모성의 경험을 공유함으로써 이들에게는 아버지와 아들, 어머니와 아들, 아버지와 딸 사이의 관계와는 다른 친밀감 · 유대감 등을 갖게 된다는 것이다. 그렇지만 다른 한편으로는 바로 이런 유대감 때문에 어머니는 딸과 자신을 쉽게 동일시하고, 딸은 어머니와 동일시하므로 서로를 제압하려 들고, 희생시키려 하며, 포용하지 못하고, 용서하지 못하는 함정에 빠지게 된다. 특히 강한 어머니, 자신에게 엄격한 어머니, 죄의식이 강한 어머니는 딸에게 더욱 엄격하며, 사랑보다는 엄격함으로 딸을 다스리려고 한다. 이는 딸에 대한 미움이나 노여움보다 자신에 대한 엄격함의 표출이지만, 불행히도 어린 딸은 그런 어머니를 이해하지 못하고 저항한다. 사랑을 갈구하며, 어머니를 닮고 싶어하던 딸은 거부당하자 맹목적으로 어머니에게 저항한다. 성인이 되어 어머니를 이해하게 된다 하더라도 이미 그녀의 기질은 어머니에게 반항하도록 코드화되어서 이성으로 제어할 수 없다. 어린 시절에 이미 습관화된 저항심은 이성으로 다스려질 수 없다. 어머니 역시 자신의 잘못을 깨닫지만 고칠 수 없다.

도리스 레싱도 강한 어머니에게서 사랑을 거부당한 경우이다. 레싱 역시 어머니 못지않게 강한 기질과 에너지를 타고난 닮은꼴의 모녀지간이었으므로, 이들의 갈등 관계는 강력하고 끈질겨 결국에는 레싱을 세계적인 작가로 만드는 원동력이 되었다. 이들의 모녀 관계, 그리고 이 관계의 파생적 결과인 레싱과 딸의 관계에 대해 조사하기 위해서는 레싱의 초기 자서전적 소설, 그리고 말년에 직접 쓴 자서전이 유용한 자료가 될 수 있으며, 레싱의 전기 또한 중요한 자료가 된다. 그러므로 여기에서는 이 세 종류의 자료, 즉 자서전적 소설인 《풀잎은 노래한다》(1950)·《마사 퀘스트》(1952)·《올바른 결혼》(1954)·《폭풍의 여파》(1958)·《황금 노트북》(1962)·《육지에 갇혀서》(1965)·《사대문의 도시》(1969) 등과 자서전인 《피부 아래에서: 자서전 제1권 1949년까지》(1994)·《그늘 속을 거닐며》(1997), 캐롤 클라인이 쓴 레싱의 전기인 《도리스 레싱》(2000) 등을 이용하여 레싱의 모성관에 대해 연구하려 한다.

II. 자서전적 소설 속에 허구화된 모성

레싱의 초기 작품에 나타난 모성은 '억압적 모성'이다. 레싱은 자신의 어린 시절을 자서전적으로 그린 작품 《마사 퀘스트》에서 실패한 인생을 자식들의 성공으로 보상받으려는 마사의 어머니, 즉 자신의 어머니를 그리고 있다.

반 렌즈버그 부인은 이를테면 교육을 받지 못한 사람이었다. 그래서 그녀는 어쩌다 사교적으로 필요하면 자신이 교육받지 못한 것을 변명하곤 했지만 조금이라도 그 사실을 민망해하는 기색은 없었다. 예를 들면 퀘스트 부인이 마사가 재주가 있어 장차 사회 생활을 하게 될 거라고 억척스레 이야기할 때가 바로 그러한 계제였다. 이 네덜란드계 부인이 이런 때 침착함과 상냥함을 잃지 않을 수 있다는 건 상당한 정신력을 가진 증거였다. 왜냐하면 퀘스트 부인은 '사회 생활'이란 말을 의사 노릇이나 법률 같은, 마사가 실제로 하게 될지도 모를 일의 뜻으로 사용하지 않고 세상을 두드려 패기 위한 일종의 몽둥이처럼 사용하기 때문이다. 그것은 마치 "우리 딸은 사회명사가 되겠지만 당신 딸은 결혼이나 하고 말걸"이라고 말하는 것이나 다름없었다. 퀘스트 부인은 예전엔 연갈색머리와 봄볕처럼 천진한 파란 눈을 한 운동가 타입의 예쁜 영국 아가씨였다. 그리고 지금의 모습은 그녀가 영국에 내내 살았더라도 정녕 이렇게밖에는 되지 못했을 것이라고 생각되는 모습이었다. 좀 지치고 좌절한 기색도 있긴 하지만 아이들에 대해 야심찬 계획을 가진 억척스러운 어머니의 모습이었다.(*MQ* 14)

문화 생활을 누리는 풍요로운 영국 중산층의 삶을 그리던 마사의 어머니는 남편의 무능과 아프리카에서의 농장 경영 실패로 꿈을 이루지 못한다. 간호사 출신의 지적인 여성이자 강한 의지의 소유자였던 어머니는 자식들을 훌륭히 교육시켜 그 꿈을 계승시키려 한다. 그러나 첫딸 마사는 사사건건 반항하고, 자신의 뜻대로 잘 성장하던 아들은 전쟁에 참여하여 부상당하는 바람에 어머니의 꿈은 좌절된다.

간호사였던 어머니는 첫사랑의 남자가 익사하는 바람에 당시 그녀의 환자였던 아버지와 결혼하게 되었고, 런던과 사무실을 싫어하고 대자연 속에서 농사짓기를 바라던 아버지를 따라 아프리카로 이주하였다. 이주할 당시만 해도 아프리카에서 한몫을 단단히 잡아 런던으로 금의환향하는 것이 꿈이었으므로 아프리카를 일시적 거처로 생각했던 어머니는 영국적 사고방식을 포기하지 못한 채 일생을 아프리카에서 보내게 된다. 반면 5세의 나이부터 아프리카에서 살아 아프리카를 고향으로 생각하게 된 마사의 눈에는 이런 어머니의 사고방식이 위선적으로 보일 뿐이다. 이 작품이 시작되는 시기는 마사가 15세가 되던 해로 사춘기의 열병을 한창 앓던 시기이기도 하였지만, 무엇보다도 아프리카의 주인인 원주민들을 착취하면서도 오히려 그들을 비난하고, 가난한 처지에도 불구하고 영국인이라는 자존심을 내세우며 주변의 부유한 유럽인들을 깔보는 어머니의 언행을 참을 수 없어 사사건건 반항하고 있었다. 충분한 능력이 있음에도 불구하고 학업을 중도에 포기하고, 빅토리아 시대의 가정 교육으로 행동과 복장을 규제하려는 어머니에 저항하여 공공연하게 음란한 책을 읽으며 옷을 가위로 자르는 등 마사는 어머니와 끊임없는 언쟁을 벌이며 서로에게 깊은 상처를 입힌다.

그녀는[퀘스트 부인] 친정오빠에게 편지를 써볼까 생각했다. 그러기로 결심까지 해보았다. 마사가 잘 정리된 런던 교외의 집에서 영국 소녀들을 위한 훌륭한 학교에 다니는 모습이 불안할 정도로 강렬하게 그녀의 머릿속에 떠올랐다. 그녀는 마사가 17세라는 사실도 상기했다. 그러자 그녀의 분개심이 딸을 향해 솟구치기 시작했다. 때는 이미 늦었다. 이미 늦었다는 것을 그녀는 잘 알고 있었다. 마사에 대한 생각은 언제나 감당하기 어려울 정도로 맹렬하여 간곡히 탄원하고 싶거나 화가 끓어오르는 감정으로 그녀를 채우곤 하였다. 그녀는 마사를 위해 기도하기 시작했다. "제가 저 애를 구원하도록 도와 주소서. 저 애가 어리석은 생각을 잊도록 해주소서. 저 애가 동생처럼 되게 하여 주소서." 퀘스트 부인은 아들에 대한 정다운 생각에 점차 마음이 가라앉아 잠이 들었다. (*MQ* 78)

레싱이 처녀작인 《풀잎은 노래한다》와 두번째 작품인 《마사 퀘스트》

를 쓸 당시는 어머니에 대한 노여움과 반항심이 극도에 달해 있던 시기였다. 《풀잎은 노래한다》는 레싱의 자서전적 소설이기보다는 어머니를 모델로 하여 쓴 작품으로, 아프리카에 이주해 사는 영국 출신의 여성 메리 터너의 살인 사건을 통해 영국의 제국주의 정책의 부도덕성을 파헤친 작품이다. 레싱은 자신의 부모를 모델로 하여 리처드 터너와 메리 터너 부부를 묘사했으며, 특히 메리의 몰락 과정을 상세히 그림으로써 어머니의 가치관을 통렬하게 비난하였다. 그리고 이 두 작품에서 레싱은 어머니를 '모국 영국'을 상징하는 인물로 설정함으로써 이런 자신의 비난을 정당화하였다.

그러나 마사의 결혼 생활, 어머니가 되는 과정, 이혼 과정을 담은 《올바른 결혼》을 집필하면서부터 레싱의 어머니에 대한 관점이 서서히 바뀌고 있음을 짐작할 수 있다. 어머니 개인에 대한 통렬한 비난이나 제국주의 영국을 상징하는 인물에 대한 비난에서 벗어나 어머니의 억압적 모성이 사회 전체의 요구임을 점차 부각시키기 때문이다. 마사는 자신의 결혼 생활에 일일이 간섭하며 잔소리를 퍼붓는 어머니에게 분노하다가도 종종 그런 어머니가 사회의 산물임을 깨달으며 깊은 연민의 정에 빠지기도 한다.

가부장적 결혼 생활과 어머니가 되는 경험을 겪는 과정 속에서 마사는 어머니를 점차 이해하게 되고 결혼과 모성이 일종의 사회제도임을 깨닫는다. 에이드리엔 리치의 정의처럼 모성은 "자신의 출산 능력과 자녀에 대해 가지는 잠재적 관계"일 뿐 아니라 "모든 여성을 그리고 여성의 잠재력을 남성 통제하에 안전하게 두려는 데 목표를 둔 제도"(리치 13)이기 때문이다. 마사는 우선적으로 임신이 선택 사항이 아님을 깨닫는다. 생각할 겨를도 없이 닥친 임신, 불법으로 금지된 낙태, 게다가 임신중절을 예방하기 위한 의사의 고의적 거짓말 등은 생물학적 · 사회적으로 여성들이 어머니가 되도록 체계화되어 있음을 드러낸다. 마사는 자신의 몸이 자신이 아닌 정부 기관, 남성들, 그리고 임신을 권장하는 중년 여성들에 의해 구속당하는 데 분노한다. 마사의 어머니 역시 여성의 가장 큰 만족은 모성이라고 끊임없이 주입시킨다.

임신중의 불편함, 나날이 기형으로 변하는 몸, 남편들의 상대적 자유로움에 대한 시기심에서 오는 우울증 등 어머니가 되는 과정은 절망의 과정이며, 분만할 때에는 출산을 담당하는 기관과 의사들의 무성의와 비인간적 대우 때문에 실망한다. 아이가 출생한 뒤 집에 돌아온 마사는 24시간 육아에 바쳐야 하는 고된 일과 속에서 심신이 지치기 일쑤다. 임신 · 출산 · 육아는 여성들에게 아이에 대한 사랑을 느낄 충분한 여유도 주지 않은 채 무리한 희생을 강요한다. 이렇게 모성은 여성의 희생 위에서만 가능한 것이므로, 사회는 여성의 모성을 체계적으로 강조하여 자발적으로 희생하도록 최면을 건다.

모성의 강압적 속성을 깨닫자 마사는 자신의 딸 캐롤라인을 가능한 한 이런 억압에서 해방시킬 수 있는 방법을 모색하면서, 심지어 부모가 없는 아이가 완전한 인격체로 성장할 가능성이 더 크다는 생각에까지 이른다.(*PM* 148) 그리하여 좌익운동가인 자스민 코헨을 만나 그녀의 권고로 좌익 모임에 참가하게 되자 곧 이혼 결심과 더불어 딸 캐롤라인도 포기할 결심을 한다. 이는 어머니의 강압적 모성을 자신의 딸에게 물려 주지 않겠다는 단호한 결심의 발로이다.

마사의 예상대로 어머니는 이에 적극 반대한다. 어머니는 마사의 임신과 육아 과정을 지켜보면서 마사와 자신 사이에는 상당한 유사점이 있음을 발견하였다. 자신이 제1차 세계대전 중 원하지 않던 임신이 되어 마사를 낳게 된 일, 아들을 원하였으나 딸을 낳은 일, 시간표에 맞춰 수유하는 바람에 아기를 항상 굶주리게 한 일 등등 마사의 어머니 역시 마사처럼 임신·출산·육아가 부담스럽고 싫었으며, 이런 증오심 때문에 딸에게 죄의식을 느끼는 유사한 경험과 사고를 하였다. 그러므로 어머니는 마사에게 캐롤라인에게 더 관심을 기울이라고 잔소리한다. 자신의 전철을 밟지 말라는 뜻의 충고이다.

그러나 마사는 운명론적 사고에 젖어 있어서 딸은 어머니의 영향을 받을 수밖에 없다고 생각한다. 레싱은 5부작의 자서전적 소설 《폭력의 아이들》의 네번째 작품 《육지에 갇혀서》에서 처음으로 외할머니에 관해 밝히는데, 마사의 외할머니는 임신한 몸으로 밤늦도록 춤을 추며 소위 쾌락을 쫓다가 일찍 돌아가셨다. 마사의 어머니는 아주 어린 시절부터 주위에서 그런 어머니를 비난하는 소리를 들으며 자랐고, 그 덕분에 자신은 의무와 희생을 강조하는 삶을 살게 되었다. 마사가 악몽 속에서 도롱뇽——융의 정신분석에 따르면 어머니를 상징하는 동물——을 보듯이, 마사의 어머니도 꿈속에서 하늘에 계신 어머니에게서 장미꽃을 받는 꿈을 꾸며 어머니를 두려워함과 동시에 그리워한다.(*LL* 78-82) 마사의 외할머니는 어머니의 그림자이고, 마사의 어머니는 마사의 그림자이므로, 마사는 자신이 캐롤라인의 그림자가 되지 않기 위해 캐롤라인으로부터 떠나려 한다.

그러나 어머니는 자신이 모성의 구속력에 순종하여 희생적 삶을 살아온 데 반해, 희생을 거부하고 자유를 찾아 떠나는 마사를 용서할 수 없다. 어머니는 마사가 이혼한 후에도 캐롤라인을 종종 돌보면서 끈질기게 마사에게 형벌을 가한다. 캐롤라인에게는 마사가 어머니라는 것을 숨기고, 마사에게는 캐롤라인을 만나지 못하도록 하면서 딸에게 최대한의 죄의식을 느끼도록 도모한다.

레싱이 초기의 소설에 구현한 모성은 이처럼 억압의 모성이며, 이 억압은 개인적·사회적 억압인 동시에 피할 수 없는 운명적 억압이기도 하다. 그러므로 레싱은 모성의 연결고리를 끊음으로써 여성이 정신적 중압감에서 벗어나 건전한 삶을 누릴 수 있다고 주장하는 동시에 실천하였다.

그러나 이런 관점은 곧 바뀐 것으로 사료된다. 레싱이 두 아이를 포기한 후 두번째 남편과의 사이에서 세번째 아이를 출산하였듯이 여성성의 본질이 가장 잘 응집되어 있는 모성에 관해 점차적으로 긍정적인 사고를 갖게 된 것으로 보인다. 세번째 아이인 피터를 데리고 런던에 도착한 레싱은 그렇게 힘들어하던 육아와 작가로서의 생활을 병행하며 힘들게 생활을 꾸려 나갔으며, 이 힘든 경험이 《황금 노트북》이라는 최대 걸작을 낳았다.

《황금 노트북》은 여성이 혼자 자식을 키우는 일이 얼마나 어려운 일인지에 초점을 맞춘다. 주인공 안나뿐 아니라 친구 몰리 역시 홀로 아이를 키우며, 아이들의 교육 문제로 고통받는다. 특히 레싱은 몰리의 아들 타미의 자살기도로 홀어머니의 자식 양육의 어려움을 응집하여 보여 준다. 이들 여성에게 남자와의 사랑보다도, 커리어보다도 자식들의 교육이 더 우선임을 강조하는 레싱을 보며 모성을 마치 형벌처럼 생각하던 그녀가 점차 축복으로 생각을 바꾸고 있음을 알게 된다. 안나는 딸 자넷이 자신이 정신병에 걸리지 않도록 막아 주는 유일한 인물임(*GN* 543)을 인정한다.

《폭력의 아이들》의 마지막 작품에서도 레싱의 모성에 대한 찬양은 계속된다. 마사는 런던에 도착하여 콜드리지가의 비서 겸 보모로 들어가는데, 이런 결심을 하는 이유 중의 하나는 캐롤라인을 버린 데 대한 속죄이다.

런던에 도착한 마사는 아는 사람이 거의 없는 대도시에서 해방감을 만끽한다. 그러나 이 해방감 속에서 '자신이 과연 누구인가?' 라는 정체성에 대한 의문에 몰입하며 얻은 결론은 놀랍게도 '여성성'으로의 복귀이다. 런던에서 만난 잭과의 대화에서 마사는 자신으로부터 해방시켜 주기 위해 딸 캐롤라인을 버렸지만 그것은 미친 짓이었다고 고백한다. 자식에게는 아버지와 어머니가 모두 필요하다는 것이다.(*FGC* 79) 잭은 아버지에 대한 증오에 사무친 사람으로, 마사처럼 가정을 강압적인 사회 제도라고 비난하고 부인하며 공산주의에 가담한 전력을 갖고 있다. 마사는 공산주의가 가정을 폐지하고 파괴하는 데 공헌하였지만 그렇다고 그들의 선전대로 부모 간의 문제를 모두 해결한 것은 아니라고 결론지으며, 오히려 부모가 자식을 위해 세계가 되어 주어야 한다고 주장한다.(*FGC* 81) 세상이 악하고 추하고, 부모 역시 추하고 나쁘더라도 부모는 아이들을 위해 짐을 지어야 한다는 것이다. 그러므로 마사는 캐롤라인에게 진 빚을 갚기 위해 콜드리지가의 비서 겸 보모가 된다. 이 가정에는 부모의 사랑에 굶주린 두 어린아이가 있는데, 작가 마크 콜드리지의 아들 프란시스는 정신병원에 있는 어머니 린다로 인해, 그리고 마크의 형 콜린의 아들 폴은 아버지가 소련으로 망명하고, 그로 인해 유대인 어머니 샐리-새러가 자살하는 바람에 사랑의 손길을 필요로 하고 있었다. 마사는 해방감을 계속 즐기고 싶었지만 이들을 위해 자신을 희생하며 보모가 된다.

성격이 반듯한 프란시스는 어머니 노릇을 거부하는 린다로 인해, 그리고 형 콜린의 소련 망명으로 공산주의자로 몰려 고통받는 아버지 마크 때문에 큰 상처를 안고 살지만 겉으로는 내색하지 않고 홀로 고통을 감내한다. 그와 정반대의 성격인 폴은 자신의 고통을 도벽으로 표출한다. 마크는 합리적인 사고를 기반으로, 마사는 애정 어린 대화와 배려로 이들을 양육한다. 그런데 마크에게는 콜린 외에도 전쟁중에 전사한 제임스와 노동당 의원인 아서 등의 형제가 있었고 이들의 딸들 역시 신경쇠약으로 고통받고 있다. 특히 아서의 전 부인이자 마조리의 언니인 피비는 10대의 딸들 질과 그웬의 반항으로 정신과 치료를 받는다. 질과 그웬이 피비에게 퍼붓는 비난의 말들은 과거 마사가 어머니에게 하던 대사 그대로이다. 마사와 마크는 콜드지리가 저택에서 프란시스와 그의 친구 닉 앤더슨, 폴과 여자 친구 제나, 질과 그웬 등의 젊은이들을 돌보며 그들을 지키는 울타리 노릇을 한다.

결국 마사가 7,8세부터 키운 프란시스와 폴은 마사와 마크처럼 남을 돌볼 줄 아는 인격체로 성장하여 프란시스는 대학과 부(富)를 포기하고 질을 돌보기로 결심하며, 폴은 여자친구 제나를 끝까지 돌본다. 질이나 제나 모두 현실에 적응할 능력이 없는 사회부적응자이기 때문이다. 프란시스는 여기에서 더 나아가 질과 비슷한 처지의 사람들, 즉 생계를 책임지지 못하는 미혼모나 신경병 환자들, 마약중독자들 등을 위한 공동체를 건설하고 부(富)에 대한 특별한 감각을 가진 폴은 그런 프란시스의 후원자가 된다.

프란시스와 폴을 남을 돌볼 줄 아는 인격체로 교육시켜 이들을 통해 1960,70년대의 방황하는 10대 소년·소녀들을 올바르게 인도하는 길을 연 마사는 지구에 대재앙이 닥친 이후에는 외딴 섬에서 새로 태어난 기형의 아이들을 양육하며 새로운 세상에서 살아갈 새로운 종으로 교육시킨다.

레싱은 중년에 들어서면서 전통적인 여성성인 책임감과 돌봄을 인정하게 되었고, 이런 긍정적 성격의 여성성의 응축인 모성, 즉 가장 숭고한 여성성을 세상을 구원할 수 있는 원동력으로 승화시키고 있다. 젊은 시절의 마사-레싱은 책임감, 남을 돌보는 일, 희생 등으로 일생을 살며 자신에게도 그런 삶을 강요한 어머니를 증오하였으나, 중년의 마사-레싱은 어머니의 미덕을 찬양하고 그대로 답습하고 있다고 해석할 수 있다. 그러나 여기에서 반드시 짚고 넘어가야 할 점은 《사대문의 도시》에서 마사를 찾아 런던에 온 어머니를 얼마 못가서 고향으로 돌려보내듯이, 그리고 모든 사람으로부터 존경받는 피비가 딸들의 거친 반항을 겪듯이 친부모와 자식 간의 관계는 사랑만큼 증오가 어린 관계라는 사실이다. 마사가 프란시스와 폴을 잘 키우듯이, 피비가 자신의 친딸들보다 아서와 메리 사이의 딸들과 관계가 더 좋듯이, 린다가 프란시스보다 폴과 더 잘 지내듯이 감정적으로 거리를 둘 수 있는 관계일 때 인격적인 관계가 성립될 가능성이 더 커진다. 《황금 노트북》에서 몰리의 아들 타미가 친어머니보다 안나와, 리처드의 두번째 아내 마리언과 더 사이가 좋은 것도 바로 이런 이유 때문일 것이다. 결국 레싱은 혈연을 뛰어넘는 가족 관계를 제시하고 있다.

프란시스가 사랑하는 질뿐 아니라 그녀의 자식들까지 모두 포용하고, 그웬과 그웬의 남자친구, 닉과 닉의 여자친구, 그 여자친구의 전 남자친구, 그 전 남자친구의 여자친구의 아기 등등 사회부적응자들을 아무 조건없이 모두 수용하는 공동체를 만드는 것은 '혈연을 뛰어넘는 가족 관계'를 보여 주는 좋은 본보기이다.

III. 전기에서 드러나는 레싱의 모성

캐롤 클라인의 레싱 전기는 2000년도에 출판된 것으로, 레싱의 자서전들보다 늦게 출간되었지만, 이 논문에서 먼저 언급하기로 결정하였다. 레싱이 자서전을 쓴 이유가 몇몇 작가들이 자신의 전기를 준비 중이라는 말을 들었기 때문에 그들에 앞서 자신의 인생에 대한 방어를 하기 위한 것이었으므로, 전기 작가의 객관적 설명 뒤에 레싱의 변명을 듣는 것이 더 의미가 있을 것으로 판단하였기 때문이다. 보다 객관적 사실을 파악한 뒤에 그녀가 무엇에 대해 변명하고 싶어했는지 어떤 변명을 하고 싶었는지를 알면 더욱 흥미로운 결과가 나올 것이라고 생각하였다.

모든 전기가 그렇듯이 클라인은 레싱의 부모에 대한 이야기부터 끄집어 냈다. 레싱에게는 특히 어머니가 중요한 인물이었으므로 모계쪽부터 설명하였다. 여기에서 흥미로운 사실은 앞에서도 짧게 언급하였듯이 레싱의 외할머니의 행실과 죽음이 어머니 에밀리 모드의 일생에 큰 영향을 미쳤다는 사실이다. 레싱의 외할머니의 미모에 반한 외할아버지는 그녀가 미천한 계층에 속함에도 불구하고 결혼한다. 외할머니는 결혼 후에도 하층민의 버릇을 버리지 못하고 무리하게 쾌락을 쫓다가 모드의 동생을 출산하던 중 사망한다.

도리스 레싱은 어머니가 에밀리 플라워에 대해 언급할 때마다 어머니의 목소리에 경멸의 감정이 섞여 있었음을 회상하였다. 그녀의 오므린 입과 작은 콧방귀는 에밀리 플라워의 죽음이 그녀의 하층 생활 방식에 대한 응당한 벌이었음을 함축하는 것 같았다.(*CK* 3)

계층 문제에 매우 민감했던 외할아버지는 그녀가 죽은 후 그녀에 대해 일체 언급하지 않았고, 곧 다른 여자와 결혼한다. 결국 레싱의 어머니는 부모의 사랑을 받지 못한 채 성장하였으며, 엄격한 아버지에 저항하여 대학에 진학하라는 그의 뜻을 저버리고 중산층 여자가 택하지 않는 간호사의 길을 선택한다. 어머니에 대한 그리움과 증오심, 결핍된 어머니의 사랑에 대한 반발인 듯한 강력한 저항 정신은 레싱의 것과 매우 흡사하며 일생 동안 그녀를 따라다녔다. 레싱의 어머니가 간호사라는 직업을 택한 것이나 레싱의 아버지를 남편으로 택한 것 모두 이런 어머니의 사랑의 결핍을 자신을 필요로 하는 사람들을 통해 채우려는 생각 때문이었다고 레싱은 믿었다.(*CK* 4)

전쟁으로 인해 장애인이 된 아버지 알프레드와 결혼하였으나 어머니는 아이는 늦게 가지겠다는 가족 계획을 세우고 있었다. 그러나 마사—레싱처럼 모드도 예상치 못한 임신을 하게 되고, 고된 진통 끝에 딸을 분만하게 된다. 모드는 아들을 바랐기 때문에 아들 이름만 준비해 놓고 있었으므로, 의사가 얼떨결에 지은 이름 '도리스'로 딸의 이름을 결정한다. 육아시에는 묽은 우유를 시간표에 맞추어 주는 바람에 도리스는 항상 배가 고파 보챘고, 시간이 되어 안아 주는 사람도 대개는 애정을 쏟기보다 자기 일에 충실할 뿐인 하녀들이었으므로, 도리스는 모드처럼 어머니의 사랑 결핍이라는 똑같은 상처를 안게 된다. 설상가상으로 그후에 태어난 남동생 해리는 어머니의 사랑을 듬뿍 받는 사랑스런 아이가 되었으므로 도리스는 어머니에 대한 원망을 더욱 키우게 된다.

레싱이 어린 시절을 회상할 때 가장 분노하는 점은 어머니가 친구들과 둘러앉아 자신의 분만 과정, '도리스'라는 이름의 유래, 묽은 우유 등의 일화들을 즐겁게 이야기한다는 사실이었다.

도리스 레싱은 나이가 연로해졌을 때조차도 어머니가 그 끔찍한 이야기들을 되풀이하는 동안 환한 미소를 띠고 있던 모습을 연상하고서는 분노하였다. 그것이 얼마나 마음을 아프게 하는 테마였는지 모드는 전혀 이해하지 못하고 있었다. 방의 맞은 편에서 듣고 있던 찌푸린 얼굴의 어린 딸에게 그 이야기가 어떤 영향을 미치고 있는지도 전혀 알지 못하고 있었다.(*CK* 12)

또 한 가지 레싱을 분노하게 한 일은 해리가 태어난 뒤 어머니가 레싱에게 동생이 '레싱의 아기(her baby)'라고 주입시킨 점이다.(*CK* 13) 누나인 레싱이 질투할까 두려워 어머니가 미리 선수를 친 것이다. 자신의 아기를 레싱의 아기라고 거짓말을 하며 세심하게 배려하는 어머니를 보며 레싱의 마음의 상처는 깊어 갔고, 이 상처는 도벽, 어머니의 옷을 찢는 폭력적 행동 등으로 표출되곤 했다.

그들(레싱의 부모)이 며칠간 집을 비우는 일이 또 있었는데, 어린아이에게는 끝없이 긴 시간이었다. 그녀(레싱)의 불안은 누워서 소리지르고 손에 잡히는 대로 장신구부터 돈까지 마구 훔치는 것으로 나타났다. 그러나 실제로 그것들을 갖고 싶어서 훔친 것은 아니었다. 자신의 두려움과 상처를 표현하기 위한 것이었다. 어머니가 돌아오면 딸이 얼마나 거칠게 굴었는지 알게 해주겠다는 복수에 찬 행동이었다.(*CK* 22)

레싱의 부모는 아버지의 결정에 따라 아프리카에서 농장을 시작하고, 아버지는 농장 경영에서 실패를 거듭한다. 실패의 과정과 그에 따른 어머니의 좌절감은 《풀잎은 노래한다》에 그대로 재현되어 있다. 어머니는 자식들을 잘 교육시켜 영국으로 진학시킬 꿈을 좇지만 레싱은 자신의 상처를 어루만져 주는 아프리카의 자연을 깊이 사랑하고 있었으므로 어머니의 계획에 반발한다. 어머니는 더 나은 교육을 받도록 레싱을 솔즈베리의 수녀원으로 보내지만 그곳의 열악한 환경으로 인해 정신적 고통이 극에 다다르자 레싱은 보호막으로 인격을 분열시킨다. 레싱은 티거라는 밀른의 《위니 더 푸》의 등장 인물을 자신의 페르소나로 만든 것이다. 상처투성이의 에고는 숨겨 둔 채 알터 에고가 자신을 대신하도록 하였고, 이 페르소나가 영국으로 떠나기 전까지 그

녀의 대부분의 행동의 주체가 된다.(*CK* 38)

이 알터 에고 덕분에 레싱은 명랑하고 활발하며 다른 사람과 쉽게 어울리는 여성으로 성장한다. 솔즈베리에서 전화교환수로 일하던 레싱은 프랭크 위즈덤과 만나 결혼하는데, 그녀는 "결혼을 한 것은 티거였다"(*CK* 62)고 말한다. 결혼 당시에는 이미 임신 4개월 반으로 낙태가 불가능한 시점이었으나 레싱은 임신 사실을 모르고 있었다. 그만큼 그녀는 현실과 유리된 삶, 티거의 삶을 살고 있었던 것이다. 레싱은 또한 이 임신 사실에 대해 숙명이었다고 말한다.

도리스는 자연이 젊은 여성들의 임신을 원하기 때문에 자신이 임신하게 되었다고 말한다. 그녀는 또한 자연의 요구가 낙태가 불가능할 때까지 그녀의 임신 사실을 부인하도록 만들었다고 믿는다. 도리스 테일러는 아이를 원하지 않았는지 모르지만, 자연은 그녀가 협조하도록 강요하였다. 놀라울 정도로 자주 레싱은 자신의 삶을 되돌아보며 자신의 행동이 운명, 어머니 자연(mother nature), 시대 정신, 숨겨진 힘 혹은 그 시대의 대세 때문이었다고 말한다.(*CK* 63)

레싱이 분만한 아이는 딸이 아니라 아들 존이었다. 그러나 존도 《올바른 결혼》의 캐롤라인만큼 다루기 힘든 아이였다. 레싱은 보헤미안 기질의 자신과 공무원인 프랭크와의 결혼 생활에 위기를 느끼곤 했지만, 도리스의 삶인 티거의 삶을 유지하며 곧 두번째 아이를 임신한다. 이번에는 딸 진을 분만하였고, 진은 순한 아기였다. 겉으로 보기에는 더 바랄 것이 없어 보이는 단란한 가정이었으나 그것은 티거의 가정이었지, 도리스 레싱의 가정이 아니었기 때문에 레싱은 이혼을 결심한다. 더 이상 만족한 아내, 만족한 어머니 노릇 하는 것을 포기하기로 결심한 것이다. 동생 해리에 따르면 "그녀가 가족에게 저지른 모든 가슴 아픈 일들 중에서 아이들을 떠난 일이 부모님의 가슴을 가장 찢어 놓았다"(CK 70)고 한다. 레싱은 이혼할 당시 주위에는 자기보다 아이들을 더 잘 돌볼 사람이 많았으므로 죄의식을 느끼지 않았다고 말하곤 하였지만, 그녀를 잘 아는 친구들은 평생 동안 그녀의 무표정한 얼굴 뒤에 죄의식이 숨겨져 있음을 느낄 수 있었다고 말한다.(CK 71) 《폭풍의 여파》에서 레싱의 대역인 마사 역시 캐롤라인에 대한 그리움을 계속 언급하고 있고, 1980년대 중년의 진이 두 딸과 레싱을 방문하였을 때 레싱이 매우 긴장하였으며, '거의 공포에 질려 있었다'고 주위의 사람이 전하는(CK 75) 것을 볼 때 그녀의 말과 달리 모성이 상당히 짙었음을 알 수 있다.

레싱이 강한 모성의 소유자였음을 알 수 있는 또 한 예는 사랑한 적이 한번도 없었다고 공공연하게 말하던 두번째 남편과의 사이에서 세번째 아이를 갖겠다는 결심을 한 점이다. 어머니를 포함한 주위 사람들은 전혀 이해하지 못하였지만 레싱은 망설임 없이 아들 피터를 낳았으며, 남편과 이혼할 때 양육권도 자신이 갖는다. 피터가 태어난 후 얼마 안 되어 오랫동안 앓던 아버지가 돌아가신다. 집에서 피터를 목욕시키던 레싱은 아버지의 임종이 임박했다는 전갈을 듣지만 가지 않는다. 양치는 소년처럼 어머니가 자주 아버지가 임종하신다고 불렀기 때문에 믿지 않기도 하였지만, 그보다도 사랑했던 아버지의 임종을 보기가 힘들었기 때문이었을 것이라고 클라인은 말하고 있다.(CK 113)

제2차 세계대전이 끝나고 레싱 부부는 이혼을 하고 런던으로 떠날 결심을 한다. 레싱은 틈틈이 썼던 처녀작 《풀잎은 노래한다》 외에도 시와 단편들을 쓰던 중이었으므로 런던에 가서 이들을 출판할 생각이었다. 두번째 남편과는 결혼 동기부터 사무적이었기 때문에 그들은 결혼 후에도 각자 자유로운 생활을 누렸고, 이혼에 대한 결정도 순조로웠다. 아버지가 돌아가신 후 어머니의 간섭은 더욱 심해졌고 레싱은 부모와의 관계, 자식들과의 관계, 결혼 생활, 공산당원으로서의 생활 등 전반적으로 삶에서 만족보다는 피로감을 느끼고 있었으므로 불만과 좌절감이 큰 만큼 그 에너지를 창작 활동에 쏟고 있었다.

드디어 이혼이 성사되고 런던에 무사히 도착하여 작가로 성공해 가던 어느 날 레싱은 어머니에게서 그녀가 불편없이 글을 쓰도록 피터를 돌보러 런던에 오겠다는 편지를 받는다. 그날부터 4년 후 어머니가 아프리카로 다시 돌아갈 때까지 레싱은 일주일에 두세 번씩 심리치료사를 찾을 정도로 정신적 압박감에 시달린다. 이때 레싱이 겪은 정신적 고통은 《사대문의 도시》에 잘 묘사되어 있다. 1955년 어머니는 아프리카로 돌아가시고 2년 뒤 심장발작으로 갑자기 돌아가신다. 레싱은 어머니가 그렇게 돌아가신 데 대해 매우 애석해 하였고, 어머니에게 남을 돌볼 수 있는 일이 있었더라면 더 오래 사실 수 있었을 것이라고 매우 유감스러워 하였다. 당시 레싱의 남자친구이자 《황금 노트북》의 소울 그린의 모델인 클랜시 시걸은 그녀의 슬픔을 달래 주기 위해 블루스 음악을 들려주곤·하였는데, 레싱은 그녀의 자서전 제2권 《그늘 속을 걸으며: 자서전 제2권 1949년~1962년까지》에서 그후 이 음악을 들으면 상실감과 슬픔이 너무 커서 차마 끝까지 들을 수 없었다고 말하곤 하였다. 그러나 클라인은 어머니가 살아 돌아오신다 해도 레싱은 어머니에게 전과 똑같은 행동을 했을 것이라고 덧붙인다.

전기를 통해 본 레싱의 모성은 그녀의 소설에 설정된 모성보다 개인적이고 감정적이다. 소설에서는 사회 제도로서의 모성을 강조하려 하였고, 이혼과 자식 유기에 대해서도 정당화하려고 애썼지만, 전기는 그녀의 무책임한 행동과 당시 유행하던 '자유 여성'의 전형적 특징,

즉 무분별하고 난잡하기까지 한 남자 관계를 드러낸다. 소설에서는 남편 더글러스의 간통이 그녀가 이혼한 이유 중의 하나처럼 그려져 있지만, 전기는 실상 이혼할 당시 바람을 피운다고 비난한 쪽은 남편 프랭크 위즈덤이었다고 밝힌다. 레싱은 남편도 바람을 피웠다고 맞서고 있다. 소설에서 마사가 이혼할 당시 더글러스가 폭력을 쓰는 장면은 실제로는 완전한 허구이며, 레싱이 집을 나갈 때 이삿짐을 날라 준 사람도 소설 속의 레싱-마사가 아니라 남편 위즈덤이었다. 프랭크 위즈덤은 레싱이 표현한 만큼 진부한 성격이 아닌 충분히 개방적이고 성실한 남자였으며, 이들 부부 관계는 주위의 어느 부부보다도 문제가 없었다고 한다. 두번째 남편 고트프리트 레싱 역시 소설에서 레싱이 그린 냉철하면서 동시에 속물적인 인물이기보다는 호남형의 지적인 인물이었다고 한다. 레싱의 어머니에 대해서도 많은 사람들이 유능하고 지적이었으며 매우 희생적인 모범적 여성으로 기억하고 있다.

결국 전기는 도리스 레싱의 자유방임적인 모든 행적이 그녀 자신의 기질의 결과인 동시에 완전히 그녀의 책임임을 밝히고 있다. 그러나 이 기질은 근본적으로 어린 시절 어머니와의 관계 형성이 부적절했기 때문에 생긴 것으로 사료되며, 레싱이 어린 시절 겪은 고통은 《사대문의 도시》의 프란시스와 폴이 겪은 것과 유사한 것으로 추측된다.

IV. 자서전을 통한 자기 방어

1994년부터 레싱은 회고록을 출판하기 시작하였다. 제1권은 런던으로 떠나는 1949년까지, 제2권은 그후부터 1962년까지의 사건을 담고 있으며, 그 이후에 관한 것은 아직 살아 있는 사람들에 대한 이야기가 되기 때문에 그들에게 상처를 주지 않기 위해 당분간 쓰지 않겠다고 말하였다. 그녀가 자서전을 쓰게 된 동기는 무엇보다도 '자기 방어'(*UMS* 14)를 위한 것이라고 밝히고 있다. 여러 작가들이 자신의 전기를 쓰기 위해 자료를 수집중이라는 이야기를 들은 그녀는 훌륭한 전기가 많은 것은 알지만, 전기 집필을 위한 주요 자료라 할 수 있는 인터뷰들은 대개 정확하지 않고, 자신의 자서전적 소설이 그들의 대부분의 자료일 것이므로, 자신의 삶이 필요 이상으로 왜곡되는 것을 막기 위해 그들에게 보다 정확한 이야기를 해주고 싶었다는 것이다.

그녀는 첫 페이지에서 부모의 내력을 요약한 다음, 본격적인 자신의 이야기는 제3장 이후로 미루고, 제2장에서 돌연 자서전이 얼마나 진실일 수 있는가라는 질문을 던진다. 그리고 한 여성친구의 예를 든다. 아들을 키우며 힘겹게 살아가던 그 여성은 딱 한번 즐기기 위해 아들을 친구에게 맡기고 저녁 외출을 하였다. 그런데 그 아들은 성장한 후 어머니에게 밤마다 자신을 친구에게 맡기고 놀러 나갔다며 비난하곤 하였다. 레싱은 어머니를 항상 비난했던 자신을 돌아보며 자신의 기억과 실제 일어난 일 사이에 얼마나 큰 차이가 있을까 하고 반문한다. 그리고 이 회고록을 출판하던 당시 그녀의 나이가 75세 경이었는데(1990년경 집필하기 시작하여 1994년 발간되었다), 만약 85세에 쓴다면 또 얼마나 달라질까 하고 질문을 던진다.

레싱이 회고록에서 기술한 내용들은 전기의 내용과 대체적으로 일치한다. 레싱은 자신의 감정에 대해, 그리고 이웃 사람들과 주위 사람들에 대해 최대한 객관적으로 표현하려고 노력하였다. 과장하지도 않고, 자신을 영웅화하지도 비하하지도 않으면서, 자신의 의식의 성장 과정과 성욕 같은 사적인 경험까지 담대하게 털어 놓았다. 그러나 어린 시절의 기억에 대해 피력하기 직전 독자들에게 한 가지 사실을 유의시킨다. 즉 어린아이들은 어리고 작고 아직 무력하기 때문에 조그만 것도 마치 거인 괴물처럼 느끼며, 단숨에 자기 숨을 거두어 갈 것 같은 위험을 느낀다는 사실이다. 자기 키보다 높은 위치의 도어 손잡이는 아이에게 매우 거대해 보인다. 어느 날 키가 훌쩍 커지면 그 손잡이는 아무것도 아닌 것처럼 느껴지지만, 이것은 성장한 후에 만들어진 조작된 감정일 뿐이다. 어린아이가 거대하다고 느낀 그 감정은 어른이 보기에는 과장된 것으로 보일 수 있으나 그 아이에게는 진실이다.(*UMS* 18) 레싱은 어린 시절의 강력했던 기억들, 대개는 어머니에 대한 증오심과 저항심, 그리고 전쟁의 그림자가 깊게 드리워졌던 우울했던 분위기 등을 상기하며, 그것이 어린 시절의 경험이었기에 더욱 강렬하였고, 그녀를 일생 동안 끈질기게 쫓아다녔다고 주장한다. 특히 그녀가 반복하여 꾸던 악몽들, 성인이 되어 환각제를 들이마시며 기억해 내던 환상들은 그녀가 어린 시절 입었던 상처들이 얼마나 짙고 깊은 것이었는가를 잘 드러낸다.

이 회고록이 출판되었을 때 많은 비평가들은 그녀의 솔직함에 찬사를 보냈지만, 존과 진을 버린 이유에 대해서는 충분히 해명하지 못했다고 비난하였다. 레싱은 매우 논리적이다가도 존과 진, 피터를 임신한 경위나 존과 진을 유기한 점 등등 설명하기 곤란한 내용은 운명의 것으로 돌린다는 것이다. 레싱은 회고록에서 자신이 동생 해리를 비롯하여 모든 어린아이들을 유난히 좋아하는 성격이었음을 주장하면서 당시 아이들을 버린 것은 그들을 위해서 한 일이었고, 그들을 억압적인 부모로부터 해방시키기 위한 것이었으므로 죄의식을 느끼지 못하였다고 변명한다.

내 마음속에 있는 그 사람, 아기와 어린아이들을 사랑하던 그 사람은 후에 다시 살아나리라. 나는 나 자신을 방어하고 있었다. 왜냐하면 나는 아이들을 떠날 것이라는 것을 알고 있었기 때문이다. 그러나 나는 용서받을 수 없는 죄를 저지르려고 한다는 것은 모르고 있었다.(*UMS* 261)

반면, 레싱은 이들을 유기한 데 대한 또 다른 변명으로 자신도 어쩔 수 없는 숙명적 결정이었다고 말한다. 존과 진을 유기한 후에 피터를 임신하기로 결정하면서 그녀는 다음과 같이 변명한다.

"존이 임신할 필요가 없는데도 다시 임신한다는 것은 얼마나 어리석은 일인가?"라는 질문은 문제가 되지 않았다. 문제는 나는 임신을 해야만 했다는 것이다. 나는 어린 시절에 대해 그렇게 말했다. '내가 이제 생각해 보니 어리석은 혁명적 낭만주의와 부주의에 빠져 고트프리트 레싱과 결혼하지 않았더라면 지금처럼 목표를 향해 앞으로 나아가고 싶을 때 거꾸로 뒤로 가는 일은 없었을 텐데' 라고 생각하지 않았다. 이것을 했어야 했는데, 혹은 이것은 하지 말았어야 했는데라고 말해야 무슨 소용이 있는가? 요점은 나에게 주어진 기질과 상황 속에서는 다른 일은 일어날 수 없었을 것이라는 점이다.(*UMS* 357)

이처럼 레싱은 자신에게 주어진 기질과 상황 속에서는 자신이 걸어온 길이 필연적이었다고 주장한다. 많은 비평가들은 그녀의 강력한 에너지와 높은 지성을 감안할 때 운명의 탓으로 돌리는 그녀를 이해할 수 없다고 말한다.

레싱은 두 아이를 유기하였지만 세번째 아이 피터를 낳았고, 힘든 런던 생활중에도 피터의 교육에 정성을 다하였다. 피터의 교육에 얼마나 정성을 기울였는가, 그리고 피터 외의 결손 가정 출신의 아이들에게 레싱이 얼마나 관심을 기울였는가 하는 것은 그녀의 자서전을 보면 잘 알 수 있다. 일례로 레싱은 피터뿐만 아니라 피터와 같은 반에 있었던 결손가정의 여자아이를 데려다 직접 교육을 시켜 소설가로 키웠으며, 유명한 시인인 실비아 플래스 역시 집에 데려다가 교육시킨 적이 있었다. 레싱은 사회 분열이 개인의 정신분열을 초래하므로 이것을 치료하기 위해서는 정신병원이 아닌 여성의 손길이 더 효율적이라고 주장하였다. 이런 내용은 《사대문의 도시》에서 주장하는 내용과 상당히 일치하는 것으로, 개인이 어떤 사정에 의해 자식을 소홀히 대하거나 유기하더라도 사회가 대신 돌볼 수 있어야 하며, 이것이 잘 이루어진다면 친부모 밑에서 보다 더 훌륭히 성장할 수 있다고 암시한다. 이런 점에서 볼 때 캐롤라인을 자신보다 더 잘 키울 사람들에게 맡겼다는 마사의 주장은 어느 정도 일관성과 설득력을 갖는다.

V. 나가면서

이 글을 통해 우리는 도리스 레싱의 자서전적 소설 · 자서전 · 전기에 나타난 모성을 자세히 읽었다. 그리고 어머니에 대한 사랑, 어머니를 닮고 싶어하는 딸의 모습과 어머니를 증오하고 저항하는 딸의 모습을 모두 보았다. 레싱의 소설에는 주인공 마사의 행동을 사회적 차원으로 끌어올려 정당화하려는 흔적이 있긴 하지만, 그녀의 전기와 자서전을 읽으며 경험한 그녀의 인생은 소설에 재현된 것과 그리 다르지 않았다. 전기에서 드러난 주인공 마사의 상대역들, 즉 어머니 · 더글러스 노웰 · 안톤 헤세의 실제 인물들은 레싱이 그린 것보다 훨씬 긍정적인 인물인 것으로 판단되지만, 레싱이 자서전에서 밝힌 것처럼 어린 시절의 경험은 성인이 겪는 것과는 비교가 안 될 정도로 강력한 인상으로 남고 지속성을 띠므로 레싱의 주관적 감정을 제삼자가 객관적·논리적으로 판단할 수 없다. 레싱의 어린 시절을 짓누르던 어머니에 대한 증오심이나 어머니의 사랑을 구하는 갈구의 몸짓들은 객관적으로 판단될 수 있는 차원의 문제가 아니다. 레싱이 어머니에게서 받은 정신적 압박감은 성인이 되어서도 정신과 치료를 받아야 할 정도로 깊었으므로, 어머니가 딸에게 고의적으로 그런 부담을 주었겠느냐고 이성적으로 판단하기 앞서 상처 입은 딸의 감정은 인정받고 존중되어야 한다. 자식들을 방치한 이유가 어머니의 전철을 밟지 않기 위함이었다는 그녀의 변명 역시 이런 관점에서 이해될 수 있다.

레싱을 연구하는 많은 학자들은 레싱이 존과 진의 유기에 대해, 그리고 피터를 다시 임신한 데 대해 석연치 못한 변명으로 일관한다고 비난하곤 하였지만, 레싱은 《사대문의 도시》에서 마사가 캐롤라인을 버렸을 당시 자신이 제정신이 아니었다고 토로하게 함으로써, 그리고 콜드리지가의 아이들을 돌보도록 설정함으로써 이미 자신의 입장을 잘 대변하였다. 피터를 다시 임신한 것 자체가 벌써 존과 진에 대한 자신의 행동이나 사고가 잘못되었음을 인정한 것이다. 레싱이 중년에 들어 쓴 작품인 《황금 노트북》과 《사대문의 도시》의 여주인공들을 상징적으로 표현하는 단어가 다름 아닌 '모성'이라는 점도 이를 잘 뒷받침한다.

모성은 숭고한 것이며, 그래서 보호되어야 한다. 폭력적이고 파괴적인 남성성과 달리 세상을 안정시키고 구원하는 힘이기 때문이다. 그러나 그 모성이 어떤 경우에는 억압적이고 폭력적일 수도 있다. 레싱의 소설은 모성의 두 가지 측면을 모두 보여 주면서 "허구는 진리를 더 잘 표현한다"(*UMS* 314)는 그녀의 말을 실감시켜 준다.

최근 레싱은 《세상 속의 벤》(2000)이라는 신작을 발표하였다. 이 소설은 '벤'이라는 아이, '자신에게 접근하는 사람은 누구나 물어 버리는 불안한 아이'에 대한 작품으로, 레싱은 1957년 단편 소설 〈낙원 속의 신의 눈〉(1957)에서 처음 다루었고, 그후 1988년 《다섯번째 아이》(1988)에서 다시 다루었던 소재를 이용하여 또다시 작품을 썼다. 흥미로운 것은 이 벤이라는, 마치 프랑켄슈타인이 만든 괴물 같은 아이가 어린 시절의 레싱을 상기시킨다는 점이다. 반항적이고 가족과 주위 사람들에게 끊임없이 상처를 준 레싱은 아직도 반복해서 자신을 모델로 하여 소설을 쓰면서 자신에 대한 물음 혹은 자신을 용서하기 위한 작업을 계속하고 있는지도 모른다.

참고 문헌

노경은. 〈A Study of Lessing's Feminism in *Martha Quest*〉, 이화여자대학교 석사학위 청구 논문, 1990.

민경숙. 〈억압과 압제: 《풀잎은 노래한다》〉. 《현대소설학회》 제1호. 서울: 현대영미소설학회, 53-86. 1995.

────〈《마사 퀘스트》: 진정한 여성성과 탈식민을 향한 여정〉《인문사회논총》 제6호. 용인: 용인대학교 인문사회연구소, 91-108. 2000.

────〈《올바른 결혼》: 가부장제에 대한 반항〉《인문사회과학연구》 제2호. 용인: 용인대학교 인문사회연구소, 145-162. 2000.

────〈《폭풍의 여파》: 분열증후군에 시달리는 세계, 사회, 그리고 개인 〉《용인대학교 논문집》 제18집. 용인: 용인대학교, 15-30. 2000.

────〈《육지에 갇혀서》에 나타난 탈공간(Displacement)의 의미〉《인문사회논총》 제7호. 용인: 용인대학교 인문사회연구소, 25-51. 2001.

유제분. 〈Female Bildungsroman: Doris Lessing's *Children of Violence Series*〉, 서강대학교 대학원 박사학위 청구 논문. 1994.

Albinski, Nan Brown. *Women's Utopias in British and American Fiction*. London: Routledge, 1988.

Althusser, Louis. *Lenin and Philosophy and Other Essays*. New York: Monthly Review Press, 1971.

Anne McClintock. *Imperial Leather*. New York: Routledge. 1995.

Brewster, Dorothy. *Doris Lessing*. New York: Twayne Publishers, Inc., 1965.

Eagleton, Terry. *Literary Theory*. Oxford: Basil Blackwell Publisher Limited, 1983.

Fahim, S. Shadia. *Doris Lessing: Sufi Equilibrium and the Form of the Novel*. London: The MacMillan Press Ltd., 1994.

Fanon, Frantz. *Black Skin, White Masks*. trans. Charles Lam Markmann.

London: Pluto Press. 1986.

—— *The Wretched of the Earth.* trans. Constance Farrington. Harmonds-
worth: Penguin Books. 1986.

Galin, Müge. *Between East and West: Sufism in the Novels of Doris
Lessing.* Albany: State University of New York Press. 1997.

Klein, Carole. *Doris Lessing: A Biogrphy.* New York: Carroll & Graf
Publishers, Inc. 2000.

Lessing, Doris. *The Grass is Singing.* London: Heinemann Education Books
Ltd. 1950.

—— *Martha Quest.* London: Hart-Davis, MacGibbon Limited. 1952.

—— *A Proper Marriage.* New York: HarperPerennial. 1954.

—— *A Ripple from the Storm.* London: Flamingo. 1958.

—— *Landlocked.* New York: HarperPerennial. 1995.

—— *Under My Skin: Volume One of My Autobiography to 1949.* New
York: HarperPerennial. 1994.

—— *Walking in the Shade: Volume Two of My Autobiography, 1949 to
1962.* New York: HarperPerennial. 1997.

Perrakis, Sternberg Phyllis(ed.). *Spiritual Exploration in the Works of Doris
Lessing.* Westport: Greenwood Press, 1999.

Pickering, Jean. *Understanding Doris Lessing.* Columbia: University of
South California Press, 1990.

Pratt, Annis and Dembo, L. S.(ed.) *Doris Lessing.* Madison: University of
Wisconsin Press, 1987.

Rich, Adrienne. *Of Woman Born: Motherhood as Experience and
Institution.* New York: W. W. Norton & Company. 1995.

Rowe, Moan Margaret. *Doris Lessing.* London: The MacMillan Press Ltd.,
1994.

Rubenstein, Roberta. *The Novelistic Vision of Doris Lessing.* Chicago:
University of Illinois Press, 1979.

Sage, Lorna. *Doris Lessing.* London and New York: Methuen, 1983.

Schlueter, Paul(ed.). *A Small Personal Voice*. New York: Vintage Books Edition, 1975.

Sprague, Claire(ed.). *In Pursuit of Doris Lessing*. London: The Macmillan Press Ltd., 1990.

Vlastos, Marion. 〈Doris Lessing and R. D. Laing: Psychopolitics and Prophesy〉 *PMLA* March 1976. pp.245–257.

Yelin, Louise. *From the Margins of Empire: Christina Stead, Doris Lessing, Nadine Gordimer*. Ithaca and London: Cornell University Press, 1998.

제4부
제2차 세계대전과 이념 논쟁

도리스 레싱의 작품 세계를 논하면서 양차 세계대전의 영향에 대해 언급하지 않을 수 없다. 5부작 《폭력의 아이들》의 제목부터 레싱의 세대가 전쟁의 영향력 아래 있던 세대임을 밝히고 있다. 레싱이 직접 겪은 것은 제2차 세계대전이지만, 레싱의 부모가 제1차 세계대전을 혹독하게 경험하였고, 그 영향이 레싱에게도 크게 미쳤기 때문에 양차 세계대전 사이에 태어난 레싱은 가히 전쟁 세대라 불릴 만하다.

　제1차 세계대전은 레싱의 아버지 알프레드 쿡 테일러에게서 자유와 행복을 앗아간 결정적인 사건이었다. 부모로부터 독립하여 모처럼 즐겁고 유쾌한 삶을 살던 그는 세계대전의 발발로 참전하였고, 곧 장애인이 됨으로써 평생 아내에게 의지하며 살아가야 하는 소극적인 사람이 되었으며, 더 나아가 고향을 떠나 평생 객지를 떠돌게 되었다. 레싱의 어머니 에밀리 모드에게 전쟁은 간호사로서 봉사하는 보람을 안겨다 준 사건이었지만, 동시에 사랑하던 사람을 앗아가 레싱의 아버지와의 결혼을 결심하게 만든 계기가 되었다. 결국 이들 부부는 제1차 세계대전의 여파로 영국을 떠나 이산자로서 대부분의 삶을 아프리카의 오지에서 살게 된다.

　레싱은 어린 시절부터 아프리카의 오지에서 원주민들과 어울려 살며 사회적 불평등의 실태를 절실히 체험하였고, 그리하여 이를 타개하고 이상향을 실현하는 방법에 자주 골몰하였다. 그리고 그것을 달성할 최상의 방법으로 공산주의 이념을 선택하였다. 당시의 많은 지식인들이 그랬던 것처럼 약육강식의 자본주의는 빈부나 계급의 차이를 더욱 벌릴 뿐이고, 그 결과 사회 분열이 강화되고 고착화될 것이라고 생각했기 때문이다. 레싱은 개인적인 행복과 안녕을 추구하는 부르주아식 삶을 버리고 유토피아의 사회를 만들겠다는 숭고한 이상에 불타 가정과 가족을 버리고 좌익 성향의 단체에 가입하여 활발한 활동을 벌인다.

그러나 공산주의 활동에 몰입할수록 공산주의 이념이 그녀의 생각만큼 사회적 불평등의 문제를 푸는 해결책이 될 수 없음이 확연해졌다. 이념을 위해 가족을 버린 마사에게 이것은 큰 좌절감으로 다가왔고, 그 결과 마사의 분열증은 가속화된다.

이 부분에 실은 두 논문 〈《폭풍의 여파》: 분열증후군에 시달리는 세계, 사회, 그리고 개인〉(2000)과 〈《육지에 갇혀서》에 나타난 탈공간의 의미〉(2001)는 마사가 좌익 활동에 뛰어들어 열심히 일하면서 겪는 공산주의에 대한 실망과 공산주의자들에 대한 환멸을 담고 있다. 그러나 마사의 행동과 활동이 순전히 개인적인 것이기보다는 당대의 국제 정세와 밀접하게 연관되어 있음을 밝히기 위해 제5장은 마사의 구체적인 좌익 활동에 대한 묘사에 앞서 국제 정세, 특히 제2차 세계대전의 발발을 가져온 상황에 대해 우선적으로 설명하였다. 그리고 그에 따른 공산주의 이념의 대두와 소련 공산당의 간략한 역사도 설명하였다. 뿐만 아니라 이런 국제적 정세로 인해 아프리카의 식민 사회에도 큰 변화의 물결이 일기 시작하였으므로 아프리카 식민 사회의 정치적 변화와 그에 따른 군상의 모습, 그리고 그 속에서 마사의 정치적 활동과 사생활에 대해서 주목하였다. 결국 이 논문은 개인의 정신적 일탈은 순전한 개인 책임의 문제가 아니라 사회적 변화, 세계적 변화와 밀접한 관계가 있음을 밝히고 있다.

역설적으로 말하자면 이것은 개인 정신의 교정은 사회의 교정을 가져올 수 있으며, 한 사회의 교정은 세계의 교정을 갖고 올 수 있다는 논리와도 통할 수 있다. 레싱은 정신분석가 랭의 이론을 들어 개인 정신의 통합은 사회의 통합, 더 나아가 세계의 통합을 가져올 수 있다는 희망을 암시한다.

제6장은 이런 희망을 보다 구체화한 것으로 《폭력의 아이들》의 네 번째 작품인 《육지에 갇혀서》의 분석을 통해 이주민들·이산인들의 탈공간화된 의식 세계와 이 이산의 고뇌가 어떻게 문화적 타협으로 승화될 수 있는지 탐구한다.

《육지에 갇혀서》 도입부의 마사는 일견 《폭풍의 여파》의 마사와 별반 다를 것 없이 여전히 분열증에 시달리는 듯이 보이지만, 곧 토머스 스턴과의 혼외정사를 계기로 통합을 향해 나아가고 있음을 암시한다. 특히 토머스는 대부분의 가족이 나치의 가스실에서 살해된 끔찍한 가족사를 안고 힘겹게 살아가는 유대인으로, 마사는 그와의 관계를 통해 개인적 통합뿐 아니라 인류 역사의 분열증을 치료할 수 있는 가능성까지 탐구한다. 스턴은 온 인류의 짐을 지고 살다 죽는 예수 그리스도의 형상을 띠며, 마사는 그가 남긴 원고를 정리한 후 영국에 가져갈 짐 속에 꾸리는 등 앞으로 그녀가 이룰 인격적 통합, 더 나아가서 인류 구원의 에너지를 얻는 듯한 인상을 남긴다. 토머스와의 관계를 겪은 후에 그리고 제2차 세계대전의 종전과 그에 따른 사회 변화, 세대 교체 등을 보며 마사는 자신이 한층 성숙된 여성으로 변모하고 있음을 발견한다. 원주민들의 의식도 서서히 깨어나고 있고, 안톤과의 이혼 문제도 해결되어 오랫동안 바라던 영국으로 떠날 수 있게 되었다. 마사는 영국을 향해 떠나면서 '육지'로 대변되는 족쇄의 지역을 떠나 자유와 해방의 지역으로 가고 있음을 시사한다.

《폭력의 아이들》의 네 작품의 결말 중에서 가장 결말다운 결말을 보여 주는 작품으로 '사대문의 도시'라는 유토피아를 아프리카가 아닌 영국에서 찾는다는 설정이 다소 의외로 느껴진다. 그러나 레싱의 통합 목표가 개인 정신의 통합에 머무르는 것이 아니라 인류 전체의 인격적 통합 혹은 진화라는 점을 상기할 때 이것은 이해할 만하다. 호미 바바의 주장대로 탈공간화되고 탈영토화된 이산자들의 잡종성 담론이 문화적 타협과 번역을 만날 수 있는 곳이 바로 '틈새 공간'이며, 영국에서 레싱이 처하게 될 위치가 바로 그런 '틈새 공간'일 것이기 때문이다.

제5장

《폭풍의 여파》: 분열증후군에 시달리는 세계, 사회, 그리고 개인

I. 들어가면서

도리스 레싱의 5부작 《폭력의 아이들》의 세번째 작품 《폭풍의 여파》는 공산주의에 대한 환멸을 가장 큰 주제로 담고 있다. 두번째 작품 《올바른 결혼》에서 사회주의 이념을 위해, 보다 엄밀히 말해서 자신의 신념을 바쳐 일할 수 있는 기회를 잡기 위해, 그리고 가까이는 사회주의 운동에 적극 참여하고 있는 영국 공군 윌리엄 브라운과의 연애를 위해 남편과 딸을 버리고 집을 나온 주인공 마사 노웰은 다시 마사 퀘스트로 되돌아가, 좌익단체에 참여하여 자발적이고 헌신적으로 정치 활동에 몰입한다. 마사는 첫 작품 《마사 퀘스트》에서 억압적인 어머니에게서 도망하듯 성급한 결혼을 단행하였고, 두번째 작품에서는 지루한 결혼 생활에서 탈출하여 공산주의 이념으로 도피하였는데, 이 세번째 작품에서도 여전히 현실에 대한 환멸과 불만이 해소되지 않고 있으며, 공산주의에 대한 실망조차 짙고 깊다.

이 작품이 쓰인 시기는 1958년으로, 레싱은 《마사 퀘스트》가 출판된 시기인 1952년 공산당에 가입하였다가 1956년 제20차 소련 공산당 전당대회에서 스탈린의 반대편 처형 사실이 밝혀지자 많은 지식인들과 함께 공산당을 탈퇴한 뒤 이 작품을 집필하였다. 5부작 《폭력의 아이들》의 두번째 작품까지 읽은 독자는 세번째 작품을 읽기에 앞서 활기에 차서 만족스럽게 공산주의를 위해 일하는 마사의 모습을 기대하지만, 첫 페이지부터 레싱의 냉소적인 필체와 마사의 공산주의와 공산주의자들에 대한 비판적 시각에 부딪치게 된다.

표면상으로는 좌익단체를 위해 헌신적으로 일하는 마사의 바쁜 활동들만이 떠오르고 있으나, 보다 자세히 들여다보면 공산주의와 공산주의 지도자들에 대한 환멸과 실망이 마사의 사고의 저류에 짙게 침전되어 있음을 알 수 있다. 마사의 사고와 활동 사이에 깊은 골이 존재하는 것이다. 그리고 바로 이런 이중성이 마사의 자아를 또다시 분열시키는 주요 원인이 되는데, 비단 마사뿐 아니라 다른 공산주의자들 역시 이와 유사한 분열증에 시달리고 있다. 그러므로 본 논문은 이 점에 주목하여 밖에서는 제2차 세계대전의 소용돌이 속에서 전 세계가 이분화되어 서로 싸우고 있고, 이에 대한 여파로 전쟁의 중심부에서 멀리 떨어진 아프리카의 오지에서도 자본주의와 사회주의, 그리고 사회주의자들 사이에서도 사회주의자와 공산주의자로 분열을 계속하고 있으며, 이런 와중에서 개인들은 필연적 · 운명적으로 분열증후군에 시달리게 됨을 주장하려고 한다. 분열된 세계가 그 여파로 분열되는 사회를 낳으며, 분열되는 사회는 또한 그 여파로 분열증을 앓는 개인을 낳게 된다는 것이 이 논문의 주요 논점이다.

비단 이 작품뿐 아니라 레싱의 초기 작품들은 소위 '역사적 결정론(historical determinism)' 적인 요소가 짙게 배어 있는 작품들로(블라스토스 245), 세계의 변화와 사회의 격변 속에서 필연적인 영향을 받으며 운명적인 삶을 사는 인물들을 그리고 있다. 레싱의 주요 비평가 중한 사람인 어빙 하우 역시 레싱의 작품들이 개인적인 인간 관계가 어떻게 거대한 역사적 힘에 휘둘리고 복잡하게 영향받는지를 그리고 있다고 말한다. 그러므로 본 논문에서는 우선적으로 이 시대, 즉 제2차세계대전이 한창이던 시기의 국제 정세와 공산주의의 움직임, 아직 제국주의의 영향력에 놓여 있던 아프리카의 영국 식민지의 국제적 위상에 대해 조사하고, 이런 국제적 정세에 따른 영국 식민지 내에서의 정치ㆍ사회적 변화와 사회주의 운동가들의 이해 관계 추이, 좌익단체 내에서의 갈등 등에 주목한 다음, 마지막으로 이런 사회 속에서 각 개인이 어떤 분열증후군을 앓게 되는지, 그리고 이 증후군의 의미와 중요성은 무엇인지 분석하려고 한다.

II. 분열된 세계

레싱이 이 작품의 배경으로 삼은 시대는 1941년부터 1943년까지로제2차 세계대전이 한창인 시기이다. 1939년 9월 1일 독일의 폴란드침공으로 발발된 제2차 세계대전은 9월 3일 영국과 프랑스의 대독(對獨) 전쟁 선포로 본격적으로 시작된다. 1929년의 대공황으로 세계 경제가 악화되면서 이 위기에서 살아남기 위해 블록화를 지향하던 미국ㆍ영국ㆍ프랑스는 블록을 형성할 식민지가 적은 독일ㆍ이탈리아ㆍ일본의 불만을 사게 되고, 결국 세계는 양분되어 비극적인 세계대전을 맞는다. 세계 전쟁의 발발은 서구의 식민지였던 아프리카에도 지대한 영향력을 미쳐 이 작품에서도 볼 수 있듯이 영국의 공군들이 아프리카 식민지에 주둔하게 되고 조용하던 식민 사회는 이들보다 개방적인 사고를 누리던 유럽 본토인을 맞이하여 그들의 영향을 깊숙이 받게 된다. 우선 식민 사회의 젊은 남성들이 전쟁터로 나간 빈 공간을 이들이 메움으로써 고독감 · 권태감 · 불안감에 시달리던 식민 사회의 여성들이 이들과 접촉하게 된다.(*PM* 제3부) 이미 전쟁터로부터 남편들의 사망 소식도 간간이 들려오자 이들의 가정은 서서히 붕괴된다. 전쟁의 조짐을 느끼기 시작하면서 많은 젊은이들이 서둘러 결혼을 하였는데(*MQ* 297) 이미 이혼도 서두르고 있는 실정이다. 더군다나 아프리카에 주둔하고 있는 영국 공군들 중에는 영국의 빈민 출신, 노동 계급 출신으로 사회주의에 동조하거나 공산당에 가입했던 경험이 있는 사람들이 섞여 있어, 유럽의 제국주의적 사고의 잔재 속에서 고루하게 보수주의적 사고를 하고 있던 식민지인들은 변화의 소용돌이 속에 내던져진다. 이 작품의 지역적 배경인 남로디지아는 크게 세 계층으로 이루어져 있는데, 이 국가가 영국의 식민지이므로 영국 출신이 가장 높은 계층을 형성하고 있고, 이들과 함께 네덜란드 출신의 아프리카너들 혹은 기타 유럽인들 등의 백인 그룹이 넓은 범위의 상류 계층을 차지하고 있다. 그 다음에는 소위 유색인 계급, 즉 백인들과 원주민들과의 혼혈인들 혹은 인도인들 등의 아시아인들이 두번째 계층에 속하며, 마지막으로 아프리카 원주민들이 하층 계급을 이루고 있다. 그러나 유럽 출신의 백인들 사이에서도 그리스인들은 차별받고 있고 유대인들 역시 소외당하는 등 세분화된 사회였다. 사회주의 사상에 동조하는 일부 영국 공군들은 바로 이런 계급 사회에 큰 장애물로 등장하는데, 혼혈인들이 사는 유색인 지역(Coloured Quarter)에 들어가지 못하도록 정하고 있는 법을 무시하고 혼혈 여인들과 관계를 맺으며, 원주민에게는 말도 걸지 못하도록 되어 있음에도 그들과 대화를 나누면서 그들이 사는 지역까지 찾아가는 등 자신들과 같은 소외 계층으로서의 동질감을 표현하고자 노력한다.

영국 공군들이 적게나마 이런 일탈적인 행동을 과감하게 할 수 있는 이유는 무엇보다도 급변하는 국제 정세 속에서의 소련의 위상 변화 덕택이다. 1939년 8월 소련은 독일과 불가침조약을 체결하고 9월에는 폴란드를 침입하여 독일과 분할하여 차지해 버렸다. 이에 소련은 서방 세계의 비난을 한 몸에 받는 처지가 되었지만, 1941년 6월 유럽 대륙 지배의 야심을 불태우던 히틀러가 소련마저 침공하자 서방 세계의 소련에 대한 태도가 우호적으로 돌변하였다.(*PM* 362) 2년 사이에 소련에 대한 평가가 '히틀러와 동맹하여 세계를 정복하려는 범법자'에서 '용감한 거인'으로 갑자기 급선회한 것이다. 그 결과 1939년경에는 사회주의에 동조하던 일부 지식인층들이 대다수의 식민지인들로부터 위험분자로 찍히고 요주의 대상이 되었으나, 이제 1941년에 들어서는 소련을 돕자는 모임이 속속 결성되면서 과거의 좌익 그룹들이 사회 지도층으로 대접받게 된다. '좌익단체(Left Club)' '연합군 원조회(Help for Our Allies)' '러시아 지지자 모임(Sympathizers of Russia)' 등의 단체들이 속속 결성되고, 영국 군인들도 이 모임에 참석하여 간부가 되는 등, 이 작품에 나오는 아프리카의 영국 식민지는 변화하는 국제 정세에 따라 크나큰 의식의 변화를 겪는다.

이 작품에 큰 영향을 미친 또 하나의 세계적 조류는 공산주의의 대두이다. 피폐해진 국민의 고통에 아랑곳하지 않던 러시아 황제는 1905년에 발발한 제1차 러시아 혁명은 군대의 힘으로 힘겹게 막을 수 있었다. 그러나 황제는 그후에도 계속 전제 정치를 강행하였고, 국민들의 민생고가 나날이 심각해지자 국민들은 마르크스와 엥겔스의 공산주의 이론을 구원의 손길로 받아들이게 된다. 사회주의 정당들이 설립되고, 그 중 레닌과 트로츠키가 이끄는 볼셰비키파가 가장 큰 영향력을 발휘하다가 1917년 11월 드디어 러시아 혁명을 완수한다. 제1차 세계대전의 발발로 잠잠하던 사회주의 혁명 운동이 오랜 전쟁의 여파로 국가 경제가 다시 어려워지자 힘을 얻게 되었기 때문이다. 이 혁명의 성공으로 정권은 볼셰비키파에게 넘어갔고, 이로써 세계에서 단 하나뿐인 공산 국가가 탄생하였다. 1924년 레닌이 세상을 떠나자 그를 이어 당연히 소련의 지도자가 되리라 믿었던 트로츠키를 물리치고 스탈린이 소련 공산당의 서기장이 된다. 트로츠키의 '영구 혁명론'과 스탈린의 '일국 사회주의론'의 대결에서 스탈린이 승리한 것이다. 스탈린은 이후 그 유명한 '1934년의 대숙청'을 기점으로 끊임없이 숙청을 단행하여 엄청난 숫자의 반대파를 처형하거나 수용소에 감금하며 명실공히 독재자가 된다. 《폭풍의 여파》에서 공산주의자들이 의미도 제대로 모르면서 자기들과 생각이 다르거나 철저하지 못한 공산주의자를 무조건 '트로츠키파(Trotskysts)'라고 매도하는 것이나(*RS* 50), 스탈린의 만행을 알고 폭로하는 솔리에 대해서도 오히려 '트로츠키파'라고 비난하는 장면은(*RS* 96) 이들 식민지의 공산주의자들이 소련의 공산주의의 실상에 얼마나 무지한가를 잘 보여 준다.

1942년 히틀러는 소련에 대한 총공격을 명령하지만 오랜 치열한 전투 끝에 1943년 1월 오히려 독일이 소련에게 항복하게 되고, 이 사건은 연합국이 승리하게 되는 대전환점이 된다. 결국 승전국이 된 소련은 강대국의 반열에 오르고, 더 나아가 세계를 양분하여 미·소의 냉전 체제를 굳힌다. 이제 소련은 주위 국가들을 위성 국가로 만들어 냉전 체제를 더욱 굳건히 하는 데 전력을 다하고, 자본주의와 공산주의의 싸움 속에서 패전국인 독일과 또 하나의 희생자인 한국은 하나의 국가가 동·서로, 남·북으로 양분되는 수모를 겪는다.

1953년 스탈린이 사망하고, 그의 뒤를 이어 소련 공산당 서기장이

된 흐루시초프는 1956년 2월 25일 모스크바에서 열린 제20차 소련 공산당 전당대회에서 소위 '세계를 놀라게 한 대연설'을 하였는데, 스탈린이 러시아 시절의 어느 황제 못지않은 독재자였다는 비난과 함께 수백만 명의 반대파들을 숙청하였다는 사실을 밝힌 것이다. 이 폭탄과도 같은 연설로 세계 도처에서 공산주의를 흠모하던 사람들이 공산당으로부터 등을 돌리게 되었고, 특히 지식인들이 우선적으로 탈당을 하였는데 그 중에 레싱도 포함되어 있다. 앞에서도 말하였듯이 이 작품은 1958년에 씌었고, 이때는 이미 레싱이 공산당을 탈당한 뒤이므로 이 작품은 공산주의에 대한 환멸로 가득 차 있다.

III. 분열되는 사회

이 작품의 배경인 남로디지아의 수도 솔즈베리는 독특한 지역적 특성을 갖고 있는데, 그것은 이 도시가 백인들 거주 지역, 유색인 거주 지역(Coloured Quarter), 원주민 거주 지역(Native Location)으로 나누어져 있으며, 게다가 영국 공군들까지 주둔하고 있어 군인들 캠프 지역까지 계급에 따라, 인종에 따라, 특수 목적에 따라 세분되어 있다는 점이다. 백인들이 유색인 지역이나 원주민 지역을 방문하는 것은 특수한 목적을 제외하고는 금지되어 있으며, 영국 군인들은 통행증 없이 캠프를 벗어날 수 없고, 제시간에 반드시 캠프로 귀대해야 한다. 원주민들 역시 통행증 없이 저녁에 마음대로 돌아다닐 수 없다. 이 작품에는 좌익단체들의 회의 장면이 자주 묘사되는데, 이 단체에 가입해 있는 영국 군인들은 귀대 시간에 맞춰 회의를 끝내 줄 것을 종용하고, 원주민의 지도자인 마투시는 통행증을 소지하지 않고 저녁 시간에 외출하여 벌금을 문 경험이 있으므로(*PM* 258) 회의가 늦은 밤까지 계속되면 먼저 퇴장한다.(*RS* 315) 한마디로 매우 폐쇄적으로 분열된 사회의 장면을 보여 준다. 혼혈 계층의 청년 로널드는 결핵으로 죽어가면서도 원주민 병원에서 치료받기가 싫어 병원에 가기를 거부하는데, 이런 배타성은 비극적이다 못해 희극적이기까지 하다.(*RS* 87)

이들의 폐쇄적 분열성은 철저하게 분리되어 있는 계급간에만 존재하는 것이 아니다. 사회주의라는 이념 아래 모인 소위 '의식 있는 사람'들도 서로 세세한 차이점을 수용하지 못하여 분열을 반복한다. 소련에 대한 감정이 좋지 않던 시절 '좌익 독서 클럽'에 모여 지적인 탐닉에 만족하던 지식인들인 퍼·포레스터·파이크로프트는 사회주의 운동의 선구자이지만, 학문적 관심만 기울일 뿐 과격한 혁명 활동이나 공산주의 운동에는 소극적이다. 세상이 바뀌어 소련에 대한 동정이 확산되자 '연합군 원조회' '러시아 지지자 모임' 등을 결성하여 간부의 직책을 맡지만 그들의 소극적인 태도로 인해 보다 열성적인 보리스·안톤·앤드류 등에 의해 퇴출당한다.(*RS* 16) 이들의 논쟁 장면을 목격하면서 마사는 그들이 주장하는 내용이 무엇이든 실제로는 주도권 싸움을 하고 있는 것이라고 생각하며, 결국 과격파가 승리하자 "누가 이 단체를 통제할 것인가에 대한 싸움이 끝난 것"(*RS* 17)이라고 결론짓는다. 그리고 이런 정치적 투쟁을 목격하면서 다음과 같은 중요한 사실을 깨닫는다.

또다시 마사는 그들이 하는 말에 귀를 기울이지 않았다. 정치에 익숙해진 사람이라면 사람들이 하는 말에 귀를 기울이는 것은 진행중인 일을 알 수 있는 가장 먼 방법이라고 가르칠 것이다.(*RS* 17)

결국 이들의 분열은 이념의 차이보다 권력 싸움의 결과이다. 이런 권력 투쟁은 계속되어 과격파들 사이에서도 보리스가 이끄는 그룹과 재키 볼턴이 이끄는 그룹이 서로를 '트로츠키파'라고 비난하며 반목한다. 오랜 진통 끝에 가장 급진적인 재키에 의해 좌익 그룹이 형성되어 안톤·앤드류·자스민·윌리엄·마사·마조리 프랫 등이 참여하지만, 리더인 재키와 윌리엄이 다른 부대로 전출되어 떠나자 안톤이 새지도자로 선출되고 새회원을 모집한다. 새로 전입해 온 몇몇 영국 군인들과 노동조합의 뒤 프리즈 부부, 원주민 엘리아스 피리, 건설인부 타미 등이 새로 가입하는데, 이들 중에는 교육을 제대로 받지 못한 사람들이 섞여 있어 안톤의 사회주의 강연을 이해하지 못한다. 이들은 '이론' 연구에 치중하는 안톤의 당정책을 비난하고, 억압받는 계층을 위해 사회주의 혁명을 '실천'해야 한다고 주장하므로, 이 그룹도 분열로 치닫는다. 안톤의 주장은

어느 주어진 국가에서나 공산당이 해야 할 일은 기본적으로 주어진 시기에 그 국가에 존재하는 계층 구조와 계층의 힘에 대해 지적으로 분석하는 것이다.(*RS* 107)

는 것인 데 반해, 영국 공군인 빌 블루엣과 지미 존스의 의견은

공산주의자들은 노동 계급의 삶과 문제 속으로 뛰어들어야 한다.(빌, *RS* 105)

우리가 아프리카인들 속으로 파고들어야 한다는 데 동의한다. 우리는 시간을 낭비하고 있다. 이 그룹에 대한 나의 불만은 백인과만 시간

을 보낸다는 점이다. 백인들은 모두 부르주아들이고 시간만 낭비한다. (지미, *RS* 105-6)

는 것으로 이들은 분열의 위기까지 가지만, 마침 이들 영국 공군들의 전출로 이론과 실천의 괴리로 인한 논쟁은 잠잠해진다. 그러나 다른 방향에서 날아온 불똥으로 인해 결국 좌익그룹은 분열된다.

남로디지아의 야당이면서 7개의 의석을 갖고 있는 사회민주당(So-cial Democratic Party)이 '원주민들을 위한 지부(African Branch)'를 건립하는 문제로 당 내에서 의견이 갈리자, 사회민주당 당원이자 지부 건설을 적극 주장하는 반 부인의 설득으로 좌익단체 회원들이 이른바 '거수기 노릇'을 하러 사회민주당위원회 회의에 참석한다. 자신들의 이념을 실제 정치에 반영할 수 있는 귀중한 기회라고 생각하여 안톤의 미온적인 태도에도 불구하고, 마사 · 마조리 · 자스민 · 뒤 프리즈 부부 · 마조리의 남편 콜린 블랙 등이 이 일에 참여하는데, 이 일로 인해 이들은 자신들이 그동안 공산주의 이론에 대한 토론으로 현실과 지나치게 동떨어진 공중누각을 짓고 있었으며, 공산주의에 대한 사회의 벽은 여전히 두텁다는 사실을 깨닫는다.

그런데 사회민주당 역시 좌익그룹과 마찬가지로 갖가지 이해 관계를 가진 사람들의 모임이다. 거부(巨富)이자 인종차별주의자인 맥팔라인부터 백인 노동자의 지지를 받으며 영국 제국주의를 비난하는 잭 도비 의원, 원주민들을 포용하며 평등 사회를 지향하는 반 부인까지 다양한 사람들로 구성되어 있어 이들 간의 논쟁은 송사로 확대되는 등 쉽게 해결되지 않는다. 결국 전당대회에서 투표로 아프리카지부 건립의 결정이 내려지지만, 패배한 쪽이 사회민주당을 탈퇴하여 노동당(Labour Party)을 결성하는 바람에 이들 의원들은 다음 선거에서도 정권 교체를 달성하는 것이 불가능해지고, 다시 야당이 될 수밖에 없는 정국이 초래된다. 이런 정치 문제에 휩쓸리면서 뒤 프리즈와 타미는 노동조합으로, 자스민은 남아프리카로, 콜린은 공무원직에 충실하기로 결심하는 등 좌익그룹 회원들도 뿔뿔이 흩어지게 된다. 이제 안톤 · 마사 · 마조리만이 남는다. 안톤은 아이러니컬하게도 좌익그룹의 새지도자가 된 직후에 행한 한 강의에서 "인류를 분열시키는 것은 자본주의이므로, 사회주의의 출현으로 이런 분열 문제는 사라지리라"(*RS* 68)고 주장하였는데, 그의 이런 모습은 현실을 망각한 채 자신의 단단한 이론의 껍질 속에 들어앉아 헛된 구호만 되풀이하는 공산주의자의 허상을 잘 보여 준다. 마사는 이런 사회의 분열상을 치유하기 위해서는 사회주의보다 훨씬 나은 치료책이 필요하다고 결론짓는다.(*RS* 68)

이 외에도 분열상을 짙게 보여 주는 인간 관계는 부부나 연인들의 관계이다. 우선 이 작품에서 가장 두드러진 특징은 부부나 연인들이나 쉽게 만나고 쉽게 헤어진다는 사실이다. 마사의 친구인 메이지는 남편이 전쟁에서 전사하자, 식민지에 주둔해 있는 영국 공군과 결혼한다. 그러나 그도 전사하고, 휴가를 받아 식민지로 돌아온 빙키 메이나드와 사귀다 임신을 한다. 식민 사회의 최상류층인 빙키 부모의 거만한 태도에 모욕감을 느낀 메이지는 혼자 아기를 낳기로 결정하지만 미혼모에 대한 사회의 따가운 시선을 견딜 자신이 없어 고민한다. '반동적인 부르주아지'에게 핍박당하는 메이지를 돕기 위해 좌익그룹의 회원들은 토론을 하고, 그 중 앤드류는 메이지와 결혼함으로써 이론을 실천에 옮기기로 결심한다. 메이지와 앤드류의 결혼 생활은 마사가 질투심을 느낄 정도로 애정이 동반된 평온한 것이었으나, 빙키가 휴가를 나온다는 소식을 접하자 앤드류의 태도는 돌변하고 결국 이들은 이혼한다. 결혼의 동기도 이혼의 동기도 가볍고 단순하며 유아적(幼兒的)

이다. 또 다른 공산주의자이자 영국 군인인 지미는 마사에게 청혼하고 거절당하자 유색인들에 대한 동정으로 유색인 지역에 살고 있는 병든 아들 로널드와 매춘부 딸을 둔 중년 여성과의 결혼을 결심한다. 이 중년 여성은 지미의 마음은커녕 존재조차 알지 못할 정도로 이 둘의 관계는 미미한 상태이므로, 이 장면 역시 레싱의 냉소적 태도를 엿보게 해준다.

마사는 이 작품에서 안톤과 두번째 결혼을 하는데, 그녀가 결혼하는 이유 역시 앤드류가 메이지와 결혼하는 이유나 지미가 로널드의 어머니와 결혼을 결심하는 이유와 유사하다. 좌익 활동에 헌신적이던 마사는 병에 걸리고 안톤의 정성 어린 간호를 받는다. 이후 이들은 친밀해지고, 주위 사람들에게 사귀는 사이로 인정받는다. 안톤은 독일인으로 공산당 활동 전력 때문에 독일을 떠나 영국을 거쳐 남로디지아로 온 소위 '적대국 출신의 외국인 거류자(enemy alien)'이다. 이런 신분의 그가 식민 사회의 여성과 사귄다는 소문이 돌자 포로수용소로 다시 돌려보내질 위험에 처하게 되고, 마사는 좌익그룹의 안정된 정치 활동을 보장하기 위해 결혼에 합의한다. 마사는 안톤과 사귀는 도중에도 수없이 헤어질 결심을 할 정도로 안톤에 대한 감정이 좋지 않았으나 정치 활동에 이롭다는 단순한 이유로 결혼을 단행한다. 그리고 결혼 후에도 결혼 전처럼 여전히 안톤과 함께 있으면 불행하다고 느낀다.

이들의 결혼에 대한 왜곡된 사고를 가장 잘 보여 주며, 폭소까지 자아내게 하는 한 예는 좌익그룹 모임에 나오는 또 다른 영국 군인인 머독 매튜즈가 마사에게 청혼하는 장면이다. 머독은 교제라고 부를 만한 것을 시작하기도 전에 마사에게 청혼한다. 단지 공산주의자이고 매력이 있다는 이유 때문이다. 마사는 즉시 거절한 후 약간의 미안함을 느끼지만 곧 자스민에게서 그가 그전 주에는 자스민에게, 바로 그제에는 마조리에게 청혼했었다는 말을 듣는다. 이들은 큰 소리로 웃으며 결혼 상대에는 별 관심을 두지 않은 채 쉽게 결혼을 결정하는 이런 풍조를 '이 시대의 정신(spirit of the times)' (*RS* 91)이라고 결론을 내린다. 일탈된 세계 속에서 살아가는 인간 역시 왜곡된 인간 관계를 맺을 수밖에 없다는 것이다.

IV. 분열증을 앓는 개인들

레싱은 《마사 퀘스트》에서 식민 사회의 조각난 사회상이 그대로 마사의 분열된 자아의 모습 속에 투영되고 있으며, 또한 어머니의 억압으로 인해 마사의 자아가 분열되고 있음을 표현하였다. 19세기 영국 중산층의 관습과 도덕을 강요하는 어머니로부터 도망하기 위해 20세기의 아프리카 식민지에 사는 딸은 도시로 그리고 결혼 생활로 도피처를 찾아 떠난다. 《올바른 결혼》의 마사는 만족스럽지 못한 결혼과 결혼 생활을 강요하는 사회의 보이지 않는 구속 사이에서 자아의 분열을 경험한다. 별거를 단행하는 동시에 어머니와 자신과의 적대 관계가 자신과 딸의 관계에서 반복될까 두려워 모성까지 버리는 마사는 딸에 대한 애정, 두려움, 죄의식으로 또 다른 분열의 동기를 떠안게 된다. 이제 《폭풍의 여파》에서는 공산주의에 대한 환상과 현실과의 깊은 골을 느끼면서 마사의 자아는 또다시 분열로 치닫는다. 정신분석학자이면서 레싱과 친분 관계에 있었던 랭은 개인적 정신병은 두 가지 면에서 사회 폭로의 기능을 한다고 말하였다.

첫째로, 미친 사람은 괴기스럽게 과장된 형태로 사회의 자기 분열

(self-division)을 체현한다. 그리고 둘째로, 정신적으로 앓고 있는 개인은 본성의 높은 곳과 낮은 곳에서 관습적인 사람이라면 부인하지는 않겠지만 전혀 알지 못했던 존재 영역에 참여한다. 정신분열증을 앓고 있는 사람은 분열된 인간으로 자주 두 가지 이상으로 분열되지만, 보통 두 개의 기본적인 자아 범주를 유지하는데, 그 하나는 '진실된' 혹은 '내적' 자아이고, 다른 하나는 환자가 정신적으로 거부하는 세계에 대처하기 위해 만들어 낸 '거짓 자아' 혹은 '거짓 자아 체계' 이다. (…) 분열된 인격이라는 현상은 '정상적인' 사람과 현대 사회가 겪는 전형적인 모습이다.(블라스토스 246)

마사의 분열 원인에서도 보았듯이 사회의 부조리를 받아들이기 위해 개인은 진정한 자아 외에 또 하나의 거짓 자아를 만들 수밖에 없으며, 이런 과정 속에서 분열증을 경험한다. 마사가 분열증을 앓고 있음을 잘 보여 주는 장면은 마사가 악몽에 시달리는 장면이다. 유럽과 아프리카의 광산을 오가면서 노예처럼 일하는 원주민과 전쟁에 찌든 프랑스인에게 연민을 느끼며, 또 한편으로는 안개 낀 영국의 바닷가를 선망하고, 광산구멍 속에 돌출해 있는 석화된 도마뱀에게 애석함을 느끼는 등, 관계가 없는 듯한 장면들의 반복 속에서 마사는 두려움·근심·위험 등을 번갈아 느끼는데, 이들은 어머니에 대한 두려움과 근심, 인종차별 사회에 대한 죄의식, 딸에 대한 죄의식, 전쟁으로 인한 근심, 현실에 대한 불만족, 그리고 자유의 갈망 등이 혼합된 마사의 복합 심리를 드러낸다.

마사의 이런 복합 심리는 타미의 비판에서도 잘 드러난다. 타미는 "중산층의 사람들은 심각한 것들을 심각하지 않은 것처럼 말하는데, 자스민·마사·마조리 모두 약간씩 그러하지만 특히 마사의 경우는 정도가 심하다"(*RS* 159)고 말함으로써 마사의 심리 상태가 매우 일탈되어 있음을 지적한다. 마사의 이런 냉소적 태도는 사춘기에는 '이성'과 '감정' 혹은 두뇌적 판단과 육체적 욕구 간의 벌어진 틈으로 인한 어긋난 삶(예를 들어 유대인 아돌프와의 정사, 더글러스와의 결혼) 때문에 생긴 것이라면 결혼 후에는 마음과 육체, 행동과 생각, 이론과 실제, 겉과 속, 현실과 이상 사이의 괴리에 의한 환멸감(예를 들어 사회주의 이론이나 좌익단체의 현실적 무력함)에서 생긴 것이다. 마사는 이상향을 가져오리라고 확신했던 공산주의가 현실 분석이나 이론 연구에만 그칠 뿐 부조리한 식민 사회의 현실을 개혁하는 데 전혀 도움이 되지 못함을 서서히 깨닫는다. 그런데도 마사는 좌익그룹을 위해 그렇게도 거부하던 결혼을 다시 하게 되고, 그녀의 이런 처지를 이해하지 못하는 어머니나 많은 사람들은 그녀를 '스캔들이나 일으키는 가벼운 바람둥이' 정도로 치부한다.

이 작품에서 겉과 속의 이질성을 보여 주는 인물은 마사 외에도 여러 명 등장한다. 우선 좌익그룹을 구성한 재키 볼턴은 이중적 언어를 구사하는 사람으로 공산주의 모임을 주도할 때에는 상류층의 언어를 사용하지만, 사적인 만남 특히 여성과 함께 있을 때에는 런던 빈민층의 언어를 구사한다. 마사는 이런 그를 보며 '두 개의 목소리, 두 개의 인격' (*RS* 18)을 가진 사람이라고 평가한다. 재키에 이어 좌익그룹을 리드하는 안톤 헤세 역시 이중적 성격의 소유자로 묘사된다. 공산주의 이론을 중시하며 회원들에게 진지한 학습으로 철저한 공산주의자가 될 것을 종용하는 그는 결혼 후 가구에 신경을 쓰는 등 부르주아적 행태를 보여 마사를 적지않게 당황하게 만든다. 결혼 생활에서는 더글러스와 마찬가지로 남성적 권위와 함께 유아적 태도도 보임으로써 마사의 불만을 가중시킨다. 동료인 마조리가 마사가 약혼하기 전까지는 큰 호의를 보이다가 약혼 발표를 하기가 무섭게 냉랭하게 태도를 바꾸는 것이나, 안톤이 메이지를 무시하고 그녀의 문제에 대해 전혀 관심을 보이지 않으며 정치 회합에 나와도 전혀 회원으로 인정해 주지 않는 것도 이론과 행동이 다른 그의 이중적 태도를 잘 보여 준다.

이 작품에서 가장 흥미로운 인물은 지미 존스이다. 영국의 빈민촌 출신으로 아버지 없이 어머니의 노동으로 힘겹게 살아 온 지미에게 어머니는 마치 여신 혹은 대지와도 같은 존재이다. 빈민층에게 그리고 여성에게 한없는 동정심을 느끼는 지미는 핍박받는 인민을 해방시키기 위한 방법에 대해 의논하려고 법을 어기면서 캠프를 무단이탈하여 힘겹게 원주민 거주 지역으로 원주민 엘리아스를 찾아간다. 그곳에서 원주민 연주자들을 만나 음악을 통한 정신적 교감을 나누지만 지미가 엘리아스의 이름을 대자 그들은 모두 도망쳐 버린다. 지미가 자신과 통하는 유일한 사람으로 간주한 엘리아스는 백인들의 끄나풀로 원주민들의 배반자인 동시에 공산주의자들을 염탐하도록 사주를 받은 염탐꾼이다. 사정을 모르는 지미는 엘리아스를 만나지만, 지미와 만난 사실이 드러날 경우 자기 신변도 위험해지리라 생각한 엘리아스가 함께 있기를 거부하자, 이번에는 유색인 거주 지역으로 간다. 로널드의 어머니를 찾아간 그는 병든 로널드와 그녀를 돕기 위해 그녀와 결혼할 의사를 밝히려고 하지만, 로널드의 어머니는 마침 딸이 영국 공군과 매춘 중이므로 그를 홀대한다. 군인이 빠져나가자 또 다른 손님이라고 생각한 그녀의 딸은 지미에게 매춘의 대가로 '얼마를 주겠느냐'고 묻는다. 지미의 순수한 의지는 현실에 대한 무지로 인해 좌절되고, 이런 그의 무지는 주위 사람들에게 정신이상으로까지 비쳐진다.

지미와 대조적인 정신이상을 앓고 있는 카슨 부인은 마사의 하숙집 주인으로 원주민들이 자신을 해치려고 호시탐탐 노리고 있다는 망상에 시달리고 있다. 환청과 환각증세까지 보이는 그녀는 하인을 한 달 이상 고용하지 못하고 갈아치우면서 집에 갇혀 산다. 마사는 이런 증세를 자신의 어머니에게서 본 적이 있었다. 마사는 "카슨 부인은 특정한 종류의 사회의 산물이며, 그런 사회가 사라지면 카슨 부인 같은 부류의 사람들도 생기지 않을 것"이라고 스스로에게 말한다.(*RS* 32) 분열된 세계가 분열된 사회를 낳았듯이, 분열된 사회가 분열증을 앓는 인간들을 낳고 있다.

그런데 레싱과 랭은 분열된 세계와 분열된 사회가 분열된 개인을 낳는다는 진단에서 멈추지 않는다. 이들은 "분열된 인간은 인간이 진화한다라는 관점에서 볼 때 새로운 상태를 도래하게 만드는 선구자일 수 있다"(블라스토스 247)는 충격적인 발상을 제시한다. 사회의 부조리를 포용하기 위해 거짓 자아를 만들어 낸 인간이 결국 그 부조리를 치유할 수 있는 새로운 인간으로 거듭 탄생될 수 있으며, 궁극적으로는 개인이 사회를, 그리고 더 나아가 세계까지 변화시키고 개선할 수 있다는 낙관론적인 세계관을 제안하고 있는 것이다. 이들은 이런 세계관을 달성하기 위해서 개인은 꾸준히 자신의 자아 속으로의 여행을 감행하고, 자신이 깨달은 바나 경험을 다른 사람들과 공유하며 현실 속의 안주가 아닌 현실 개혁을 향해 나아가야 한다고 주장한다.

V. 나가면서

이 작품은 《폭력의 아이들》의 다섯 작품들 중에서 비평가들에게 가장 홀대받는 작품이다. 다른 작품들과 달리 주제가 단순 명확하고, 전 작품이 지루한 정치 회합의 연속으로 구성되어 있기 때문이다. 그러나

이 작품이 1950년대 전(全) 세계에 걸쳐 치열했던 이념 논쟁의 현장을 다루고 있고, 21세기에 들어선 오늘날까지도 우리가 이 이념 전쟁의 영향력에서 완전히 자유롭지 못하다는 점을 고려해 볼 때 이 작품은 대단히 소중한 작품이다.

딸대신 공산주의 이념을 택하였으나, 그 이념에 깊은 환멸을 느끼게 되는 마사는 이 작품의 결말 부분에서 두 가지 확신을 가진다.

> 그 중 하나는 모든 일은 이미 일어난 방식대로 일어날 수밖에 없으며, 아무도 달리 행동할 수 없었을 것이라는 확신이고, 또 다른 확신은 이미 일어난 모든 일은 비현실적이고, 기괴하며, 부당하다는 것이다. (…) 그러나 이 둘이 모두 진실일 수는 없다. 마사는 자신이 무익론에 사로잡혀 있다는 생각이 들었다. (*RS* 334)

마사는 자신의 행로를 비롯한 각 개인의 행태 역시 어떤 필연적인 길을 따라 흘러가고 있다는 결정론적인 사고에 빠져 있다. 이렇게 개인의 삶을 결정짓는 것은 그 개인이 몸을 담고 있는 사회이며, 또한 그런 사회를 만드는 것은 전 세계의 흐름이라는 것이다. 그러나 레싱은 이런 사고에 멈추지 않는다. 《폭풍의 여파》를 기점으로 하여 레싱은 자아 통합을 향한, 그리고 더 나아가 사회 통합과 세계 통합을 모색하는 또 다른 대안으로 신비주의에 관심을 기울인다. 사회주의 이념에 깊이 실망한 레싱은 수피즘 혹은 선(禪)에 관한 연구를 통해 진리에 도달할 수 있는 방법을 탐구한다. 또한 이런 그녀의 사고 전환에 맞춰 작품에 대한 스타일도 변화시키는데, 그동안 써왔던 리얼리즘의 틀을 깨고 모더니즘으로, 그리고 포스트모더니즘으로 새로운 비상을 시도한다. 이런 그녀의 시도가 가장 잘 결집된 작품이 바로 이 작품의 후

속인 1962년에 쓴 《황금 노트북》인데, 이 작품은 내용과 형식 면에서 모두 획기적이며 진지한 걸작으로 손꼽힌다. 그리고 《폭력의 아이들》의 네번째 작품인 1965년의 《육지에 갇혀서》 역시 이런 그녀의 시도를 엿볼 수 있는 작품으로 평가받고 있다.

레싱은 이러한 새로운 시도들을 통해 결정론적인 사고를 뒤집는 기도도 감행한다. 개인의 변화는 사회의 변화를 가져오고, 사회의 변화는 세계의 변화를 가져올 수 있다는 것이다.

레싱도 랭도 사회를 급격하게 변화시킬 수 있다는 생각에 대해 낙관적이지 않지만, 둘 다 미래를 보장하는 유일한 희망은 각 개인이 자아 '속으로 되돌아가는' 여행에 달려 있다고 확신한다. (…) 만약 개인이 자신이 배운 바를 서로 나누고 구현할 수 있기 위해 자신의 경험으로부터 벗어나려 한다면 그 개인의 유일한 자아는 침몰해서는 안 된다. 제시 워킨스의 말대로 "배인 우리가 생존하려면 폭풍을 뚫고 지나가는 경험을 해야 한다." 여행자가 바다 속으로 던지는 예비 닻은 그가 '바다라는 변화'를 겪고 생존하도록 만들며, 육지로 되돌아갈 수 있게 만든다. 육지의 변형은 개인의 변형이 그러하듯이 계시이다.(블라스토스 257)

개인이 자아에 대한 분석을 게을리하지 않고 투쟁과 다양한 시도를 통해 통합의 가능성을 찾을 때 자신을 변화시킬 가능성이 생기며, 이것은 궁극적으로 사회의 변화, 세계의 변화도 가져올 수 있다는 것이 레싱의 생각이다. 비록 《폭풍의 여파》는 비극적인 결말로 종결되지만, 이후 마사나 레싱 모두 획기적 사고의 전환, 특히 긍정적 사고를 향한 도약을 감행한다는 점에서 이 작품은 '전환점'으로서의 중요성도 갖고 있다.

제6장

《육지에 갇혀서》에 나타난 탈공간의 의미

I. 서론: 탈공간화되는 군상

도리스 레싱의 5부작 《폭력의 아이들》의 네번째 작품인 《육지에 갇혀서》를 읽으면 이전의 세 작품과 차별화된 느낌을 받는다. 얼핏 보기에는 바쁜 사회 활동, 이념적 동료들과의 꾸준한 만남, 가족에 대한 의무감 등에 여전히 시달리는 마사 헤세를 묘사하고 있으나, 이 작품은 《올바른 결혼》이나 《폭풍의 여파》와 달리 사건보다는 마사의 변화하는 심리 상태에 초점을 맞추고 있으며, 여기에 전쟁을 겪은 각 개인들의 내면적 상처를 오버랩시키면서 마사의 심리 상태도 여러 겹을 포개 놓은 듯이 심층적으로 그리고 있다.

심리 상태의 묘사에 초점을 맞추다 보니 이 작품은 정체된 듯한 특징을 보이고, 따라서 독자들과 비평가들로부터 흥미롭지 못한 작품으로 외면 또는 경시되거나, 오독의 결과로 혹평을 받기도 하였다. 예를 들어 레싱을 연구하는 저명한 학자인 로베르타 루벤스타인은 자신의 저서 《도리스 레싱의 소설적 비전》(1979)에서 이 작품이 바로 전(前) 작품인 《황금 노트북》의 혁신적 시도로부터 후퇴한 '실망스런(dis-appointing)'(루벤스타인 113) 작품이라고 평하였고, 레싱에 대한 다수의 논문들도 바로 전 작품인 《황금 노트북》과 직후의 작품인 《사대문의 도시》의 중요성에 대해서는 장황하게 언급한 반면, 이 작품에 대해서는 상세한 분석을 피하였다. 요컨대 이 작품은 이들 두 주요 작품들의 휘황한 광채에 가려 올바른 평가를 받지 못한 것이다. 그러나 이런 평가는 1980년대에 들어서면서 재고되기 시작한 듯이 보인다. 이 작품은 대부분의 비평가들의 평처럼 《황금 노트북》의 시험적 시도에서 다시 이전의 《폭력의 아이들》의 세 작품의 전통적 사실주의로 후퇴한 것이 아니라, 다음 작품인 《사대문의 도시》에서 보이는 마사의 변화된 모습의 근간을 마련한 작품이라는 새로운 평가를 받게 되었다. 이전 작품으로의 후퇴가 아닌 다음 작품으로 발전할 수 있는 전기(轉機)를 제공한 중요한 작품이라는 것이다. 이것은 형식적인 면뿐 아니라 내용적인 면에서도 해당되는 평가인데, 이 작품은 내용 면에서도 이전 작품들에서 드러난 문제점들을 재고하는 수준에 멈추는 것이 아니라 주인공이 이 문제점들을 나름대로 분석하고 결론지으며, 이 결론에 근거하여 새로운 변화로 나아갈 수 있는 기틀을 마련한다.

본 논문은 이 작품이 《폭력의 아이들》의 이전 작품들처럼 이야기와 줄거리에 초점을 맞추는 서술적 특징이나 극적인 맛을 전달하지는 않지만, 전후(戰後)의 군상을 서정적으로 묘사하여 레싱의 인간관 혹은 세계관을 보다 심층적으로 제시하고 있다고 전제하고, 이들 인간들의 정신적 일탈을 '공간(place)'과 '탈공간(displacement)'이라는 지리적 관점에서 분석하는 것으로 시작한다. 그리고 지리적 위치가 어긋날 때 인간은 서서히 역사적 · 사회적 · 이념적 · 문화적 · 정신적으로 어긋나게 됨에 주목한다.

이 작품의 배경은 이전 작품들과 마찬가지로 영국의 아프리카 식민
지이며, 등장 인물들의 일탈은 이런 특수한 지리적 위치와 깊이 연결
되어 있다. 그러므로 지리적 이탈에 대한 연구가 활발한 포스트식민주
의 비평 이론을 차용하면,

　　공간(place)과 탈공간(displacement)은 포스트식민주의 담론에서 주요
한 특징들이다. '공간'은 단순히 '풍경'을 의미하는 것이 아니다. '풍
경'이라는 개념은 객체의 세계가 이 세계를 바라보는 주체와 분리되어
있다는 특정한 철학 전통에 입각해 있다. 반면 포스트식민주의 사회에
서 '공간'은 언어 · 역사 · 환경 사이에서 복잡하게 이루어지는 상호 작
용이다. 식민지로 이주해 온 사람들은 우선 탈공간의 감각을 특징적으
로 갖게 된다. 환언하자면 '체험된 환경과 수입된 언어가 묘사한 환경 ·
사이의 이질감, 즉 수입 언어로부터 한층 넓은 탈공간의 감각을 겪게 된
다. 또한 이들은 그후에는 공간을 구성하면서 막대한 문화 투자를 해야
한다는 느낌을 갖게 된다.
　　이런 탈공간의 감각, 즉 언어와 공간 사이의 '적합성(fit)'의 결핍은
영어를 모국어로 사용하는 사람이나 제2의 언어로 사용하는 사람이나
똑같이 겪을 수 있다. 이 두 경우 모두 역사적 '고향'으로부터 탈공간
되었다는 느낌, 그리고 언어의 불일치에서 오는 탈공간의 감각, 즉 전
체적인 탈공간의 경험이 그 언어에 창조적 긴장을 만들어 낸다. 따라서
공간은 차이의 부수물이자, 격리되었음을 지속적으로 기억시키는 상기
자인 반면 식민인들과 피식민인들 사이에서 일어나는 잡종적 상호 침투
역시 상기시킨다.[5]
　　포스트식민주의 문학의 주요 특징은 공간과 탈공간에 대한 관심이다.
그리고 바로 이 관심에서 포스트식민주의의 특수한 정체성 위기가 생

성된다. 즉 자아와 공간 사이의 효과적인 동일시 관계를 개발하거나 회복할 수 있느냐 하는 데 관심을 집중시키는 것이다. 실제로 D. E. S. 맥스웰 같은 비평가들은 이것을 토대로 포스트식민주의 모델을 정의하였다. 건실하고 능동적인 자아 의식은 이주, 노예화의 경험, 수송 혹은 계약 노동을 위한 자발적인 이동 등의 결과로 생긴 '정신적 탈공간(dislocation)'으로 인해 침해당할 수 있다. 또는 건실한 자아 의식은 소위 우월 인종이나 우월 문화 모델이 토착적인 성격과 문화에게 가하는 의식적 · 무의식적 억압, 즉 '문화적 훼손(cultural denigration)'에 의해 침해당할 수 있다. 공간과 탈공간 사이의 변증법은 그 포스트식민주의 사회가 이민 과정이나 내정간섭 과정에서 만들어졌든 혹은 이 둘이 혼합된 과정에서 생겼든 간에 언제나 이런 사회의 한 특징이다. 역사적 · 문화적 차이점 외에도 공간과 탈공간, 그리고 정체성과 진위성에 대한 팽배한 관심은 영어로 쓰인 모든 포스트식민주의 문학의 공통된 특징이다.[6]

위의 두 인용에서 알 수 있듯이 지리적 탈공간은 그것이 자의적으로 이루어졌든 타의적으로 이루어졌든 간에 곧 사회적 · 이념적 탈공간의 장(場)으로 탈바꿈되며, 더 나아가 문화적 · 정신적 탈공간으로 변형되어 인간의 의식, 더 나아가 무의식에까지 영향을 미친다. 더욱이 이 작품의 역사적 배경인 제2차 세계대전은 세계인들을 자의든 타의든 고향으로부터 이주시키는 계기를 마련하였고, 그 결과 이 작품의 등장 인물들도 대부분 고향에서 추방된 혹은 이주한 사람들이다. 이

5) Ashcroft, Bill. Griffiths, Gareth. and Tiffin, Helen. (ed) *Post-colonial Studies Reader*. London and New York: Routledge. 1995. p.391.

6) Ashcroft, Bill. Griffiths, Gareth. and Tiffin, Helen. *The Empire Writes Back: Theory and practice in post-colonial literatures*. London and New York: Routledge. 1989. p.8-9.

러한 지리적 · 역사적 특수성으로 인해 인간들은 사회적 · 정신적으로 분열된다. 이 점에 대해서는 앞장 〈《폭풍의 여파》: 분열증후군에 시달리는 세계, 사회, 그리고 개인〉에서도 상세히 분석하였으나, 본 논문에서는 이것을 '공간'과 '탈공간'이라는 모티프를 통해 재조명할 예정이다. 그리고 《육지에 갇혀서》가 《폭풍의 여파》와 가장 구별이 되는 점, 즉 후자가 결정론적인 세계관 속에 갇혀 절망하는 마사의 모습으로 대단원을 맺는 반면, 《육지에 갇혀서》는 마사가 분열 상태에서 벗어나 통합을 경험하고 이 경험을 통해 결정론적 구속에서 자유로워지는 과정을 더욱 부각시킨다는 점에 주목할 예정이다. 위에 인용된 두 글 중 첫번째 글에서 탈공간의 장을 잡종적 문화 창조의 장으로 보았듯이 탈공간은 인간을 일탈시킬 뿐 아니라 새롭게 태어나는 변화의 장의 역할까지 수행한다. 본 논문은 이 점에 대해서도 적극 주목하려 한다.

II. 지리적 · 역사적 탈공간화

마사의 불행은 마사의 부모의 삶과 불가분의 관계를 맺고 있다. 5부작 《폭력의 아이들》의 첫 작품인 《마사 퀘스트》의 대부분이 사춘기의 마사가 부모에게 저항하는 이야기로 채워져 있듯이, 마사의 자서전적 성장 소설인 《폭력의 아이들》의 제1의 주제는 일탈된 부모의 삶과 사고에 대한 비판과 저항, 그들에게서 독립하여 영향받지 않으려는 마사의 몸부림이다. 이들 부모는 제1차 세계대전에 참전하였다가 불구가 된 아버지와 그를 간호하던 어머니로, 영국을 떠나 아프리카의 영국 식민지로 이주해 오면서 그들의 불행은 심화된다. 이들의 원래 이주 목적은 이 식민지에서 농장 경영으로 충분한 돈을 번 다음 영국으로 돌아가 중산층의 안정된 생활을 하며 자식들을 훌륭하게 교육시키겠다는 것이었다. 그러나 현실적이기보다는 방관적인 이상주의자이며, 당뇨까지 앓는 아버지는 쉽게 위축되어 그의 농장은 가난을 벗어나지 못한다. 아버지보다 활력에 넘치는 어머니는 이런 남편으로 인해 자신의 욕구가 번번이 좌절되지만 현실적인 성격 때문에 항상 불행을 나름대로 합리화하며 살아간다. 이들의 삶은 이 5부작의 첫 작품에 자세히 언급되어 있지만, 이 네번째 작품에서도 종전 기념 퍼레이드에 제1차 세계대전의 참전 영웅으로 초대받은 아버지가 건강 악화로 참석하지 못하게 되어 크게 실망하는 어머니의 모습에 잘 나타나 있다. 남편에 대해서는 쉽게 용서하고 체념하는 어머니이지만 마사에게는 자신의 욕심을 양보하려 들지 않아 모녀의 전쟁은 언제나 치열하다.

마사의 부모는 식민지로 이주하면서 영원히 정착할 생각보다는 일시적으로 머물 생각이었으므로 평생을 살면서도 마치 방문객처럼 살고 있다. 그들의 삶은 아프리카의 자연 환경과 조화를 이루지 못하고, 대다수인 원주민들과의 관계에서도 공존해야 할 이웃으로 생각하기보다는 착취 상대로 간주하므로, 그들의 식민지에서의 삶은 지리적 탈공간의 삶이며, 따라서 이런 삶은 정상적인 궤도에서 벗어난 삶일 수밖에 없다. 전쟁중에 당한 부상으로 영국 병원에서 치료받고 있는 아들 조나단이 영국에 정착할지도 모른다는 편지를 보내오자, 퀘스트 부인은 곧 다음과 같이 영국으로 돌아갈 날을 그려본다.

그러나 퀘스트 부인은 그 편지를 두 번 읽기도 전에 옛 백일몽이 되살아나는 것을 느꼈다. 그녀는 다시 그 꿈을 더듬기 시작했다. 남편과 자신은 함께 영국으로 돌아가 조나단이 아내(물론 조나단에게는 여자가 있을 거야, 어쩌면 이미 약혼한 사이인지도 모르지. 이 편지에 그런 것처럼 써 있잖아!)와 정착하게 될 마을에 작은 오두막집을 살거야. 그러면 남편과 나는 실망과 질병만 안겨다 준 이 나라와는 영원히 결별하는 거야. 게다가 영국의 날씨는 남편에게도 좋을 거야. 병을 완전히 고칠 수 있을지도 모르지.

하인이 차를 가져오다가 퀘스트 부인이 관목과 잔디 사이에서 미소 짓고 있는 것을 보았다. 하인은 "좋은 아침이지요" 하고 감히 말을 붙였다. 그녀는 처음에는 듣지 못하고 미소만 지었다. 그녀는 이미 아프리카에서 멀리 떠나 현명한 사람들로 가득 찬 마을에 와 있었기 때문이다. 그곳에서는 검은 얼굴은 다시 안봐도 되겠지. "그래 좋은 아침이야. 그런데 춥군." 그녀는 쌀쌀맞게 답하였고, 하인은 아무 말 없이 주방으로 되돌아갔다.(*LL* 85)

반면 마사의 출생지는 이란이나 5세부터 이 식민지에서 살았으므로 아프리카의 자연은 그녀에게 뗄 수 없는 깊은 영향을 미친다. 아프리카 특유의 초원, 즉 'veld'는 마사의 무의식에까지 각인된 풍경으로 마사의 인생관 혹은 세계관의 형성에 지대한 영향을 미친다. 도리스 레싱의 주요 비평가인 메리 앤 싱글턴은 자신의 저서 《도시와 초원: 도리스 레싱의 소설》에서 레싱의 작품은 조화로운 사회 속에서 살아가는 통합된 인간상을 꾸준히 추구하는데, 이 주제를 축약적으로 나타내기 위해 세 개의 주요 모티프, 즉 초원·도시·이상도시의 이미저리(imagery)를 사용한다고 말하고 있다.

(…) 이와 유사하게 일부 작가들의 작품들 속에는 대부분의 글의 원천이 되는 기본적인 문제점들을 구체화시킨 한 장면 혹은 복합적인 장면들이 존재한다. 헤밍웨이에게는 송어 낚시를 하는 닉 애덤스가 있고,

(…) 예이츠에게는 탑에 갇힌 외로운 시인이 그러한 예이다. (…) 도리스 레싱에게도 그런 장면이 있는데 아프리카 초원에 있는 두 개의 도시가 그러하다. 초원 자체는 황량한 불모지이나 실제로는 생명으로 충만해 있다. 하늘과 땅이 눈부시게 상쾌한 공기 속에서 만나고 있다. 두 개 중 한 개의 도시는 빈민가와 호화 주택으로, 시민들의 불행과 투쟁으로 나누어져 있다는 점에서 그 성격을 잘 나타낸다. 그 도시 뒤로 마치 신기루처럼 또 다른 도시가 아른거리며 나타나는데 이 도시는 유토피아적 상상력에서만 존재할 수 있다.(싱글턴 17)

다시 말하자면 레싱에게 고향인 아프리카 초원은 정신적 분열을 겪기 이전의 통합된 완전한 상태를 의미하며, 탈공간되기 이전의 신화적 공간이다. 《마사 퀘스트》에서 마사는 역에서 집으로 돌아오는 길에 신비한 체험을 하는데, "그녀와 조그만 짐승들과 움직이는 풀과 햇살에 따뜻해진 나무와, 몸을 떠는 은빛 옥수수밭의 경사와 머리 위 푸른 광선의 방대한 창공과 발 밑 대지의 돌들이, 춤추는 원자가 분해할 때처럼 함께 흔들리며 하나가 되어 가고 있었다. 그녀는 땅 밑에 스민 강이 자기 혈관을 아프게 뚫고 들어와 견딜 수 없는 압력으로 부풀어 오르는 듯이 느꼈다"(*MQ* 70)처럼 인간·동물·무생물까지 하나로 통합되는 경험을 한다. 마사는 도시로 이사한 뒤나 영국으로 귀화한 후에도 끊임없이 고향에서 겪었던 자연의 통합 경험을 갈구한다.

반면 도시는 지리적 탈공간으로 인해 분열증을 앓는 인간들의 모습을 집약적으로 보여 준다. 식민지에 정착해 사는 유럽인들은 남로디지아의 수도인 솔즈베리를 백인들 거주 지역, 유색인 거주 지역, 원주민 거주 지역으로 나누었을 뿐 아니라 전쟁으로 인해 주둔하게 된 군인들 캠프 지역까지 계급·인종·특수 목적에 따라 세분하고 있다. 이들 간의 통행은 철저히 검열되고, 그에 따라 이들 간의 배타심도 심화된다. 초원이 '신화의 공간'이라면 이 도시는 '현실의 공간'이다.

그런데 레싱은 여기에서 그치지 않고 세번째 공간, 즉 이상도시를 제안함으로써 분열 치유의 가능성, 통합의 가능성을 항상 열어 놓고 있다. 《폭력의 아이들》의 첫 작품인 《마사 퀘스트》에서 이미 독자들에게 이상도시인 '사대문의 도시'를 어렴풋이 보여 주었고, 이 5부작의 다섯번째 작품이자 완결작의 제목이 《사대문의 도시》인 것도 바로 이런 이유에서 일 것이다.

(…) 거친 관목 숲과 주저앉은 듯한 나무 위로 하얗게 빛나며 떠오른 것은 완만히 경사진 꽃밭에 둘린 테라스를 연해 가로수가 늘어선 정사각형의 장대한 도시였다. 거기엔 물이 철철 넘치는 분수가 있고 플루트 소리가 들리며 위엄 있고 아름다운 시민들이 흑인·백인·황인 모두 어울려 움직이고 있었다. 그리고 노인의 무리들은 북녘 태생의 파란 눈과 흰살결의 아이들이 남녘 태생의 갈색 피부와 검은 눈의 아이들과 손을 잡고 놀고 있는 모습——그러한 아이들의 모습을 즐거운 듯이 미소지으며 바라보는 것이었다. 그렇다! 그들은 인종이 다른 조상에게서 태어난 아이들이 이 환상의 고대 도시의 꽃밭과 테라스 사이나 하얀 기둥과 높은 나무들 사이로 뛰어노는 것을 미소지으며 가상히 여기는 것이었다. (*MQ* 22)

《육지에 갇혀서》라는 제목이 시사하듯이 레싱은 인간과 공간 간의 상호 관계에 민감하였으며, 초원/도시/이상도시 외에도 육지/대양의 이분법도 사용하여 육지는 '분열된 현실 세계'를, 대양은 '통합된 세계' 혹은 '자유 세계'를 상징하였다. 마사는 이 작품의 서두에서부터 영국으로 갈 계획을 세우는데, 이때의 영국은 부모를 상징하는 공간, 즉 영국 제국주의를 상징하는 공간이 아니라 자유를 실현할 수 있는 곳, 보다 넓고 큰 공간으로 차이와 다양성을 수용하는 곳, 이상도시를 향해 다가갈 수 있는 공간이다.

마사 외에도 이 작품에 등장하는 주요 인물들 대부분은 솔즈베리 혹은 분열된 현실 세계가 아닌 다른 곳, 즉 자신들의 이념을 펼칠 수 있는 곳으로 떠날 계획을 세우고 있다. 자스민 코헨은 보다 큰 활동 무대인 남아프리카공화국으로 이미 떠났고, 마사의 남편 안톤 헤세는 고향 독일로 돌아가길 희망하며, 가장 순수한 좌익 운동가이자 그리스인인 아텐도 고국을 위해서는 죽음도 불사하는 투쟁을 하기 위해 고향 그리스로 돌아갈 날을 기다리고, 폴란드 출신의 유대인 토머스 스턴은 희망의 땅 이스라엘로, 아텐을 사랑하는 메이지는 아텐과 결혼하여 그의 고향에서 살기를 희망한다. 특히 토머스 스턴은 나치의 탄압을 피해 아프리카로 온 유대인으로 제2차 세계대전중 살육되지 않고 살아남은 소수의 유대인에 속한 것 자체를 부끄럽게 여긴다.

마사의 가장 큰 특징 중의 하나는 유대인과 끊임없이 중요한 인간관계를 맺는다는 점이다. 백인이면서도 아프리카 식민지에서 가장 천시되는 인종이며 부모가 사귀기를 원하지 않는 계층임에도 불구하고 마사의 일생 중 주요한 고비마다 유대인이 개입한다. 사춘기 시절 정신적 스승의 역할을 한 코헨 형제(조스·솔리 코헨), 첫 직장의 상사, 공산주의로 이끈 자스민, 첫 관계를 맺게 되는 아돌프가 유대인이며, 꿈 같은 황홀한 사랑을 나눈 상대 토머스 스턴 또한 유대인이다. 이들은 마사의 삶에 얼굴만 비치는 가벼운 존재들이 아니라 마사의 인생 항로를 굴절시키는 중요한 역할을 한다. 유대인들이 여느 다른 종족들보다 우수하여 마사가 이들에게 끌린다는 점도 있겠으나(코헨 형제·자스민의 경우), 이들이 고향 이스라엘에서 쫓겨나 오랜 세월 유럽을 떠돈 이산자, 즉 탈공간의 희생자(아돌프 · 토머스 스턴의 경우)라는 점이 마사에게 동정심을 불러일으켰다고 볼 수 있다. 식민지에서 사는 자신의 처지로 인해 마사도 항상 공간과 탈공간의 변증법에 민감하였기 때문이다.

제국주의와 세계대전이라는 두 개의 거대한 역사적 이데올로기에 떠밀려 이 작품의 등장 인물들은 원치 않는 공간, 자신들의 육체와 정신 세계가 분리되는 공간을 배회하고 있으며, 그 결과 이것이 일치될 수 있는 곳을 향해 나가기를 갈구하는 공통된 희망을 안고 있다.

III. 사회적 · 이념적 탈공간화

마사는 어린 시절부터 동경하던 이상 세계인 '사대문의 도시,' 즉 '인종이나 계급적 차별이 없는 세계'를 실현시킬 수 있는 이념으로 공산주의를 택하였다. 가정을 버리고 특히 딸 캐롤라인을 포기하며 뛰어든 좌익단체들을 위한 정치 활동은 그녀에게는 매우 중요한 삶의 목적이었다. 그러므로 절대로 다시는 결혼하지 않겠다고 결심했음에도 불구하고 좌익단체의 리더인 안톤이 정치적 활동을 할 수 없는 곤경에 빠지자 그를 돕기 위해 마음에도 없는 결혼을 할 정도로 공산주의를 위해 희생한다. 그러나 마사는 곧 실망한다. 솔즈베리에서 마르크시스트들이 목표로 삼아야 할 가장 큰 과제는 '원주민 해방 운동'인데도 당원들은 공산주의 이론에 대한 이념적 분석과 토론에만 온 힘을 쏟고, 행동 면에서는 솔즈베리 사회의 기존 틀, 즉 인종차별의 틀과 제도에 안주해 있기 때문이다. 그 결과 백인 마르크시스트들은 원주민 운동가들에게 불신과 외면을 동시에 받고 있다. 예를 들어 사회운

동가이며 아프리카인들에게 가장 신임을 받고 있는 쟈니 린지는 남아
프리카공화국에서 노동운동가로 유명했던 인물이고, 현재는 솔즈베
리로 이주해 플로라와 함께 살고 있는데 오랜 지병을 앓고 있다. 솔즈
베리에서도 지속적인 노동 운동 전파와 사회민주당 당원으로서의 활
동으로 상당한 영향력을 끼치고 있으며, 그 덕분에 '아프리카 그룹'이
그의 집에서 정기적인 모임을 갖고 있다. 오랫동안 쟈니의 이념적 동
반자였던 반 부인은 무지한 원주민들을 위해 쟈니가 교육해 줄 것을
요청하고, 쟈니는 나쁜 건강에도 불구하고 '보어 전쟁'의 역사에 대한
강의를 시작한다. 그러나 그가 강의한 역사는 남아프리카에서 발발했
던 백인들간의 전쟁에 초점을 맞춘 것이었고, 그 결과 원주민들은 '이
전쟁중에 흑인 광부들은 어디에 있었습니까? 그당시 매해 8천 명의 아
프리카인들이 사고로 죽음을 당했다고 들었는데요?(*LL* 157) 등의 질
문을 하며 그의 강의를 조롱한다. 그는 건실한 사회운동가이며 사랑에
충실한 도덕적 인간으로 그려지고 있지만 원주민의 눈으로 볼 때에는
여전히 편중된 시각에 갇혀 있는 백인일 뿐이다. 이런 사실을 상징하
듯 원주민들의 파업이 있던 날 쟈니는 파업을 지휘하기 위해서가 아
니라 애인 플로라를 찾아다니다가 죽는다.

《폭풍의 여파》에서는 소련에 대한 인기에 편승해 좌익단체들의 모
임이 각 계층의 지지를 받았으나, 전쟁이 끝나고 소련과 서구 사이에
냉전 체제가 서서히 고착되면서 다시 사회의 냉대를 받기 시작한다.
더욱이 스탈린의 만행을 다룬 책이 유포되자 좌익단체들의 핵심 회원
들조차 동요한다. 안톤은 이제 공산주의보다는 안정된 부르주아의 삶
을 쟁취하는 데 더욱 열을 올린다. 마사와 이혼 수속이 되기도 전에
이미 솔즈베리의 성공한 사업가의 딸과 약혼 소문이 떠돌고 있으며,
그에게 좌익 모임은 이미 여느 사교 모임 이상의 의미가 없다. 마사

역시 공산주의가 유토피아를 가져올 수 없음을 뼈저리게 느낀 뒤라 정치 회합에 나가기를 꺼린다. 더군다나 그들의 존재는 원주민들을 이롭게 하기는커녕 오히려 해를 끼친다는 느낌을 받는다. 영국으로 출발하기 직전 참석한 좌익단체의 모임에서 새로이 이 모임을 열성적으로 이끄는 소위 새세대의 회원들을 바라보며 그들 역시 자신과 같은 '열정 뒤의 환멸'을 맛볼 것임을 직감한다. 마치 젊은 날의 모든 열병이 그렇듯이. 그리고 역사는 되풀이됨을 실감한다.

이 작품에 나오는 연인 관계와 부부 관계 역시 탈공간의 덫에 갇혀 있다. 마사와 안톤의 결혼은 시작부터 정상적인 궤도에서 이탈한 상태이고, 그 사실을 잘 아는 두 사람은 죄의식 없이 다른 사람을 사귄다. 안톤이 다른 여자를 영화관에 데려온 날 마사는 다른 사람과 관계를 가질 결심을 한다. 마사의 친구 메이지는 전쟁으로 인해 두 번이나 미망인이 되었고, 전쟁 중 잠시 휴가 나온 빙키 메이나드와의 일시적 사귐으로 인해 임신이 되는 바람에 낙태시킬 것인가, 미혼모의 불명예를 쓸 것인가를 고민할 때 앤드류의 희생적인 결혼 신청으로 위기에서 벗어난다. 그러나 잘 적응해 가던 그녀의 결혼 생활 역시 빙키의 출현으로 뿌리째 흔들리고, 앤드류는 빙키의 부모의 영향력 덕분에 다른 지역으로 전출된 후 전쟁이 완전히 끝난 뒤에는 영국으로 되돌아갔기 때문에 그녀의 사회적 탈공간화는 겉모습만 달라질 뿐 그녀의 삶의 핵으로 영원히 남게 된다. 그녀의 남편들이 줄줄이 죽거나 떠나지 않았다면 그녀는 평범하고 소박한 가정주부였을 것이다. 이런 불행 외에도 메이지는 빙키의 부모 메이나드 부부의 사회적 압력을 받는데, 그들은 고위층이라는 사회적 신분 때문에 메이지를 배척하면서도 그녀에게서 태어난 손녀를 빼앗기 위해 그녀 주변을 맴돈다. 그럴수록 메이지는 바의 호스티스로, 매춘부로 더욱 타락해 간다. 아텐을 사랑하지만 그는 그리스로 돌아갈 사람이고 자신은 그리스로 갈 수 없음을 알기 때문에 호스티스 생활을 청산하라는 아텐의 간곡한 충고에도 불구하고 도덕적 추락의 삶을 지속한다.

그녀(마사)는 메이지를 바라보았다. 전쟁이 없었다면 첫 남편과 아이들을 여럿 낳으며 잘 살았을 텐데. 시부모는 말했을 테지. 정말 좋은 애라고. 아마 그녀는 얼마 안가 듬직한 중년의 여인이 되었을 거야. 게으르고 낙천적인 성격, 버릇없는 아이들, 그녀에게 보호받고 지시받는 남편. (…) 그런데 토머스는 메이지가 바의 남자들과 동침한다고 말했다. 아마도 돈이 궁한가봐라고 덧붙였다.(*LL* 197)

토머스 스턴 부부는 나치를 피해 폴란드에서 도망왔는데 부인의 부유한 친척 덕분에 시골에서 농장을 가꾸며 물질적으로 어려움 없이 살고 있다. 겉으로 보기에는 훌륭하고 안정된 가정을 이루고 있으나 그는 정신적으로는 한 발짝도 폴란드를 떠난 적이 없다고 할 정도로 유대인이 받는 핍박에서 홀로 도피한 것에 대한 죄책감에 갇혀 살고 있다. 그러므로 아내와 딸과의 정상적인 결혼 생활을 하지 못한 채 여러 여자와 관계를 맺는데, 그로 인해 죄의식은 더욱 가중된다. 그의 가정엔 마이클 페브스너라는 유대인 교수가 그를 대신하여 가장 역할을 대신하고 있다. 그는 자의 반 타의 반 가정에서 이탈되어 있는 것이다. 그는 이념적으로도 사회주의나 공산주의보다 시오니즘 쪽으로 경도되어 있어 다른 당원들의 비난을 받는다. 그는 결국 자신의 공간을 찾기 위해 이스라엘로, 그리고 아프리카 오지로 방황을 계속한다. 그러나 그의 종착점은 이 세상이 아니다. 그가 죽기 전에 남긴 원고에는 그의 죽음을 잘 집약해 주는 이야기가 들어 있다.

"옛날에 먼 나라로 여행한 한 사람이 있었다. 그는 적을 피해 먼 나라로 간 것이었는데 그곳에 가보니 적이 그를 기다리고 있었다. 그는 여행해 봤자 소용없다는 것을 알았지만 그래도 또 다른 곳으로 갔다. 그런데 그곳에는 적이 없었다." (정말 놀랍지요! 하고 빨간 연필이 말했다.) "그래서 그는 자살하고 말았다."(*LL* 334)

위의 인용에서 그가 말하는 적은 '인종차별의 적'이다. 그는 군인이었을 때 솔즈베리에서 전출되어 북쪽 기지에서 근무한 적이 있었는데 그곳에서 원주민들의 복지 특히 위생과 식량수급을 담당하고 있었다. 그런데 그의 상관인 트레셀 상사는 단순한 부주의와 무관심으로 원주민들의 식량을 부족하게 주문하고, 그 때문에 죽어가는 원주민을 돌보지 않고 방치하는 등 원주민을 인간 이하로 다루었다. 토머스는 그런 상사에게 보복하기 위해 원주민을 그들의 언어로 교육시키다 들키고, 그들은 격렬한 격투를 하게 된다. 하찮게 죽어가는 원주민과 가스실에서 죽어가는 동족들의 모습이 중첩되면서 토머스는 상관인 트레셀 상사를 어느새 자신의 '적'의 이미지로 고착시키게 된다. 토머스는 모든 '악'을 그 인물로 형상화하고서는 그를 과대하게 증오한다. 그 결과 그를 우연히 본 호텔 식당에서 상식에 벗어날 정도로 흥분하게 되고, 본인도 자신의 편집광적인 사고를 주체할 길 없어 이스라엘로 떠날 결심을 한다. 토머스는 마사에게 고향을 한번 떠난 사람은 모든 나라를 영원히 떠난 것과 다름없다고 이산자들의 탈공간적 고뇌를 집약하여 표현한다. 마사는 그가 트레셀 상사를 피해 이스라엘로 떠난다고 생각한다. 그러나 토머스는 이스라엘에서도 또 다른 트레셀 상사를 만나는데, 영국인들이 유대인이 이스라엘로 들어가는 것을 무력으로 막고 있었기 때문이다. 영국 군인들이 트레셀 상사를 대신하고 있었던 것이다. 그곳에서 또 다른 형상의 '트레셀 상사'를 만난 토머스는 위에 인용된 글에서 볼 수 있듯이 아프리카로 돌아와 이번에는 원주민들만이 사는 오지로 들어가 그들을 위한 희생적인 삶을 산다. 그러나 그는 그곳에서도 오래 살지 못한다.

이 작품의 결말에 가면 여러 주요 등장 인물들이 세상을 떠난다. 위에서 본 것처럼 쟈니와 토머스가 죽고, 아텐이 그리스에서 공산주의를 위해 투쟁하다가 감옥에서 사망하며, 오랜 세월 투병하던 마사의 아버지도 죽는다. 세대교체가 서서히 이루어지고 있는 것이다. 반면 원주민들의 활동은 본격적으로 시작된다. 백인들에게서 틈틈이 교육을 받던 원주민 운동가들이 오히려 백인 운동가들을 따돌리고 자기들의 조직적인 힘으로 대파업을 단행한다. 이에 대다수의 식민지 백인들은 당황하고 원주민들을 원주민 거주 지역에 감금함으로써 파업에 대해 무지하던 원주민들까지 교육받게 되는 상황을 만들어 낸다. 대개의 원주민들은 백인 노동자들의 전유물이었던 파업의 의미도 모르고 있었는데도 마치 원주민 폭동이라도 난듯이 과도하게, 그리고 히스테리컬하게 대처하는 바람에 원주민들에게 유리한 결과를 낳게 된 것이다. 이 사건으로 인해 원주민들은 자신감을 얻게 된다. 원주민들이 서서히 자신들의 공간을 되찾고 있는 것이다.

IV. 문화적 · 정신적 탈공간화

어느 날 율법학자인 나스루딘이 한 가게로 걸어들어갔다. 가게 주인이 그를 맞이하려고 다가왔다.

"첫 일이란 처음 있는 일이지" 하고 나스루딘이 말했다; "당신은 내가 가게로 들어오는 것을 봤소?"

"물론이지요."

"나를 전에 본 적이 있소?"

"본 적이 없는데요."

"그러면 나인 것을 어떻게 알았소?"(*LL* 7)

이 글은 이 작품의 제1부의 권두언으로 레싱이 아이드리스 샤의 《수
피주의자》에서 인용한 것이다. 우리의 상식을 벗어나는 이런 종류의
사고는 특히 유럽 전통의 합리적 사고를 뒤집는 것으로 레싱은 신비
주의적 철학을 이용하여 일탈된 정신 세계를 진단하고 처방하려 한다.
이 세상에는 서구의 철학·과학·종교 등이 가르친 세계 외에도 우리
의 이성과 감각으로 파악할 수 없는 무궁무진한 다른 세계들이 존재
한다. 서구의 전통적 사고와 이념으로는 인간의 정체성을 완전히 파
악할 수 없으며 조각조각 단편적으로만 이해하게 된다고 판단한 레싱
은 수피즘·정신분석학 등 신비주의적 사고에 관심을 갖게 되고, 그
결과 그의 작품의 주인공들 역시 이런 성향을 띠게 된다.

이 작품의 도입 장면의 마사의 모습은 《폭풍의 여파》의 마사의 연장
선상에 있다. 사무실에서 기계적인 업무에 시달리고 시시때때로 아버
지의 병세를 알리는 어머니의 전화와 호출을 받아야 하며, 은근히 딸
캐롤라인을 무기로 고문을 가하는 어머니의 비겁한 행동도 인내해야
하고, 친구 메이지를 돌봐야 하며, 좌익 모임의 일종의 총무 격으로 연
락도 담당해야 한다. 그녀는 마치 몸이 여러 개인 듯이 여러 일에 시달
리는 자신을 바라보며 자신의 각각의 모습이 '진정한 통합된 자아'가
아니라 '단편화된 거짓 자아'라고 생각한다. 그래서 위의 인용에서처
럼, 현재의 자신이 '나라는 것을 어떻게 아는가?'라는 정체성 의문을

던진다. 그녀는 자신의 이런 모습을 집이라는 공간을 빌려 설명한다.

(⋯) 왜지? 지금 메이지와 함께 있는 이 상황은 거짓이야. 그러니까 이 일들을 분리해야 해. 그게 바로 이유야.

마사의 꿈은 언제나 무슨 일이 벌어지고 있는지를 충실하게 지켜봐 주는 파수꾼 혹은 기록이어서 그녀의 입장을 잘 나타내 주는 이미지를 보여 주곤 하였다. 이번에 꾼 꿈은 커다란 집에 대한 꿈으로 마치 건강을 체크해 주는 체온계나 계기처럼 자꾸 반복해서 꿈에 나타났다. 그 커다란 집인지 방갈로인지는 여섯 개의 방으로 이루어졌는데 그녀, 즉 마사(건조 시기와 해체 시기를 지나면서도 전체를 간직해야만 하는 인물, 자신을 온전하게 보존하며 지켜봐야 하는 인물)는 이방 저방을 조심스럽게 옮겨 다녔다. 이 방들은 각각 다른 가구로 치장되어 있으니 서로 분리되어 있어야 해.──반드시 그래야 돼. 이것이 이번에 마사가 맡은 임무야. 왜냐하면 그녀가 이 일을 소홀히 하면 어떤 일이 일어날지를 꿈이 이야기해 주기 때문이야. 그 집은 그녀의 눈앞에서 먼지더미로, 깨진 벽돌 조각으로, 개미가 파먹은 서까래로, 녹슨 철로 붕괴되고 말거야.
(⋯)

이순간 그녀는 자신의 역할이 여러 다른 방을 들락거리며 집을 지키는 것임을 받아들여야 한다. 서로가 서로를 만나 서로 이해하는 일이 없도록, 그들에게 설명하거나 가교를 맺는 일을 해서는 안 된다.(*LL* 22-23)

마사가 분열된 도시 속에서 여러 임무에 휘둘린 채 여러 몫의 일에 시달리고 있듯이, 그녀의 정신 세계는 완전하게 분리된 방으로 구분되어 있고, 그 각각의 방에서 다르게 행동한다. 각 방에 있는 사람들은 마사의 거짓 자아 혹은 분열증을 깨닫지 못하도록 서로 만나서는 안

되기 때문이다. 마사는 여러 문제(부모와의 관계, 딸 캐롤라인에 대한 죄의식, 직장의 과중한 일, 남편 안톤과의 관계, 친구 메이지에 대한 연민, 공산주의자들과의 협력 관계 등등)를 동시에 안고 괴로워하면서, 그 각각의 문제들을 해석하고 해결할 확고하고 포괄적인 철학이나 자신감을 찾지 못한 채 막연히 이것을 가져다 줄 사람을 기다린다.

그녀가 조심스럽게 사람들로 가득 찬 방 여섯 개짜리 집에 살고 있다면(그런데 그 사람들은 타인을 방문하기 위해 자신이 있던 방을 떠날 수 없다. 다른 방에 있는 사람들이 말하는 언어를 모르기 때문이다) 그녀가 기다리는 것은 무엇일까? 남자를 기다리는 것일까? 도대체 누가 그녀의 요소들을 통일시킬 수 있을까? 지붕 같은 남자? 혹은 이 빈 공간의 중심부에서 활활 타오르는 불같은 남자일까?(LL 41)

결국 그녀는 토머스와의 정사를 통해 오랫동안 갈구하던 통합을 경험한다. 토머스의 형 집의 나무 위에 세워진 에덴동산과도 같은 다락방에서 그들은 마치 아담과 이브처럼 사랑에 탐닉한다.

그녀는 자신의 삶이 여섯 개의 방으로 구성되어 있고, 각각의 방은 독립적이어서 자신의 몸을 이끌며 이방 저방 다니느라 신경쇠약에 걸릴 정도라고 불평하곤 하였다. 그러나 지금 마사는 그 집에 방 한 개를 추가함으로써 분리에 종말을 고하게 되었다. 이제 그녀는 그 집의 중심부에 살게 되었다. 구부러진 창문으로 하늘과 나뭇가지들만 보이는 향내 나는 나무 다락방이 바로 그곳이었다.(LL 122)

마사는 전 남편 더글러스와 안톤에게서 느끼지 못했던 완전한 육체적 합일을 토머스와의 관계를 통해 경험한다. "그들은 서로를 만지고 입맞추며 그순간 상대방의 현재, 과거 그리고 미래까지 모두 소유하였다."(*LL* 128) 이들이 나무 위 다락방에서 사랑을 나누며, 비와 빛 속에 잠겨 있는 모습은 이전의 어느 작품에서도 찾아볼 수 없던 행복한 마사의 모습이며, 빛과 비의 이미저리는 마사의 생산성(fertility)을 나타낸다. 육지에 갇혀 있던 마사, 즉 불모의 마사는 이제 서서히 재생을 향해 나아가고 있다. 이 두 사람의 사랑의 행위는 시간이 흐르면서 개인적 차원을 넘어 역사적 의미까지 갖게 된다.

가끔 그들이 사랑을 나눌 때 너무나 강렬하여 마치 거대한 힘이 그들에게 침입하려고 기다리는 것 같아 두렵기조차 하였다. 그러나 이들은 이것이 무엇을 의미하는지 몰랐다.(*LL* 191)

토머스와 그녀가 서로를 만질 때에는 그 촉감 속에서 유럽에서 살해된 수백만의 살덩어리들이 부르짖곤 하였다. 흩어진 살덩어리가 복수를 하고 있었고, 훨씬 작은 사랑, 단지 어깨 위에 얹은 손, 단순한 배고픔 그리고 단잠이나 즐기기에 적합할 두 작은 생명체를 통해 울부짖고 있었다. 그들은 너무나 고통스러워 서로에게서 떨어져야 했다.(*LL* 199)

토머스의 개인적 고뇌는 역사적 문제와 불가분으로 연결되어 있고, 전쟁은 끝났으나 그의 정신적 탈공간화는 날로 심화된다. 마사는 그런 그를 편집광(paranoid)적이라고 규정하며 그들의 만남이 오래가지 못할 것이라고 직감한다. 반면 그와의 계속된 만남을 통해 마사는 토머스와의 완전한 통합의 경험을 넘어 자연과의 합일의 경험에까지 이른다. 마사는 동료 잭 도비와 함께 토머스의 농장에 들르는데, 시골길을 자동

차로 달리면서 고향에서 맛보았던 '초원과의 통일감'을 다시 맛본다.

잭과 그녀는 이미 농장을 향해 거친 길을 반쯤 달려왔다. 그 빈 공간
이 두 마리의 개미 같은 그녀와 잭을 담고 있었을 뿐 아니라 그녀가 그
공간을 담고 있었다. 그녀는 거대한 공간의 종(bell)이었고, 그 종을 통
해 작은 생물들이 기어나오고 있었다. 그리고 그 생물들 사이에는 그녀
자신도 끼어 있었다.(*LL* 199-200)

이것은 앞에서 인용했던 고향의 초원에서 체험한 '자연과의 일체
감'과 같은 맥락의 경험이며, 토머스와의 만족스런 육체적 합일로 인
해 가능해진 경험이다. 토머스의 직업이 묘목업자라는 것도 이런 점에
서 시사하는 바가 크다. 마사는 이 경험으로 자신이 '재생'되고 있음
을 어렴풋이 깨닫는다. 토머스의 편집광적인 성향은 날이 갈수록 깊어
가고, 마사는 어느 날 토머스가 교수형당하는 꿈을 꾸는데, 그는 마치
순교자의 성스러운 모습으로 서구인의 외모가 아닌 동양인의 외모를
하고 당당하게 죽음에 임하고 있다. 이 꿈을 꾼 뒤 마사는 그가 곧 죽
으리라고 직관적으로 깨달으며, 그래서 그의 사망 소식을 들을 때에
도 매우 담담하다. 마사는 계속해서 토머스와 자신과의 관계가 무엇
인지 모르겠다고 말하고 있으나, 교수형을 당하는 토머스의 모습은
모든 죄를 짊어지고 자신의 몸을 희생하면서 인간들을 구원하고 갱생
시키는 예수 그리스도와 흡사하다. 마사는 토머스와의 관계를 통해,
특히 토머스의 고뇌를 온 몸으로 체험하면서 전쟁 혹은 폭력이 인간
에게 끼치는 영향을 뼛속 깊이 느끼며, 그 결과 그녀의 정신 세계와
타인을 이해하는 능력은 그만큼 심화되고 확대된다.

이 작품의 종결부로 다가갈수록 불평없이 어머니를 인내하고, 정치

동료들에게 상담도 해주며, 토머스의 정신적인 노이로제까지 감내하는 안정된 마사를 보게 된다. 안톤과의 이혼 문제도 지루하지만 해결되는 국면으로 나아가고 있고 그 결과 영국으로 갈 수 있는 가능성이 커지고 있기 때문이기도 하지만, 토머스와의 경험으로 정신적 탈공간 과정에서 벗어날 수 있는 자신감을 얻었기 때문이다. "그녀는 자신과 토머스 사이에 무슨 일이 일어났는지 몰랐다. 어떤 힘, 어떤 권력이 그들을 사로잡았고 그녀에게 엄청난 변화를 가져왔다.——그녀에게서 변한 것은 영혼(soul)인가? (그러나 그녀는 어떤 단어를 사용해야 하는지도 몰랐다.) 정신(psyche)인가 혹은 존재(being)인가? 그녀는 알 수 없었다."(*LL* 268) 이처럼 자신에게 어떤 큰 변화가 일어났다고 확신하는 마사는 이미 첫 장면의 피로에 지친 마사가 아니라 모든 사람의 이야기를 들어 주며 포용하고 그들의 책이나 자료 등을 정리하면서(쟈니의 회고록을 쓰고, 토머스의 보고서를 해석하고 분석하는 등) 영국으로 떠나기 전 자신의 주변을 깔끔하게 정리하는 해결사의 모습이다.

V. 결론: 탈 · 탈공간화를 향하여

토머스 스턴은 '트레셀 상사,' 즉 정신분석학자 칼 융의 용어를 빌리면 '자신의 그림자'를 피해 이스라엘로 갔다가 그곳에서 은사를 만난다. 토머스는 그 은사에게서 라틴어와 과학을 배우기를 바랐으나 그 은사는 라틴어를 배우는 것은 어리석은 자나 할 짓이고, 과학을 배우려거든 태양과 우주에 관해 배우라고 충고한다.

과학을 배우고 싶다고? 그러면 매일 아침 일어나 생각해봐: 태양은 흰 빛의 덩어리이고 태양 빛 속에서 12개의 작은 입자들이 회전하고 있지. 자네는 태양물질의 한 조각 속에 살며 태양 주위를 돌고 있어. 자 느껴봐. 나는 그에게 말했어. 아인슈타인에 대해 가르쳐 주세요. 그는 말했지. 매일 정신이 들 때마다 자네가 어디에 있는지 생각해 보게. 지구와 행성들과 회전하는 행성 위에 있는 자네를 상상해 보게. 한밤중 어둠 속에서 눈이 떠지면 자네 지구의 반이 태양으로부터 어떻게 가려지고 힌두쿠시 산맥의 경사면은 어떻게 빛을 받기 시작하는지 생각해 보게. 그는 말했어. 어두운 바다 속 물고기들이 어떻게 바다 속으로 가라앉고, 빛이 비치게 되면 어떻게 그 빛을 좇아 수면으로 떠오르는지. 여름이나 겨울이나 앞으로 뒤로 지구 위를 마음대로 날아다니는 새들을 생각해 보게. 그게 과학이야. (…) 그는 인간이 앞으로 배워야 할 것은 진화라고 말했다. 인간은 별과 시간과 공간에 대해 배워야 해. 배우지 못하면 인간은 오물 속의 구더기와 다를 바 없어.(*LL* 239-240)

이 구절은 수피즘의 교훈과도 유사한데, 수피즘은 "인류는 새롭고 완전한 상태를 향해 의식적으로 진화할 수 있는 내재적 능력을 갖고 있다"고 주장한다. 이런 발전을 하기 위한 첫 단계는 과거의 패턴을 해체하는 것이기 때문에 파괴적으로 보인다. 수피주의자들이 말하듯이 사람들은 '늙은 악당(old Villain)'들, 즉 잘못된 인식 능력으로 제약을 가하는 속박들을 모두 제거해야 한다.(싱글턴 121) 제2차 세계대전으로 서구의 'old villain'은 재고되는 위기를 맞이하게 되었고, 이 작품에서도 'old villain'이라고 할 수 있는 마사의 아버지, 쟈니 등이 세상을 떠난다. 수천만 명의 인명을 앗아간 제2차 세계대전은 서구의 가치들, 즉 합리주의 · 실증주의 · 과학만능주의 등에 대한 저항을 잉태하였고, 대신 직관 · 신비주의 · 정신분석학 · 불가지론 등에 대한 관심을 낳았다.

율법학자는 큰 소리로 생각하고 있었다.

"내가 살아 있는지 죽어 있는지 어떻게 알지?"

"바보처럼 굴지 말아요." 그의 아내가 말했다. "당신이 죽었다면 사지가 차갑겠지요."

그 일이 있은 후 곧 나스루딘은 나무를 하러 숲으로 갔다. 한 겨울이었다. 갑자기 그는 손과 발이 차다는 것을 깨달았다.

"나는 틀림없이 죽은 거야"라고 생각했다: "그러니 일을 하지 말아야지. 시체는 일을 안하니까."

그리고 시체는 걸을 수 없으므로 풀밭에 누웠다.

곧 늑대떼가 나타나 나무에 매어 있던 나스루딘의 당나귀를 공격했다.

"그래, 마음대로 해라. 나는 죽었으니"라고 비굴하게 누워 있던 자리에서 나스루딘이 말했다; "그러나 내가 살아 있었으면 내 당나귀를 그렇게 함부로 하도록 내버려두지는 않았을 걸."(*LL* 263)

위의 글 역시 《수피주의자》에서 인용된 제4부의 권두언으로 전통적 사고를 뒤집는 파격을 보여 주고 있다. 마사가 토머스의 유품으로 받은 원고 역시 이런 파격적 특징을 갖고 있는데, 그 원고는 번호가 매겨져 있지 않아 순서가 엉망이고, 원고 여백과 본문 위에 주(notes), 논평들(comments)이 빨간 연필로 낙서되어 있어 원래의 이야기가 완전히 다른 이야기로 되어 버리기도 하였다. 폴란드에서의 생활에 관한 구절 뒤에 폴란드 민요가 나오고, 어머니의 감자요리 방법이 씌어 있는가 하면, 유대인 농담이 나오고 다시 이디시어(Yiddish) 농담이 나오기도 한다. 원주민에 대한 보고서인지, 자신의 삶에 대한 회고록인지, 농장 경영에 대한 논문인지 분간하기도 어렵고, 이치에 맞는 말(sense)과 터무니없는 말(nonsense)이 교차되어 있어 완전한 뜻을 파악하기가 불가능하다.

이 원고는 토머스가 마사에게 설명했던 자신의 공간적 위치를 잘 구현하는데, 토머스는 마사에게 "나는 농부도 상인도 아니야. 그 중간이지. 중간인이야. 나는 내 운명을 피할 수 없어." (…) "당신은 정원사예요." 그녀는 마침내 말했다. "틈새 공간(in-between)에 있는 거야. 도시도 시골도 아닌 곳."(*LL* 164) 이처럼 토머스가 말하는 이곳도 저곳도 아닌 제3의 공간은 고향 없는 이산자들의 사유 영역이라는 호미 바바의 '틈새 공간'을 상기시킨다. 포스트식민주의 비평 이론가들은 탈공간화되고 탈영토화된 이산자들의 고뇌를 잡종성의 담론과 연결시켜 이 제3의 공간이야말로 문화적 타협과 번역이 일어나는 곳이라고 주장한다.[7]

마사는 토머스의 원고를 토머스에게 오지의 원주민에 대한 보고임무를 맡겼던 재단으로 원고를 보내는 대신 영국으로 가지고 갈 여행가방 속에 넣는데, 토머스의 개인적인 불행, 유대인으로서의 집합적 고뇌, 좌익운동가로서 원주민에 대한 임무 등이 뒤엉켜 있고, 폴란드어 · 영어 · 원주민들의 언어 · 이디시어 등이 마구 혼잡하게 뒤섞여 있는 이 원고는 마사의 정신 세계에 거름과도 같은 존재, 즉 마사의 풍요로운 재생과 창작을 도와 줄 비료 같은 인상을 준다. 마사는 이혼 문제가 잘 해결되어 영국으로 떠날 준비를 마치고, 결국 육지의 족쇄에서 벗어나기 직전에 와 있다. 육지에서 바다로 나아가는 순간 마사는 지금까지 짓눌려 있던 역사적 결정론에서도 탈피하게 될 것이다.

---

7) 이것에 대한 상세한 설명은 졸고 〈호미 바바와 포스트콜로니얼 비평〉, 《인문사회연구》 용인대학교 인문사회과학 연구소 1999. p.41-56을 참조하시오.

참고 문헌

민경숙. 〈프란츠 파농과 포스트콜로니얼 문학〉《인문사회과학연구》제2호. 용인: 용인대학교, 69-86. 1998.

—— 〈호미 바바와 포스트콜로니얼 비평〉《인문사회과학연구》제3호. 용인: 용인대학교, 41-54. 1999.

유제분. 〈Female Bildungsroman: Doris Lessing's *Children of Violence Series*〉. 서강대학교 대학원 박사학위 청구 논문. 1994.

Albinski, Nan Brown. *Women's Utopias in British and American Fiction*. London: Routledge, 1988.

Anne McClintock. *Imperial Leather*. New York: Routledge. 1995.

Ashcroft, Bill. Griffiths, Gareth. and Tiffin, Helen. *The Empire Writes Back: Theory and Practice in Post-colonial Literatures*. London and New York: Routledge. 1989.

—— (ed.) *Post-colonial Studies Reader*. London and New York: Routledge. 1995.

Barnouw, Dagmar. 〈Disorderly Companion: From *The Golden Notebook* to *The Four-Gated City*." *Doris Lessing*. Pratt, Annis and Dembo, L. S. (ed.) Madison: University of Wisconsin Press, 1987.

Brewster, Dorothy. *Doris Lessing*. New York: Twayne Publishers, Inc., 1965.

Cederstrom, Lorelei. *Fine-Tuning the Feminine Psyche: Jungian Pattern in the Novels of Doris Lessing*. New York: Peter Lang Publishing, Inc. 1990.

Eagleton, Terry. *Literary Theory*. Oxford: Basil Blackwell Publisher Limited, 1983.

Fahim, S. Shadia. *Doris Lessing: Sufi Equilibrium and the Form of the Novel*. London: The MacMillan Press Ltd., 1994.

Fanon, Frantz. *Black Skin, White Masks*. trans. Charles Lam Markmann.

London: Pluto Press. 1986.

—— The Wretched of the Earth. trans. Constance Farrington. Harmonds—worth: Penguin Books. 1986.

Galin, Müge. Between East and West: Sufism in the Novels of Doris Lessing. Albany: State University of New York Press, 1997.

Lessing, Doris. Martha Quest. London: Hart—Davis, MacGibbon Limited. 1952.

—— A Proper Marriage. New York: Harper Perennial. 1954.

—— A Ripple from the Storm. London: Flamingo. 1958.

—— Landlocked. New York: HarperPerennial. 1995.

Perrakis, Sternberg Phyllis(ed.). Spiritual Exploration in the Works of Doris Lessing. Westport: Greenwood Press, 1999.

Pickering, Jean. Understanding Doris Lessing. Columbia: University of South California Press, 1990.

Pratt, Annis and Dembo, L. S.(ed.) Doris Lessing. Madison: University of Wisconsin Press, 1987.

Rich, Adrienne. Of Woman Born: Motherhood as Experience and Institu—tion. New York: W. W. Norton & Company. 1995.

Rowe, Moan Margaret. Doris Lessing. London: The MacMillan Press Ltd., 1994.

Rubenstein, Roberta. The Novelistic Vision of Doris Lessing. Chicago: University of Illinois Press, 1979.

Sage, Lorna. Doris Lessing. London and New York: Methuen, 1983.

Schlueter, Paul(ed.). A Small Personal Voice. New York: Vintage Books Edition, 1975.

Singleton, Mary Ann. The City and the Veld: The Fiction of Doris Lessing. London: Associated University Presses, Inc. 1977.

Sprague, Claire(ed.). In Pursuit of Doris Lessing. London: The Macmillan Press Ltd., 1990.

Vlastos, Marion. 〈Doris Lessing and R. D. Laing: Psychopolitics and

Prophesy⟩, *PMLA* March 1976. pp.245-257.

Yelin, Louise. *From the Margins of Empire: Christina Stead, Doris Lessing, Nadine Gordimer.* Ithaca and London: Cornell University Press, 1998.

제5부
새로운 사회, 새로운 형식

《황금 노트북》은 도리스 레싱의 대표작이자 페미니즘 운동의 한 획을 그은 걸작으로 인정받는 작품이다. 이 작품은 홀로 자식을 키우는 이혼녀이자 경제적으로 자립한 여자, 소신껏 정치 활동을 하며 사는 여자, 소위 '자유 여성'인 안나와 몰리 두 여성을 중심으로 하여 우선적으로 이들이 겉모습처럼 '자유로운가?'에 대해 의문을 제기한다. 이들은 가부장제에 대한 반항으로 이혼을 하였지만 여전히 남자와의 관계에서 자유롭지 못하며, 소위 결손 가정 속에서 자식을 교육시키느라 어려움을 겪고 있다. 안나는 베스트셀러 작가로서 그 인세로 생계를 꾸려 나가고 있고, 마이클이란 정신과 의사와 깊은 사랑을 나누었지만 그는 가정이 있는 사람으로 4년 만에 안나를 떠난다. 안나는 그 이별로 인해 큰 충격을 받았고 후속 작품도 쓰지 못하여 정신분석자 마크스 부인에게서 정신과 치료를 받고 있다. 몰리는 사업가 리처드와 이혼한 뒤 배우로 생계를 꾸리며 아들 타미와 살고 있다. 안나와 몰리는 공산당에 가입하여 맹렬한 활동을 했었고, 아들 타미는 이들에게서 큰 영향을 받으며 성장하였다. 타미는 진로를 결정해야 되는 나이가 되어 사업가로 크게 성공한 아버지와 만나게 되면서 공산주의와 자본주의 사이에서 큰 혼란을 겪게 된다. 결국 타미는 자살을 기도하고 실명하지만 오히려 정신적 안정을 얻게 되고, 아버지의 사업을 계승하기로 결정한다. 타미의 자살 기도로 큰 충격을 받은 몰리는 결혼을 결심하고, 자신과 비슷한 정신병을 앓는 미국인 작가 소올을 만난 안나는 그와의 관계를 통해 인격적 통합을 이룬 뒤 노동당에 가입하여 결혼상담사로 일할 결심을 한다.

간단한 요약으로도 쉽게 알 수 있듯이 《황금 노트북》은 여성 문제, 그리고 가정이나 가족의 문제 못지않게 당시의 사회 문제 혹은 사회 분열을 심도 있게 다루고 있으며, 불가분 이념 문제를 다루고 있다. 본책의 앞부분에서 다루었던 공산주의와 자본주의의 문제가 다시 등장하고 있으며, 안나의 베스트셀러 작품인 《전쟁의 변경 지대》의 무대가 중앙아프리카로 설정되어 있어 인종 문제까지 다루고 있음을 알 수 있다. 결국 이 작품은 레싱의 관심사의 총집합인데, 레싱은 가정 문제·인종 문제·사회 문제·이념 문제, 그리고 예술 문제가 겉으로 보기에는 분리된 개별적 문제 같지만 사실은 이들이 한 뿌리에서 나온 것임을 증명하기 위해 이 작품을 독특하게 구성하였다. 처음에는 이들 문제들을 개별적으로 다루기 위해 주인공 안나가 이들을 네 개의 공책에 분리하여 기록하도록 만들지만, 안나가 인격 통합을 이룬 뒤에는 황금 노트북 한 권에 새로운 작품을 쓰는 것으로 마무리함으로써 이 작품의 구성과 내용이 불가분의 관계를 맺고 있음을 암시한다.

앞에서도 말했듯이 《황금 노트북》은 도리스 레싱의 대표작이자 페미니즘 운동의 한 획을 그은 명작으로 인정받고 있지만, 그에 못지않게 내용과 형식의 문제, 예술의 문제를 다룬 작품으로 평가되어야 한다. 이때까지 인종 문제·여성 문제·이념 문제 등을 다루면서 새로운 사회를 꾸준히 모색하였듯이 이 작품에서는 그것을 예술의 문제와 결부시키며 새로운 형식을 시도하고 있기 때문이다. 무엇보다도 레싱 자신이 이 작품을 페미니즘이나 여성 해방을 주장한 작품으로 보다는 새로운 형식을 시도한 작품으로 인정받고 싶어하였다. 그러므로 이 부분에서는 '새로운 사회, 새로운 형식' 라는 제목 아래 《황금 노트북》의 형식을 다룬 두 개의 논문, 〈《황금 노트북》의 입체적 구성과 그 의미〉 (2004)와 〈연속성과 해방의 기호, 패러디: 《황금 노트북》을 중심으로〉 (2004)를 실었다. 이 작품의 구성이 워낙 복잡하고 그 의미가 다층적이어서 제7장은 그 구성을 자세히 분석하였으며, 제8장은 이 작품을 '패러디'로 읽으면서 레싱이 리얼리즘에서 모더니즘으로, 그리고 포스트모더니즘으로 새로운 형식을 탐구하는 과정을 담았다.

《황금 노트북》을 쓴 시점을 기준으로 하여 레싱은 그 이전의 분열을 향한 거듭된 추락에서 벗어나 상승을 향한 날갯짓을 시작했다고 감히 말할 수 있다. 《풀잎은 노래한다》와 《폭력의 아이들》의 세 작품을 통해 여주인공의 심화되는 분열을 보았다면, 《황금 노트북》에서는 여주인공이 심각한 정신분열을 겪은 뒤 다시 통합의 상태로 회복되는 모습을 보여 준다. 이것은 레싱이 이전의 사회주의 리얼리즘 형식의 소설에서 벗어나 메타픽션의 새로운 형식을 시도하고 성공하는 것과 밀접하게 연관되어 있다. 제7장 '《황금 노트북》의 입체적 구성과 그 의미'는 이 작품을 노트북별로 읽는 소위 '날줄로 읽기'와 등장하는 순서대로 읽는 '씨줄로 읽기'를 통하여 조각난 이 작품을 끼워 맞추는 작업을 하면서 복잡한 이 작품을 올바르게 해독하는 데 주안점을 두었다. 반면 제8장 '연속성과 해방의 기호, 패러디: 《황금 노트북》을 중심으로'는 앞의 글읽기를 통해 드러난 특징, 즉 같지만 다른 이야기들이 계속 반복되고 있다는 점에 주목하여 레싱의 의도를 풀어내고 의미를 파악하려고 노력하였다. 레싱은 이 작품을 쓰기 오래전부터 메타픽션으로 쓸 것을 구상하고 있었고, 결국 그에 성공하였으므로 그 점에도 천착하였다.

제7장

―――

《황금 노트북》의 입체적 구성과 그 의미

I. 들어가기

이 소설의 의미는 그 구성에 있다.[8]

1962년 도리스 레싱은 오늘날 그녀의 최고의 걸작이자 가장 실험적인 작품이라고 평가되는 《황금 노트북》을 발표하였다. 그러나 이 작품이 발표된 직후 대부분의 비평가들은 레싱에게 '우리의 인생관을 급진적으로 변화시킨 작품'(앤소니 버제스), '정직성과 성실성에서 돋보이며 (…) 지적인 여성이 부딪치는 감정적 문제를 잘 노출시킨 작품'(월터 앨런), '1960년대의 영국 작가가 쓴 가장 훌륭한 작품'(프레데릭 칼) 등의 찬사를 보내기는 하였으나 이것은 이 작품의 내용에 대한 평가였을 뿐 "예술 작품으로 인정하기는 어렵다"는 한결같은 결론으

―――――――――

8) Paul Schlueter는 《도리스 레싱의 소설 The Novels of Doris Lessing》(Southern Illinois University Press, 1969) 82쪽에서 레싱의 말을 인용하였다. 레싱은 1962년 8월 21일 로버트 루벤스(Robert Rubens)와 인터뷰를 하였고, 슐레터는 이 인터뷰 내용을 일부 인용하였으며, 필자 역시 그 인용을 여기에 재인용하였다.

로 구성 면에서의 실험성과 중요성은 무시하였다.[9]

이런 평가는 레싱이 1971년 직접 쓴 〈《황금 노트북》의 서문〉에서 이 작품의 복잡한 구조는 의미가 있고 중요하나 지난 10년간 이 사실에 주목한 비평가가 없었으며, 단지 성의 대결이나 여성 해방에 관한 논 문으로 치부되는 데 놀랐다는 사실을 밝힌 후 급격히 역전되었다. 형 식주의나 신비평의 예술관에 젖어 있던 학자들이 레싱의 공산당 참여 의 전력 때문에 이 작품을 사회주의적 리얼리즘의 연속으로 읽었고, 그래서 이런 특이성의 의미가 간과되었던 것이다.

우선 이 작품은 조각조각 분해되어 있는 듯한 인상을 주는데, 5부작 《폭력의 아이들》에서 그려졌던 분열된 군상의 모습이 이 작품에 와서 는 형식에까지 반영되어 내용과 형식 양면으로 분열의 형상을 띠고 있 다. 인간의 분열상을 보다 진실되게 그리기 위해서는 이전 작품들에서 사용했던 전통적인 사회주의 리얼리즘 형식 이상의 것이 필요했을 것 이다.

이 작품은 〈자유 여성〉이라는 전통적인 단편 소설을 뼈대로 하여 구 성되어 있는데, 이 단편 소설은 〈자유 여성: 1〉 〈자유 여성: 2〉 등 다섯 개의 부분으로 나누어져 있고, 〈자유 여성: 5〉를 제외한 각 부분의 뒤에 는 '검정 노트북(The Black Notebook)' '빨강 노트북(The Red Note-book)' '노랑 노트북(The Yellow Notebook)' '파랑 노트북(The Blue Notebook)' 등이 차례로 따라나오며, 마지막 노트북인 네번째 '파랑 노트북' 뒤에는 이 노트북들의 총결산이자 이 작품의 제목이기도 한

---

9) Gayle Greene은 《도리스 레싱: 변화의 시학 *Doris Lessing: The Poetics of Change*》(The University of Michigan Press, 1994)의 《황금 노트북》에 관한 장(94-8 쪽)에서 《황금 노트북》에 대한 여러 남녀 비평가들의 비평의 예를 열거하며 상당 기 간 동안 《황금 노트북》에 대한 올바른 평가가 이루어지지 않았음을 보여 주고 있다.

'황금 노트북(The Golden Notebook)'이 나오고, 마지막으로 〈자유 여성: 5〉가 대미를 장식한다. 그러니까 〈자유 여성〉이나 각 노트북이 분열되어 있고, 더욱이 그것들이 〈자유 여성: 1〉, '검정 노트북 1' '빨강 노트북 1' '노랑 노트북 1' '파랑 노트북 1' 〈자유 여성: 2〉, '검정 노트북 2' '빨강 노트북 2' '노랑 노트북 2' '파랑 노트북 2' (여기에서 〈자유 여성〉에 붙인 숫자는 레싱이 붙인 것이지만 노트북에 붙인 숫자는 필자가 편의를 위해 붙인 것이다) 등의 순서로 조각조각 교차되어 있어 독자들을 매우 혼란시키고 있을 뿐 아니라, 노트북들의 총결산인 '황금 노트북'에서 주인공 안나가 〈자유 여성〉을 집필할 계획인 듯이 보이므로, 작품에 등장하는 순서와 달리 연대기상으로 볼 때 〈자유 여성〉보다 노트북이 먼저 존재하는 등 이 작품은 이들의 저자이자 주인공인 안나의 의식이나 사고뿐 아니라 시간 감각도 분열되어 있음을 드러낸다.

이 작품을 처음 읽는 독자는 〈자유 여성〉이 작가인 레싱이 전지전능한 신의 관점에서 등장 인물들을 관찰하는 3인칭 단편 소설일 것으로 추측한다. 그러나 앞에서도 말했듯이 이 작품의 거의 끝부분인 '황금 노트북'에 이르러 독자는 〈자유 여성〉이 안나가 집필한 단편 소설, 즉 안나가 창작한 픽션이며 이 단편 소설의 주제 · 구성 · 형식 등 모든 것이 안나 개인의 책임이라는 사실을 깨닫게 된다. 이와 동시에 이 작품을 읽으면서 부딪치는 또 하나의 의문, 즉 〈자유 여성〉과 노트북들 사이의 여러 사실들의 불일치에 관해서도 해결의 가능성이 여기에 있음을 알게 된다. 다시 말하자면 뼈대인 〈자유 여성〉이 주인공 안나의 창조물인 것을 인식하게 된 독자는 안나의 일기인 각 노트북의 내용이 픽션인 〈자유 여성〉과 다를 수 있고, 오히려 〈자유 여성〉보다 노트북들의 내용이 더 사실에 가까우리라고 짐작하게 되며, 그래서 이번에는 노트북별로, 즉 '검정 노트북 1,2,3,4' '빨강 노트북 1,2,3,4' '노랑 노트북 1,2,3,4' '파랑 노트북 1,2,3,4' '황금 노트북'의 순으로 다시 읽게 되고, 마지막으로 이 노트북을 바탕으로 쓰인 창작물 〈자유 여성: 1,2,3,4,5〉를 읽게 된다.

본 논문은 이런 반복된 글읽기를 통해 새로 드러나는 여러 사실들을 바탕으로 레싱이 이런 복잡한 구성으로 무엇을 말하려 했는지, 또한 〈자유 여성: 1,2,3,4,5〉와 노트북들 사이에는 어떤 관계가 있으며 그 의미는 무엇인지에 관해 분석하려고 한다. 그런데 본 논문에서는 이 작품이 입체적 구성을 갖고 있음을 주장하므로 이런 주장을 보다 시각적으로 잘 보여 주기 위해 편의상 노트북별로 읽는 글읽기를 '날줄로 읽기,' 작품에 등장하는 순서로 읽는 글읽기를 '씨줄로 읽기'라고 명명하였다. 노트북들이 〈자유 여성〉보다 시간상 먼저 씌었기 때문에 '날줄로 읽기'부터 시도하였다.

II. 날줄로 읽기: 노트북별로 읽기

노트북들은 일기인만큼 1인칭으로 기록되어 있으며, 1950년부터 1957년까지의 안나의 예술관·인생관·정치·인간 관계 등에 관한 내적인 반성, 습작 내용과 이야기 줄거리들, 일상적 행동과 행적들, 여러 외부적 사건들을 조각조각 단편적으로 담고 있다. 작가인 안나는 자신의 다양한 관심사와 복잡한 사고들을 통합하여 총체적으로 예술 작품 속에 재현하기가 어렵고, 더욱이 기존 형식으로는 불가능하다고 느끼며, 더 나아가 이들에 관한 자신의 생각이 일관성 없거나 진실이 아닐지도 모른다고 느끼는 대혼란을 겪고 있기 때문에 자신의 관심사를 주제별로 분리하여 네 개의 노트북에 기록하기로 결정한다. 그럼으로써 혼란을 통제하고 해결하려는 것이다. (안나는 이것을 '진리를 가두는 행위'(GN 660)라고 부른다.) 안나는 노트북들에 대해 '검정 노트북'은 작가 안나 울프에 관한 기록, '빨강 노트북'은 정치에 관한 기록, '노랑 노트북'은 경험에서 나온 스토리들에 관한 기록이며, '파랑 노트북'은 개인적인 일기를 쓰려는 노력이라고 설명한다.(GN 475)

주인공 안나는 30대의 여성 작가로 젊은 시절 중앙아프리카에서 살았던 경험을 바탕으로 《전쟁의 변경 지대》란 작품을 발표하여 베스트셀러 작가가 되었고, 그 인세로 살아가고 있다. 처녀작을 성공시킨 작가로서 후속 작품을 써야 하나 쓰지 못하고 있으며, 대신 네 개의 노트북에 일기를 쓰고 있다. 중앙아프리카에서 맥스 울프와의 1년간의 결혼 생활을 통해 자넷이라는 딸을 얻었고, 그 딸을 양육하며 살아가는 어머니이자 이혼녀이다. 또한 아프리카 시절부터 인종차별의 비인간성에 대한 통렬한 인식과 계급 사회에 대한 저항 의식으로 평등 사회 지향이라는 유토피아적 사고를 갖게 되었고, 그리하여 공산주의 활동에 열성적으로 가담하였다. 여러모로 동병상련을 느끼는 이혼녀이자 한 아이의 어머니이며 정치적 동지인 친구 몰리와 그녀의 아들 타미 등과 함께 한 아파트에 살고 있으며, '자유 여성'이라는 기치를 내걸고 살아가지만, 결혼의 굴레에 갇혀 살아가는 여자들이 자유를 희생하고 안정과 안전을 얻듯이 이들 '자유 여성'도 자유를 누리는 대가를 치르고 있다. 더욱이 그 자유의 대가는 엄청나게 크고, 게다가 '과연 완전한 자유라는 것이 가능한가?'라는 의문에도 종종 시달린다. 자식을 키우는 어머니 역할의 어려움, 남자들과의 불안정한 관계, 이들이 살아가는 1950년대와 1960년대의 고유한 사회적 특성으로 인한 갈등 등으로 인해 이들은 정신분석자인 마크스 부인과 정기적으로 상담을 하고 있으며, 이 상담 내용 역시 이 작품에서 중요한 모티프가 되고 있다.

이 작품은 6백 페이지가 넘는 장편 소설이지만 기본 줄거리는 안나가 집필한 단편 소설 〈자유 여성〉의 것과 대동소이하게 단순하다. 그리고 나머지 부분은 한 작가가 하나의 단편 소설을 발표하기까지 줄거리를 구상하고, 그 줄거리를 독자에게 제시하는 방법을 선택하며, 인물들을 설정하는 등 그 이면의 노력이 마치 바다 밑에 숨겨져 있는 빙산의 거대한 얼음덩어리 같듯이, 하나의 단편 소설이 나오기까지 작가가 겪는 엄청난 고민과 고통을 적나라하게 보여 주면서 전통적 형식의 단편 소설로 담을 수 없는 숨겨진 여러 층의 담론을 풀어내고 있다. 레싱은 소설을 다루는 소설, 즉 메타픽션을 통해 정치 · 사회 · 여성 · 인종 · 예술의 문제를 폭넓게 다루고 있다.

'검정 노트북'

'검정 노트북'은 작가 안나에 관한 기록이자 아프리카에 관한 기록으로, 아프리카에서 안나가 직접 경험한 사건과 그에 대한 회상, 그 사건을 바탕으로 하여 쓴 처녀작 《전쟁의 변경 지대》에 관한 자신의 비평과 비판, 그 작품의 판권 문제를 통한 서양 출판계 혹은 문화계의 상업주의 고발, 공산주의자들의 그 작품에 대한 편파적 비평 등을 담고 있다.

레싱이 이전 작품들에서 꾸준히 제기하였던 인종차별 문제, 즉 서구 제국주의의 횡포와 그로 인한 아프리카 피식민지자들이 겪는 폐해들이 이 작품에서도 여지없이 표현되고 있으나 이전 작품들과 다른 점은 이런 주제가 간접적으로 제시된다는 것이다. 다시 말하자면 이 주제가 안나라는 작가의 이미 과거에 겪은 아프리카 경험으로 구체화되어 예술 작품으로 재현되고, 작가가 몇 년 뒤 그 작품을 다시 읽으며 과거를 회상하면서 자신의 경험과 그 경험이 재현된 텍스트 사이의 진실 관계에 대해 고민하므로, 독자는 예상과 달리 이 노트북이 제국주의에 대한 직접적인 비판보다는 작가의 고뇌에 더 초점을 맞추고 있음을 발견하게 된다. 이 사실은 레싱이 이전 작품들과 달리 무거운 주제 자체보다 그 주제를 담는 그릇과 담는 방법에 더 큰 비중을 두고 있으며, 형식과 테크닉 문제에 천착하고 있음을 보여 준다.

안나는 중앙아프리카의 마쇼피 호텔에서 겪은 색다른 경험을 바탕으로 《전쟁의 변경 지대》란 비극적 소설, 즉 영국 제국주의로 인해 비극적 삶을 사는 아프리카 원주민 요리사 가족과 새로운 평등 세계를 이루려는 공산당 그룹 멤버들의 개인적 갈등과 이념적 회의(사실 이런 주제들은 이미 《풀잎은 노래한다》와 5부작 《폭력의 아이들》을 통해 충분히 표현되었다)를 그린 소설을 발표하고 베스트셀러 작가로서 대성공을 거둔다. 그후 안나는 영화제작자, 텔레비전 영화제작자, 연극이나 뮤지컬 관계자 등 각계의 예술 종사자로부터 꾸준히 이 소설을 각색하자는 제안을 받는데, 이들 관계자들의 목적은 한결같이 대중성과 상업성 도모로 안나의 소설을 인종 문제나 이념 문제가 희석되거나 삭제된 '낭만적 러브스토리'부터 '희극'까지 다양한 장르로 대중의 입맛에 맞게 각색하려고 한다. 안나는 이들의 제안을 거절하면서 하나의 작품이 목적에 따라 다양하게 읽힐 수 있으며 패러디될 수 있음을 깨닫는다. 더 나아가 안나는 한편으로는 다양한 작가들과의 접촉을 통해 서구의 문학계가 얼마나 부패되어 있는지(예를 들어 한 미국 문학비평가가 런던에서 환대를 받은 뒤 혹평에서 찬사로 비평의 어조를 바꿈을 보여 주는 에피소드)를 폭로하며, 다른 한편으로는 소련에서 발표된

《전쟁의 변경 지대》에 대한 비평을 그대로 옮김으로써 이념이 예술적 진실을 얼마나 왜곡하는가에 대해서도 보여 준다. 팽팽한 줄다리기를 하고 있는 자본주의와 공산주의의 이념적 갈등 속에서 예술가 안나는 글쓰기에 대한 반성에 몰입한다.

안나가 쓰고 싶어하는 소설은 "질서를 창조하고, 인생을 바라보는 새로운 방법을 창조할 정도로 충분하게 강력히 지적이거나 도덕적인 정열로 가득 찬 소설"(GN 61)이지만, "나(안나)의 삶의 방식 · 교육 · 정치 · 계급 등으로 인해 차단된 삶의 영역에 들어갈 수가 없으므로"(GN 61) 글을 쓰는 데 절대적으로 필요한 '새로운 감수성'(GN 61)을 계발할 수가 없다. 안나는 《전쟁의 변경 지대》에 대해 '새로운 감수성'으로 씌인 것이 아니라 '거짓 노스탤지어'(GN 63)로 씌었기 때문에 비도덕적인 작품이라고 혹평한다. 여기에서 '질서를 창조하고, 인생을 바라보는 새로운 방법'이 필요한 이유는 안나가 보는 세상은 이미 질서가 무너진 파괴의 세상이자 무질서 혹은 혼돈의 세상이므로, 기존의 '삶의 방식 · 교육 · 정치 · 계급 등'에 젖은 진부한 사고, 다시 말해서 리얼리즘의 형식으로는 새로운 사회를 표현하기가 불가능하다는 깨달음 때문이다. 그런데도 과거의 안나는 리얼리즘 형식에 대한 '거짓 노스탤지어'로 이 작품을 썼다.

리얼리티를 살리기 위한 필수적인 조건인 객관성의 문제에 대해서도 반성하면서, 안나는 특히 〈자유 여성: 3〉 뒤에 이어지는 '검정 노트북'에서 '비둘기 살해'와 '비둘기 사냥'의 두 개 에피소드를 통해 작가가 작품에 대해 가지는 '성실한 참여(earnest commitment)'와 '냉소적인 초연함(ironic detachment)'이라는 두 입장을 대비시킨다.(드레인 75) 또한 젊은 시절의 안나가 갖고 있던 편협성과 주관성, 그리고 현재의 안나가 겪고 있는 기억의 부정확성과 선택적 기억 등을 의식하면서 《전쟁의 변경 지대》가 '낭만주의' '냉소주의' '거짓 노스탤지어' 등을 바탕으로 씌었음을 깨닫는다.

언어가 리얼리티를 표현할 수 있는가라는 의문에도 사로잡혀, 특히 언어의 지시적 기능에 대해 깊이 회의한다. 일례로 아프리카에서 사귀었던 남자친구이자 정치 동료인 윌리 로디의 성격 묘사에서 "무자비한/친절한, 냉철한/따뜻한, 감상적인/현실적인"(GN 71) 등의 이항대립적인 단어들로 한정하려 하지만, 그 단어들로는 독자에게 윌리에 대한 리얼리티를 느끼게 할 수 없다. 또한 안나가 한 소련의 작가와 미국의 텔레비전 방송국에서 출장 나온 라이트 부인을 각각 만나면서 깨닫는 것은 같은 단어를 사용하더라도 쓰는 사람의 경험이 다르면 전혀 다른 것을 지시할 수 있다는 사실이다.

그러나 언어를 매개로 하지 않는 영화도 리얼리티를 전달하는 데 더 효과적인 것은 아니다. 〈자유 여성: 4〉 뒤에 계속되는 '검정 노트북'의 대부분은 신문에서 오린 1955년부터 1957년까지의 기사로 대체되고, 안나가 쓴 기록으로는 단지 1956년 9월의 날짜가 적힌 것만 있는데, 이것은 안나가 그 전날 꾼 꿈에 대한 기록이다. 안나가 《전쟁의 변경 지대》를 각색하자는 제안에 소극적이거나 거절을 일삼은 이유는 그 작품이 변질되는 것을 막기 위함이었는데, 이 노트북에서 그 작품이 텔레비전 영화로 각색되어 촬영되는 꿈을 꾸는 안나는 염려했던 바와 달리 무대 배경에 대해 만족스럽게 생각한다. 그러나 촬영이 시작되자 장면이나 타이밍 선택에 따라 '스토리'가 변형됨을 느끼고 감독에게 항의한다. 감독은 있는 그대로 찍는 것이라며 찍는 내용보다 찍는다는 사실이 중요하다고 말한다. 안나는 감독보다 자신의 기억이 더 사실이 아닐 수 있음을 느끼며 이 꿈을 '총체적인 불모성'(GN 525)이라고 명명한다.

'빨강 노트북'

'빨강 노트북'은 1950년 안나의 영국 공산당 가입, 1953년 스탈린의 사망, 1954년 공산당 탈퇴, 1955년 영국 공산당에 대한 개혁 노력, 1956년 개혁 운동의 무위성 인식 등등 안나와 영국 공산당과의 관계, 영국 공산당의 부침, 소련 공산당의 거짓 선전과 실상과의 격차 등의 내용으로 대체적으로 안나의 공산주의 이념에 대한 짙어지는 환멸로 구성되어 있으며, '검정 노트북'처럼 공산당의 선전책자나 이념 소설 등에 대한 비판을 통해 예술과 이념에 관해서도 조명하고 있다.

안나는 공산당에 가입하기 이전부터 공산당에 대해 회의의 시선을 보내고 있었음에도 불구하고 결국 공산당에 가입한다. '검정 노트북'에서처럼 공산주의가 표방하고 있는 유토피아 건설에 대한 노스탤지어, 즉 이데올로기라는 형식에 대한 또 하나의 노스탤지어 때문이다. 그러나 공산주의가 자신에게 '전체성(wholeness)'을 제공할 수 있으리라고 믿었는데 오히려 분열만 가중시켰다고 불만을 터뜨리듯이(*GN* 161), 안나는 공산주의에 대한 신념이 환멸로 바뀌면서 또 하나의 질서 혹은 형식에 대한 믿음을 상실한다. 그러므로 안나가 꿈속에서 보는 지구의 모습은 '혼돈(chaos)'이다.

공산당 내의 작가 모임에서 안나는 스탈린의 언어학에 대한 사고에 대해 토론하게 되고, 그 와중에 이들이 실제로 하는 말과 그 말이 의미하기로 되어 있는 것 사이에 큰 격차가 있으며, 제임스 조이스의 《피네건의 경야》처럼 언어가 붕괴된 듯한 느낌을 받는다. 그리고 비단 안나뿐 아니라 스탈린을 포함한 많은 사람들에게도 언어에 대한 보편적인 불안감이 팽배해 있음을 느낀다. 공산당에서 펴낸 소책자들은 토론할 가치도 없을 만큼 형편없으나 그 누구도 선뜻 이를 말로 표현하지 못하고, 이를 답답하게 여기는 안나는 이들을 비난하는 대신에 어떤 동무가 자신에게 보낸 하나의 스토리, 즉 소련을 방문한 테드 동무가 스탈린의 요청으로 영국공산당에 대한 의견을 피력하렸고, 스탈린이 적극 그의 충고를 받아 주었다는 정치 선전용의 황당한 스토리를 다른 사람들에게 말하는 것으로 이 토론의 결론을 유도한다. 안나는 이 스토리를 처음에는 '아이러니'에 대한 습작이라고 생각하였으나 곧 어떤 태도에 대한 솜씨 좋은 '패러디'라고 고쳐 생각하게 되었고, 그리고 나서는 매우 '심각한 이야기'임을 깨닫는다. 이 모임에 모인 지성인 공산당원 모두 이 스토리의 테드 동무처럼 순진한 환상 속에 갇혀 있음을 알고 있으나 그것을 인정하기를 두려워하고 있었는데, 이 스토리를 들으며 그런 속내 마음을 재확인하게 되어 안나를 원망하며 헤어진다. 〈자유 여성: 4〉 뒤에서 계속되는 '빨강 노트북' 역시 '검정 노트북'에서처럼 1956년과 1957년 기간에는 신문에서 오린 기사로 가득 차 있고 안나가 기록한 것은 소련에 다녀온 해리 매튜즈에 관한 이야기뿐이다. 이 이야기는 테드 동무의 이야기와 대동소이하게 영국 공산당원의 순진한 환상을 담고 있지만, 해리 매튜즈는 테드 동무와 달리 소련에 있는 동안 환상이 완전히 붕괴된다.

'노랑 노트북'

'노랑 노트북'의 대부분은 안나가 쓴 《제3자의 그림자》라는 소설의 원고나, 중간중간 안나가 튀어나와 이 소설에 대해 설명하고 분석하는 자기 반영적 성격을 연출한다. 특히 버지니아 울프의 〈자기만의 방〉을 연상시키는 진솔한 성찰로 여성이기 때문에 겪는 작가의 어려움을 엘라라는 분신(alter ego)을 이용하여 과감하게 표출하고 있다. 《제3자의 그림자》는 전지전능한 신의 시각으로 쓰인 3인칭 소설로 〈자유 여성〉과 줄거리 · 배경 · 인물 설정 등이 매우 흡사하여, 레싱이 이 두 작품을 병행시키면서 자신의 분신인 안나와 안나의 분신인 엘라, 양 등장 인물을 통해 작가와 등장 인물과의 관계, 주인공의 여러 층의 사고 등을 복합적으로 조명하고 있음을 알 수 있다.

《제3자의 그림자》는 한 남자를 사랑하게 되고 그 남자가 떠나면서 느끼는 여성의 감정에 초점이 맞춰져 있는 고전적이고 낭만적인 러브 스토리이다. '검정 노트북'이 리얼리즘 형식에 대한 거짓 노스탤지어를, '빨강 노트북'이 공산주의가 주창하는 이상적 유토피아에 대한 거짓 노스탤지어를 비판하고 있다면, '노랑 노트북'은 낭만적 사랑 그리고 자유 여성에 대해 갖는 여성들의 보편적 환상을 깨고 있다. 엘라(이 이름은 프랑스어 elle, 즉 '그녀'라는 단어를 연상시키며, 그래서 레싱이 이 노트북에서 여성 문제를 가장 보편적으로 다룰 의도를 갖고 있었다고 추정할 수 있다)는 한 파티에서 폴 태너라는 정신과 의사를 만나 사랑에 빠지지만, 그는 가족이 있는 기혼 남자로 엘라가 그에게 결혼을 요구할 정도로 관계가 깊어지자 아프리카로 떠나 버린다. (이 줄거리는 〈자유 여성〉의 안나와 마이클과의 러브스토리와도 흡사하다.) 전형적인 '혼외정사'에 불과하지만 이것은 관계가 끝난 뒤 그런 패턴 속으로 들어가는 것이지, 사랑에 빠져 있던 5년간의 세월 동안 엘라는 그들의 관계가 결혼 생활과 다름없다는 생각 속에 살고 있었기 때문에 단순히 '전형적인 혼외정사'라는 명명은 비현실적이라고 생각한다. 그러나 '문학은 사건이 일어난 뒤의 분석'(GN 228)일 뿐이다.

엘라는 폴과 헤어진 뒤 친구 줄리아와 남자들에 대한 비판으로 여성 간의 우정을 다시 확인하는 듯한 느낌을 갖지만, 곧 우연히 만나게 되는 남자들과의 관계에서 자신이 남자들에게 쾌락을 느끼게 해줄 수 있다는 사실에서 오는 만족감, 자신이 대상과 관계없이 성적 욕구를 갖고 있다는 사실의 발견 등으로 여성이 진심으로 충실성을 보이는 대상은 같은 여성이 아니라 남성이며, 여성은 남성에게 의존함을 인식한다. 반면 이 작품에 등장하는 남자들 역시 거의 한결같이 여자에게 의존하며 모성을 요구한다.

엘라가 폴에게 끌린 이유는 그가 진정한 남자이자 진정한 인간이라고 생각했기 때문이다. 잡지사에서 신체적 장애로 위장된 정신적 장애를 겪고 있는 독자들이 보내오는 편지를 읽고 의학적 조언을 해주는 일을 하고 있으며, 공산당원으로서 외로움에 시달리는 노동 계층의 여러 여성들을 만나면서 꾸준히 작가로서의 소명에 대해 사색하던 엘라는 폴을 만나자 곧 그와 그의 정신적 고통을 이해한다. 폴은 노동 계층 출신이면서 의사가 되어 중산층으로 진입하려는 야심을 갖고 살아 왔지만 엘라처럼 인간, 특히 가난한 자들에 대한 진정한 애정 때문에 그 야심을 충분히 펴지 못한 채 선배 의사들, 기존의 의학 체계 등과 충돌하면서 갈등을 겪는 사람이다. 폴은 엘라와 자신을 '산으로 바위를 밀어 올리는 사람'이라고 하는데, 이때 바위는 진리이고, 산은 인류의 어리석음이며, 폴과 엘라 같은 이상주의자들은 일생 동안 꾸준히 바위를 산으로 밀어 올리는 사람들이다. 다시 말하자면 인간이 진리를 깨닫기란 불가능하며, 이상 역시 도달이 불가능하여 실패와 환멸을 겪을 수밖에 없지만 그래도 그 이상을 위해 정진해야 한다는 것인데, 엘라는 자신을 포함한 많은 사람들이 신경쇠약 등 정신병에 시달리는 원인이 실패와 환멸만을 부르는 병든 사회에 있으며, 그래서 은연중에 자신이 몸속에 죽음에 대한 스토리를 꾸준히 쓰고 있었는지도 모른다고 깨닫는다.

엘라는 안나처럼 작가로 여섯 개의 단편 소설을 발표하였고, 폴을 만날 즈음에는 자살하는 한 젊은 남자에 대한 소설을 구상하고 있었는데, 이것 역시 〈자유 여성〉을 연상시킨다. 그러니까 〈자유 여성〉, 《제3자의 그림자》 그리고 엘라가 쓰는 소설의 일부 모티프들이 이 작품 전체에 걸쳐 반복되고 있는 것이다. 뿐만 아니라 '노랑 노트북'은 엘라가 자기 몸속에 이미 씌어 있는 많은 스토리들의 개관을 글로 쓰고 있는데, 이 스토리들은 남녀 관계의 여러 버전을 쏟아 놓은 것으로, 《제3자의 그림자》의 엘라와 폴의 관계와 '파랑 노트북'과 '황금 노트북'에 나오는 안나와 소올 그린과의 관계는 이 버전들의 선택적 패스티시(pastiche)에 불과하다.

'파랑 노트북'

안나는 자신이 실생활에서 어떤 강력한 인상을 받으면 그것을 그대로 옮겨 적기보다 픽션으로 바꾸려고 하는데, 그것이 일종의 도피가 아닌가 하는 의문을 품게 되고, 이런 의문을 풀기 위해 일기를 쓰기로 하는데 그 결과가 바로 '파랑 노트북'이다. 그러므로 '파랑 노트북'은 1950년부터 1956년까지의 안나의 사생활에 관한 일기로, 주로 안나, 안나의 딸 자넷·몰리, 몰리의 아들 타미의 관계에 초점이 맞추어져 있다. 그리고 《제3자의그림자》가 엘라와 폴의 만남과 이별을 뼈대로 하여 구성되어 있듯이 '파랑 노트북'은 안나와 마이클의 이별이 큰 모티프 역할을 하면서 이런 큰 사건과 그로 인한 격렬한 감정을 어떻게 리얼리티를 살려 언어로 표현할 것인가?라는 문제에 천착하고 있다. '검정 노트북' '빨강 노트북' '노랑 노트북'을 차례로 훑으며 보았듯이 안나는 이상과 현실 사이의 격차, 사랑하는 남자의 배반, 여성이 사회에서 겪는 부당한 대우 등으로 감정을 못느끼는 '무감정'(no-feeling, GN 545)의 증상을 겪고 있고, 그로 인해 작가로서의 역할도 못하므로 마크스 부인에게 정신적 상담을 받는데, 이 노트북은 이 상담을 통해 안나가 감정을 회복하고 마이클 외의 다른 남자들과의 관계를 통해 창작력을 회복해 가는 과정을 자세히 보여 주고 있다.

마크스 부인은 안나가 상담하러 오는 이유가 작가로서 글을 쓸 수 없기 때문이라고 진단하고 있으나, 안나는 그 지적에 동의하지 않으면서 아무 감정도 느낄 수 없기 때문이라고 말한다. 마크스 부인은 치료의 첫 단계로 상담 내용을 기록하라고 충고하나, 안나는 곧 기록을 중단하고 대신 신문 기사를 오려 붙인다. 신문에 기록된 내용이 너무 끔찍하여 자신이 기록하는 내용은 아무 의미가 없어 보이기 때문이다. 즉 현실 세계를 신문에 실린 기사 이상으로 캐리커처로 표현할 수 없음을 발견했기 때문이다. 마크스 부인은 안나가 세상이 두려워 무감정 속으로 도피했다고 진단하고 있으므로 안나에게 계속 기록할 것을 권하고, 반면 안나는 정신 상담과 노트북 기록을 통해 상처에 민감한 여성으로, 그리고 혼돈의 현실을 온몸으로 느끼는 신경쇠약 환자로 변해 간다. 마크스 부인은 안나에게 미치지 않고 살아가기 위해서는 이 세상이 파괴되고 백만 년이 지난 후 싹을 틔울 풀잎을 믿어야 한다고 말한다.(GN 545) 결과가 두려워 도피하기보다는 현실에 과감하게 부딪히고 참여해야 하며, 파괴 후의 재창조에 대한 믿음을 갖고 있어야 함을 강조하는 것이다.

안나는 제임스 조이스의 《율리시즈》처럼 마이클과 이별하고 공산당에서 탈당하는 기념비적인 날인 1954년 9월 16일 하루에 일어난 일들을 자세히 기록함으로써 리얼리티를 그대로 옮길 수 있는지 실험하나, 곧 지우고 '역시 실패'라고 기록한다.(GN 368) 그리고 그날 있었던 일을 다시 간략하게 요약한다. 그후 18개월 동안 안나는 짧은 메모식의 기록만 하다가 두꺼운 줄로 그어 중단하고 기록한 내용을 지워 버리고는 그 다음부터는 빠르고 날렵하게 기록을 다시 시작한다. 안나는 자세히 기록한 첫 시도는 감정을 지나치게 노출시키는 감정주의 때문에 실패했고, 간략하게 사실만을 요약한 두번째 시도 역시 리얼리티를 살리지 못했음을 깨닫는다. 그리고 자신이 기록한 단어들이 무의미하며, 마치 그 단어들이 용해되어 있는 이미지의 바다 위를 자신이 떠다니는 듯한 느낌을 받는다. 단어는 형식인데 형식 · 모양 · 표현이 무의미하다면 자신도 무의미해진 것이며, 그동안 안나를 받쳐 주던 지성 역시 붕괴된 것이다.

안나는 현실의 불모성과는 대조적으로 꿈속에서는 화려한 꿈으로 창작 활동을 대신하고 있고, 마크스 부인은 그 꿈의 해석을 통해 안나를 치료하려고 한다. 마크스 부인은 안나에게 꾼 꿈을 명명하도록, 즉 꿈에 형식을 부여하도록 지시한다. 안나는 처음에는 통제할 수 없는 파괴적인 모습의 나무화병의 꿈을 꾸고 '파괴에 대한 악몽' (*GN* 477) 이라고 명명하나 그후 다시 그 꿈을 꾸었을 때에는 나무화병이 아닌 난쟁이 같은 추한 노인의 형상으로 바뀌어 있으므로 '악의의 원리에 대한 악몽' 이라고 고쳐 명명한다. 안나의 유사한 성질의 꿈은 반복되고, 다만 노인이 노파가 되는 등 약간의 변화만 있을 뿐 전반적으로는 강력하고 내적 생명감이 넘치는 즐거움에 찬 악의가 꾸준히 꿈에 등장한다. 마크스 부인은 그것이 창작력이라고 말한다. 이와 유사한 성질의 꿈을 계속 꾸던 안나는 어느 날 그 창작력이 '신화' (*GN* 479) 밖으로 나와 다른 사람의 몸속으로 들어가는 꿈을 꾼다. 안나는 이 꿈으로 창작력을 결정적으로 회복시켜 줄 소올의 등장을 예감한다.

〈자유 여성: 4〉 뒤에 나오는 '파랑 노트북' 에서 안나는 자신의 '정상성(normality, *GN* 543)'을 지탱해 주던 딸 자넷이 기숙사 학교로 떠난 뒤, 몰리가 소개한 미국인 작가 소올에게 방을 빌려 주게 된다. 우울증에 시달리던 안나는 자신처럼 정신분열증과 글을 못쓰는 장애에 시달리는 소올과 사랑에 빠지고 짙은 행복감과 동시에 심한 질투심을 느끼며 감정을 회복하고 있음을 확인한다. 이들간의 감정적 투쟁은 '노랑 노트북'에서 안나가 썼던 스토리들의 패스티시로, 이들은 고립된 상태에서 상대방의 상처에 민감한 부분을 서로 건드리며 서로의 악령을 불러내는 듯한 장면을 연출한다. 안나는 어느새 소올이 되어 소올의 행동 패턴을 이해하고, 그나 자신의 정신이상이 모두 폭력·파괴·전쟁의 시대인 이 시대의 산물임을 또다시 깨닫는다.

안나의 악몽은 계속되는데, 이번에는 안나 자신이 남녀 양성의 난쟁이로 악의에 찬 파괴 속의 기쁨의 원리(the principle of joy-in-destruction)가 되고, 소올도 남녀 양성의 난쟁이가 되어 이 둘은 함께 파괴를 축하하며 춤을 춘다. 안나와 소올은 혼돈·파괴·무형식(formlessness)의 세계를 두려워하여 피하기보다 완전히 인정하였으므로, 이 꿈에서 깨어난 뒤 안나는 처음으로 '긍정적으로' 꿈을 꾸었음을 느낀다.(*GN* 594-5) 이제 이들은 새로운 형식을 만날 준비가 되었다.

소올은 안나에게 노트북대신 소설을 쓸 것을 제안하고, 안나는 처음으로 자신이 글을 쓰지 못하는 장애에 봉착해 있음을 시인한다. 그러나 이 사실을 시인한 직후 안나는 오히려 기쁜 마음으로 문방구에 가서 황금색의 노트북을 사고 그것을 달라고 조르는 소올의 부탁을 힘들게 뿌리치며, 이제부터는 네 권의 노트북들을 치워 버리고 새노트북에 쓸 것을 다짐한다. 안나는 5부작 《폭력의 아이들》의 마지막 작품 《사대문의 도시》의 마사와 린다처럼 소올과의 광기로의 여행을 통해 통합의 준비를 마친 것이다.

'황금 노트북'

'황금 노트북'은 바로 앞의 '파랑 노트북'의 안나의 깨달음의 마무리이다. 안나는 자신의 과거 에피소드들이 마치 자신이 감독한 영화 필름처럼 돌아가고, 그것을 돌리는 영사기사가 다름 아닌 소올인 꿈을 꾼다. 영사기사는 안나가 영화 속에서 강조한 점들이 옳은지 어떻게 아느냐고 다그치고, 안나는 자신과 소올이 서로에게 작가적 양심의 역할을 하고 있으며, 서로가 장애를 극복하도록 돕고 있음을 깨닫는다. 다시 한번 영사기사가 자신의 과거를 영화 필름으로 돌리는 꿈을 꾸면서 안나는 젊은 시절의 안나가 미처 깨닫지 못한 점들, 일례로 준 부스비의 생각들, 윌리의 질투, 래티머 씨의 아내에 대한 사랑 등을 자신이 도외시했을 수도 있음을 깨닫는다. 그리고 폴 태너와 그의 아내, 아이들과의 관계에 대해서도 전혀 다르게 인식할 수 있는 가능성이 있음을 깨닫는다. 안나는 자신의 모든 경험이 빠르게 스쳐 지나가는 것을 보면서 그것들이 무엇인가 동일한 것을 말하고 있고, 그 경험들이 안나·엘라·노트북들을 넘어서는 어떤 융합점을 갖고 있음을 깨닫는다. 그동안 자신이 불의와 잔인성을 받아들이려 하지 않았고, 그 결과 모든 생명의 근저에 있는 고통스러운 작은 인내 혹은 용기를 받아들이려 하지 않았음을 깨달은 것이다. 즉 마크스 부인이 말하는 파괴 후에 녹슨 강철 조각을 밀치고 나오는 풀잎의 의지력을 믿으려 하지 않았으며, 폴이 말하는 바위를 밀어 올리는 사람의 이야기, 즉 바위가 다시 굴러 떨어질 것을 알면서도 산으로 바위를 밀어 올리는 사람의 이야기를 잊고 있었음을 인식한다. 소올도 '아름답지만 실현 불가능한 청사진'을 믿어야 한다고 충고한다. 이제 안나는 야만적 경험이 의미를 취할 수 있도록 형식을 보존하고 패턴을 창조해야 함을 인정한다. 그것이 바로 인간이 인간으로서 존재할 수 있는 조건이기 때문이다. 인간의 임무는 경험적 리얼리티를 개인적으로 타당성을 갖는 의미 질서로 구성하는 것이다. 소올은 안나에게 그녀가 앞으로 쓰게 될 소설의 첫 문장을 선물하고, 안나 역시 소올이 쓰게 될 소설의 첫 문장을 황금 노트북에 써서 선물한다. '황금 노트북'의 마지막 부분은 소올이 쓴 소설의 개요이다.

〈자유 여성〉

만약 '황금 노트북'에서 소올이 써준 첫 문장 "두 여자가 홀로 런던의 한 집에 있었다"(GN 639)로 안나가 〈자유 여성〉을 썼다면, 〈자유 여성〉의 시간상의 위치는 1957년 이후가 될 것이다. 즉 〈자유 여성〉의 안나는 '황금 노트북'의 깨달음의 과정을 모두 체험한 안나이다. 그러므로 〈자유 여성〉은 노트북들과 달리 객관적 시각으로 다루어졌으며, 안나가 '파랑 노트북'에서 바라던 대로 톰 매스롱이 상징하는 '초연적 태도'를 완전하게 유지하지는 못했다 하더라도 그런 태도를 지향하도록 노력했을 것으로 짐작할 수 있다.

그들(안나와 몰리)은 자신들이 모두 '불안정하고' '뿌리 뽑힌 듯하다'는 사실을 자유롭게 인정하고 있었다. 사실 이 단어들은 설탕 어머니(마크스 부인)와 상담하던 시기부터 사용되던 단어였다. 그러나 안나는 최근에 들어 다르게 사용하고 있었다. 무엇인가 변명할 거리로 사용하는 것이 아니라, 다른 철학에 해당하는 태도를 나타내는 깃발이나 기치로 사용하는 것이었다.(GN 10)

"(…) 지금은 어떤 철학으로 사시나요…?"

"자주 혹은 한 세기에 하나 정도로 무엇인가가 있는 것 같아. 신념의 행위 같은 것 말이야. 신념의 우물이 가득 차면 이 나라에서 저 나라로 엄청난 용솟음이 생기고, 전 세계로 퍼지게 된단다. 그것은 상상력의 행동이기 때문에 전 세계로 퍼질 수 있단다. 금세기에는 1917년 러시아에서 그런 일이 벌어졌지. 그리고 중국에서도 있었어. 그리고 나서는 그 우물이 말라 버린 거야. 너도 알다시피 잔인성과 추함은 너무 강하거든. 그후 그 우물은 서서히 다시 차오르지. 그러면 또 다른 고통스러운 용솟음이 있겠지."(*GN* 275)

위의 인용들에서도 알 수 있듯이 〈자유 여성〉의 작가 안나는 노트북에서 만나게 되는 1950년대 초반의 혼란을 겪던 안나, 즉 현실을 피하고 이상을 쫓던 안나에서 벗어나 새로운 철학을 갖게 된 새로운 안나이다. 그러므로 여기에서 새로이 제기되는 한 의문은 새로운 철학을 갖게 된 안나가 왜 전통적인 형식의 〈자유 여성〉이라는 픽션을 썼느냐 하는 점이다. 그리고 이 의문은 새로 태어난 안나가 쓰게 되는 작품은 〈자유 여성〉이 아니라 《황금 노트북》 전체임을 깨달으면서 해결된다.

여기에서 또 주의해야 할 점은 《황금 노트북》의 작가 안나(물론 여기에는 〈자유 여성〉의 작가 안나도 포함된다)와 그녀의 분신인 〈자유 여성〉의 등장 인물, 즉 또 한 명의 작가 안나를 혼동해서는 안 된다는 점이다. 다시 말해서 독자는 노트북의 작가 안나, 《황금 노트북》의 작가이자 편집자 안나, 〈자유 여성〉의 등장 인물인 작가 안나, 《제3자의 그림자》의 등장 인물인 엘라 등을 모두 구별해야 한다. 이것은 《황금 노트북》의 작가 도리스 레싱과 《황금 노트북》의 작가 안나 울프나 노트북의 작가 안나를 완전한 동일인으로 간주할 수 없는 것과 같다.

더욱이 〈자유 여성: 5〉에서 등장 인물 안나는 끝까지 절필을 선언하고 있으므로, 레싱은 이런 설정을 통해 〈자유 여성〉의 등장 인물 안나와 노트북의 작가 안나가 별개의 인물임을 확인시키고 있음을 알 수 있다. 그러므로 이 작품에는 최소한 4명의 여성 작가가 혹은 레싱을 포함한 5명의 여성 작가가 자신의 이야기를 어떤 때에는 1인칭으로, 어떤 때에는 3인칭으로 서술하고 있다. 비평가들이 자주 의문을 제기하던 노트북의 타미와 〈자유 여성〉의 타미의 나이의 불일치, 리처드와 마리온의 아이들이 노트북에서는 여성인 데 반해 〈자유 여성〉에서는 남성인 점 등등 이런 사소한 차이들로 레싱이 이 두 텍스트 사이의 대동소이한 점을 부각시키려 했음을 알 수 있다.

〈자유 여성〉은 몰리의 가족, 즉 몰리, 전 남편 리처드, 몰리와 리처드 사이의 아들 타미, 리처드의 현재 아내 마리온을 중심으로 사건이 진행되며, 안나는 그들 모두의 친구로서 그들 사이에서 가교이자 일종의 상담자 역할을 하고 있다. 《제3자의 그림자》에서처럼 한 젊은이의 자살 사건에 초점이 맞춰져 있는데, 타미는 어머니 몰리로 대표되는 공산주의와 아버지 리처드로 대표되는 자본주의의 사이에서 나아갈 방향을 선택하지 못한 채 자살을 기도하고, 그 사건으로 시력을 잃은 뒤 오히려 용감하게 현실과 부딪치며 미래를 구축해 나간다는 줄거리를 갖고 있다.

앞에서도 여러 차례 말했듯이 독자는 이 작품을 끝까지 읽은 후에 노트북 이후에 〈자유 여성〉이 씌어졌음을 알게 되고, 이 사실을 깨닫자 처음부터 다시 읽어야 할 필요성을 느끼게 된다. 이 사실을 알기 이전과 안 이후의 〈자유 여성〉에 대한 글읽기에는 큰 차이가 있을 것이라는 사실을 깨닫기 때문이다. 이런 특징 때문에 어떤 비평가는 이 작품을 '뫼비우스의 띠'와 같다고 평하기도 한다.

이 작품을 다시 읽으며 가장 먼저 깨닫는 점은 위의 인용에서도 밝혔듯이 〈자유 여성〉의 등장 인물 안나는 이미 변화를 겪은 안나라는 것이며, 그 다음으로 깨닫는 점은 노트북이나 《제3자의 그림자》에 나오는 대화와 인물이 자주 반복되고 있다는 사실이다. 즉 이 작품은 같은 스토리나 인물에 대한 여러 버전이나 패러디를 보여 주고 있으며, 여러 모티프와 여러 인물의 조합이자 패스티시로, 〈자유 여성〉이라는 뼈대 줄거리를 말해 주는 동시에 그것을 여러 각도로 조명하고, 여러 변형된 모습까지 입체적으로 보여 준다. 레싱의 이런 의도를 엿볼 수 있는 한 장면을 예로 들자면 타미가 안나·몰리·리처드와 대화하는 장면에서 안나와 몰리를 묘사하면서

"안나나 몰리, 그리고 그들과 같은 부류의 사람들은 단지 하나가 아니에요. 그들은 여러 개이지요. 그리고 그들은 변화할 수 있고 무언가 다른 것이 될 수 있어요. 나는 그들의 성격이 변할 것이라고 말하는 것이 아니에요. 그들을 한 가지 틀이나 주형에 딱 맞도록 만들 수 없다는 것이지요……."(*GN* 36)

라고 말하듯이, 이 작품 또한 안나나 몰리처럼 단선적이거나 평면적인 모습을 보여 주는 것이 아니라 다양한 해석 가능성 및 여러 가능한 대안까지 포함하여 보여 주는 입체 구조를 갖고 있다.

이 작품이 대안까지 포함하고 있음을 보여 주는 또 한 예는 〈자유 여성〉에서는 노트북의 소올 대신 밀트가 안나의 방을 빌리는데, 안나와 밀트의 관계가 소올과의 관계와 비슷하지만 다르다는 것이다. 예를 들어 안나와 밀트와의 관계는 '밀트가 안나에게서 활력을 받아 작품을 쓰게 되는' 관계로 요약적으로 묘사되어, 그가 소올과 같은 역할

을 하고 있다고 추정할 수 있으나, 밀트는 떠나기 전 안나에게 글을 쓸 것을 권하고, 안나는 끝내 절필을 고집한다는 점에서 크게 다르다. 안나는 글을 쓰는 대신 결혼 상담소에서 일을 할 예정이며, 노동당에 가입하여 비행소년들을 위해 야간학교에서 선생님으로 봉사할 예정이다.

Ⅲ. 씨줄로 읽기: 〈자유 여성〉의 순서대로 읽기

지금까지는 각 노트북별로 읽고 마지막으로 〈자유 여성〉을 읽는 '날줄로 읽기'를 통해 각 주제와 관심사에 관해 독립적으로 주목하였다. 이제부터는 이 내용이 작품에 등장하는 순서대로 읽는 '씨줄로 읽기'를 통해 노트북과 〈자유 여성〉이 어떤 근거로 조각조각 분열되어 서로 교차되었는지, 그 조각들 사이에는 어떤 관계가 있는지, 이런 글읽기로 앞의 글읽기와 다르게 어떤 점을 부각시킬 수 있는지에 대해 조명할 예정이다.

제1부: 〈자유 여성: 1〉과 그뒤에 따라나오는 노트북들

〈자유 여성: 1〉은 후에 노트북에서 자세히 언급될 주제와 관심사들, 그리고 등장 인물과 그들의 분신들이 소개되는 무대이다. 안나는 시작부터 "내가 아는 한, 모든 것이 붕괴되고 있다"(*GN* 3)라는 현실 진단을 하고 있는데, 이 주제는 '검정 노트북'에서는 제2차 세계대전의 파괴성으로, '빨강 노트북'에서는 안나의 공산당 가입과 공산주의에 대한 환멸의 시작으로, '노랑 노트북'에서는 엘라와 폴과의 만남과 결별로, '파랑 노트북'에서는 안나의 무감정의 신경쇠약으로 제시된다.

분열의 주제 역시 각 노트북과 픽션을 통해 여러 양상을 띠며 꾸준히 등장하고 있는데, 〈자유 여성: 1〉은 몰리 가정을 통해 영국 사회가 계급 사회임을 강조하고 있고, '검정 노트북'에서는 안나의 아프리카 경험을 통한 식민자와 피식민자 간의 구분과 식민자들의 계급 의식(예를 들어 아프리카 정치 모임의 회원들 출신 성분에 대한 의식)으로 구현되어 있으며, '빨강 노트북'에서는 영국 사회의 이념적 갈등과 공산당원들의 계급 의식으로, '노랑 노트북'에서는 폴의 계급을 초월하려는 야심으로, '파랑 노트북'에서는 자넷의 어머니 역할과 마이클의 정부 역할로 분열되어 있는 안나의 스스로에 대한 자각으로, 또한 서로를 배반하고 고문하며 살육하는 공산당 내의 분열상에 대한 인식으로 표출되고 있다.

예술 문제의 경우 〈자유 여성: 1〉에서는 안나와 타미의 대화로 예술가의 책임 문제를 거론하고 있으며, '검정 노트북'에서는 예술가와 상업주의에 관한 문제, 에이전트들이 이기적인 목적에 맞게 작품을 변질시키는 문제, 예술가의 자신의 작품에 대한 양심적 비판의 문제 등으로 표현하고 있다. 이런 다양한 예술의 문제를 독자에게 충분히 인식시킨 뒤 등장하는 '노랑 노트북'은 안나가 창작하는 소설의 일부로, 독자들을 예술의 이론뿐 아니라 실습에도 직접 참여시키고 있다. '파랑 노트북'에는 픽션을 기록하는 것과 사실만을 기록하는 일 중 어느 것이 리얼리티를 표현할 수 있는가 하는 예술가의 고민이 담겨 있다.

요컨대 제1부는 이 작품을 통해 다루려고 하는 주제·모티프·인물들을 제시하고 있다.

제2부: 〈자유 여성: 2〉와 그뒤에 따라 나오는 노트북들

제2부는 안나가 자신의 삶 전반에서 느끼는 죽음과 파괴로부터 헤

쳐 나오려는 시도를 담고 있다. 〈자유 여성: 2〉는 삶의 의지가 마비된 타미가 안나에게 찾아와 상담을 하고, 안나는 세상의 잔인성과 추함에도 불구하고 세상은 서서히 진보하고 있음을 이야기하지만 타미는 자살을 기도한다. 리처드의 아내 마리온 역시 소위 '자유 여성'인 안나를 찾아와 안나의 자유스럽고 독립적인 상태를 부러워하고, 안나는 그에 대해 부인하지만 마리온은 이해하지 못한다. 그러므로 '노랑 노트북'에서 안나는 소위 '자유 여성'이 치러야 하는 대가를 엘라를 통해 보여 주며, 자유 여성이 느끼는 외로움의 문제, 어머니로서의 부담 등을 자세히 묘사한다. '빨강 노트북'은 세상이 사라지고 혼돈만 남는 꿈을 통해 마이클과의 결별을 예상하며, 공산당원의 소련 방문 일화를 통해 공산당의 거짓 선전과 그로 인한 지식인들의 환멸을 담고 있다. '파랑 노트북'은 1954년 9월 16일, 즉 마이클이 떠나고 안나가 공산당을 탈당하던 날에 대해 자세히 기록하지만, 그 기록 역시 진실을 표현하지 못한다는 인식으로 지워 버리고, 중요한 사건만 짧게 요약하여 기록한다.

제1부가 문제 제시였다면, 제2부는 그 문제를 인정하고 해결을 위해 과감하게 기존의 것을 정리하는 단계이다. 그러므로 어떤 새로운 것을 찾으려는 희망이 담겨 있다.

제3부: 〈자유 여성: 3〉과 그뒤에 따라 나오는 노트북들

제3부의 안나는 네 개의 노트북을 완전히 분리된 상태로 기록하기가 점점 어려워짐을 발견하면서 통합의 필요성과 가능성을 느끼고 있으나, 아직은 그 방법을 실현함에 있어서 두려움을 가지고 있음을 보여 준다. 그 방법이 광기를 통해야 함을 어렴풋이 인지하고 있기 때문이다.

〈자유 여성: 3〉에서 타미는 자살기도로 시력을 잃은 뒤 오히려 세상에 잘 적응하고, 안나는 마치 타미에게 옮은 듯이 자신이 서서히 붕괴되고 있음을 느낀다. 그러나 '노랑 노트북'은 다음의 인용에서 볼 수 있듯이 그런 붕괴가 긍정적인 것임을 시사한다.

그리고 나서 그녀는 다음과 같은 생각을 한다: 나는 불행이나 메마름을 의미하는 자기 지식의 패턴을 받아들여야 해. 나는 그것을 승리로 바꿀 수 있어. 남자와 여자, 그래. 둘 다 한계에 다다른 사람들, 둘 다 한계를 뛰어 넘으려는 필사적인 노력으로 붕괴되고 있는 사람들, 그리고 그 혼돈으로부터 새로운 종류의 힘이 태어나는 거야.(*GN* 467)

위의 인용은 제4부에서 있을 소올의 등장과 그로 인한 안나의 새로운 탄생을 예고하고 있다. '파랑 노트북'의 안나도 마크스 부인과의 대화에서 "사람들이 붕괴되었다 혹은 분열되었다라는 사실이 그들이 계속해서 무언가에 열려 있음을 뜻한다는 생각이 들어요"(*GN* 473)라고 말함으로써 광기를 통한 발전 가능성을 제시한다.

제3부는 안나가 서서히 정신적으로 붕괴되고 있음을 보여 주기 때문에 안나가 발전이 아닌 후퇴를 하는 듯이 보이나, 이 후퇴는 큰 진전을 위한 준비이다.

제4부: 〈자유 여성: 4〉과 그뒤에 따라 나오는 노트북들

제4부는 안나가 자신의 정신적 붕괴를 인정하고 광기를 통해 통합으로 나아가는 과정을 보여 준다. 〈자유 여성: 4〉에서 안나는 히스테리에 사로잡힌 듯한 타미와 마리온에게 앞으로 나아가야 할 올바른 길

을 숙고하도록 길을 열어 주나, 정작 본인은 정신분열이 가속화되고 있다. 그 결과 '검정 노트북'과 '빨강 노트북'은 대부분 폭력·죽음·폭동·증오에 관한 신문 기사로 채워지고, '검정 노트북'의 유일한 기록은 총체적인 예술적 불모성에 관한 것이 되고 있으며, '빨강 노트북'의 유일한 기록은 소련 방문에서 공산주의에 대한 환상이 완전히 무너진 공산당원에 대한 것이다. '노랑 노트북'에는 여러 스토리들의 줄거리가 요약되어 있을 뿐이다. 결국 '파랑 노트북'에 이르러 앞의 노트북에서 등장이 예고되었던 소올이 안나의 집으로 들어오고, 안나와 소올, 즉 '둘 다 한계에 봉착해 있지만 그 한계를 뛰어 넘으려는 필사적인 노력으로 붕괴되고 있는 사람들'은 '노랑 노트북'의 요약된 스토리들을 그대로 경험하며 '새로운 종류의 힘'을 향해 나아간다. 소올은 안나에게 사랑과 질투의 강한 감정을 느끼게 함으로써 잃었던 감정을 되찾아 주고, 이 둘은 함께 광기 어린 행동과 직설적인 대화, 꿈을 통해 작가로서의 장애를 극복해 나간다. 이제 안나는 소올에게 작가로서의 장애를 갖고 있음을 인정하고, 노트북을 분리하여 기록해야 하는 혼란에서 벗어났음을 느끼므로 새로운 노트북을 구입한다.

그러므로 안나가 기록하는 '황금 노트북'은 안나와 소올이 서로에게 작가적 양심 역할을 하면서 지금까지 기록한 것들, 즉 아프리카에서의 경험, 《제3자의 그림자》의 폴과 '파랑 노트북'의 마이클과의 대화 등을 되돌아보며, 그것들 밑에 깔려 있는 보편적 진리를 깨닫는 내용이다. 즉 이것들을 조각조각 사고할 필요 없이 총체적으로 사고할 수 있게 된 것이다. 이제 안나와 소올은 서로에게 앞으로 쓰게 될 새 작품의 첫 문장을 선물한다.

제5부: 〈자유 여성: 5〉

〈자유 여성: 5〉는 안나가 그동안의 경험을 통해 새로운 안나로 거듭나고 있음을 보여 준다. "작은 인내가 그 어떤 것보다 낫다"(*GN* 636)는 사실을 받아들인 안나는 작가이기를 포기하고 결혼 상담소에서 상담일을 하며 야간에는 비행 청소년들을 가르칠 예정이다.

IV. 나가기

노트북별로 읽은 글읽기가 안나의 다양한 관심과 주제 각각에 대해 심층적으로 연구할 수 있는 기회를 준다면, 작품이 구성된 순서로 읽는 글읽기는 안나의 전반적인 변화 혹은 발전을 단계적으로 감지할 수 있게 해준다. 그리고 이들 노트북과 픽션들이 조각조각 분열되어 중간중간 끼어들도록 배치된 것은 이들 각 주제, 예를 들어 인종·성·이념·계급·예술·사회분열·정신분열·파괴 등이 분리된 주제가 아니라 서로 연결되어 있으며, 뿌리가 하나라는 것을 보여 주기 위함이다. 이것은 이 작품의 제목과 같은 '황금 노트북'에서 안나가 내리는 결론이기도 하다.

레싱은 1950년대와 1960년대의 굵직한 화두들, 즉 인종·성·계급·이념에 따른 차별과 그로 인한 사회분열, 그리고 이런 사회상을 담기에 더 이상 적절치 못하게 된 예술 형식 등의 문제를 한 소설 속에서 총체적으로 다룰 의도로, 색깔이 다른 여러 노트북을 이용하여 이 문제들을 분리하여 기록하거나 픽션화하였고, 더 나아가 이들 문제

들이 한 뿌리에서 나왔음을 형상화하기 위해 이 노트북의 내용을 조
각내어 교차시켰다. 그 결과 독자는 각 문제를 반복하여 접하게 되고,
그 다음 문제들과 결부하여 생각하게 되며, 대단원에 와서는 종합적인
해결을 만나는 색다른 경험을 하게 된다.

　더욱이 한 인물이나 주제·모티프 혹은 남녀 관계가 여러 버전으로
제시되고, 한 이야기가 여러 개로 패러디되는 구조를 갖고 있으므로,
이 작품은 여러 면에서 입체적이라는 인상을 만들어 내면서 독자로 하
여금 강한 리얼리티를 느끼게 해준다. 안나는 작품 내내 독자에게 리
얼리티를 전달하는 문제와 씨름하고 있었으므로 이런 점에서 볼 때 이
작품은 성공작이다.

제8장

연속성과 해방의 기호, 패러디: 《황금 노트북》을 중심으로

I. 들어가기

(…) 진리에 가까이 다가간 적이 딱 한번 있었는데, 그것은 바로 폴이 분노에 차서 패러디 정신으로 말했을 때였다.(*GN* 93)

도리스 레싱은 《황금 노트북》의 출판 후 계속되는 오도된 수용과 오독에 강한 불만을 표시하였고, 한 인터뷰에서는 그런 비평을 받는다면 자신의 작품은 실패작이라고 단언하기까지 하였다.[10] 《황금 노트북》이 출판되고 약 10년이 흐른 뒤에 쓴 〈서문〉에서도 레싱은 비평가들이 이 작품을 제대로 읽지 못하고 있다고 불만을 토로하였고, 그 이유들 중 하나로 교육 제도를 꼽으며, 잘못된 교육을 받은 비평가는 작

---

10) Annis Pratt과 L. S. Dembo가 편집·발행한 *Doris Lessing: Critical Studies*(The University of Wisconsin Press, 1974)에 실린 〈A Conversation with Doris Lessing〉(1966), 2쪽에서 Florence Howe는 1966년 레싱이 《황금 노트북》이 단지 페미니즘에 관한 작품으로 읽힌다면 그 작품은 실패작이라고 말했음을 상기한다.

품 속에서 개혁이나 변화의 징조보다는 여론 혹은 당대의 감정 및 사고 패턴과 일치하는 점만을 보려 한다고 말하였다. 실상 레싱의 외적 비평에 대한 불신은 그 훨씬 이전부터 지속되어 온 것으로, 레싱은 현대의 많은 작가들이 그랬던 것처럼 작품 속에 비평적 언급까지 포함시키는, 즉 내적 비평이 담긴 메타픽션(metafiction)을 일찍부터 구상하였다.

약 5년 전 나(도리스 레싱)는 대부분의 작가들이 쓰고 싶어하는 소설 ——작가의 문제, 예술가의 감수성에 관한 소설——에 대해 숙고하였다. (…) 만약 그런 작품을 쓴다면 그 작품의 주제는 글을 쓰는 예술가이기보다는 그나 그녀의 창작을 가로막는 일종의 장애를 가진 예술가이어야 한다. 그 장애의 원인을 묘사하면서 사회를 향해 하고 싶던 비판 또한 하게 될 것이다. (…)

동시에 나는 또 하나의 책을 구상하고 있었는데, 비평가로서가 아니라 글을 쓰는 작가로서, 특히 책의 형태가 비평을 제공하도록 하는 다양한 문학 스타일을 사용하여 문학비평을 하는 그런 책을 구상하였다. 나는 문학비평이란 인생에 대한 비판이자 판단이라고 주장하기 때문에 이 책은 인생에 대해 내가 하고 싶은 말을 하게 될 것이다. 즉 그 책은 마르크스시스트들이 소위 '소외'라고 부르는 것에 대해 암묵적으로 진술하게 될 것이다.

이 두 책을 생각하면서 나는 갑자기 이들이 두 권이 아닌 한 권이라는 사실을 이해했다. 이들이 내 마음속에서 합쳐지고 있었다. 나는 이 책의 형태가 밀폐되어 있고 폐소공포적이어서, 즉 지나치게 자기 중심적이어서 내용이 형식을 깨고 나올 것임을 이해했다.

그러므로 이 소설은 형식을 깨려는 시도이며, 여러 의식 형태들을 깨고 초월하려는 시도이다.[11]

《황금 노트북》을 쓰게 된 동기와 의도를 밝혀 주는 위의 인용은 이 소설이 처음부터 내부로부터 자체에 대해 언급하는 자의식적 성격의 소설로 탄생되었음을 말해 준다. 로버트 알터는 《부분적 마술: 자의식적 장르로서의 소설》에서 '자의식적 소설'에 대해, 그 소설이 의도적인 인공물임을 과시하면서, 인공물(artifice)과 현혹적인 리얼리티 사이의 변증법적 경계면을 관찰하고 이용하는 소설이라고 정의하고 있으며,[12] 이 정의에 따라 전체 소설을 '리얼리즘 소설'과 '자의식적 소설'로 이분하고 있다. 픽션(fiction)이라는 단어가 본래 '지어낸 일' '꾸며낸 일'을 뜻하듯이, 소설의 허구적 성격을 그대로 드러내는 소설과 허구적 성격을 감추고 리얼리티를 가장 그럴 듯하게 그려내는 소설로 나눈 것이다. 소설은 근대로 들어오면서 리얼리티를 얼마나 잘 모방하였는가에 따라 그 예술적 완성도를 평가받곤 하였지만, 현대에 들어서는 오히려 소설의 '자기 지시적 성격' 혹은 '자기 반영적' 성격을 통해 예술 형식에 대한 논의를 심화시키고 있다.

패트리샤 워는 《메타픽션: 자의식적 소설의 이론과 실제》에서 메타픽션 작품을 "픽션을 쓰는 실천을 통해 픽션 이론을 탐구하는 작품"이라고 정의하고 있으며, 메타픽션을 "픽션과 비평 사이의 경계에 위치해 있으면서 그 경계를 주제로 채택하는 경계 담론"이라고 규정하는 마크 커리의 정의도 인용하고 있다(워 2). 그러므로 메타픽션은 작가의 자기 글쓰기에 대한 반성, 즉 문학 형식에 대한 반성이다. 그러나

---

11) Paul Schlueter는 *The Novels of Doris Lessing*(Southern Illinois University Press, 1973), 83쪽에서 《황금 노트북》의 영국 초판본의 겉표지에 실렸던 위의 내용을 인용하였고, 그것을 여기에 재인용하였다.

12) Roberta Rubenstein이 *The Novelistic Vision of Doris Lessing*(University of Illinois Press, 1979)의 제4장 《황금 노트북》의 각주(110쪽)에 인용한 것을 재인용한 것임.

위의 인용에서 볼 수 있듯이 레싱은 《황금 노트북》의 메타픽션적 성격을 문학적 형식 문제에 국한시키는 것이 아니라 실용적인 문제까지 확장시키고 있다. '내용이 형식을 깨고 나올 것'임을 기대하는 레싱은 우선적으로 기존 형식으로는 더 이상 새로워진 내용을 담을 수 없으므로 새로운 형식이 필요함을 강조하는 동시에, 이런 변화가 역사적 인식에 의해 창조되는 긴장에서 비롯된 것임을 암시한다. 그러므로 본 논문은 자기 반영의 중요한 형식이면서 과거의 재구성과 변형 과정뿐 아니라 연속성의 수반까지 포용하는, 다시 말해 변화의 새로운 모델을 제시하는 '패러디'의 개념으로 본 작품을 읽으려 한다.

전통적으로 패러디는 아이러니컬하고 장난스러운 모방부터 경멸적이고 조롱이 담긴 모방까지 다양하게 일컬어져 왔지만, 린다 허천은 《패러디 이론》에서 '비평적 거리를 둔 반복'(허천 15)이라고 정의한다. 이는 유사성 못지않게 상이성을 강조한 것으로, 후경이 되는 작품은 전경이 되는 작품에 대해 유사성으로 존경심을 표시하는 동시에 차이를 통해 새로운 차원의 의미를 첨가한다. 그리고 새로운 의미가 첨가되어야 하는 필요성은 필연적으로 특정 시간과 특정 장소에서 실효성을 가지는 담론적 글쓰기와 연관된다. 패러디는 역사적 지속성에 대한 파기이자 명기이기 때문이다. 즉 패러디는 상호 텍스트성을 기반으로 하여 현실 세계에 대한 비판과 문학적 진보의 변화를 모두 가능하게 하는 중요한 역할을 한다.

패러디의 범주는 광범위하여 전체 장르에 대한 패러디, 한 시대나 조류에 관한 패러디, 특정 예술가에 대한 패러디, 개별 작품에 대한 패러디, 작품 일부분에 대한 패러디, 한 예술가의 전체 작품의 특징적 양식에 대한 패러디 등 다양하다. 《황금 노트북》에는 여러 의도의 패러디가 있으나 본 논문은 레싱이 실험적 글쓰기로 시도한 가장 의미 있는 패러디, 즉 리얼리즘과 모더니즘 소설에 대한 패러디에 우선적으로 주목할 것이며, 그 외에 이 작품에 산재하는 패러디의 성격과 역할에 대해 설명한 다음, 이런 패러디들이 어떻게 현실에 대한 비판과 변화의 모색으로 연결되는지에 관해 연구할 것이다.

II. 리얼리즘[13] 소설에 대한 패러디

《황금 노트북》은 〈자유 여성〉이라는 전지적 관점의 전통적인 3인칭 리얼리즘 소설로 시작된다. 이 소설은 5부분으로 나누어져 있고, 각 부분의 뒤에는 안나 울프라는 주인공이 네 개의 노트북에 나누어 기록한 내용 중에서 발췌한 부분들이 삽입되어 있어, 리얼리즘 형식 속에 갇힌 리얼리티가 벽을 뚫고 나오는 듯한 형상을 이루고 있다. 발췌된 노트북도 각각 네 개의 부분으로 나누어 〈자유 여성〉과 조각조각 교차되는데, 이 노트북들의 내용이 주인공이자 작가인 안나의 글쓰기에 대한 반성, 글쓰기 연습, 글 소재들의 요약 등이므로, 이 작품은 자의식적 성격이 강한 메타픽션으로 분류될 수 있으며, 특히 이 작품의 뼈대인 〈자유 여성〉이라는 매우 객관적인 시각의 리얼리즘 소설에 대한 불만을 담고 있으므로, 리얼리즘 소설에 대한 패러디로 읽기에 충분하다.

네번째 부분의 〈자유 여성〉과 네번째 부분의 노트북 내용들을 제시

---

13) '리얼리즘'이라는 용어는 그 의미의 폭이 워낙 커서 한정하지 않을 수 없다. 본 논문에서는 레싱의 초기 작품들이 통상 사회주의적 리얼리즘의 작품으로 분류된 것을 감안하여 '사회주의적 리얼리즘'의 관점에서 조명할 예정이며, 따라서 사회주의적 리얼리즘의 이론가로 분류될 수 있는 게오르그 루카치의 이론에 주목할 것이다.

한 후 이 작품의 거의 끝부분에 이르러 안나는 네 개의 노트북에 나누어 담던 내용을 '황금 노트북' 한 권에 적게 되고, 이 노트북의 끝부분에서 미국인 작가 소올 그린으로부터 새로 쓰게 될 소설의 첫 문장을 선물로 받는데, 그 첫 문장이 다름 아닌 〈자유 여성〉의 첫 문장이며, 동시에 《황금 노트북》의 첫 문장이다. 그러므로 이제 독자는 〈자유 여성〉이나 《황금 노트북》이 작가적 서술 상황이 아니라, 안나라는 인물의 서술 상황이며, 다시 말해서 작가가 외부 시점에서 독자에게 서술하는 상황이 아니라 독자가 반성자-인물(reflector-character)의 눈을 통해 모든 인물과 사건을 접하는 상황임을 깨닫게 된다. 그런데 〈자유 여성〉을 쓸 당시의 안나, 즉 1957년의 안나는 《황금 노트북》의 전체 내용을 이미 체험한 변화된 안나이므로, 안나가 새로 쓴 소설은 그 한계를 절감하고 있는 전통적인 리얼리즘 소설 〈자유 여성〉이기보다는 새로운 형식의 메타픽션인 《황금 노트북》일 가능성이 더 크다. 즉 레싱은 《황금 노트북》을 통하여 리얼리즘 소설 형식의 한계를 드러내는 동시에 새롭고 실험적인 형식을 제안하고 있는 것이다.

레싱은 《황금 노트북》의 안나처럼 1950년대 초반 아직 공산당에 가입해 있었고, 특히 1961년까지 좌익 성향의 평론잡지인 《신좌익 논평》의 편집이사로 일한 만큼, 마르크스와 레닌의 미학 이론뿐 아니라 그들의 영향을 짙게 받은 루카치의 리얼리즘 소설 이론에도 정통했을 것으로 넉넉히 유추할 수 있다. 안나가 공산주의 이론의 허위성에 환멸을 느껴 탈당하듯이 레싱도 리얼리즘 소설 이론에 대해 한계를 느꼈을 것으로 쉽게 추측할 수 있다. 이 작품 전체를 통해 독자들은 공산주의의 비진실성 때문에 당으로부터 점점 멀어지는 안나의 모습과 새로운 형식의 소설을 찾아가는 안나의 모습 사이에 어떤 상관 관계가 있음을 충분히 짐작할 수 있다.

리얼리즘 소설의 대표적 이론가인 루카치는 〈예술과 객관적 진리〉에서 인간 의식과 독립하여 존재하는 외부 세계를 상정하면서 예술가는 표현주의나 주관주의에 빠지지 않고 현실 세계를 객관적으로 묘사하여 총체적 현실을 형상화해야 한다고 주장한다. 《황금 노트북》의 초반부의 안나는 자신의 베스트셀러 작품인 《전쟁의 변경 지대》를 다시 읽으며, 그 작품이 객관성(objectivity)이나 몰개성성(impersonality)으로 쓰이지 않고 자신의 감정이 짙게 배인 '거짓 노스탤지어'로 씌었음에 괴로워한다. 그러나 또 한편으로는 공산주의에 경도된 단편이나 소설 등을 읽으면서, 그 글들이 본질적으로는 몰개성적이지만 이 글들의 진부성 역시 다름 아닌 몰개성성임을 발견한다. 결국 안나는 한편으로는 자신의 작품이 개인의 감정을 너무 드러내고 있으므로 순수 예술이 아니라고 비난하면서, 또 다른 한편으로는 "순수 예술의 모든 섬광은 깊고 강한 숨길 수 없는 사적인 감정으로부터 나온다"(*GN* 349)고 깨닫는 자가당착에 빠져 있는 것이다. 안나는 《전쟁의 변경 지대》가 거짓 노스탤지어로 쓰인 불건전한 예술이라고 비난하는 동시에 공산주의에 경도된, 소위 건전한 작품들에 대해서도 거짓 리얼리티를 반영하고 있다고 비난한다.

"(…) 중세의 예술은 공동체적인 것으로 비개인적이었다, 즉 그 예술은 집단 의식에서 나왔다. 거기에는 부르주아 시대 예술의 휘몰아치는 고통스러운 개인성이 결여되어 있었다. 그리고 어느 날 우리는 개인주의 예술의 강한 에고티즘을 능가할 것이다. 우리는 인간의 분열성과 동료로부터의 격리를 표현하는 것이 아니라 동료에 대한 책임과 우애를 표현하는 예술로 되돌아갈 것이다. 서양의 예술은(…)"효과적인 표어를 사용하자면 "점점 더 고통을 기록하는 영혼들의 고뇌에 찬 울부짖음, 고통스러운 절규가 되어 가고 있다. 고통이 우리의 가장 깊숙한 현실이 되어 가고 있는 것이다……." 나는 이 비슷한 말을 하곤 했었다. 3개월 전쯤 이런 식의 강연을 하고 있던 도중 나는 말을 더듬기 시작하였고 강연을 끝맺을 수 없었다. 나는 그 말더듬이 무엇을 의미하는지 알고 있다.(*GN* 349-50)

위의 인용은 안나가 공산당원들에게 진정한 예술에 대해 강연을 하는 장면으로, 사회주의 예술론에 대해 점점 확신을 잃어 가는, 혼란에 빠진 안나를 잘 표현하고 있다. 안나는 인간의 사적인 감정도 리얼리티를 반영할 수 있음을 암시하고 있다.

실상 소설이란 근본적으로 사후의 기록이므로 영화처럼 등장 인물의 감정의 변화를 시시각각 생생하게 전달하는 것이 아니라 회고적으로 묘사할 수밖에 없으며, 그래서《전쟁의 변경 지대》가 '노스탤지어'의 형식을, 이별의 아픔을 다룬《제3자의 그림자》가 '고통'의 형식을 취하듯이 불가피하게 개인 감정의 영향을 받는다. 안나는 고전들을 읽으며 글을 쓸 당시의 작가의 감정이 강할수록 오히려 작품 속에 리얼리티가 생생하게 표현되고 있음을 깨닫는다.

안나가 꿈속에서《전쟁의 변경 지대》가 텔레비전 영화로 각색되어 촬영되는 장면을 보며 느끼듯이 같은 작품도 감독의 샷과 타이밍 선택에 따라 다르게 찍힌다. 즉 리얼리티란 작가의 선택에 따라 왜곡된다. 소설가는 현실을 재현하면서 사건을 차별화하여 중요성을 부여하고, 이런 작가의 주관적 선택이 작품의 어조를 결정한다. 완전하게 객관적으로 재현되는 리얼리티란 존재하지 않는다. 단지 작가의 의식을 통해 주관적으로 판단되고 제시된 리얼리티만 존재할 뿐이다. 그리고 그것 역시 진실의 한 모습이다.

루카치는 일반적으로 하나의 완결된 리얼리티를 전제하면서 소설 속에서 인간의 총체성, 사회 전체에서의 전체적 인간을 표현할 것을 제창하므로, '전형적인 환경' 속에 있는 '전형적인 인물'을 그릴 것을 주장한다. 《전쟁의 변경 지대》가 소련의 평론지로부터 가장 비판을 받은 점도 바로 노동자 계층의 '전형'이 아닌 일개의 흑인 여성 개인을 주인공으로 그리고 있다는 점이다. 루카치가 말하는 완결된 리얼리티는 '당파성' 혹은 도덕적 신념이 가미된 현실, 즉 사회주의적 사회상이며, 사전에 이미 결정된 '절대적 현실'이다. 진리는 오직 하나인 것이다. 그 결과 공산당 내에서 편집 업무를 보는 안나는 당원들로부터 개인적 관점이 배제된 천편일률적인 원고·편지·스토리들을 받게 되며, 이들을 읽으며 진정한 리얼리티를 표현하는 사회주의 계열의 소설의 등장이 과연 가능할까 하는 의문을 품는다.

레싱은 또한 의미의 현전에 대해 의문을 제기하므로 언어의 문제에 대해 함구하는 루카치와 달리, 《황금 노트북》 전체를 통해 언어가 리얼리티를 표현할 수 있는가에 대해 꾸준히 사고한다. 안나는 특히 공산주의의 교훈주의가 언어를 심하게 왜곡시키고 파괴한다고 느끼지만, 공산주의 이념의 허위성으로 더욱 심화되었던 분열 상태에서 벗어나 인격적 통합을 경험하는 이 작품의 말미에서도 여전히 이념과 상관없이 "진정한 경험은 말로 묘사되지 못한다"(GN 633)고 단언하므로, 언어에 대한 근본적인 불신에 빠져 있음을 드러낸다.

안나는 이 작품 전체에서 리얼리즘 소설인 《전쟁의 변경 지대》에 대해 드러내 놓고 강력하게 비판하고 또 다른 리얼리즘 소설인 〈자유 여성〉에 대해서도 암묵적으로 비판하면서 리얼리즘이 더 이상 변화를 수용할 수 없음을 인정하지만, 근본적으로는 리얼리즘 소설 이론으로부터 완전하게 자유롭지 못하다. 안나뿐 아니라 레싱이 모델로 삼는 작가가 톨스토이나 도스토예프스키 같은 위대한 리얼리즘 작가이듯이, 안나-레싱은 진실이라고 생각하는 것을 단편적으로가 아니라 총체적으로 보여 주려는 궁극적인 목표를 갖고 있으며, 모더니즘 작가들처럼 유미주의나 고급 예술을 지향하기보다는, 적극적인 사회 참여와 사회적 책임을 강조한다. 그래서 조셉 하인즈는 레싱이 여전히 객관적 진리를 믿고, 그것에 도달할 수 있다고 믿으며, 작가의 임무는 그것을 구현하는 길을 찾는 것이라는 리얼리즘적 사고를 갖고 있다고 주장한다(하인즈 68). 안나-레싱은 세상을 완결된 것이라고 생각하기보다는 혼돈의 상태로 보고 있지만, 그 혼돈으로부터 '새로운 종류의 힘' (*GN* 467), 즉 새로운 형식을 끌어낼 것을 주장함으로써 '형식' 에 대한 향수에 여전히 사로잡혀 있다. 레싱은 리얼리즘 소설에 대한 패러디를 통해 리얼리즘으로부터의 해방과 연속성을 동시에 추구하고 있다.

III. 모더니즘 소설에 대한 패러디

레싱은 《황금 노트북》 전체에 걸쳐 여러 작가들을 거론하고 있는데, 그 중 상당수가 모더니즘 계열의 소설가이다. 특히 '의식의 흐름' 의 기법을 사용하는 버지니아 울프 · 마르셀 프루스트 · 제임스 조이스 등에 대해 꾸준히 언급하는데, 안나는 그녀의 일생의 대전환점이라고 할 수 있는 1954년 9월 16일 하루의 일과를 《율리시즈》를 패러디하여 개인 기록, 즉 1인칭 기록인 '파란 노트북' 에 상세히 묘사하고는, 그것이 리얼리티를 재현하지 못한다는 판단에 이르자 지워 버린다. 안나는 그 긴 기록을 다시 읽으면서 '물 흐르듯 유려하나 어수선하며' (*GN* 368) 감정주의로 치닫고 있다고 느낀다. 또한 자세한 행적의 기록이 사고(思考)나 사유(思惟)의 기록보다 더 리얼한가(*GN* 468) 하고 자문한다.

모더니즘 소설 이론은 리얼리즘 소설 이론과 달리 인간사 중 어느것이 중요한가를 개인적 기준으로 결정하는 개인의 가치관을 중요시한다. 앞의 인용에서 본 '부르주아 시대 예술의 휘몰아치는 고통스러운 개인성'이나 '개인주의 예술의 강한 에고티즘'이 바로 모더니즘 예술의 특징이다. 여기에서 외부 세계는 의식의 투사일 뿐이며, 시간은 연대기적 순간들의 연속이기보다는 개인의 의식 속에서 계속적으로 흐르는 흐름이다. 그러므로 프로이트나 융 같은 심리학자들의 학설을 빌려 의식을 설명하려는 경향을 띠고 있다. 인간은 바로 그 개인의 기억이며, 그의 현재는 과거의 총합이므로, 인간의 의식 속으로 들어가면 그의 전체 진리를 알 수 있다고 믿는다. 그 결과 조이스나 울프는 주인공의 하루 일과를 다루는 소설로도 충분히 그 주인공의 의식과 기억을 탐구할 수 있다고 믿었고, 한 개인의 의식을 탐구하다보니 그 주제는 대개 인간의 고독감 · 소외 · 의사소통의 불가능성, 진정 사랑이 가능한가 등등이었다.

실상 이러한 모더니즘 소설의 주제들은 《황금 노트북》의 주제이기도 하여, 레싱 역시 모더니즘 계열의 소설가로 분류되는 데 큰 무리가 없음을 쉽게 발견할 수 있다. 로베르타 루벤스타인은 《도리스 레싱의 소설적 비전》(1979)의 《황금 노트북》에 관한 장에서, "객관성은 미학적 · 인식론적 관습에 불과하며, 모든 경험은 어떤 의식에 의해 해석되어야 하므로, 주관적 관점만이 존재할 뿐"(루벤스타인 74)이라고 주장하면서, "《황금 노트북》이 시간상으로 그리고 감정적 거리(emotional distance) 면에서, 초연성이나 객관적 입장으로부터 '파랑 노트북'의 직접성과 주관성의 태도를 향해 나아가고 있다"(루벤스타인 75)고 밝힌다. 이 작품이 리얼리즘 소설로부터 탈피하여 모더니즘 소설을 향해 나아가고 있음을 암시하는 것이다.

그러나 앞에서 밝힌 바와 같이 레싱은 조이스나 울프처럼 하루의 일과를 자세히 묘사하면서 "내가 의식하고 있다고 해서 어떤 날이 특별한 날이 될 수 있는가?"(*GN* 331)라고 묻기 시작한다. 오히려 "기록해야 한다는 생각 때문에 균형이 깨어지고 진리가 파괴된다"(*GN* 332)고 느낀다. 출판을 목적으로 형식을 갖추어 쓴 〈자유 여성〉과 달리 노트북의 내용은 안나 자신만을 위한 기록이라는 외형을 가진(물론 이 부분 역시 독자를 의식하고 쓴 것이지만) 것으로 〈자유 여성〉보다 더 솔직하고 그래서 더 진실된 것으로 가정될 수 있다. 그러나 안나는 노트북들을 다시 읽으며 "자신의 기록과 기억이 일치한다는 것은 거짓"(*GN* 476)임을 발견한다. 기억은 쉽게 왜곡되어 진실로부터 멀어진다. 안나는 자신의 사적인 일기로 계획된 '파랑 노트북'에 사실들만을 기록하여 가장 진솔한 기록으로 만들려고 하였지만, 단어 자체까지 어느새 용해되어 의미없는 소리가 되고 있음을 깨닫는다. 안나는 '파랑 노트북'이 노트북들 중에서 최악이라고 판정한다.(*GN* 468)

'파랑 노트북'에는 안나가 마크스 부인과 나누는 정신분석적 성격의 상담 내용이 상당 부분을 차지하는데, 상담의 내용은 대개 안나가 현실 세계에 대해 느끼는 가장 큰 특징인 '혼돈'에 '이름을 붙이는 일' (*GN* 470)로 이 과정을 통해 혼돈을 차차 질서로 바꾸어 간다. 이는 감정을 느끼지 못하는 안나를 치유하는 단계이기도 하다. 그후 안나는 그 다음 단계로 일종의 홀로서기인 '개성화' (*GN* 471) 과정[14]으로 진입하는데, 이 과정을 통해 반복적인 순환의 역사에서 분리되어 새로운 것을 향해 나아간다. 안나가 이런 과정들을 통해 깨닫는 것은 정신분열을 겪는 사람들이 정상적인 사람들보다 새로운 가능성에 열려 있다는 것이다. 정신적 장애를 분석하여 그 원인을 알아내고 치유하는 모더니즘적 태도에서 한 발짝 더 나아가, 광기를 이성보다 더 긍정적인 시각으로 보는 포스트모던적 사고에까지 이른 것이다. 안나는 이처럼 광기에 대해, 치유해야 할 대상이 아니라 새로운 창조적 인간으로 변화하기 위해 거쳐야 할 과정으로 생각하기 때문에, 자신의 정신분열증을 단순하게 작가의 장애로 진단하고 치유하려는 마크스 부인을 '전통적이고, 뿌리깊고, 보수적'(*GN* 5)이라고 비판한다.

레싱은 리얼리즘 소설의 전형인 〈자유 여성〉이라는 매끄러운 표면이 그 속에서 폐소공포증을 느낀 여분의 주제들로 인해 여러 갈래로 균열을 일으키고, 그 균열 사이로 그동안 작가가 겪은 고뇌, 연습 과정 등이 담긴 훨씬 많은 분량의 주관적 기록이 빠져나오도록 《황금 노트북》을 구성하였다. 그 주관적 기록은 주인공의 존재론적 고민, 의사소통의 불가능성, 소외 또는 고독감 등의 모더니즘적 주제로 가득 차 있다. 이 작품 속의 인물들은 가난한 노동자 계층이든(예를 들어 선거구의 노동자 부인들), 부유한 미국 중산층이든(예를 들어 넬슨의 파티에 참석한 미국 출신의 영화 산업 관련자들), 모두 '소외감' 속에 빠져 있고, 그 결과 부모·부부·애인·우정·남매·직장 동료 등의 모든 인간 관계가 불안정하며, 그런 불안정한 관계로 인해 고통을 겪으며 살아간다.

또한 모더니즘 소설의 가장 두드러진 특징이라고 할 수 있는 문학 형식과 기법에 대한 다양한 실험, 즉 시·영화 각본·희곡·일기·신

---

14) 본 장에서는 '개성화 과정' '그림자' '양극성의 초월' 등 본 작품의 해석에 필수적인 정신분석학적 접근 방법에 대한 자세한 설명은 피하였다. 이들 개념에 대해서는 본책의 제6부 '전쟁 후유증인 정신병과 그 의미'에 수록된 제10장 '5부작 《폭력의 아이들》을 통해 본 진화와 여성성'에서 자세히 다루기 때문이다.

문기사 등 각종 장르의 글의 삽입 등을 이용한 몽타주나 콜라주 기법 (이 기법은 리얼리즘 소설의 총체성 모색과 대조적으로 리얼리티를 조각 내고 있다), 액자 소설 기법 등으로 작품을 난해하게 만들고 있으며, 그 결과 대중과는 멀어진 소설을 쓰고 있다. 이에 대해 마크스 부인은 안나를 비난하고, 안나는 이 문제점에 대해 명확한 답을 하지 못한다. (*GN* 475) 안나도 루카치처럼 모더니즘의 지나친 형식주의로 인한 비역사성과 비사회성에 불만을 품고 있기 때문이다.

《황금 노트북》은 외부 현실을 의식의 투사로 본다는 점에서 모더니즘 소설의 기본적 전제에 충실하며, 주관적인 의식 세계에 대한 묘사로 리얼리티를 재현하기 위해 다양한 기법을 사용하였고, 따라서 작품 자체가 난해해지는 전형적인 모더니즘 소설의 특징을 가지고 있다. 그러나 레싱은 모더니즘이 형식주의적이고 심미주의적인 경향 때문에 비대중성 · 비역사성 · 비사회성으로 흐르는 데 대해서는 반기를 든다.

레싱은 자신의 작품들 속에 소위 '시대의 산물'인 정신병을 앓는 인물들을 자주 등장시키며, 정신병을 진단하고 해석하기 위해 의식뿐 아니라 무의식에 대한 분석에 큰 비중을 둔다. 그리고 더 나아가 융이나 랭의 정신분석학을 기초로 하여, 정신질환을 단순한 장애가 아닌 인간이 한층 더 진화된 인간으로 발전하기 위해 거쳐야 할 과정으로 보며, 오히려 건강한 정신을 가진 사람을 진화의 가능성이 없는 사람으로 보는 포스트모던적 특징으로까지 발전해 나간다. 그리고 이런 특징 때문에 마조리 라이트푸트 같은 레싱 연구자는 레싱이 모더니즘과 포스트모더니즘의 중간 지점에 위치한다고 말한다.(카플란 & 로즈 58)

III. 새로운 형식의 탐구

베시 드레인은 《압력받는 내용》에서, 포스트모던 소설은 모든 형식의 원천이자 파괴자로서의 혼돈의 힘을 인정하고 수용하므로, 개인과 사회가 변화를 겪을 때 인간의 정신 속에서 일어나는 파괴와 재건을 표현하기에 가장 이상적인 장르라고 말한다. 혼돈과 질서는 지속적인 변형의 과정 속에서 서로에게 영향을 미치므로, 포스트모던 작가들은 이런 역동적인 상호 작용을 표현할 새로운 형식을 찾는 것이 자신들의 의무라고 생각하는데, 레싱이 바로 그런 작가에 속한다(드레인 70)고 주장한다. 실상 세계가 혼돈 상태임을 인정하고 그런 현실을 담을 새로운 형식을 찾기 위해 그동안 사용하던 사회주의적 리얼리즘의 틀을 과감하게 벗어 던진 레싱은, 이런 정의로 유추해 볼 때 포스트모던 작가로 불리기에 충분하다. 그러나 여기에서 더 나아가 프레데릭 제임슨같이 보다 진보된, 그리고 보다 엄격한 포스트모더니즘에 대한 정의를 적용해 보더라도 레싱은 포스트모더니즘의 범위에 매우 근접하다.

프레데릭 제임슨은 포스트모더니즘의 두 가지 의미 있는 특징으로 '패스티시'와 '정신분열증'을 든다. 그에 따르면 모더니즘 미학은 믿을 만한 자아와 사적인 정체성의 개념을 바탕으로 자기 나름의 비전을 모색하고 그에 따른 자기만의 스타일을 만드는 데 성공하였지만 포스트모더니즘 작가들은 이런 발상을 이상주의적이라고 생각한다. 부르주아적이고 개인적인 주체라는 개념은 이미 과거의 개념이며, 혁신적 스타일이 더 이상 가능하지 않은 현 세계에서는 모든 것이 '패스티시,' 즉 죽은 스타일의 모방에 불과하다는 것이다. 또한 라캉의 정신분석 이론을 예로 들면서 '정신분열증'은 일종의 언어 장애이며,

시간 개념은 언어의 산물이므로 정신분열증 환자는 시간에 대해 연속성의 개념이 없고, 단편적 시간만을 경험할 뿐이며 일련의 영속적인 현재로 경험한다[15]고 주장한다. 안나가 정신분열증 환자라고 진단하는 소올의 언어 습관이나 시간 개념의 부재는 제임슨의 정의와 정확히 일치한다.

레싱의 5부작 《폭력의 아이들》의 마지막 작품 《사대문의 도시》에서, 여주인공 마사가 의식 속으로의 여행을 통해 자신의 그림자와 대면하고 그 그림자를 인정함으로써 인격적 통합을 달성하듯이 《황금 노트북》의 안나 역시 자신과 같은 작가이자 정신분열증 환자인 소올과의 동거 경험을 통해 새로운 사람으로 거듭난다. 안나는 소올과의 관계를 '파랑 노트북'에 기록하면서 중요한 에피소드마다 번호를 매기는데, 이 번호는 '노랑 노트북'의 끝부분에 기록한 스토리들의 번호 및 내용과 정확히 일치한다. 안나는 이 스토리들을 '패스티시'(GN 541)라고 부르는데, 이 스토리들은 안나와 소올과의 관계를 여러 모티프로 나누어 기록한 것일 뿐 아니라, 안나와 마이클과의 관계, 엘라와 폴, 안나와 밀트와의 관계를 설명하는 중요한 모티프이기도 하다. 즉 《황금 노트북》 전체를 통해 안나와 마이클과의 관계가 패러디나 패스티시[16]로 계속 반복되거나 병치되고 있다.

보다 자세히 분석하자면 전경이라고 할 수 있는 《황금 노트북》의 안

---

15) Madan Sarup이 *An Introduction Guide to Post-structuralism and Post-modernism*(Harvester Wheatsheaf, 1988), 133-4쪽에 인용한 것을 재인용한 것임.

16) 린다 허천은 '패러디'와 '패스티시'를 구별하면서, '패러디'는 모델과의 차이를 추구하지만, '패스티시'는 유사성과 상응에 의해 작동한다고 말한다. '패러디'는 다른 텍스트와의 관계에서 변형이고, '패스티시'는 모방적이라는 것이다. 또한 '패스티시'는 모델과 동일한 장르에 머무르지만, '패러디'는 각색을 허용한다고 말한다.(허천 64-5)

나와 마이클과의 관계는, 1차적으로 〈자유 여성〉의 안나와 마이클과의 관계로 유사성을 기반으로 패러디되고 있으며, 2차적으로는 액자 소설인 《제3자의 그림자》의 엘라와 폴의 관계로 다시 패러디되는데, 이 때에는 유사성뿐 아니라 상이성까지 강조되고 있다. 전경의 안나와 마이클과의 관계가 이념적·정치적 관계에 강조를 두고 있다면, 〈자유 여성〉의 안나와 마이클과의 관계는 이들이 혼외정사의 관계였고 안나가 버림받았음을 강조하며, 《제3자의 그림자》의 엘라와 폴의 관계는 엘라의 순진한 사랑과 그 사랑의 상실에 대한 아픔을 강조하는 전형적인 '러브스토리'에 초점을 맞추고 있다. 이들은 노트북들의 역할이 그러하듯이 같으면서 다른 이야기를 반복하면서 서로 대화하고 보완하는 관계를 이루고 있으며, 그 결과 여러 다른 관점과 시각에서 어떤 한 사건을 조명할 수 있도록, 그리하여 총체적으로 리얼리티를 느낄 수 있도록 포개져 있다. 그리고 이런 병치의 또 다른 목적을 상정하자면, 이들 패러디들은 전경을 조롱한다는 부정적 역할도 하지만 전경에서 드러난 개인의 정신질환이나 사회적 병폐를 치료하기 위한 노력이자 수단이라는 긍정적 역할도 하고 있다.

비단 안나와 마이클과의 관계뿐 아니라 안나의 베스트셀러 작품인 《전쟁의 변경 지대》도 각종 장르와 각종 시각으로 패러디되고 또 패러디될 수 있는 가능성에 대해 반복하여 언급하고 있으며, 《제3자의 그림자》의 주제인 '한 젊은이의 자살' 모티프 역시 〈자유 여성〉과 《전쟁의 변경 지대》 등에서 주요 모티프로 반복하여 나타나고 있다. 《황금 노트북》의 가장 두드러진 구성적 특징은 노트북들의 삽입이지만, 같은 스토리나 모티프들이 패러디나 패스티시 형태로 계속해서 등장하는 것도 이 작품의 눈에 띄는 특징으로, 스토리나 모티프들이 단독으로는 부분적이고 불완전하지만, 그에 대한 다양한 관점과 여러 다른 시각을 병합하고 있어 여러 다른 목소리가 어울려 총체적인 리얼리티를 보여 주는 듯한 효과를 내고 있다. 그러므로 이들 패러디나 패스티시의 최종적인 의미는 이들이 서로 보완하고 충돌하며 만들어 내는 의도된 아이러니이다.

안나와 소올이 서로에게 강하게 끌리는 이유는, 그들이 당대의 의식 있는 사람들로서 안나는 영국 공산당에 환멸을 느끼고 있고, 소올은 미국의 매카시즘의 여파로 정신분열증을 앓고 있으며, 두 사람 모두 작가로서의 장애를 앓고 있는 등, 상대방에게 자신의 정신적 문제를 투사해 볼 수 있기 때문이다. 안나는 소올의 병을 대신 앓으며 그를 '잠시 자신의 몸속에 사는 병자'(*GN* 561)라고 부른다. 안나는 소올과 동거하면서 반복되는 꿈을 꾸는데, 이 꿈은 마크스 부인과 상담하며 꾸었던 꿈들의 연장이다. 그러나 꿈을 두려워하던 과거와 달리 이제는 맞서야 할 대상으로 간주한다. 안나는 정신분열증이 깊어감에 따라 소올처럼 언어가 붕괴되고 시간관념이 희박해지면서, 결국에는 꿈속에서 그림자 혹은 타자를 만나 그 존재를 인정하고 포용함으로써 인격적 통합을 경험한다. 그리고 '황금 노트북'을 구입함으로써 글을 쓰지 못하는 장애를 극복하였음을 시사한다. 여기에서 타자의 존재를 인정한다는 것은 이항대립의 힘들을 변증법적으로 결합시켰음을, 즉 융의 용어로 '양극성의 초월'을 의미한다.

이 작품의 클라이맥스라고 할 수 있는 '황금 노트북'에서 안나는 자신의 과거를 영화로 돌리는 촬영기사의 꿈을 꾸고, 그 꿈을 통해 자신이 과거를 왜곡하였으며 미처 깨닫지 못한 점이 있었음을 인정한다. 이런 각성은 그녀가 인격적 통합을 이루었기 때문에 가능한 일이다. 그뒤 곧 그 꿈을 다시 꾸는데 이번에는 내용은 같지만 훨씬 '현실적인'(*GN* 634) 성질을 갖고 있고, 안나 개인의 경험을 뛰어넘고 있다. 그리고 네 개의 노트북과 〈자유 여성〉에 나누어 적었던 내용들이 분리되어 있는 것이 아니라 함께 하나로 결합되고 있고 있는 듯한 느낌을 받는다.(GN 635) 안나는 이 세상이 혼돈 상태이고 인간은 분열되어 있다고 믿지만, 또 한편으로는 새로운 형식을 찾을 수 있고 분열을 극복하여 통합을 이룰 수 있다고 믿으므로, 《황금 노트북》이 주는 전체적인 인상은 해체주의적이기보다는 리얼리즘에 대한 향수에 더 가깝다.

　《황금 노트북》의 또 하나의 포스트모던적 특징 중의 하나는 안나의 결말이 이중으로 처리되어 있다는 점이다. 노트북들의 결정체인 '황금 노트북' 의 끝에서 안나는 소올에게서 한 문장을 받고, 그 문장을 시작으로 하여 《황금 노트북》을 썼을 것으로 거의 확실하게 짐작할 수 있지만, 〈자유 여성〉의 마지막 부분에서 안나는 계속 절필할 것을 결심하고 작가가 아닌 결혼상담사로 일할 계획임을 말한다. 〈자유 여성〉의 이런 결말은 레싱이 《황금 노트북》을 전통적인 소설에 대한 비판의 목적에서 썼다는 점을 상기해 볼 때 적절치 못하다. 왜냐하면 이 경우 게일 그린의 지적대로 안나는 소설을 쓰지 못하는 안나에 대한 소설을 쓰는 또 다른 안나라는 순환 구조에 영원히 갇히게 되고(그린 119), 《황금 노트북》이라는 메타픽션은 영원히 존재하지 못했을 것이기 때문이다. 다시 말하자면 안나가 메타픽션인 《황금 노트북》을 창조하였다는 사실은, 안나가 그동안 갇혀 있던 순환 구조에서 탈피하여 성공적으로 새로운 해방의 길을 가고 있음을 암시한다. 그런데 《황금 노트북》의 존재에도 불구하고 레싱이 굳이 두 가지 다른 결말을 의도적으로 병치해 놓은 이유는, 두 개의 결말 모두 부분적이고 불완전할 수 있으며, 리얼리티는 그 중 어느 한 개에 있는 것이 아니라, 두 개의 선택 사이 혹은 합에 존재할 수 있음을 또 한번 강조하기 위해서이다.

　포스트모더니즘의 또 하나의 두드러진 특징은 유희적이고 반권위적이라는 점인데, 안나는 자신의 불만족스러운 베스트셀러 작품 《전쟁의 변경 지대》를 《금지된 사랑》이라는 제목의 시나리오 줄거리로 패러디하면서 그 줄거리를 조롱조(with her tongue in her cheek, *GN* 57)로 썼음을 밝힌다든지, 텔레비전 영화로 각색하자고 제안하는 텔레비전 관계자를 만나는 곳이 '백색 타워'(*GN* 283)이고, 미국의 텔레비전 단막극 시리즈인 '파랑새'(*GN* 288)의 관계자를 만나는 곳은 '블랙 호텔'(*GN* 290)인 등등, '검정 · 빨강 · 노랑 · 파랑'의 색색의 노트북을 사용하고 있는 안나 자신을 조롱하는 듯한 인상을 풍기고 있다. 또한 각 노트북에서 안나가 종종 개인적 기록을 포기하고 신문 기사로 대체한다든지, 전통적인 소설인 〈자유 여성〉의 각 장마다 요약식의 제목을 붙여 19세기 리얼리즘 소설의 특징을 더욱 부각시키는 일 등은 안나 자신에 대한 조롱을 더욱 강조하는 것으로, 이 작품의 '자기-패러디(self-parody)'적 성격을 드러낸다.

그러나 《황금 노트북》의 패러디적 성격이나 자기-패러디적 성격은 조롱에 그치지 않는다. 안나가 '빨강 노트북'에 삽입한 '소련을 방문한 한 공산당원이 스탈린과 감격적으로 만나는' 에피소드에 대해, '아이러니에 대한 연습'에서 '어떤 태도에 대한 패러디'로, 그리고 결국에는 '진지한' 이야기로 차츰 깨달아 가듯이(*GN* 302), 그리고 '유머란 말의 장난이 아니라 (…) 고통으로부터 자신을 구하기 위한 소독'(*GN* 489)이라고 정의하듯이, 이 작품 전체를 물들이고 있는 패러디적 성격은 웃음 뒤에 진정으로 하고자 하는 이야기를 감추고 있음을 반영한다.

V. 나가기

안나는 전화로 정신과 의사와 소올의 정신분열 증세에 대해 상담하면서 "시간 관념이 없고 여러 개의 다른 사람인 것처럼 보이는 사람에게 무슨 문제가 있는 것인지" 묻는다. 이에 그 정신과 의사는 "이 모든 것이 우리가 살고 있는 시대 때문"이라고 간단 명료하게 대답한다. (*GN* 574) 안나가 살고 있는 1960년대의 영국은 냉전 체제 속에서 공산주의·사회주의·자본주의 간의 이념 논쟁으로 사회가 분열되어 있었으며, 공산당 내에서조차 당원끼리 서로를 기만하고 비방하고, 철의 장막 안에서는 고문·숙청·살인까지 자행되고 있었다. 반면 자본주의의 대표격인 미국에서는 매카시즘 때문에 사회주의적 경향의 작가들이 배척당하고 추방되고 있었다. 레싱의 작품 속에 나오는 등장 인물들은 대개 이념·인종·성별·계급으로 인해 신경증을 앓고 있으며, 그래서 레싱의 작품에서는 '분열'이 주요 인물들의 의식을 집약해 구현하는 소위 '객관적 상관물'로 나온다.

안나는 공산당에 가입하기 전부터 공산주의에 대한 회의를 품고 있었으며, 스탈린의 사후 속속 밝혀지는 비행들 때문에 공산당에서 탈퇴한 후까지도 꾸준히 공산주의에 대해 비판하지만, 〈자유 여성〉의 결말에서 노동당에 가입하고 결혼상담사로 일할 계획을 세우듯이 사회주의적 유토피아의 꿈을 끝까지 버리지 않는다. 앞에서 보았듯이 리얼리즘 소설을 파기하면서 동시에 향수를 버리지 못하는 것과 같다.

《황금 노트북》에 등장하는 인물들은 분열된 사회 속에서 느끼는 소외감 외에도, 인간 관계의 불안정성으로 인한 고독감, 물질적 풍요 속에서 느끼는 정신적 공허감 등 자본주의의 특징으로 보이는 비극적인 삶을 살고 있다. 작가인 안나는 작품을 쓰지 못하는 장애를 겪고 있고 이로 인해 마크스 부인에게 정신상담을 받는데, 이것은 인간의 의식 속에 외부 현실이 투사되어 있으므로, 내면적 실재에 가까이 감으로써 현실 세계에 더욱 가까워질 수 있다는 믿음 때문이다. 모더니즘 작가들처럼 안나는 의식과 무의식을 연구하면서 의식의 복합성과 시간의 유동성을 효율적으로 운용하는 글쓰기를 시도하지만, 근본적으로 작가의 사회적·윤리적 책임을 묻는 작가이므로 모더니즘 작가들과 길을 달리 한다.

안나는 동병상련을 느끼는 미국 작가 소울과 동거하면서 꿈으로의 여행을 통해, 그리고 더 나아가 그림자와의 대면을 통해 인격의 통합을 경험하고, 《황금 노트북》이라는 성공적인 메타픽션을 씀으로써 새로운 형식을 달성한다. 이런 새로운 문학 형식의 발견은 작가가 새로운 철학을 갖게 되었음을 반영하는 것으로, 안나는 세계는 진화하며, 따라서 그 진화하는 세계를 명명할 세계관의 진화도 필연적임을 다음과 같이 표현한다.

"(…) 신념의 우물이 가득 차면 이 나라에서 저 나라로 엄청난 용솟음이 생기고, 전 세계로 퍼지게 된단다. (…) 그리고 나서는 그 우물이 말라 버린 거야. 너도 알다시피 잔인성과 추함은 너무 강하거든. 그후 그 우물은 서서히 다시 차오르지. 그러면 또 다른 고통스러운 용솟음이 있겠지."(*GN* 275)

이것은 공산주의의 성쇠와 함께 앞으로 공산주의를 대체할 이념이 나타나리라는 믿음도 담고 있다. 작가를 포함한 의식 있는 사람들은 폴 태너가 말하듯이 '바위를 산으로 밀어올리는 사람' (*GN* 210)이 되어 환멸과 실패에도 불구하고 꾸준히 세상을 변화시키기 위해 노력하는 사람이어야 하며, 소올이 말하듯이 '아름답지만 달성이 불가능한 청사진을 믿어야 하며,' (GN 638) 마크스 부인이 말하듯이 "세상이 파괴되고 백만 년이 지난 후 싹을 틔울 풀잎을 믿어야 한다."(GN 545) 이것은 문학의 새로운 형식을 믿듯이 새로운 세계의 도래를 믿는 레싱의 긍정적인 세계관을 반영한다.

패러디가 문학적·역사적 지속성에 대한 파기와 명기이듯이, 패러디를 전략으로 사용하는 《황금 노트북》은 낡은 이념이 새로운 이념으로 서서히 대체되는 변화의 과정을 보여 주는 은유이며, 변화란 돌발적이고 과격하기보다는 다양한 목소리의 표출, 무수한 보수적 반복과 작은 차이들이 포개져 일어나는 느린 과정, 즉 연속성과 해방이 공존하는 과정임을 시사한다.

끝으로 이 작품의 여주인공 안나는 직업이 작가이며, 더욱이 창작과 비평의 경계를 넘나드는 글쓰기를 하므로 안나와 레싱을 분리하여 생각하기가 어렵다. 독자는 쉽게 안나와 레싱을 같은 인물로 동일시하지만, 안나가 자기 작품의 주인공 엘라와 자신을 동일시할 수 없음을 밝히듯이 레싱 또한 안나와 완전하게 동일시될 수 없다. 레싱이 불만을 터트리는 《황금 노트북》의 오독도 일부분은 비평가들이 안나와 레싱을 혼동함으로써 생긴 것이다. 레싱이 이 작품을 쓰면서 자신의 작품을 제대로 이해해 주길 바라는 독자를 상정하였듯이, 독자 또한 안나 뒤에 있는 작가 레싱을 안나와 분리하여 고려해야 한다. 안나가 자신을 패러디하여 엘라를 창조하였듯이, 레싱은 자신을 패러디하여 안나를 창조하였을 것이고, 그 결과 이들 사이에는 유사성과 상이성이 공존할 것이다. 레싱은 안나라는 인물을 내세워 자신을 자기-패러디하는 동시에 자신의 한계를 뛰어넘는 이중게임을 하고 있다.

레싱은 패러디라는 연속성과 해방의 기호를 내세워, 리얼리즘에서 모더니즘으로, 그리고 포스트모더니즘으로 변천해 가는 문학 환경을 다양한 텍스트를 사용하여 묘사하고, 이런 변화를 유도하는 역사적·사회적·이념적 컨텍스트도 보여 주고 있으며, 이들 이즘들 사이의 충돌과 꾸준한 대화를 통해 궁극적으로는 새로운 형식, 즉 새로운 가치관을 찾을 수 있다는 긍정적인 세계관을 제시한다.

참고 문헌

허천, 린다. 《패러디 이론》. 김상구·윤여복(옮김). 서울: 문예출판사, 1992.

Draine, Betsy. *Substance under Pressure: Artistic Coherence and Evolving Form in the Novels of Doris Lessing.* The University of Wisconsin Press, 1983.

Greene, Gale. *Doris Lessing: The Poetics of Change.* The University of Michigan Press, 1994.

Howe, Florence. 〈A conversation with Doris Lessing〉, *Doris Lessing: Critical Studies*, Ed. Annis Pratt and L. S. Dembo. Madison: The University of Wisconsin Press, 1987. 1-19.

Kaplan, Carey and Rose, Ellan Cronan(eds.). *Approaches to Teaching Lessing's The Golden Notebook.* New York: The Modern Language Asso-ciation of America, 1989.

Kaplan, Sydney Janet. 〈The Limits of Consciousness in the Novels of Doris Lessing〉, *Doris Lessing*, Ed. Annis Pratt and L. S. Dembo. Madison: The University of Wisconsin Press, 1987. 119-132.

King, Jeannette. *Doris Lessing.* Chapman and Hall, Inc., 1989.

Lessing, Doris. *The Golden Notebook.* New York: A Bantam Book, 1962.

Lightfoot, Marjorie. 〈*The Golden Notebook* as a Modernist Novel〉, *Approaches to Teaching Lessing's The Golden Notebook.* Ed. Carey Kaplan and Ellan Cronan Rose. New York: The Modern Language Association of America, 1989. 58-64.

Lukács, Georg. 〈Art and the Objective Truth〉, *Critical Theory Since 1965.* Ed. Hazard Adams & Leroy Searle. Orlando: University Press of Florida, 1986. 791-807.

Pratt, Annis and Dembo, L. S.(eds.). *Doris Lessing: Critical Studies.* Ma-dison: The University of Wisconsin Press, 1987.

Rubenstein, Roberta. *The Novelistic Vision of Doris Lessing*. Chicago: University of Illinois Press, 1979.

Sarup, Madan. *An Introductory Guide to Post-Structuralism and Post-modernism*. New York: Harvester Wheatsheaf, 1988.

Schlueter, Paul(ed.). *A Small Personal Voice*. New York: Vintage Books Edition, 1975.

—— *The Novels of Doris Lessing*. Southern Illinois University Press, 1969.

Sprague, Claire(ed.). *In Pursuit of Doris Lessing*. London: The Macmillan Press Ltd., 1990.

Waugh, Patricia. *Metafiction: The Theory and Practice of Self-Conscious Fiction*. London: Methuen, 1984.

제6부
전쟁 후유증인 정신병과 그 의미

5부작 《폭력의 아이들》의 마지막 작품 《사대문의 도시》는 앞의 네 작품과 달리 그 무대가 영국으로 제2차 세계대전 이후의 런던 풍경과 사회 모습에 초점을 맞추고 있다. 인간이 통증을 느끼는 덕분에 몸의 위험을 인지하고 치료할 수 있듯이, 레싱은 정상에서 일탈한 사람들, 다시 말해 신경증과 정신병을 앓는 사람들로 들끓는 전후 사회를 보며, 이런 증후군이 사회의 위험 정도를 진단하면서 동시에 치료 방법을 제시한다고 믿었다. 레싱은 사회의 치료 방법으로 어떤 새로운 이념이나 정치 형태를 제안하기보다 근본적인 개인 정신의 변화, 그에 따른 사회의 변화, 그리고 궁극적으로는 인류 진화 등의 필연성을 주장하였다.

우리가 지금까지 보아 왔듯이 《폭력의 아이들》의 여주인공 마사는 《사대문의 도시》 이전의 네 작품에서도 사회 변화를 가져오기 위해 개인으로서 그리고 좌익단체의 일원으로서 최선을 다하였다. 인종차별·계급차별·성차별이 없는 이상향을 꿈꾸며 사회 활동에 몰입하면서 자신의 활동이 어떤 긍정적인 변화를 가져올 것이라고 믿었다. 그러나 마사가 도달한 1차적인 결론은 그 모든 것이 별 성과를 가져오지 못하였으며, 오히려 시행착오만을 되풀이하였다는 깨달음이다. 사회는 분열 상태가 더욱 심해져 좌익과 우익뿐 아니라 구세대와 신세대 간에도 큰 간극이 생기고 있으며, 그로 인해 폭력이 더욱 난무해지고 있다. 이제 마사는 사회 활동으로 인한 사회 변화 모색에서 벗어나 그동안 억압해 왔던 여성성을 회복하는 데 주력하고, 마지막 방법으로

《황금 노트북》의 안나와 소올처럼 '자기 내부로의 하강'을 통해 본질적 자아를 변화시키려 노력한다.

마사는 좌익단체의 일원으로 활동하기 위해 가정과 아이들을 버렸고, 이론 연구와 이념적 토론에 열중하다 보니 자연스럽게 여성성으로부터 멀어졌다. 그러나 토머스 스턴과의 혼외정사 경험을 통해 마사는 여성성 회복의 가능성을 감지하게 되었고, 런던에 도착하여 작가 마크의 비서 겸 아이들의 양육을 맡는 가정부로 일하게 되면서 완전하게 여성성을 회복한다. 그리고 아이들이 어느 정도 성장하자 자신의 본질적 자기(essential self)와의 대면을 시도한다. 마사가 토머스와의 정사를 통해 개인 토머스뿐만이 아닌 고통받는 인류 전체와 교감을 이루듯이, 본질적 자기와의 대면은 인류의 원형적 집단 무의식과의 대면이기도 하여, 마사는 이를 통해 개인적 인격 통합의 가능성뿐 아니라 인류 통합의 가능성을 예지한다. 마사는 이런 경험 덕분에 폭력에 물든 지구가 대재앙을 맞이할 것임을 예언할 수 있었고, 대재앙이 닥쳤을 때는 대피하여 생존할 수 있었으며, 그 이후에 태어난 아이들을 새로운 세계에 맞는 새롭게 진화된 인종으로 교육시킬 수 있었다. 이로써 5부작 《폭력의 아이들》은 대단원의 막을 내리게 되는데, 시행착오를 되풀이하며 철없이 히스테리컬하게 행동하던 마사가 결국에는 지구 종말의 예언자로, 그리고 세계 구원의 이미지로 끝맺음하고 있다. 여기에 실린 두 편의 논문 〈도리스 레싱의 유토피아, 《사대문의 도시》〉(2003)와 〈5부작 《폭력의 아이들》을 통해 본 진화와 여성성〉(2003)은 레싱이 그 이전 작품에서도 꾸준히 제시해 온 관점, 즉 개인 정신의 교정이 사회의 교정을 가져올 수 있으며, 개인 정신의 통합은 사회 통합, 인류 통합의 길을 열 수 있다는 관점을 자세하게 보여 주는 데 초점을 맞추었다. 이전의 작품들이 그 가능성을 제시하는 데 그쳤다면 《사대문의 도시》는 마사가 이것을 차근차근 이루어 나가는 과정을 자세히 묘사하고 있으므로, 이 두 논문들도 그 점에 주로 주목하였다. 제9장 '도리스 레싱의 유토피아: 《사대문의 도시》'가 《사대문의 도시》 한 작품을 중심으로 사회 · 정치 문제 · 가족 문제 · 교육 문제의 개인적 · 집단적 차원의 해결책과 이 두 해결책간의 관계에 대해 조명하였다면, 제10장 '5부작 《폭력의 아이들》을 통해 본 진화와 여성성'은 이런 문제가 5부작 《폭력의 아이들》 전체를 통해 어떻게 제시되었고 어떤 해결점을 모색하고 있나 살펴보았다.

《황금 노트북》에서 안나의 종착점이 고통에 빠져 있는 사람들을 위로하기 위해 비행소년 교사인 동시에 복지사 성격의 결혼상담사였듯이, 《폭력의 아이들》의 마사의 종착점도 어린 아이들, 특히 이상 감각을 가진 기형의 아이들을 돌보고 교육시키는 일이다. 마사가 20년 가까이 돌보고 교육시킨 마크의 아들 프란시스도 성장하여 사회에 적응하지 못하는 소외된 자들을 위한 자치적 성격의 공동체를 만들어 운영하고, 대재앙 이후에는 이 경험을 바탕으로 복구센터를 운영한다. 이런 결론에서 유추할 수 있듯이 레싱은 통합의 실천 원리로 정치적 · 사회적 이념을 떠나 사회적 약자, 소외된 자, 정신적 · 육체적으로 병든 자 등을 포용하는 삶을 살 것을 제안한다.

제9장

도리스 레싱의 유토피아: 《사대문의 도시》

I. 들어가기

도리스 레싱이 약 17~8년에 걸쳐 집필한 5부작 《폭력의 아이들》 시리즈의 마지막 작품이자 가장 걸작으로 간주되는 《사대문의 도시》는 성숙하여 중년이 된 마사 헤세의 시각으로 씌인 작품인 만큼 이전의 네 작품들과 성격이나 깊이 면에서 상당히 다르다는 평가를 받고 있다. 우선 가장 표면적으로 드러나는 차이점은 이전 작품들과 달리 이 작품의 배경이 아프리카가 아닌 영국 런던이며, 이전 네 작품들이 비교적 단기간에 일어난 일을 다루고 있는 반면(《마사 퀘스트》 1934~1938; 《올바른 결혼》 1939~1941; 《폭풍의 여파》 1941~1943; 《육지에 갇혀서》 1944~1949년), 이 작품은 장기간에 걸쳐 일어난 일을 다루고 있다(《사대문의 도시》 1950~2000년)는 점이다. 더욱이 이 작품의 끝부분은 '부록(Appendix)'이라는 제목 아래 종말을 맞은 지구의 모습을 그리고 있어 소위 '성장 소설(Bildungsroman)'의 범주를 벗어난 것이 아니냐는 의혹도 사고 있다.

보다 내면으로 들어가 차이점을 찾는다면 이전의 작품들이 다양한 주제들, 즉 인종차별이나 제국주의 문제, 여성성과 성차별 문제, 공산주의나 사회주의 등의 이념 문제·성·결혼·모성·가족 관계·가부장제 등의 가정 문제 등을 사회와 연결시켜 다룬 반면, 이 작품은 사회적 해결 가능성보다는 인간의 깊숙한 내면 속으로 뛰어들어 문제들을 해결할 수 있는 가능성을 모색하고 있다. 비단 가족 관계나 성의 문제뿐 아니라 정치·사회적 문제 역시 심리적 차원에서 해결하려 노력하고 있는 것이다. 사실 레싱이 이전 작품들에서도 곳곳에 만연되어 있는 정치·사회적 분열상을 폭로하면서 등장 인물들의 정신적 분열과 연결시켜 설명하려고 부단히 노력하였던 만큼, 이 시리즈의 결정판인 마지막 작품에서 이것을 본격적으로 다루었다는 사실은 그리 크게 놀랄 만한 일은 아니다. (제4부의 제5장 〈《폭풍의 여파》: 분열증후군에 시달리는 세계, 사회, 그리고 개인〉을 참조하시오.) 다만 이전과 다른 점은 이전 작품들이 크게는 세계 혹은 국제 사회의 분열상, 적게는 하나의 국가나 공동체의 분열상이 개인의 정신적 분열을 야기시키고 있음을 증명하려 하였다면, 이 작품은 개인이 자신의 내면 속으로 하강하여 가장 밑바닥에 있는 존재와 대면하고 투쟁함으로써 정신적 통합을 이룩한 후 이 경험에 의거하여 사회의 통합 가능성 혹은 유토피아의 가능성을 제시한다는 점이다. 이전 작품들이 외부 세계의 에너지가 내부 세계로 영향을 미치고 있음을 강조하였다면, 이 작품은 내부 세계의 에너지가 외부 세계로 영향을 미칠 수 있음을 강조하고 있다.

반면 레싱은 근 20년에 걸쳐 이 5부작을 완성했음에도 불구하고 첫 작품 《마사 퀘스트》에서 소개한 주제들을 일관성 있게 발전시키고 있다. 그 중에서도 가장 두드러진 것이 '유토피아의 추구'이다. 《마사 퀘스트》에서 15세의 마사가 상상하는 '이상 도시'는 그녀가 사회에서 환멸을 경험할 때 떠올리는 어렴풋한 유토피아의 이미지였으나, 마지막 작품 《사대문의 도시》에서는 마크 콜드리지의 소설로 재현되고, 프란시스 콜드리지가 운영하는 공동체와 지구가 종말을 맞이한 후 마사가 피난간 섬의 모습으로 구현되는 등 유토피아의 주제는 이 다섯 작품들이 시리즈임을 꾸준히 각성시키는 주요 모티프가 되고 있다.

낸 바우만 앨빈스키는 여성 작가들이 그린 유토피아에 대해 연구한 저서 《영미 소설 속의 여성 유토피아》의 서문에서 여성들이 그린 유토피아는 여성들의 열악한 사회적 위치와 연관되어 있음을 밝힌 바 있다.

구체적으로 유토피아를 그리는 일은 고도로 개인적인, 그리고 특이하기조차한 행위지만 작가의 사회적 현실에 굳건히 닻을 내리고 있는 행위이다. 윌리엄 골딩은 다음과 같이 상기시킨다: "유토피아가 기억 속의 모든 황금들을 반짝거리게 만들 때 그것은 사회의 어둠, 즉 모든 수준의 불행·결핍·박탈감을 배경으로 하여 빛나게 만드는 것이다." 인종·피부색·신념·젠더가 한 사람의 '사회적 어둠'의 성격을 지배할 수 있다. 이들은 한 사람의 사회적 위치에 영향을 미칠 뿐 아니라 여러 다른 사회적 현실을 구성한다.(앨빈스키 1)

마사가 '사대문의 도시'라는 '이상 도시'를 계속 상상하는 것은 그만큼 그녀가 몸담고 있는 현실이 만족스럽지 못하다는 것을 나타내는 반증이며, 동시에 그 현실을 변화시키고 싶은 욕망을 반영한다. 메리 앤 싱글턴은 카시러 에른스트의 《인간에 대한 수상록》의 한 구절을 인용하면서, 레싱이 그리는 '이상 도시' 이미지는

인류의 새로운 미래를 상상하고, 더 나아가 만들도록 의도된 상징적

구조물이다. (…) 인간의 본성적인 타성을 극복하고 새로운 능력, 즉 인간의 우주를 꾸준히 재형성할 수 있는 능력을 인간에게 부여하려는 상징적 사고이다.(싱글턴 34)

라고 말함으로써, 레싱이 암담한 현실에 순응하기보다는 변화시키려 부단히 노력하였음을 주장한다.

　레싱은 《폭력의 아이들》 시리즈의 첫 두 작품만이 발표되었던 1957년 〈작은 개인적인 목소리〉라는 에세이를 통해 참여 문학(committed literature)에 관한 신념을 피력하면서, 참여 문학이란 작가가 자신을 '변화의 도구'로 간주하는 문학이라고 밝힌 바 있다. 그녀에 따르면 작가란 '예술을 위한 예술'이 아닌 '사회를 위한 예술'을 해야 하며, '사회의 비판자'이자 '예언자'여야 한다. 여기에 부연 설명하자면 레싱은 작가는 사회의 개혁 모델 혹은 개혁 방향까지 제시할 수 있어야 한다고 주장하는 것이다. 그런 의미에서 《사대문의 도시》는 레싱의 작가적 신념과 철학이 가장 잘 반영된 작품이라고 하겠다.

　본 논문에서는 《폭력의 아이들》 시리즈의 네 작품들에서 꾸준히 제기되었던 문제점들, 즉 가족 관계 · 정치 · 사회 · 이념의 문제들에 대해 마사가 어떤 개인적 · 집단적 차원의 해결 가능성을 제시하는가 살펴보고, 개인적 차원의 해결책이 집단적 차원으로 어떻게 연결될 수 있는지에 관해서도 조사할 것이다. 그리고 마지막으로 레싱이 그리는 유토피아란 구체적으로 어떤 모습인지에 대해서도 연구할 것이다.

II. 집단적 차원의 통합 모색

1957년 레싱은 〈작은 개인적인 목소리〉에서 5부작 《폭력의 아이들》의 첫 두 작품을 '집단과의 관계 속에서의 개인의 양심에 대한 연구'라고 말하였다. 마사라는 여주인공은 집단 혹은 사회가 요구하는 규범에 꾸준히 반항하며 자유와 해방을 추구하지만, 사회의 제도 속으로 순응하고마는 반복적인 삶에 갇혀 있다. 개인의 의식이 집단의 자기 파괴적 잠재력과 타성에 큰 영향을 미치기란 현실적으로 대단히 어렵다. 그러므로 여주인공의 반항과 순응의 악순환 과정은 반복되고, 이런 과정 속에서 이상과 현실 사이의 괴리를 뼈저리게 경험하면서 마사 자신의 정신도 분열된다.

제1차 세계대전을 겪은 부모 세대의 정신적·육체적 상처와 이로 인한 젊은 세대의 고통, 아프리카의 제국주의적 현실, 제2차 세계대전을 앞둔 젊은이들의 불안감과 이념적 갈등, 전후 영국인들의 정신적 공허감과 제3차 세계대전 및 지구 종말에 대한 공포, 세대 갈등 등 《폭력의 아이들》 시리즈에 재현된 사회는 인종·국가·성별·이념·세대 등에 따라 조각조각 분열된 사회이고, 그 속에서 가정 혹은 가족관계 역시 분열되며 개인도 정신적 분열을 경험한다. 이 시리즈는 개인은 시대의 자손이므로 개인의 정신 속에 그 시대의 전체 내용이 담겨 있음을 꾸준히 상기시킨다. 그러므로 레싱은 이 시리즈의 전 작품들을 통해 개인 의식의 통합, 가족 관계의 통합, 사회적 통합을 이루려고 부단히 노력하고 있으며, 그 결과 마지막 작품에 이르러서는 이전의 어느 작품에서보다 한층 통합을 향해 나아간 듯이 보인다. 적어도 통합을 향한 결단과 그에 대한 준비가 무르익은 듯 보인다.

재건과 진화를 전제한 사회의 붕괴

새로운 것 혹은 개시는 혼돈 혹은 갈등의 지역을 통과해야 한다.(*FGC* 196)

《사대문의 도시》는 아프리카를 떠나 영국 런던에 막 도착한 마사의 복잡한 심리 상태에 대한 묘사로 시작된다. 마사는 하류 계층의 아이리스와 스텔라, 중산층의 헨리 매더슨과 존 하이앰, 상류층의 콜드리지가(家)의 사람들 등과 친분을 맺으며, 영국이 표면상의 주장과 달리 계층 사회이자 '제국주의의 중심(hub of the Empire)'임을 실감한다. 마사는 계층 사회이자 제국주의의 시녀라는 이유로 아프리카를 떠나 영국으로 왔으나 오히려 그 중심부로 들어온 셈이다.

자신을 아는 사람이 거의 없는 대도시 런던에서 마사는 영국으로 오기 이전의 자신으로부터 해방된 느낌을 만끽하면서 여러 가명을 쓰며 '자신이 과연 누구인가?'에 관한 사고에 몰입한다. 아이리스와 스텔라가 제시한 직장과 남편감을 거절하고, 헨리와 존이 제시한 안정된 직장도 거부하면서 마사는 한 가지 결론에 도달한다.

그녀는 갚아야 할 빚이 있었다——책임, 즉 정상적인 것, 일상적인 것에 대한 책임. 바로 그것이었다. 사람은 빚을 다 갚은 뒤에야, 계산을 치른 후에야 움직일 수 있다. 갚아야 할 빚을 생각하니 공포가 밀려왔다: 갑자기 캐롤라인이 생각났다, 너무나도 터무니없게 결혼했던 두 남자와 어머니 생각도 났다. 빚이야. 다 갚아야 해.(*FGC* 49)

마사는 공산주의 활동의 참여로 이상 사회를 건설할 수 있다고 믿었고 이를 위해 딸과 남편을 버렸다. 또한 어머니의 편협한 제국주의적 오만과 관습적인 여성성 강요가 싫어 어머니도 거부하였다. 마사는 이런 식으로 그토록 갈구하던 결혼 제도, 모성, 관습적인 여성관, 제국주의 등으로부터의 해방을 얻는 듯 보였지만, 좌익단체의 회원으로서의 정치 활동은 공산주의에 대한 환멸만을 가져왔고, 가족으로부터의 도피는 육체적으로는 가능하지만 정신적으로는 불가능함을 깨달았을 뿐이다. 도피보다는 오히려 자신의 책무를 받아들이고 적극적으로 뛰어들어 문제를 해결해야 함을 아직 확신하지는 못하지만 어렴풋이 느끼고 있다. 이런 책임감에 대한 인식 때문에 마사는 자유를 포기하고 콜드리지가(家)의 살림을 맡는다. 마사는 처음에는 상류층 집안의 작가인 마크 콜드리지의 비서직을 탐탁하게 여기지 않았으나 마크의 형 콜린이 소련으로 망명하고, 그의 아내 샐리-새러(원래의 이름은 새러지만 유대인 이름인 새러를 사용하지 못하고 샐리라 불림)가 어린 아들 폴을 남겨 놓은 채 자살하며, 마크의 어린 아들 프란시스가 정신병을 앓고 있는 어머니 린다 때문에 고통을 겪는 등 집안 사정이 마사의 도움을 필요로 하는 방향으로 흘러가자 콜드리지가에서의 체류를 계속 연장하여 결국 약 15년의 세월을 보내게 된다.

영국은 제2차 세계대전을 겪은 후 전쟁의 상처 속에서 물리적인 고통을 겪고 있을 뿐 아니라 전후의 냉전 상태로 인해 공산주의에 대해 과민반응을 일으키는 등 정신적 장애를 겪고 있다. 이념의 분열 속에서 정보를 캐내기 위해 도청 등 갖은 수단을 동원하고 서로를 스파이로 의심하며 뇌물도 주고받는 등 사회의 온갖 구성원들이 정상적인 행동 패턴에서 벗어나 극심한 신경증을 앓고 있다. 고장난 수도꼭지를 고치기 위해 며칠간 여러 배관공과 연락하지만, 이런저런 이유로 수리는 미루어지고 수리 고지서만 청구되는 과정을 자세히 기록한 린다의 친구 도로시의 일기는 이 당시 사회 전체가 얼마나 비효율적이고 무책임한가를 잘 보여 준다.

국제 정세를 보면 한국과 케냐 등에서 소규모의 전쟁이 벌어지고 있고, 전반적으로는 자본주의와 공산주의 양 진영의 냉전 질서 속에서 조 매카시 선풍처럼 하루 밤 사이에 전체 국가가 광기에 빠지는 일도 벌어지고 있다. 마크는 냉전 질서 속에서 무기 경쟁을 벌이는 국제 사회를 한 눈에 볼 수 있도록 서재의 두 벽에 세계지도를 걸어 놓고 군비 증강과 환경파괴의 소재지들을 표시해 나간다.

레싱은 런던이라는 사회 전체의 한 표본 집단으로 콜드리지가를 선택하여 당시의 소수 지식인 계층을 주로 묘사하고 있으나, 이들 또한 이념·철학·이해 관계·취향에 따라 분열되고 분리되어 있다. 보수 세력이면서 새 권력에 빌붙어 기득권을 유지하려는 마크의 어머니 마가렛, 동성애자이며 마가렛의 세번째 남편인 아마추어 예술가 존 패튼, 열성 노동당원이자 이상주의자인 피비 콜드리지, 유행과 멋을 좇는 신세대이자 새로운 권력 계층인 존의 아들 그레이엄 패튼, 점성술에 열중하는 린다·도로시·멜런딥 부인과 친구들, 관습과 전통에서 벗어나 자유와 반항을 추구하는 각양각색의 젊은 세대들(프란시스·폴·피비의 두 딸과 그들의 친구들) 등등 이들은 서로 가장 가까운 사이이면서 서로에게 큰 상처를 주고받는다. 따라서 이들은 모두 조울증·정신분열증·망상증·신경쇠약 등등의 신경과민 혹은 정신병을 앓고 있다.

마사가 관계를 맺게 되는 콜드리지가는 영국, 즉 아름답고 위대한 전통의 영국을 대표한다. 전쟁의 여파로 누추하고 가난한 런던 시내를 돌아다니던 마사는 콜드리지 저택을 보면서 런던의 추함보다 아름다움을 떠올린다. 그러나 이 아름다움은 제국주의적 오만함에서 오는 것이기 때문에(마사는 이 집의 페르시아 양탄자에 주목한다) 마사에게 호감보다는 반감을 먼저 자극한다. 이 집의 주인 마크는 힘과 고귀함(force and height)의 인상을 풍기지만 대화를 나누자마자 불안(anxiety) · 근심(worry) · 곤혹스러움(even annoyance) 등을 드러내 당시 영국의 중추적 계층의 기반이 흔들리고 있음을 보여 준다.

콜드리지 저택은 또한 정치가 · 예술가 등의 집합 장소로 자주 사용되고 있어 이 작품 내내 1950년대와 1960년대 런던의 사회 · 정치 · 역사 · 문화 · 교육을 축소하여 보여 주는 지도 역할을 하고 있다. 이 작품은 영국의 유명 작가이자 대가족의 기둥인 마크 콜드리지가의 각 구성원을 중심으로 하여 1950년대는 좌익과 우익의 격렬한 투쟁의 시대였고, 1960년대는 청년 혁명의 시대로 구세대와 신세대 간의 긴장이 팽배했음을 그려낸다. 그래서 이 작품은 정치 소설과 풍속 소설의 양상을 모두 띠고 있다는 평가도 받고 있다. 이 작품의 끝부분에서 영국을 상징하던 콜드리지 저택은 재개발을 위한 수용 결정에 따라 정부에 팔리고 이 집의 구성원들은 뿔뿔이 흩어지게 되는데, 이는 곧 뒤따를 영국의 붕괴를 암시한다.

이 작품은 제2차 세계대전 직후의 영국을 보여 주면서 전쟁은 되풀이된다는 메시지를 강력하게 전달한다. 소설가 마크는 자신의 처녀작에서 인류는 살아 있는 유기체, 즉 하나의 몸이며, 전쟁은 그 몸 밖으로 터져나온 종기라고 설명한다. 종기란 오래 곪아 있다가 터지므로 충분히 예상할 수 있다. 병든 사회에서 전쟁은 발발하게 마련이며 이것은 예상 가능하다.(*FGC* 142) 결국 이 작품의 부록은 1970년대의 영국 사회와 관료 정치의 더욱 가속화된 폭력성을 보여 주다가 핵폭탄에 의해서인지, 가스 폭발에 의해서인지 확실치 않으나 지구의 종말이 초래되고 그 결과 영국이 폐허가 되었음을 알린다.

그러나 레싱이 종말 이후의 변화에 대해 반드시 부정적으로만 묘사하는 것이 아니다. 마사가 꾸준히 계발하던 이상감각의 기능을 새로이 태어난 아이들은 이미 갖고 있다. 그리고 이들이 미래의 지구의 새로운 인종이 될 것임을 시사한다. 이 작품이 보여 주는 파괴는 파괴를 위한 파괴가 아니라 변화를 가져오기 위한 파괴이다.

책임과 돌봄의 관계로서의 가족 관계 회복과 확장

> 당신에게 맡겨진 일을 다 마쳤을 때 그때야 비로소 스스로 성장하기 시작하지요. 그때까지는 빚을 갚는 겁니다.(*FGC* 474)

레싱의 작품에서는 대부분의 등장 인물들이 부부 관계 혹은 부모 관계 때문에 상처를 받는다. 마사의 가장 아픈 곳은 어머니와의 관계부분이며 이 상처는 마사가 아프리카를 떠나 런던으로 오게 한 이유 중 하나이기도 하다. 어머니가 딸에게 강요하는 억압 관계를 잘 알기 때문에 자신의 딸까지 포기한 마사는 5부작 《폭력의 아이들》의 다른 작품들에서는 자신의 그런 행동을 정당화하려고 애썼다. 그러나 《사대문의 도시》에서는 그런 자신을 '미쳤었다'(*FGC* 71)고 단정짓는다. 그리고 아버지를 증오하는 잭에게 투쟁하여 그 증오를 극복해야 한다고 역설한다.

> "(…) 아기는 선하게 될 수 있는 무한한 가능성을 갖고 태어나지요. 그러나 도망갈 수는 없어요. 마치 어두운 끔찍한 구덩이 속으로 떨어지는 것과 같아요. 그렇게 되면 싸워서 빠져나와야지요. 바로 부모가 그

런 구덩이 같은 거예요. 싸워서 거기에서 빠져나와야지요. 빠져나오기 위해 구태여 싸우지 않아도 되는 그런 방법이 있다고 생각한다면 그것은 큰 실수예요……."(*FGC* 81)

어머니에 대한 증오와 딸 캐롤라인을 포기한 일의 정당화, 가족 관계의 허구성 및 무위성 등을 주장하던 마사는 이제 자기가 저지른 실수를 보상하려 하고, 그래서 프란시스에 대한 동정으로 린다 대신 콜드리지가의 살림을 맡는다. 그러므로 본 작품을 이끌어 가는 주된 원동력은 마사의 책임감과 돌봄이라는 여성적 에너지이다.

어느새 중년이 된 마사는 병든 사회를 상징·대표하는 콜드리지 저택에서 마크의 비서이자 아이들의 가정교사인 동시에 친구이며, 살림을 담당하는 사람으로서 지하의 린다, 1층의 마크, 3층의 폴, 다락방의 프란시스, 그리고 피비의 두 딸 질과 그웬 등 각자 자신의 방 안에 갇혀 가족으로서의 사랑과 유대 관계로부터 단절되어 사는 고립된 인물들을 서로 이해시키고 연결시키려고 노력한다.

이 집 전체가 이와 같아서 분명히 깨진 것이나 벗겨진 데는 없지만 사방이 촌스럽고 조잡했으며, 한데 결합할 중심이 없어 보였다. (진정한 가정이라면 있어야 할 그런 구심점이 없었다.) 각각이 다른 주의와 다른 수리를 요구하는 분리된 작은 물건들·표면들·모양들을 한데 뭉쳐 놓은 덩어리 같았다. 이것이 이 집의 중심에서 살림을 꾸려 나가고 구심점을 찾으려고 노력하는 사람인 한 중년의 여자가 처해 있던 상황이었다.(*FGC* 371)

공산주의자로 비난받는 아버지와 정신병자인 어머니 사이에서 상처

받는 프란시스에게 부모의 사랑을 일깨워 주고, 아버지의 해외 망명과 어머니의 자살로 도벽을 향해 치닫는 폴에게 사회의 규율을 엄하게 가르치는 권위적인 인물 노릇을 하며, 마크에게는 정신적이고 지적인 동반자로, 린다에게는 그녀의 병을 이해하고 함께 심리적 하강을 시도하는 동료가 되는 등 마사는 각자의 요구와 필요에 맞춰 돌보느라 자신의 사생활을 희생한다.

마사가 이런 힘든 일을 할 수 있는 이유는 그녀가 젊었을 때 겪은 경험 때문이다. 피비와 그녀의 딸, 질과의 대화는 자신과 어머니와의 대화의 복사판이며, 어머니의 사랑을 갈구하는 프란시스와 폴의 모습 역시 어린 시절 자신의 모습이다. 각각의 가족 구성원이 마사의 여러 모습을 반영하고 있으며, 마사에게 자신의 모습의 일부분을 투사하고 있다. 또한 중년이라는 나이가 시간과의 공모하여 마사에게 사람들을 꿰뚫는 통찰력을 부여하고 있다.

수년간 끈기 있게 말했던 것들은, 나는 이랬어, 그런 일을 했어, 이런 저런 것을 느꼈어 등이었지. 프란시스·폴·질, 그리고 다른 아이들, 그 애들은 바로 나였어, 그리고 나는 바로 그 애들이었지. 그래 나이든 사람들은 이런 것을 말할 수 있는 기회를 준 아이들에게 고마워 해야 해. 그러나 물론 젊은이들은 아이들 속에서 자신의 과거와 직면하는 지점에 다다를 때까지 이것(이 비틀린 사랑의 특별한 변형)을 이해하지 못하지. 그래서 부모와 자식 간의 거래에서는 자제하고 참는 사랑의 유통에 날짜가 늦은 약속 어음들만 사용되는 거야. 그 어음들은 전혀 예상하지 못한 때에 만기가 되어 차례로 돌아오지.(*FGC* 469-70)

그러나 마사가 단순히 부모와 자식 간의 사랑의 시간적 어긋남을 깨닫는 통찰력을 갖고 있어서 젊은이들과의 조화에 성공한 것은 아니다. 마사의 어머니(퀘스트 부인), 질의 어머니 피비, 프란시스의 아버지 마크 역시 중년이 가져다 주는 풍부한 경험과 통찰력을 갖고 있지만 자식과 화합을 이루는 데 실패한다. 마사의 성공은 무엇보다도 그녀가 자신의 내부로 하강하여 마음속 깊은 곳에 있는 적과 대면하는 경험을 겪기 때문이다.

마사의 돌봄으로 프란시스와 폴은 성장하여 사회로 진출하는데, 이들의 두드러진 특징은 남을 돌볼 줄 아는 인격이다. 프란시스는 어머니와의 갈등과 다른 남자의 아이들을 낳아 키우는 어려움으로 신경증세에 시달리는 질을 돌보고, 폴은 제나를 포함한 방황하며 떠도는 여러 젊은이들에게 자신의 집을 제공하는 등 어려운 사람들을 적극 돕는다. 레싱은 이들을 통해 돌봄의 미덕을 가족 관계에 국한시키지 말고, 계급 · 인종 · 성별 · 도덕성 · 정신이상 상태 등을 막론하고 타인에게로 확대할 것을 주장하는 듯이 보인다.

마사는 콜드리지가의 아이들을 돌본 중년의 경험으로, 그리고 내부로의 하강을 경험한 자기 탐구의 경험을 바탕으로 노년에는 지구의 종말을 맞아 피난 간 섬에서 새로이 태어난 아이들을 교육시키고 돌본다. 그리고 이상감각(extra-senses)을 타고난 이들에게서 지구의 희망을 본다.

III. 개인적 차원의 합일 추구

사람은 자신에 대한 이야기를 쓰면서 타인들에 대한 이야기를 쓰게 된다.(*GN* xiii)

1층의 마크와 지하의 린다 사이를 이어 주며 '매력적인 3인 가족(a charming ménage à trois, *FGC* 438)'을 이루던 마사는 마크가 상징하는 이성(理性)으로부터 린다가 상징하는 비이성(非理性)을 향해 서서히 나아간다. 이념을 통한 통합 가능성이 희박함을 느낀 마사가 자기 탐구 혹은 시간과 공간을 초월하는 의식의 진화를 통한 성장을 시도하는 것이다. 이런 방향 전환의 결정적 계기는 마사를 만나러 런던을 방문한 어머니가 제공한다. 마사는 런던을 방문한다는 어머니의 편지를 받자 신경쇠약에 걸리게 되고 제도권 내의 정신과 의사인 닥터 램과 점성술을 하는 멜런딥 부인과 상담한다. 이런 와중에 마사는 제도권 내의 정신과 의사보다는 정신병자 린다와의 대화 속에서 해결 가능성을 발견한다. 마사는 린다가 제도권에서 말하는 정신분열증상의 조울증 환자가 아니라 남이 듣지 못하는 소리를 듣는 비범한 능력의 사람임을 서서히 깨닫는다. 마사 자신도 남의 생각을 들을 수 있게 된다.

프란시스와 폴이 성숙하여 한가해진 마사는 오랫동안 품어 왔던 자신 내부로의 하강을 시도한다. 지하실에 내려가 린다를 돌보던 마사는 벽을 더듬으며 도는 린다를 보며 자신도 그렇게 하고 싶은 충동을 경험한다.

그리고 나서 그녀(마사)는 자신의 일부가 린다의 벽을 따라 도는 여행을 같이하고 싶어한다는 것을 깨달았다. (…) 이렇게도 마르고 헐벗은 린다가 어떻게 이 방을 나갈 것인가? 이 방을 나가면 만사를 '지각 있는 행동인가 아닌가'로 판단하는 세상에 노출될 텐데. 그리고 린다의 일부인 마사는 어떻게 이 방을 나갈 것인가? 그녀는 곧 일어나 벽들을 향해 나아갔다. 그리고 벽 주위를 따라 돌기 시작했다.(*FGC* 512)

마사와 린다는 잠을 자지 않고 먹지도 않으면서 며칠을 보내다가 감정의 물결(개인 무의식 혹은 콤플렉스와의 대면)에 휩싸이고, 곧이어 들리는 소리의 바다 속에서 칼 융이 말하는 집단 무의식을 경험한다. 융은 무의식을 개인 무의식과 집단 무의식 두 가지로 나누고 있는데, 개인 무의식은 표면에 있는 것으로 정신 내부로의 하강을 시도할 때 먼저 만나게 된다. 그러나 개인 무의식은 개인의 경험이나 습득으로만 구성된 것이 아니라 태어날 때부터 존재해 있던 더 깊은 층을 토대로 하여 구성되었다. 이 깊은 층이 집단 무의식이며 보편적 성질을 가진다. 즉 개인의 정신과 달리 모든 개인에게 똑같은 행동 양식이 있으며, 모든 인간에게 동일한 그리고 모든 인간에게 존재하는 초개인적 성질의 보편적 정신이 있다는 것이다. 마사는 린다와 함께 내부로의 여행을 하지만 그 여행은 항상 이런 보편성에 대한 뼈저린 인식이다.

이런 시냇물 소리 같은 말 뒤에는 굉장히 혼돈스런 소리가 있었다. 마사는 이 소리를 들을 수 있었다. 그녀는 생각했다. 아니 의아해 했다. 그 소리가 린다의 머릿속에서 들리는 소리인가? 내 머릿속에서 들리는 소리인가? 그리고는 자신이 얼마나 둔했던가 충격적으로 느끼며 이를 참지 못하였다. (왜냐하면 이런 것을 묻거나 의아해 할 필요가 없을 정도로 이미 오래전부터 이곳에 있었기 때문이다.) 그래 그것은 인간의 마음, 혹은 일부 인간의 마음속에서 들리는 소리야. 그리고 린다와 마사는 그것을 듣기 위해 플러그를 꽂을까 말까 선택할 수 있지.(*FGC* 520)

생명과 의식이 분리되기 이전의 원시시대를 연상시키는 소리의 바다를 겪어낸 후 마사는 꿈속에서 황금빛의 행복으로 가득 찬 꿈을 꾼다. 꿈에서 깨어나 외출한 마사는 거리에서 아름다움(하늘, 나무)과 추함(길거리의 오물, 끔찍하게 생긴 동물)을 동시에 경험한다. 거리에서 만난 인간들은 추한 민달팽이 모양의 최면에 걸린 중독된 동물들이다. 마음속으로의 하강을 경험한 뒤 세상을 다른 눈으로 보게 된 마사는 인간들의 눈·귀 등 각 기관들이 망가지고 덜 발달되어 세상을 제대로 보지 못함을 깨닫는다.

보다 확실하게 하강의 경험을 겪기 위해, 즉 완전한 미지의 내부(totally unchartered interior, *FGC* 557)로 여행하기 위해 폴의 집에 방을 빌린 마사는 다시 소리의 바다를 거치고 곧 예상한 대로 적(enemy) 혹은 자기-혐오자(self-hater, *FGC* 557)를 만난다. 즉 자기의 또 다른 모습인 스스로를 증오하는 또 다른 자신에게 붙잡힌 것이다. 마사는 이 자기-혐오자와의 투쟁 속에서 자기의 겉표면, 즉 자아(Ego)가 자기(Self)가 아니듯이 자기-혐오자, 즉 그림자(Shadow) 역시 자기(Self)가 아님을 발견한다. 마사는 그림자와의 투쟁을 통해서 "모든 태도·감정·사고는 균형을 이루기 위해 정반대의 것을 갖고 있으며, 이것들은 눈에는 보이지 않으나 항상 존재한다"(*FGC* 573)는 사실을 깨닫는다. 그러므로 어떤 것도 스스로 정의되거나 존재할 수 없으며 반대의 것을 통해서만 정의되거나 존재할 수 있다. 인격의 통합 역시 자아가 '나'이면서 '내'가 아닌 내적 이미지들과 대화하며 화합해 나가는 것이고, 자아와 자기와의 관계를 풍부하게 만드는 것이다.

이 작품 속의 마사가 프로이트와 융의 저서들을 읽듯이 레싱 역시 이 작품을 쓰면서 정신분석에 대단한 관심을 갖고 있었던 것으로 보이며, 그래서 융의 정신분석 개념을 아는 독자는 그렇지 못한 독자보다 이 난해한 작품을 이해하기가 훨씬 쉬움을 깨닫는다. 로베르타 루벤스타인 역시 자신의 저서, 《도리스 레싱의 소설적 비전》에서 이 작품이 '집단과의 관계 속에서의 개인의 양심에 대한 연구'라는 레싱의 표현을 "집단 의식과의 관계 속에서의 개인 의식에 대한 연구"(루벤스타인 125)라고 바꿈으로써 융의 정신분석학과의 관련성을 시사한다.

위에서 본 바와 같이 마사는 자신의 내부 가장 깊은 곳에서 인류의 원형적 집단 무의식과 대면하였다. 그리고 불완전하지만 인격 통합의 가능성도 인지하였다. 이제 마사는 뿔뿔이 헤어지는 콜드리지 가족들을 보며 앞으로 자신이 가야 할 곳과 해야 할 일에 관해 생각한다.

어디로 가나? 그러나 어디로, 어떻게? 누가? 아니야, 그러나 어디로, 어디로 (…) 그리고 나서 침묵이 흘렀고 다시 되풀이 말하였다. 어디로? 여기. 여기?

여기, 달리 어디를 가? 바보 같으니라고, 불쌍한 바보, 어디 다른 곳에 간 적이 있었나?(*FGC* 614-5)

위의 인용은 마사가 지금까지 해온 대로 순리에 따라 책임과 돌봄의 삶을 그대로 이어 나가겠다고 결심하고 있음을 보여 준다. 이 결심과 함께 마사는 콜드리지가를 돌보던 마사에서 인류의 미래를 책임질 미사를 향해 서서히 나아간다. 《사대문의 도시》의 구조가 마사나 마크 가족의 운명에 대한 강조로부터 인류에 대한 강조를 향해 움직이고 있다.

IV. 레싱의 유토피아

《마사 퀘스트》에서 어린 시절의 마사 퀘스트가 꿈꾸던 유토피아는 물뿜는 분수와 플루트 소리가 들리는 고상한 도시로 모든 인종의 사람들이 함께 어울려 사는 곳, 그리고 노인들이 젊은이와 조화를 이루는 황금 도시였다. 그리고 마사는 자신의 부모와 이웃 가족, 그리고 자기 고향의 대부분의 사람들은 하찮은 비전을 갖고 있고 이해력이 부족하므로 이곳에 들어갈 자격이 없다고 고집하였다.

《사대문의 도시》에서 마사가 그리는 유토피아는 마크가 마사의 도움을 받아 쓴 소설 《사막 속의 도시》 속의 황금 도시이다. 마크가 그린 도시는 위계 질서가 있는 도시로 마사가 어린 시절 꿈꾸던 도시와 완전히 일치하지는 않는다. 그러나 이 도시는 마사가 꿈꾸었던 도시처럼 정원 도시이고, 조화·질서·기쁨의 도시이다. 마사와 마크는 소설의 줄거리를 구성하면서 마치 인간의 정신 구조처럼 이 도시 밖에 이 도시의 그림자 도시를 만든다. 이 도시는 가난·기아·폭력의 도시로, 이 도시에 사는 사람들은 권력과 돈을 위해, 그리고 인정받기 위해 서로 싸운다. 바깥 도시를 지배하는 한 가문이 안쪽 도시로 밀사를 보내 안쪽 도시의 비결을 사겠다고 청한다. 안쪽 도시는 그 비결은 돈을 주고 사는 것이 아니라 선물로 받는 것이라고 대답한다. 그러자 화가 난 바깥 도시의 통치자들은 안쪽의 황금 도시로 침입하여 모든 주민을 살해한다. 그후 안쪽 도시도 바깥 도시처럼 폭력적이 되고, 이 때부터 역사가 시작되며, 이후 생긴 문학·예술·학식은 이 잃어버린 황금 도시에 대한 전설을 바탕으로 한 것들이다.

이 황금 도시는 소설 속에서 북아프리카나 아시아에 위치한 것으로 그려졌고 이 작품을 읽은 많은 사람들, 특히 현실에 적응하지 못하는 많은 사람들이 마크에게 이 도시의 실제 위치를 물어 온다. 지구의 종말이 가까워졌음을 느끼자 마크는 이 소설을 읽은 미국의 한 사업가의 재정적 도움으로 북아프리카에 이 황금 도시를 모델로 한 도시를 건설한다. 이 도시는 지구 종말에 대비한 일종의 난민촌이다.

그러나 마크가 실제로 북아프리카에 건설한 도시는 레싱, 그리고 마사가 그리던 유토피아와는 거리가 먼 듯이 보인다. 오히려 프랜시스가 영국 시골에 만든 공동체나 지구가 종말을 맞은 후에 마사가 살던 파리스 섬이 그 유토피아의 이미지와 더 닮았다.

　프랜시스가 영국 시골에 만든 공동체는 역사상의 여느 유토피아와도 다르게 어떤 이념이나 신조 혹은 종교에 의해 만들어진 공동체가 아니다. 이 공동체는 사회에 적응하지 못하는 사람, 사회의 규율이나 요구에 따르지 못하는 사람들이 자발적으로 모여 사는 곳이다. 그들은 심신이 병든 사람이거나 소위 괴짜들(eccentric)이다. 레싱은 괴짜라는 단어를 사회부적응자(nonconformist)라는 단어와 같은 뜻으로 사용하고 있고, 린다와 마사 역시 이 범주에 속하는 사람으로 묘사하고 있다. 이 공동체에서는 일을 못하거나 게으른 사람에게 쓸모없는 사람이라고 화내지 않으며, 내것 네것을 구별하지 않고, 남에게 무엇을 요구하기보다 제공하기만 할 뿐이다. 공산주의가 그리는 이상 사회와 흡사하지만 이념이나 이론을 만들지 않는다는 점에서 다르다. 이 공동체는 번성하지만 그레이엄 패튼 때문에 텔레비전에 방송되고 세상에 그 존재가 알려지면서 마치 마크 소설 속의 황금 도시가 외부의 침입으로 붕괴되듯이 이 공동체도 바깥 세상의 침입을 받는다. 그리고 바깥 세계처럼 폭력과 오염에 물든다. 절망에 짓눌린 프랜시스는 두 가지 선택의 길에 놓인다. 하나는 마크의 난민촌으로 남은 사람들을 데려가는 것이고, 다른 하나는 린다와 마사의 지구 종말에 대한 예언에 따라 피난갈 곳을 찾는 것이다. 프랜시스는 린다의 예언을 믿고 우선 아일랜드의 서쪽 해변으로 이주한다.

　마사 역시 재앙을 피해 스코틀랜드 북서 해안의 파리스란 섬으로 피난가는데, 이 섬 역시 유토피아의 면모를 보여 준다. 이 섬에서 사람들은 구출의 기회가 올지 몰라 처음에는 절망하지만, 날이 갈수록 외부의 구출을 기다리기보다는 마치 원시시대처럼 자급자족의 이상 사회를 만들어 간다. 그리고 종말을 맞은 지구에게 여전히 미래가 있음을 직관적으로 깨닫는다.

그 해 우리는 깊은 공포에 사로잡혔어. 너무나도 우울해져서 죽어가는 바다로 걸어나가 빠져 죽는 것조차 힘들 지경이었지. 그러나 우리 맘속에서나 들리는 플루트 소리 같은 감미로운 사랑스러움이 어디엔가 있으리란 것을 깨달은 것도 바로 그 해였어. 우리 모두 그것을 느꼈지. (…) 마치 모든 공기가 밝은 약속으로 씻기는 것 같았어. 무슨 약속? 사랑의 약속? 기쁨의 약속? 마치 세계의 공포가 천사의 미소를 보여 주기 위해 얼굴을 돌리는 것 같았어. (…) 바로 그때부터 (…) 우리는 용기를 얻었고 인류의 미래를 믿게 되었지.(*FGC* 656)

이 섬은 마크의 난민촌이나 프란시스의 공동체보다도 더 유토피아의 이미지에 가깝다. 이 섬에서 새로 태어난 아이들은 린다와 마사처럼 이상 감각을 갖고 태어난 돌연변이들이다. 어떤 아이들은 말을 못하지만 자기들끼리 의사소통을 할 수 있고, 어떤 아이들은 다른 사람들이 못듣는 소리를 듣는 것처럼 보이며, 어떤 아이들은 눈을 감고도 사물을 본다. 이 아이들은 지구의 역사를 몸속에 지닌, 변화된 지구가 요구하는 아이들이며, 앞으로 지구를 더욱 변화시킬 아이들이다. 이 아이들은 어린 마사 퀘스트가 꿈꾸던 유토피아의 아이들처럼 여러 다른 인종으로 구성되어 있다.

마사는 이 중 한 아이 조셉 뱃츠를 나이로비의 복구센터에서 부소장으로 일하는 프란시스에게 보낸다. 조셉은 복구센터의 소장에게 정상아가 아니어서 교육을 받을 수 없다는 판정을 받는다. 그러므로 흑인 아버지와 백인 어머니 사이에서 태어난 이 혼혈아는 채소 농장에서 정원사로 일하게 될 것이다. 얼핏 보기에는 조셉에게서 기대할 것이 없어 보인다. 그러나 새로운 변화가 일어나고 있는 새로운 지구라는 관점에서 보면 조셉의 정상 이하 상태는 오히려 희망을 안겨 준다. 이상 감각을 갖고 있던 린다는 구세계에서 평생 정상인으로 대접받지 못했지만 신세계의 조셉은 언젠가 정상인의 대접을 받게 되리라고 짐작할 수 있다. 구세계의 사회가 제공한 교육이 아이들을 사회 규율에 복종하도록 최면을 가하는 제도에 불과했으므로 교육을 받을 수 없다는 사실이 조셉에게는 오히려 행운처럼 보인다. 레싱은 조셉이 도시 속에 자연을 심어 주는 지구의 수호자가 될 것이라고 암시한다.

제10장

5부작 《폭력의 아이들》을 통해 본 진화와 여성성

I. 들어가기

"무엇보다도 나의 관심을 끄는 것은 우리의 마음이 어떻게 변화하는 가이다."[17]

약 20년이라는 장기간에 걸쳐 쓰인 도리스 레싱의 5부작 《폭력의 아이들》은 여느 대하 소설과 달리 독립된 듯이 보이는 다섯 작품의 모음집이어서, 많은 비평가들이 전체로서보다는 각 작품에 대한 개별적인 분석에 더 몰두하곤 하였다. 그러나 본 논문은 이 5부작을 전체로서, 즉 하나의 거대한 그림으로 분석할 것을 제안한다. 각 작품이 이전 작품에서의 여주인공 마사 퀘스트의 자기 기만적 사고와 태도를 드러내는 구조를 갖고 있어서 주인공이 결말 부분에서 도달하는 결론

---

17) Doris Lessing, 〈A Small Personal Voice〉, *A Small Personal Voice*, Paul Schlue-ter(ed)(Vantage Books, 1975), p.66 이후 이 책의 인용은 '*SPV*, 쪽수'로 표기함.

은 일시적·가변적이기 일쑤이고, 그 결과 독자는 계속 판단을 유보할 수밖에 없기 때문이다. 반면 이 사실은 여주인공 마사가 작품이 거듭 될수록 변화하고 성장하고 있음을 보여 주는 반증이기도 하며, 주인공 이 자신의 기만성을 반복하여 깨닫는다는 사실은 그녀가 일시적 변화 가 아닌 장기적 진화를 겪고 있음을 암시한다고 해석할 수 있다. 도 리스 레싱이 20세기의 주요 작가로서 존경받는 이유 중의 하나는 무 엇보다도 정지하지 않는 정신, 타성이나 최면에 걸리지 않는 정신, 즉 꾸준히 변화를 모색하는 정신을 추구하는 작가라는 점에 있다. 레싱은 '참여 문학(committed literature)'에 관한 신념을 표현한 〈작은 개인적 인 목소리〉에서 작가란 '예술을 위한 예술'이 아닌 '사회를 위한 예 술'을 하여야 하며, '사회의 비판자'이자 '예언자'여야 한다고 밝히면 서, 특히 '참여 문학'이란 작가가 자신을 '변화의 도구'(*SPV* 6)로 간 주하는 문학이라고 강조하고 있다. 사회란 변화하게 마련이며, 그 속 에서 살아가는 인간들 역시 변화의 물결에 휩쓸린다. 그리고 그 변화 하는 시대 정신에 따라 각 개인의 정신 또한 변화를 겪는다. 그러므로 작가란 그 변화들을 감지하고 진단하며 분석하여 묘사하지만, 작가가 진정 추구하는 바는 일시적 유행처럼 변화하는 시대 정신을 그대로 따 르기보다는 그 밑을 꾸준히 흐르는 것, 즉 영원한 것에 대한 탐구이 며, 자신의 영향력에 책임을 느끼면서 상상력을 십분 발휘하여 휴머 니스트로서 이전과 다른 세계 질서 혹은 사회 개혁, 더 나아가 인류 진화의 씨를 뿌리는 것이다. 다시 말하자면 레싱이 추구하는 변화는 개인의 변화를 넘어선 인류의 진화이며, 특히 한 여성의 일생을 통해 이를 모색하므로 5부작 《폭력의 아이들》이 제시하는 또 하나의 화두 는 인류의 진화에 기여할 수 있는 여성성의 역할이라고 볼 수 있다.

1950년대부터 1960년대말까지 약 20년에 걸쳐 레싱이 쓴 5부작

《폭력의 아이들》은 15세의 소녀부터 80세 가량의 노인으로 죽음에 이를 때까지 마사 퀘스트의 일생을 그린 작품으로, 특히 레싱의 자서전적 요소를 많이 담고 있어 20세기를 사는 한 여성의 변화하는 모습을 진솔하게 그려냈다는 평가를 받고 있다. 이 5부작의 다섯 작품인 《마사 퀘스트》(1952)·《올바른 결혼》(1954)·《폭풍의 여파》(1958)·《육지에 갇혀서》(1965)·《4대문의 도시》(1969)는 모두 두 개의 거대한 폭풍, 즉 제 1,2차 세계대전을 전후로 하여 그 막대한 영향력 때문에 도처에서 일어나고 있는 인간의 분열상을 그리고 있다. 그러나 마지막두 작품은 세번째 작품과 시간적으로 거리를 두고 씌었고(이 시기에 레싱은 최대 걸작으로 간주되는 실험 소설 《황금 노트북》(1962)을 썼다), 그동안 레싱이 정신분석·수피즘(Sufism)·동양 사상 등에 심취해 있었기 때문에 그전의 세 작품과 사뭇 다르다는 평가를 받고 있다. 처음 세작품이 분열되는 세계로 인해 그 속에서 살아가는 인간 집단과 개인정신이 깊숙한 곳까지 영향받고 있음을 보여 준다면, 마지막 두 작품은 개인 정신이 세계를 변화시킬 수 있는 힘, 인간을 진화시킬 수 있는 힘을 갖고 있음에 초점을 맞춘 듯이 보인다. 《사대문의 도시》 제1부의 권두언으로 삽입한 레이첼 카슨의 글을 읽어보면,

존재로 보나 의미로 보나 해안선은 땅과 물의 불안한 평형을 나타낼뿐 아니라 실제로 지금도 일어나고 있는 계속되는 변화를 말해 준다. 이것은 생물들의 생명 과정에 의해 일어나는 변화이다. (…) 그러나 다리아래에서는 푸른 관목의 묘목이 물에 떠다니고, 그 묘목의 한 끝에서는이미 뿌리가 크고 있음을 보여 주고 있으며, 이 묘목은 물을 타고 흘러그 수로를 가로지르는 진흙의 여울목에 단단히 뿌리를 내릴 채비를 한다. 세월이 흐르자 관목들은 섬들 사이에 다리를 놓게 되고 본토까지

뻗어가 새섬을 만든다. 그리고 관목의 묘목을 나르며 다리 밑을 흐르는 조류들은 근해의 산호초를 만드는 산호 동물들에게 플랑크톤을 날라 준다. (…) 그리하여 해안선이 만들어진다.(*FGC* 9)

하나의 묘목이 섬들을 잇고 새섬을 만들며 결국에는 해안선을 만드는 원인이 되듯이 레싱은 특히 마지막 작품을 통해 한 개인이 커다란 변화, 즉 세계 구원의 역사를 이룰 수 있다고 암시한다. 초기 작품들이 집단의 영향력으로부터 자유를 얻으려는 어린 마사의 몸부림에 초점을 맞추고 있다면, 후기 작품들은 자신의 내면으로의 여행을 통해 인격의 통합을 이룩한 후 세계를 변화시키고 구원에 도달하는 중년 이후의 마사를 보여 준다.

첫 두 작품을 마친 뒤인 1957년 레싱은 〈작은 개인적인 목소리〉에서 그 두 작품을 '집단과의 관계 속에서의 개인의 양심에 대한 연구' (*SPV* 14)라고 하였다. 그러나 네번째와 마지막 작품은 로베르타 루벤스타인의 표현대로 "집단 의식과의 관계 속에서의 개인 의식에 대한 연구"인 듯이 보인다. 레싱은 정신분석학 중에서도 개인과 집단과의 관계에 대한 연구로 특히 유명한 융의 영향을 크게 받은 것으로 알려져 있다. 융의 정신분석학에 따르면 무의식에는 개인 무의식과 집단 무의식이 있으며, 집단 무의식은 개인 무의식보다 더 깊은 곳에 위치한 원형적인 것으로 인간이 조상 대대로 계승한 역사가 그대로 새겨져 있다. 인간은 차별되지 않은 집단 무의식에서 분화되어 차별되고 균형잡힌 통일된 인격을 형성해야 하며, 이렇게 인격 통합을 추구하는 과정이 정신적 성장 과정 혹은 융의 소위 '개성화 과정(individuation process)'이다. 레싱은 융의 전문 용어를 직접 인용하지는 않았지만 그의 정신분석 개념으로 사료되는 분석 과정들을 차용하여 마사 개인의 인격적 성장과 인류의 진화를 한데 엮는다. 그러므로 본 논문은 이를 설명하는 데 필요한 융의 정신분석 개념에 대해 주목할 예정이다.

본 논문은 폭풍의 20세기를 고스란히 겪는 한 여성, 즉 마사 퀘스트의 성장 과정을 조명하면서 그녀가 자기 기만과 실수를 되풀이하다가 중년이 되어 세계 구원의 이미지로 상승하는데, 그 변화의 힘이 무엇인지, 레싱은 어떤 세계관에 의거하여 그런 변화를 설명하는지, 그리고 이런 진화 과정에서 여성성이 어떤 중요한 역할을 하는지에 대해 분석할 것이다. 이렇게 이 5부작을 전체로서 읽을 경우 약 20년간 레싱이 겪은 세계관의 진화가 자연히 드러날 것이다. 레싱은 《사대문의 도시》 후기에서 이 5부작을 성장 소설(Bildungsroman)이라고 불렀는데, 과연 이 범주에 속하는지에 대해서도 언급할 예정이다.

II. 변화의 모색: 이념과 제도에 대한 반항

앞에서도 언급하였듯이 5부작 《폭력의 아이들》의 첫 세 작품은 주인공 마사가 제도와 이념을 강요하는 세상에게 꾸준히 저항하며 변화를 모색하는 개인적 경험에 초점을 맞추고 있다. 이 세 작품의 마사는 외양적으로는 주인공으로서 주체인 듯이 보이나 실제로는 객체, 즉 관찰당하는 입장(watched)에 머무르고 있다. 그녀가 추구하는 변화도 장기적인 시각에서 볼 때 일시적 유행에 편승한 것에 불과하다.

우선 《마사 퀘스트》에서 사춘기의 마사는 식민 계층이라는 죄의식, 제1차 세계대전의 육체적·정신적 후유증을 심히 앓고 있는 아버지와 그로 인한 좌절을 아이들에게 투사하여 자신이 못이룬 성공을 아이들에게서 보상받으려는 어머니 등 부모의 부정적 영향력, 어머니가 강요하는 빅토리아 시대의 위선적 도덕관과 여성관 그리고 성적 억압, 함께 어울리게 되는 젊은이들의 집단적 압력 등 주위 환경으로부터 여러 압력을 받으면서 이들에 대한 저항과 해방을 끊임없이 모색한다.

> "(…) 그녀는 사춘기에 있었으므로 불행할 수밖에 없었고, 영국인이었으므로 불안하고 반항적이었으며, 20세기의 1940년대에 살고 있어 인종·계층·여성의 문제에 직면하며 살아야 했고, 과거의 얽매인 여자들을 거부할 수밖에 없었다…….."
> "(…) 이런 삶을 살아야 한다는 것을 뻔히 알면서 왜 고통스러운 삶을 살아가야 하나…?" 이제는 사물에 이름 붙이는 일에서 벗어나 무엇인가 새로운 것을 향해 나아가야 할 때가 되었다."(*MQ* 19)

마사는 영국 제국주의에 대한 반항으로 그 시녀라고 할 수 있는 부모 앞에서 《대영 제국의 몰락》이란 책을 읽고, 빅토리아 시대의 성도덕을 강요하는 어머니 앞에서는 엘리스 해브록의 성에 관한 책을 읽으면서 자신의 저항의지를 전달한다. 마사 스스로 책에서 얻은 지식을 무기로 사용하여 저항하였다고 표현하듯이, 이성·논리·지식 등 서양중심주의적 사고 특히 남성성에 의지하여 저항한 것이다. 그리고 전통적인 여성성을 대표하는 친구 마니 반 렌즈버그와 그녀의 어머니인 평범한 가정주부 반 렌즈버그 부인에 대해서는 경멸과 무시의 태도를 보인다. 반면 학교를 자퇴하고 어머니가 원하는 대학 교육을 포기하면서 정규 교육 제도와 기존 체제에 순응하지 않으려는 강한 의지도 보인다. 고향을 떠나 도시에 정착한 뒤 남자들과 어울리게 되면서 인종차별의 희생자인 유대인 청년 아돌프를 대상으로 하여 사랑이 아닌 동정의 징표로 처녀성을 포기하는 것도 사춘기의 여성이 전통적 여성관에 저항하는 또 하나의 방법이며, 왜곡된 여성성의 표출이다.

마사가 살던 식민지는 단지 식민 계층과 피식민 계층 사이의 분열만 있었던 것이 아니라 유럽인들 사이에서도 네덜란드인·그리스인·유대인·인도인 등 세분화된 철저한 계급 사회였다. 뿐만 아니라 이 도시의 대부분의 상류층 젊은이들은 일종의 사교장인 '스포츠 클럽'의 회원이 되는데, 이 클럽은 단순한 사교장이 아니라 이 국가의 정치·경제·문화를 지배하고 조정하는 곳으로, 이곳에 가입하지 않는다는 것은 지배 이데올로기로부터의 소외를 의미한다.[18] 이곳에서는 개인은 없고 집단만 있을 뿐이다. 마사는 이들의 파티에 참석하여 개인이 집단 속에 흡수되는 모습을 다음과 같이 목격한다.

모두가 즐기고 있었다. 미소지으며 노래하고 있었다. 음악이 계속되는 몇분 사이에 베란다에 있던 모든 사람들이 자기-의식을 잃어가고 있었고, 큰 전체, 즉 집단의 일부가 되어가고 있었다. 얼굴은 풀어져 멍해졌고, 눈은 춤을 추면서 마주치게 되는 사람들과만 마주쳤다. 눈맞춤은 더 이상 책임이 아니었다. 한 개인으로서의 책임감이 사라지고 있었다.(*MQ* 95)

마사는 이 스포츠 클럽의 속물적 분위기와 회원인 '늑대들'의 경박함에 대해, 한편으로는 거부감을 느끼면서도 또 다른 한편으로는 여성적 수동성으로 쾌락의 유혹을 뿌리치지 못한 채 많은 시간을 이들과 보내게 되고, 마침내 이들 '늑대들' 중의 한 명인 더글러스 노웰과

---

18) Jeannette King은 *Doris Lessing*(Chapman and Hall, Inc., 1989), pp.15-16에서 이 스포츠 클럽이 지배 이데올로기를 대표함을 자세히 설명하고 있다.

결혼하기에 이른다. 마사는 뛰어난 지성, 즉 전통적인 남성성을 무기로 다른 여성과 차별화하려 들고, 특히 어머니에게 저항하지만, 서양 문화가 규정한 부정적 여성성의 또 다른 얼굴인 수동성 속에 안주하고 만다.

마사의 저항은 제국주의라는 정치이념, 계층적 사회 구조, 인종 및 성차별, 교육 제도, 집단의 개인 생활 침해 등 다방면으로 펼쳐지지만 그녀의 젊은 나이와 경험 부족으로 인한 무지, 정체성 확립의 실패로 무위로 끝나고, 해방의 방편으로 성급한 결혼을 택하는 큰 오류를 범한다. 그녀가 이렇게 오류를 범하게 되는 근본적인 이유는 마사가 거울 속에 자기를 알아보지 못하는 장면이 암시하듯이 자신이 스스로를 보는 모습(자신을 주체라고 생각하는 관점)과, 남들에게 보이는 모습(지배 이데올로기에 종속된 객체의 모습) 사이에 큰 차이가 있기 때문이고, 또 하나는 진정한 여성성에 대한 이해가 부족하기 때문이다. 마사는 자신의 정체성에 대해 확신을 가지지 못한 채 타자들이 규정하는 정체성 속으로 흡수된다.

더글러스와의 신혼 생활로 시작되는 《올바른 결혼》에서도 마사의 제도에 대한 저항은 계속된다. 결혼과 더불어 임신을 하게 된 마사는 결혼·출산·육아가 모두 여성을 억압하는 제도임을 체험한다. 마사는 본인이 결혼을 선택하였고 자신의 부주의로 임신한 것으로 생각하지만, 레싱은 사회가 마사에게 결혼과 임신을 강요하였음을 넌지시 암시한다. 이 도시의 치안판사인 메이나드는 젊은이들이 서둘러 결혼을 하는 것이, 그리고 의사 스턴은 임신한 여성의 숫자가 많아지는 것이 목전에 두고 있는 전쟁과 관련이 있다고 진단한다. 대체적으로 이 시기의 사람들은 "자신보다 더 큰 어떤 것 속으로 휩쓸려 들어가길 바라고 있었고, 실상 이미 휩쓸려 있었다"(*PM* 91)라고 표현될 정도로 역사적 결정론에 묵종하고 있었고, 마사 역시 그 집단 속의 한 개인에 불과하였다. 이 작품 말미에서 마사가 이혼을 결심할 때에도 사회는 마사에게 두번째 임신으로 결혼 문제를 해결하도록 강요한다.

결혼 직후부터 마사는 정작 자신은 결혼에 불만족해하는 반면 사회가 더 만족해 하고, 결혼과 더불어 자신의 사생활이 없어지며 사회 생활만이 남게 됨을 깨닫는다. 즉 사회가 요구하는 삶만을 살도록 강요당하는 것이다. 임신 후 낙태를 결정할 수 있는 권리도 정부가 갖고 있고, 출산 역시 의료기관의 비효율적이고 비인간적인 시술로 집행된다. 여성이 자신의 몸의 주인이 되지 못한 채 남성·사회·국가 등이 소유권을 주장하는 것이다. 임신과 출산을 겪으며 마사는 임신한 원주민들의 자연스러움, 출산을 바라보는 편안한 시각 등에 부러움을 느끼면서 임신과 출산에 대한 서양의 관점이 왜곡되어 있음을 깨닫는다. 딸 캐롤라인의 육아 역시 마사에게 지나치게 개인적 삶의 희생을 요구하므로 마사는 불만족과 권태에 시달리게 되고, 책에 씌어진 육아법을 엄격히 따르다 보니 딸의 관계가 친밀한 유대 관계가 아닌 적대 관계로 바뀌어 버린다. 마사는 곧 딸과의 관계가 자신과 어머니 사이의 억압 관계를 계승하게 되리라는 불안감을 안게 되고, 자신의 결혼·출산·육아 과정이 어머니가 겪은 경험과 유사하게 전개되는 데 두려움을 느껴 이런 세습 관계를 끊어야 한다는 강박관념에 사로잡힌다. 마사는 더 나아가 외할머니·어머니·자신·캐롤라인으로 이어지는 거스를 수 없는 거대한 흐름, 즉 운명의 고리를 끊어야 한다는 결심에 이혼과 함께 딸 캐롤라인을 포기하는 중대한 과오를 범한다.

이 작품의 마사는 사회에 대한 저항의 방편으로 안정된 중산층의 삶, 성공 가도를 달리는 공무원 남편과 딸 등을 모두 포기하면서 결혼과 모성이라는 제도로부터 탈출한다. 그녀가 이런 탈출을 결심하게 되는 계기는 결혼 전부터 관심을 갖던 공산주의 모임에 가입하여 계급 타파 및 공산주의가 말하는 유토피아를 건설하는 데 동참하기 위해서이다. 그러나 이런 큰 변화 모색 역시 일시적인 유행에 편승한 것에 불과하다는 사실이 그 다음 작품 《폭풍의 여파》에서 드러난다. 마사는 자신 속의 남성성, 즉 지성에 기대어 해방을 모색하면서 그에 대한 대가로 지고한 여성성, 즉 모성을 희생하였다. 그러나 또 다른 차원에서 볼 때 이 행동은 마사의 수동성을 보여 주는 또 하나의 예일 뿐이다. 이 당시는 독일의 소련 침공으로 여론이 소련에 대한 동정과 공산주의 찬양으로 급격히 역전되고 있었고, 마사 역시 이런 사회 분위기에 적극적으로 편승한 것에 불과하기 때문이다.

그러므로 《올바른 결혼》의 결말 부분에서 정치 회합에 참석하고 정치 선전 책자들을 읽으며 '새로 태어난 듯한'(*PM* 373) 느낌이 들 정도로 사회주의 운동에 매료되었던 마사는 독자의 기대와 달리 《폭풍의 여파》의 초반부터 이미 공산주의 회합에 대한 회의에 시달린다.

"동무들, 공산주의자란 인류 해방의 명분에 전적으로 완전하게 헌신하는 사람이오. (…) 공산주의자란 모든 것을 희생할 각오가 되어 있어야 하오. 당의 한마디에 가족·아내·아이들을 희생해야 하오. 공산주의자란 하루 18시간, 필요하면 24시간도 일할 각오가 되어 있어야 하오. 공산주의자란 계속 자신을 교육시켜야 하오. 공산주의자란 혼자서는 하찮은 사람이지만 억압받는 노동자를 대표하는 한에서는 대단한 사람임을 알아야 하오. 그러나 노동자에게 가치가 있는 사람이 되도록 삶의 매 순간을 헌신하지 않는다면 노동자를 대표할 자격이 없소. 세계의 노동자들은 모든 문화, 모든 지식, 모든 예술의 상속자요. 그러므로 우리는 이 사실을 그들에게 설명할 임무를 띠고 있소. 우리들 자신

이 그들이 존경하는 사람이 되지 못한다면 그들은 우리의 말에 귀를 기울이지 않을 것이오."(*RS* 44)

안톤 헤세의 이와 같은 웅변에 흥분과 희열을 느끼며 그를 존경하던 마사는 곧 그나 다른 동료들의 말과 행동 사이에 큰 괴리가 있음을 깨닫는다. 안톤은 억압받는 노동자들의 해방이 공산주의의 제1이념임을 누차 주장하지만, 아프리카 식민지에서 가장 억압받는 노동 계층인 원주민들의 해방과 소외된 혼혈인들을 위한 복지 개선 등의 개혁 운동은 외면한 채, 마르크시즘이나 레닌주의 혹은 소련의 선전책자들을 연구하는 데 대부분의 시간을 보내도록 의제를 채택한다. 이에 회원들이 반발하고 탈퇴하는 등, 공산주의자들 사이에서 반목이나 권력 싸움이 빈번히 일어나 정치회합은 분열로 치닫는다.

또한 공산주의 이념은 여성 해방의 문제에도 민감하여 남녀 성차별을 금지하고 있으나, 공산주의 회합의 대부분의 남자들은 여느 남자들처럼 개인 생활에서 여성 차별의 경향이 강하다. 안톤은 마사와 결혼한 뒤 마사가 공산주의 활동보다는 아내의 역할에 더 치중할 것을 요구하고, 자스민 코헨은 남자친구 재키 볼턴의, 마리 뒤 프리즈는 남편 파이잇의, 그리고 마조리 블랙은 남편 콜린 블랙의 남성적 위협에 소신껏 독자적인 의견을 발표하지 못한다.

마사는 공산주의 모임의 집단적 활동에 전념하느라 개인적 삶을 모두 희생하다가 그 생활이 구체적인 결실을 맺지 못하는 무의미한 활동임을 깨닫자 병을 앓는다. 마사의 정신적 고통이 결국 표면으로 떠오른 것이다. 마사는 이 병든 기간 동안 안톤의 간호를 받게 되고 이 사건을 계기로 안톤과 원치 않는 결혼을 하게 되는 최악의 사태에 빠지게 된다. 정치회합·이념 강의·논쟁 등 이 작품 전체를 억누르고 있는 남성성 아래에서 고통받고 있던 마사는 안톤의 세심한 간호로 생긴 호감과 그의 '적대국 출신의 외국인 거류자(enemy alien)'라는 신분에 대한 동정 등 그녀 내부에 억압되어 있던 여성성이 왜곡되어 분출되자 또다시 큰 과오를 범하게 된다. 이것은 마사 속에 내재되어 있는 남성성과 여성성이 균형적 발전을 이루지 못하여 생긴 결과이다.

로렐라이 세더스트롬의 지적대로 이 작품은 억압받는 자들에 대한 사랑과 봉사나 젊은 남녀 사이의 애틋한 애정보다 정치적인 권력 투쟁과 남용, 이념적 토론 및 갈등 등 소위 남성적 특성으로 가득 차 있어 이 단계의 마사는 개인 생활의 부재 외에도 억압당한 여성성과 여성차별로 인해 괴로워한다. 마사는 반 더 빌트 부인과 쟈니 린지의 우정, 쟈니 린지의 아내 플로라에 대한 지고한 사랑, 타락의 길로 치닫고 있는 메이지 게일에 대한 앤드류 맥그루의 배려와 아텐 굴라미스의 우정 등을 부러워하며 여성적이고 감성적인 면을 선망한다.

결국 가정을 박차고 나온 지 채 2년이 되지 못해 마사는 공산주의 이념에 환멸을 느끼게 되고, 공산주의 모임의 실질적인 해체 위기와 안톤과의 결혼 생활에서 오는 절망감 속에서 "나는 왜 내 목소리 속에서 다른 사람들의 메아리만 듣는 것일까? 나는 무엇을 하고 있는 것인가? 사실 나는 개인이 아니야, 나는 아무것도 아니야, 그리고 앞으로도 계속 그럴 거야"(RS 333)라고 말하면서 공산주의 이념의 무위성(futility)뿐 아니라 자신의 무위성까지 제기한다. 마사의 정신적 분열은 본인이 구제 가능성이 없다고 느낄 만큼 심하여 이 작품에는 《폭력의 아이들》의 다섯 작품 중 유일하게 통합을 경험하는 장면이 없다.

마사는 첫 세 작품을 통해 이념과 제도 개혁을 통한 변화를 모색하였다. 그리고 이 모색은 앞에서 보았듯이 주로 남성성에 의지하여 이루어졌다. 그러나 결과는 언제나 반복되는 실수와 그로 인한 원점으로의 회귀였으며, 공산주의에 환멸을 느끼는 시점에서는 자신의 무위성까지 제기하기에 이른다. 그러나 5부작 《폭력의 아이들》에는 겉으로 드러나는 실패의 연속 밑에 서서히 흐르는 또 하나의 변화의 흐름이 있다. 마사는 《마사 퀘스트》와 《올바른 결혼》에서 자연과의 통합을 경험하는데, 이 장면들은 마사 자신이 생각하는 '마사'와 타인이 바라보는 '마사' 사이에서 인격적 분열을 겪으며 괴로워하는 마사에게 통합의 가능성이 있음을 일깨워 주는 장면이며, 더 나아가 마사가 진정한 변화를 이룰 수 있는 잠재력이 있음을 보여 주는 장면이다.

서서히 통합의 순간이 다가왔고, 그녀, 작은 동물들, 요동치는 풀들, 햇빛으로 따뜻해진 나무들, 춤추는 은빛 옥수수 비탈, 머리 위의 거대한 원형 천장의 파란 하늘, 발 밑 대지 위의 돌멩이들, 이 모두가 하나가 되었으며, 춤추는 원자들이 용해되면서 전율하고 있었다. 그녀는 지하를 흐르는 강물들이 그녀의 정맥을 타고 고통스럽게 올라와 참을 수 없는 압력으로 부풀고 있음을 느꼈다. 그녀의 살은 곧 대지였고, 마치 효모처럼 성장을 견디고 있었다. 그녀는 태양의 눈처럼 고정된 채 멍하니 바라보고 있었다. (…) 그순간 그녀는 마침내 자신의 왜소함, 인류의 하찮음을 이해하였다. (…) 시간과 공간이 그녀의 살을 반죽하는 그순간 그녀는 무상함을 깨달았다. 즉 무상한 것은 혼돈의 물질 속에서 자신과 자신의 위치는 무엇인가 하는 생각이었다. 마치 그녀에게 어떤 새로운 것을 받아들이도록 요구하고 있었다. 마치 어떤 새로운 것이 주인인 그녀의 살과 함께 잉태되기를 요구하고 있었다.(*MQ* 70-1)

이 장면은 마사의 통합이 개인적 차원의 단순한 인격 통합에 머무르지 않고, 개인과 사회, 더 나아가 생물과 무생물을 아우르는 자연 전체 혹은 우주까지 통합할 수 있는 전체론적 상상력 속에서 계획되고 있음을 보여 준다. 이것은 레싱이 1970, 80년대에 걸쳐 5부작의 과학 소설 《아르고스의 카노푸스 제국》을 집필하여 외계인의 입장에서 지구를 조명한 사실로도 가정할 수 있다.

마사는 《육지에 갇혀서》에서 운명적인 사랑을 나누는 유대인 토머스 스턴과의 대화를 통해 '진화' 란 '개인이 만물계 속에서 자신을 알아 가는 것' 이라고 규정한다. 다시 말하자면 레싱은 진화의 개념을 생물, 무생물, 그리고 우주까지 통틀어 전체 공간 속에서의 자신의 위치를 아는 것이며, 그런 만큼 오랜 세월, 즉 인류의 역사 전체를 통해 서서히 일어나는 변화라고 주장한다. 그런데 개인의 정신 속에는 그 개인의 개인적 경험뿐 아니라 마치 유전 정보처럼 그 개인 조상 혹은 종(種)의 모든 역사가 새겨져 있다.[19] 즉 개인의 정신 속에는 개인 무의식 외에도 집단 무의식이 공존해 있으므로, 개인이 진화를 이루는 방법은 사회 속의 제도 개혁이나 이념을 통하기보다는 자신의 정신 속으로 들어가 본질적 자기(essential self)[20]를 변화시키는 것이다. 이런 사고는 인간 정신도 생물진화에 종속된다는 융의 가설에 기반을 두고 있는 것으로, 이제부터 레싱의 세계관은 생물과 무생물, 자연 전체, 우주까지 포함하는 전체론에서 한층 더 발전하여 만물계와 정신 세계가

---

19) 이 점에 대해서는 융의 집단 무의식 개념을 참조할 것. 본 논문에서는 Calvin S. Hall & Vernon J. Norby, *A Primer of Jungian Psychology*(A Mentor Book, 1973), pp.38–53을 참조하였음.

20) 본질적 자기란 개인 의식이나 무의식보다 더 밑에 깔린 집단 무의식까지 통틀은 자기를 의미하며, 이것이 변하여야 인격 통합이 달성될 수 있다. 개인의 의식이나 무의식 수준의 변화로는 본질적 자기를 변화시킬 수 없다. 진화를 가져오기 위해서는 인류의 역사가 담겨 있는 집단 무의식 수준의 변화가 이루어져야 하고, 이것이 변화하면 비록 개체의 변화이더라도 개체군 혹은 인류 전체의 변화가 가능하다는 것이 융과 레싱의 생각이다.

하나라는 세계관으로 확장된다.

레싱은 첫 세 작품을 집필한 후 7년이라는 휴지 기간을 가졌으며, 이 때 정신분석과 수피즘에 심취하였다. 이성과 논리에 기반한 지식으로는 마사가 겪고 있는 인격 통합의 문제, 사회 개혁 문제, 그리고 인류 구원의 문제가 해결되지 않으리라고 판단한 레싱은 이번에는 동양적 사고[21]에서 그 해결책을 찾은 것이다.

III. 인류 진화의 추구: 개인적 경험에서 보편성으로

"'(…) 신경이 새 원칙을 따라잡는 데 시간이 오래 걸릴까요?'

'여러 세기 걸리겠지. 어쩌면 변종이 생길지도 모르고. 그래서 우리 모두 그렇게 아픈가봐. 새로운 것이 피부 아래에서 뚫고 나오려 해. 마사, 멀쩡한 사람을 보면 미친 사람이라는 생각이 들어.'"(*LL* 145)

5부작 《폭력의 아이들》의 마지막 두 작품은 앞의 세 작품과 확연히 구분된다. 앞 세 작품의 리얼리즘식 문체는 서서히 모더니즘적 성격을 띠어 주인공의 심리 상태 묘사에 세세해지고, 토머스가 남긴 유서는 포스트모더니즘적 형식 파괴까지 보인다. 앞의 세 작품이 무미건조한 문체로 인물들의 사고와 행동에 초점을 맞추고 있다면, 뒤의 두 작품은 주인공의 심리를 깊이 있게 보여 주려는 서정적 묘사에 치중한

---

21) 융 또한 '인간 정신도 생물진화에 종속된다'라는 가설을 세우는 데 있어서, 인도철학 · 불교 · 도교 등 동양 사상의 영향을 많이 받았다. Mary Ann Singleton은 *The City and the Veld*(Associated University Press, 1977), pp.35~38에서 많은 서양인들이 지성과 직관의 화해 혹은 통합 가능성을 찾기 위해 수피즘 · 힌두교 · 불교 · 요가 등 동양으로 눈을 돌렸다고 말한다.

다. 이것은 이 두 작품에서 마사가 확실한 변화를 겪으리라는 것을 예고하는 바이기도 하다.

네번째 작품인 《육지에 갇혀서》 역시 앞의 작품들처럼 자신이 처해 있는 상황에 불만족해 하는 마사를 보여 주고 있기는 하지만, 이때의 마사는 정치회합에 정신없이 바쁜 남성성에 억눌려 있는 마사이기 보다는 자신의 주변 인물들을 배려하고 돌봐 주는 긍정적 여성성이 강조된 마사라는 점에서 변화의 징조를 감지할 수 있다. 그러나 어머니와 아버지, 친구 메이지, 정치회합에서 만난 인물들 사이를 오가며 그들에 대한 인간적 배려에 대부분의 시간을 보내는 마사는 여전히 개인 생활이 결여되어 있고, 각 인물에 대해 다른 역할을 하고 도움을 주느라 자신의 정신이 여러 방으로 나누어진 듯한 심한 분열증을 앓고 있다. 자신이 여러 가면을 쓰고 있는 듯한 착각 속에서 정체성에 대한 혼란을 겪고 있는 것이다. 그러나 이 분열증은 정치회합에서 만난 토머스와의 정사를 통해 통합의 순간을 맞음으로써 치유의 가능성을 연다. 이것은 마사의 큰 변화를 예고하는 중대한 사건으로, 토머스와의 만남은 마사를 성숙시키고 더 나아가 그녀를 새로 태어나게 하는 전기가 된다.

자연에 노출된 헛간의 2층에서 경험하는 통합의 장면은 첫 두 작품에서 경험했던 자연과의 통합 장면과 유사하지만, 이전 경험에서는 막연하게 순간적인 기쁨을 느꼈다면 이번에는 그 통합에 대한 분석에까지 이른다. 마사는 자신의 몸이 그 나름대로의 법칙을 갖고 있는 영역임을 깨닫게 되고, 이성과 논리적 사고 외에도 몸의 본능에 따라 판단할 수 있음을 자각한다. 예를 들어 "위장·내장·방광이 그녀가 한 남자의 아내이므로 다른 남자와 관계 맺는 것을 좋아하지 않는다고 불평하고 있었다"(*LL* 142)라든가, 토머스가 이스라엘로 떠난 후에도 그

와 계속 대화를 나눌 수 있는 이상 능력을 갖게 되었음을 깨닫는 등
이 바로 논리적 사고로 설명할 수 없는 마사의 변화이다.

　토머스와의 정사 장면은 마사가 개인적 분열을 치유하는 계기이기
도 하지만 그 너머로 보편적 차원까지 갖는다. 이전의 세 작품과 달리
《육지에 갇혀서》에서 레싱은 보편적 의식과 접촉하는 본질적 자기를
가정함으로써 역사적 결정론에서 벗어날 수 있는 가능성을 시사한다.
토머스는 폴란드에서 살다가 히틀러를 피해 아프리카로 온 유대인 정
원사로, 대부분의 친척이 가스실에서 살해된 고통을 짊어지고 있으며,
이 고통을 이기지 못해 자살로 생을 마감하는 인물이다. 세계에서 가
장 문명인이라는 유럽인들의 살육 문화가 뼛속 깊이 새겨져 있는 마
사와 토머스는 자신들의 접촉이 에너지를 만드는 발전기(dynamo)가
되기도 하고, 4천만 명의 전쟁 희생자들의 뜯긴 살점들이 복수하겠다
며 울부짖는 비명 소리가 되기도 함을 발견한다. 마사는 토머스의 정
신병적 행적과 유물로 남긴 기이한 기록을 보며, 이것이 자신이 속해
있는 세계를 표현할 수 있는 유일한 방법임을 깨닫는다. 더 이상 서양
의 철학과 논리만으로는 이 세계를 설명할 수 없다는 사실을 확인한
것이다. 특히 토머스의 유언장은 두 가지 텍스트, 즉 논리적인 원래의
텍스트와 빨간펜으로 여백에 씌인 또 하나의 비논리적인 텍스트로 구
성되어 있어 서양 철학을 보완할 또 하나의 사고 체계가 필요함을 암
시한다. 이것이 레싱이 《육지에 갇혀서》와 《사대문의 도시》의 권두언
으로 상식적 논리의 해체인 듯한 수피즘의 일화들을 자주 사용하는 이
유이며, 처음 세 작품과 달리 《육지에 갇혀서》가 내면 세계에 대한 모
더니즘적 서정적 묘사에 몰두하고, 《사대문의 도시》가 포스트모던적
사고와 파격의 형식을 취하는 이유일 것이다.

　《육지에 갇혀서》가 마사의 확실한 변화를 예고하고 있음을 알리는

또 하나의 징조는 이 작품이 안톤과의 이혼, 아버지·토머스·쟈니 린지의 사망 등 마사가 관계를 맺던 인물들과의 인연이 끊어지고 오랫동안 갈망하던 영국으로의 탈출이 실현된다는 점이다.

또 다른 차원의 변화를 말하자면 첫 세 작품을 읽는 독자는 앞에서도 언급하였듯이 마사의 오류투성이의 행동이 관찰당하고 있다는 (watched) 느낌을 받는다면, 뒤의 두 작품에서는 이와 반대로 마사가 주위 인물들을 주시하는 관찰자(watcher)로 서서히 변하고 있음을 감지하게 된다.[22] 특히 《사대문의 도시》에 이르러서는 마사의 행동이나 결단은 거의 자취를 감추고 주로 주위 인물들의 행동에 초점이 맞추어지며, 마사는 그들을 바라볼 뿐이고 독자는 그들의 행동을 통해 마사의 판단을 짐작하게 된다. 그리하여 이 작품의 주인공이 마사이기보다는 콜드리지 가족이라고 주장하는 비평가들도 있다. 그러나 마사의 행동이 사라짐에도 불구하고 그녀의 판단은 앞의 어느 작품에서보다 더 확고하고 옳은 것으로 드러나 주체로서의 정체성을 찾아가고 있음을 알 수 있다.

영국에 도착한 마사는 자기를 알아보는 사람이 없는 대도시 런던에서 오랫동안 갈망하던 자유를 누리지만 런던은 마사가 상상한 대로 계급에서 자유로운 곳이 아니며, 표면상의 주장과 달리 계급 사회이자 '제국의 중심(hub of the empire)'이다. 《사대문의 도시》는 마사가 런던에 와서 처음으로 사귀게 된 아이리스나 스텔라가 추천한 일자리나 메이나드의 친척 헨리 매더슨이 제의한 변호사 사무실 비서직을 거절

---

22) Claire Sprague는 *In Pursuit of Doris Lessing*(McMillan Press, 1990)의 서론 〈Doris Lessing: 'In the World, But Not of It'〉, pp. 1-15에서 레싱이 수피즘의 격언인 'In the world, but not of it'이란 표현을 여러 번 사용했으며, 이것은 레싱의 참여자와 관찰자로서의 역설적 행동을 잘 정의한다고 말한다.

하는 일화로 시작되는데, 그 이유는 사회적 역할이 가져다 주는 압력으로부터 계속 자유롭고 싶기 때문이다.

제도나 이념을 통한 변화에 한계가 있음을 깨달은 마사는 본질적인 자기를 변화시킴으로써 인격 통합을 이루려 하고, 그 방법을 자신의 내부로의 여행을 통해 찾으려 한다. 이 방법은 융의 정신분석학에서 말하는 통합된 인격[23]을 달성하는 두 과정, 즉 '개성화 과정'과 '양극성의 초월 과정'과 매우 유사하다. 레싱은 이당시 정신분석학에 관심이 많았고, 특히 개인 심리와 집단 심리를 연구하고 그 상관성을 주장한 융의 정신분석학에서 마사의 문제 해결의 실마리를 얻은 듯이 보인다. 그리하여 역사적 결정론으로부터 해방될 수 있는 길은 개인이 대대로 계승한, 혹은 자신의 유전자 속에 기록된 보편적 특성(예를 들어 온 세상 사람들이 폭력에 물들어 있는 등)에서 분화되어 개성화하여야 하며, 이때 자기 내부의 억압된 무의식과 대면하고, 더 나아가 또 다른 자기와 투쟁함으로써 본질적 자기를 변화시키는 것이라고 생각하였다.

인격 통합의 첫 과정인 '개성화 과정'이란 개인의 체험에서 유래한 것이 아닌 인류 공통의 심적 기능이자 역사적 경험의 결정(結晶)인 원형(archetypes)을 자각하고, 그 원형으로부터 분화되어 독립된 '개성'을 성취하는 것이다. 마사가 모든 일자리를 거절하는 것도 '개성화 과정'의 첫 단계인 사회가 씌워 준 가면 '페르소나(persona)'를 거부함으로써 '부드럽고 어두운 수용적 지성(a soft dark receptive intelligence,

---

23) 《마사 퀘스트》나 《올바른 결혼》에서 마사가 경험하는 통합은 전체론적 상상력에서의 통합이며, 여기에서 말하는 통합은 분열된 인격의 통합이다. 어린 마사가 전체론적 통합을 상상하는 것이나 젊은 마사가 성관계를 통해 순간적인 통합을 경험하는 것은 후에 이루게 될 인격적 통합을 예지하는 것으로 해석될 수 있다. 본 논문에서는 통합이란 단어로 전체론적 상상의 통합, 토머스와의 성적 합일을 통한 인격 통합 가능성 예감, 개성화와 양극성 초월을 통한 인격의 통합 달성 등을 언급하고 있다.

FGC 47)'의 상태에서 '적(this silly enemy, *FCG* 48)' 혹은 그림자를 만나기 위함이다. 이전에는 '적'을 만나는 일에 저항하였으나 이제는 저항하지 않겠다고 다짐하지만, 이 작품의 도입 부분의 마사는 아직 '적'을 만날 준비가 덜 된 상태이다.

《육지에 갇혀서》에서 토머스와의 관계를 통해 통합의 순간을 맞이했던 마사는 런던에서 만난 잭과의 관계에서도 같은 경험을 하기를 원한다. 그리고 그와의 관계를 통해서 인류가 타락하기 이전의 황금시대와 대재앙을 겪은 후의 참혹한 미래를 보여 주는 듯한 두 개의 환상을 본다. 레싱은 꾸준히 개인의 경험과 인류 보편의 경험을 연결시키고 있는 것이다. 그러나 곧 마사는 성욕(sexuality)은 에너지원이자 힘(force)일 뿐이지 인생의 중심이 될 수 없으며, 자신의 인생의 목표는 다른 곳에 있음을 느낀다. 계속 갈망해 오던 남성성[24]의 화신 아니무스(animus)에서 해방된 것이다. 딸 캐롤라인을 버린 후 처음으로 딸을 자유롭게 한 것이 아니라 당시에 자신이 '제정신이 아니었음(mad)'을 고백하는 마사는 딸에게 진 빚을 갚기 위해 어머니의 손길을 기다리는 콜드리지가(家)의 살림을 맡는다. 이제 마사는 책임감과 돌봄이라는 진정한 여성성을 온전하게 받아들인다.

콜드리지가는 전통적인 영국 상류층이자 지식층의 가문으로 마크의 아들 프란시스와 마크의 형 콜린의 아들 폴이 어머니의 부재로 정신적 고통에 시달리고 있다. 프란시스는 정신병으로 가족을 돌보지 않는 어머니 린다로 인해, 그리고 폴은 소련으로 망명한 과학자 아버

---

24) 이때의 남성성은 성욕을 만족시켜 주는 남성성이다. 독자는 마사가 더글러스와 안톤과 차례로 이혼할 때 그들이 성적 만족감을 주지 못했다는 것이 중요한 이혼 사유로 작용하였음을 쉽게 유추할 수 있다. 그러므로 마사가 꿈꾸는 woman in love 의 상대는 일차적으로 성적 만족감을 줄 수 있는 남성이다.

지와 그 사실을 못견디고 자살한 어머니로 인해 유년 시절부터 성장의 장애를 겪고 있다. 마사는 표면상으로는 소설가인 마크의 비서로 이 집안에 들어가지만 실제로는 이 아이들을 교육시키고 돌보는 데 더욱 관심을 쏟는다. 콜드리지가는 대가족으로 다양한 영역의 영향력 있는 인물들이 이 집과 관계를 맺으며 살아가는데, 각 인물이 가족과의 관계 때문에 서로에게 상처를 주고받으며 살고 있다. 특히 부모와의 갈등 속에서 내뱉는 말들은 젊은 날의 마사 자신이 어머니와 나눈 대화와 크게 다를 바 없다. 마사는 이 인물들에 자신의 과거를 투사하면서 "부모와 자식 사이에서는 자제심과 인내심이 동반되는 사랑의 거래에 만기일을 넘긴 약속어음만 사용됨"(*FGC* 470)을 깨닫는다.

마사는 런던에 오기 전 특히 토머스와의 교제 후부터 자신에게 미래를 예감하는 능력, 남의 생각을 듣는 능력 등 이상 능력이 생겼음을 알고 있었다. 정신병자로만 알고 있던 프란시스의 어머니 린다 역시 그런 능력을 갖고 있었고, 그런 능력이 있음을 밝혔기 때문에 정신과 의사에게서 '정신분열 증상이 있는 조울증 환자'라는 진단을 받았다. 마사는 이런 사실을 알게 되자 정신병에 대한 부정적 시각에서 벗어나 서서히 긍정적이며 생산적인 시각을 갖게 된다. 이것은 서양의 논리로만 이 세계를 해석할 수 없다는 깨달음의 연장이다. 마사는 린다와의 소위 '작업(working, *FGC* 393)'을 통해 '새로운 종류의 이해(a new sort of understanding, *FGC* 394)'에 도달하고, 사회가 지나치게 성장하면 진실은 '광기(madness)'를 통해 온다는 사실을 깨닫는다. 이런 '새로운 종류의 이해'를 통해 볼 때 린다는 정신병자가 아니라 세계의 몰락을 예감하는 선지자 혹은 예언자이다. 또한 이런 이상 능력의 개발은 앞으로 도래할 새로운 세계에 적응하기 위한 진화의 필수 과정이다.

제2차 세계대전이 몰고 온 엄청난 물리적 · 정신적 폐해에도 불구하고 세계는 변한 것이 별로 없다. 원자폭탄의 위력과 냉전 체제 속에서 사람들은 외형만 각양각색일 뿐 마치 한덩어리처럼 모두 정신적 장애를 앓고 있고 급변하는 시대 정신에 이리저리 휩쓸리며 폭력의 시대를 이어가고 있다. 레싱은 1950년대부터 1970년대까지의 사회 묘사를 통해 종말 직전의 세계의 모습을 조명한다. 그 중 올더마스턴 반핵 시위 행진(Aldermaston March) 장면에서, 이 행진에 참여한 마사는 시위에 참여한 아이들을 보며 이들이 모두 제2차 세계대전의 영향을 받았고, 구세대가 죽기 직전에나 비로소 터득하는 지식을 이미 소유한 세대이므로, 이들 중에는 진화의 결실인 변종이 있을지도 모른다고 암시한다. 마사가 고대하는 이들 변종은 마사가 겪었던 지루한 변화 과정을 겪지 않고 곧바로 진화 과정으로 돌입하는, 새세계에 살기에 적합한 새로운 인종이다.

개인적 삶을 희생하며 콜드리지가의 교육과 살림에 몰입하던 마사는 아이들이 성장하여 한가해지자 오랫동안 원했던 개인 생활을 갖게 되고 이 기회를 이용하여 자신의 내부 깊숙한 곳으로의 하강을 시도한다. '개성화 과정'의 마지막 단계에 이른 것이다. 린다의 인도로 마사는 개인 무의식과 집단 무의식을 차례로 경험한다. 벽을 따라 도는 린다를 보며 함께 따라 돌고 수면과 음식을 멀리한 채 며칠을 보내다가, 감정의 물결 혹은 개인 무의식과 대면하게 되고, 그 단계를 넘어서자 집단 무의식을 경험하게 된다. 생명과 의식이 분리되기 이전의 원시시대를 연상시키는 소리의 바다, 즉 집단 무의식을 겪은 마사는 이 경험 후 외출을 하게 되고, 거리에서 만난 인간들의 눈·귀 등 감각기관이 흉측스럽고 덜 발달되어 있음을 깨닫게 된다. 그러므로 이들이 세상을 제대로 보기란 불가능하다. 이들이 세상을 제대로 보기 위해서는 감각기관의 진화가 필수적이다.

그후 보다 깊숙한 곳으로의 하강, 즉 '완전한 미지의 내부(totally unchartered interior, *FGC* 557)'로 여행하고 이 때에는 소리의 바다, 즉 집단 무의식을 거친 후 '적' 혹은 자기-혐오자(self-hater, *FGC* 557)를 만난다. 자기의 다른 모습이자 스스로를 증오하는 또 다른 자신에게 붙잡힌 것이다. 이 '적'은 모든 인간이 자기 인식의 한계를 초월하기 위해서 반드시 직면해야 하는 내부의 존재이다. 마사는 이 자기-혐오자와의 투쟁 속에서 자기의 겉표면, 즉 자아(ego)가 자기(self)가 아니듯이 자기-혐오자, 즉 그림자(shadow) 역시 자기(self)가 아님을 발견한다. 마사는 그림자와의 투쟁을 통해서 "모든 태도·감정·사고는 균형을 이루기 위해 정반대의 것을 갖고 있으며, 이것들은 눈에는 보이지 않으나 항상 존재한다"(*FGC* 573)는 사실을 깨닫는다. 이로써 마사는 인격 통합의 제2과정인 양극성의 초월(transcendence)까지 이룬 것이다. 어떤 것도 스스로 정의되거나 존재할 수 없으며 반대의 것을 통해서만 존재할 수 있다. 이것은 차이에 대한 인정이며 존중이기도 하다. 인격의 통합 역시 '나'이면서 '내'가 아닌 내적 이미지들과 대화하며 화합하는 것이고, 자아와 자기와의 관계를 풍부하게 만드는 것이다. 토머스는 '적'과의 싸움에서 실패했으므로 자살을 택하였고, 린다는 양극성의 초월을 이루지 못하였으므로 정상적인 사회 생활이 불가능하다. 이런 모든 과정을 극복한 마사는 이제 마치 예언자 혹은 은둔자(hermit)처럼 세상의 종말을 기다리며 인류 구원을 기원한다.

콜드리지 저택이 시에 수용되는 바람에 콜드리지가의 사람들은 뿔뿔이 흩어지고, 그후 2,30년이 흐른 뒤 지구에 몰아친 대재앙으로 마사는 스코틀랜드 근처의 작은 섬으로 피난을 간다. 마사는 그곳에서 새로 태어난 아이들을 돌보고 교육하면서 살다 죽는데, 이 작품에는 마사가 그들을 어떻게 교육시켰는지에 대한 명확한 내용이 들어 있지 않으나 그녀가 오랜 진화의 과정을 겪고 인격 통합을 이룬 경험, 그리고 여성성의 회복 경험이 대재앙을 피하고 아이들을 교육시키는데 큰 역할을 했을 것으로 짐작할 수 있다. 이때 태어난 아이들은 대개 혼혈 아이며 마사가 올더마스턴 반핵 시위 행진 때 이미 예감하였듯이 변종들로, 린다나 마사보다 더 진전된 이상 감각 능력(extra sensorial capabilities)을 갖고 있다. 마사는 그 아이들 중에서 토머스처럼 정원사가 될 한 아이를 대재앙 이후 복구센터에서 일하는 프란시스에게 보내며 그 아이가 앞으로 새 인류의 조상이 될 것임을 암시한다.

IV. 나가기

"수피주의자들은 믿기를, 어떻게 보면 인류는 어떤 특정한 운명을 향해 진화하고 있는 것이다. 우리 모두는 그 진화에 동참하고 있다."(*FGC* 467)

5부작 《폭력의 아이들》은 마치 토머스의 유언장처럼 두 개의 텍스트로 구성되어 있다. 하나는 시대 정신과 같은 급격한 외형적 변화에 휩쓸리는 마사를 보여 주는 텍스트이고, 다른 하나는 마사 내면 속에 깊이 숨어 있는 본질적 자기의 느린 진화를 보여 주는 텍스트이다. 처음 세 작품은 주로 마사의 외형적 변화에 초점을 맞추며 이성과 논리로 문제를 풀려고 하지만 이런 종류의 변화는 자기 기만과 환멸만 가져올 뿐이며, 마사가 추구하는 진정한 변화가 되지 못한다. 마사는 제도나 이념의 개혁보다는 정신적 변화가 선행되어야 함을 직관적으로 깨닫는다. 그러므로 끝의 두 작품은 자신의 내면을 직시하고 본질적 자기의 변화를 이끌어 냄으로써 개인적 변화를 뛰어넘는 인류 진화의 가능성까지 제기한다. 진화란, 마사가 《마사 퀘스트》에서 정신적 통합을 겪는 순간 깨닫듯이 그리고 토머스가 《육지에 갇혀서》에서 말하듯이, 개인이 만물계 속에서의 자신의 위치를 아는 것이며, 《육지에 갇혀서》와 《사대문의 도시》에서 마사가 또다시 통합의 순간을 맞으며 깨닫듯이, 그 지식을 개인을 넘어 인류 전체까지 파급시키는 것이다. 다시 말하자면 개체의 변화가 전체의 변화로 발전되는 것이다. 이것은 자기(Self)에 대한 진정한 성찰을 이룰 때 비로소 만사가 바르게 된다는 불교 사상과도 통한다.

제1,2차 세계대전을 겪으면서도 좀처럼 변화하지 않던 인류는 결국 대재앙을 맞게 되고, 다섯 작품을 거치면서 변화의 요구에 대한 자각과 망각, 그리고 재기억 등의 과정을 지루하고 답답하게 반복하던 마사는 힘들게 진화와 인류 구원의 위업을 달성한다. 마사가 대재앙을 예상하고 이상 감각을 갖고 태어난 아이들을 교육시켜 새 인류의 조상으로 성장시킬 수 있었던 것은 무엇보다도 오랫동안 억압해 왔던 여성성을 회복했기 때문이고, 남성성과 여성성 사이의 차이를 인정하면서 여성성을 긍정적으로 평가했기 때문이다. 이 작품을 통해 레싱은 부정적 남성성(폭력·억압·권력 투쟁 등)뿐 아니라 긍정적 남성성(이성·논리·지식)까지도 반복과 악순환 등의 과정을 통해 기존 질서의 고착화를 가져올 뿐이며 변화를 가져올 수 없음을 시사한다. 반면 본능과 직관(서양 문화는 이것들을 오랫동안 이성, 논리와 대비시켜 여성성으로 분류해 왔다)뿐 아니라 책임과 돌봄 등의 전통적인 여성적 감성[25]의 실천은 본질적 자기로의 접근을 가능하게 하고, 자기(Self)를 변화시킬 수 있으며, 인류 구원을 가져올 수 있음을 주장한다. 레싱은 항상 자신을 페미니스트의 범주에 포함시키는 것을 거부했지만, 그녀의 여주인공들이 여성적 정체성을 온전하게 받아들일 때 비로소 변화를 달성하는 것을 볼 때, 어느 페미니스트 작가들보다도 더 여성성에 대한 긍정적 사고를 갖고 있음을 알 수 있다.

레싱은 《사대문의 도시》의 후기에서 이 5부작을 '성장 소설'이라고 불렀다. 베시 드레인[26]은 빌헬름 딜타이와 로이 파스칼의 성장 소설에 대한 정의를 내세워 현대에 들어 성장 소설이 개인 중심에서 사회 중심으로 변하고 있다고 말한다. 19세기의 전통적인 성장 소설은 한 예민한 개인 영웅의 수양과 교육, 즉 내적 발전을 다룬다. 그러므로 성장 소설에는 젊은이의 수양, 교육 등 인격 형성 과정, 주인공의 독특함과 사고의 우월성을 강조하는 개인주의, 심리학과 연관된 특별한 개인 생활의 묘사, 삶의 목표로서 인간 잠재력의 완전한 실현이라는 인간성에 대한 비전 등이 담겨 있다. 그런 면에서 《폭력의 아이들》 시리즈는 성장 소설의 조건에 잘 부합된다. 그리고 이 시리즈는 개인과 사회와의 관계를 비중 있게 다루고 있으므로 로이 파스칼이 말하는 현대적 성장 소설로도 설명이 가능하다. 그러나 우리가 주목해야 할 점은 이 5부작이 여기에서 더 나아가 초개인적이고 보편적 성질까지 갖는다는 사실이다. 레싱의 5부작은 개인 중심적이거나 사회 중심적인데 그치지 않고 인류 중심을 향해 나아가는 듯이 보인다. 그 결과 시

---

25) Gayle Greene은 *The Poetics of Change*(The University of Michigan Press, 1994), pp.28-31에서 책임과 돌봄·인내·자기 희생 등이 남성들에 의해 찬양된 낡은 여성적 가치이며, 그래서 가부장제에 의해 이용되어 온 것은 사실이라고 말한다. 그러나 레싱은 이런 가치들이 현상을 인정하는 성질이 아닌 변화시키는 성질을 갖고 있는 것으로 생각하고 있으며, 이런 관점은 페미니즘 내에서 최근에 일고 있는 동등보다는 차이를 강조하고, 이 차이를 약점이 아닌 강점으로 생각하는 새로운 움직임과 일치한다고 말한다.

26) Betsy Draine, *Substance Under Pressure*(The University of Wisconsin Press, 1983), pp.26-45.

드니 자넷 카플란[27]을 포함한 여러 비평가들은 이 작품을 성장 소설로 간주하는데 이의를 달고 있다. 인류를 강조하다보니 성장의 주체인 개인이 너무 무력해진다는 것이다. 그러나 20세기의 성장 소설이, 각 영웅이 개인 중심적인 성장에서 벗어나 사회 속에서의 자신의 위치와 사회에 대한 책임을 강조할 때 진정한 자기를 형성할 수 있다는 인식의 변화를 겪었듯이, 개인의 변화가 인류의 진화를 가져올 수 있다고 제시한 레싱은 개인의 무력함이 아닌 개인의 위대성을 더욱 강조한 것으로 보이므로, 과거의 성장 소설보다 한층 더 발전된 21세기를 향한 성장 소설의 한 전형을 만들었다고 평가할 수 있다.

---

27) Sydney Janet Kaplan, 〈The Limits of Consciousness in the Novels of Doris Lessing〉, *Doris Lessing*, Annis Pratt and L. S. Dembo(ed)(The University of Wisconsin Press, 1987), pp.120-121.

참고 문헌

유제분. 〈Female Bildungsroman: Doris Lessing's *Children of Violence Series*〉, 서강대학교 대학원 박사학위 청구 논문. 1994.

Albinski, Nan Albinski, *Women's Utopias in British and American Fiction*. London and New York: Routledge. 1988.

Brewster, Dorothy. *Doris Lessing*. New York: Twayne Publishers, Inc., 1965.

Cederstrom Lorelei. *Fine-Tuning the Feminine Psyche: Jungian Patterns in the Novels of Doris Lessing*. New York: Peter Lang Publishing, Inc. 1990.

Draine, Betsy. *Substance under Pressure: Artistic Coherence and Evolving Form in the Novels of Doris Lessing*. The University of Wisconsin Press. 1983.

Fahim, S. Shadia. *Doris Lessing: Sufi Equilibrium and the Form of the Novel*. London: The MacMillan Press Ltd., 1994.

Galin, Müge. *Between East and West: Sufism in the Novels of Doris Lessing*. Albany: State University of New York Press, 1997.

Greene, Gale. *Doris Lessing: The Poetics of Change*. The University of Michigan Press. 1994.

Hall, Calvin S. & Vernon J. Nordby. *A Primer of Jungian Psychology*. New York: Penguin Group, 1973.

Kaplan, Sydney Janet. 〈The Limits of Consciousness in the Novels of Doris Lessing〉, *Doris Lessing*, Annis Pratt and L. S. Dembo(ed.), Madison: The University of Wisconsin Press, 1987. pp.119-132.

King, Jeannette. *Doris Lessing*. Chapman and Hall, Inc. 1989.

Klein, Carole. *Doris Lessing: A Biography*. New York: Carroll & Graf Publishers, Inc. 2000.

Lessing, Doris. *The Grass is Singing*. London: Heinemann Education Books

Ltd. 1950.

───── *Martha Quest*. London: Hart─Davis, MacGibbon Limited. 1952.

───── *A Proper Marriage*. New York: HarperPerennial. 1954.

───── *A Ripple from the Storm*. London: Flamingo. 1958.

───── *Landlocked*. New York: HarperPerennial. 1995.

───── *The Golden Notebook*. New York: A Bantam Book. 1962.

───── *The Four─Gated City*. London: Paladin Books. 1990.

───── *Under My Skin: Volume One of My Autobiography to 1949*. New York: HarperPerennial. 1994.

───── *Walking in the Shade: Volume Two of My Autobiography, 1949 to 1962*. New York: HarperPerennial. 1997.

Perrakis, Sternberg Phyllis(ed.). *Spiritual Exploration in the Works of Doris Lessing*. Westport: Greenwood Press, 1999.

Pickering, Jean. *Understanding Doris Lessing*. Columbia: University of South California Press, 1990.

Pratt, Annis and Dembo, L. S.(ed.), *Doris Lessing*. Madison: University of Wisconsin Press, 1987.

Rich, Adrienne. *Of Woman Born: Motherhood as Experience and Institution*. New York: W. W. Norton & Company. 1995.

Rowe, Moan Margaret. *Doris Lessing*. London: The MacMillan Press Ltd., 1994.

Rubenstein, Roberta. *The Novelistic Vision of Doris Lessing*. Chicago: University of Illinois Press, 1979.

Sage, Lorna. *Doris Lessing*. London and New York: Methuen, 1983.

Schlueter, Paul(ed.). *A Small Personal Voice*. New York: Vintage Books Edition, 1975.

Singleton, Mary Ann. *The City and the Veld: The Fiction of Doris Lessing*. Cranbury: Associated University Press, Inc. 1977.

Sprague, Claire(ed.). *In Pursuit of Doris Lessing*. London: The Macmillan Press Ltd., 1990.

Vlastos, Marion. ⟨Doris Lessing and R. D. Laing: Psychopolitics and Prophesy⟩, *PMLA* March 1976. pp.245-257.

제7부
결론: 분열에서 통합으로

지금까지 필자는 도리스 레싱의 삶과 작품을 통해 20세기가 어떻게 분열의 길을 걸어왔는지 조명하였다. 그리고 레싱이 각 작품을 통해 어떻게 통합을 이루려고 노력했는지도 보았다. 레싱은 이론적으로 융의 정신분석학에 기초를 둔 통합 원리를 주장한다. 인간의 육신뿐 아니라 정신도 생물진화의 원리에 종속된다는 기본 가설을 토대로 하여 인간 정신을 변화시키려 노력하고, 그럼으로써 사회 변화도 이룰 수 있다고 믿는다. 그리고 이런 믿음에는 생물과 무생물은 물론 자연 전체, 더 나아가 우주까지 연결시키는 전체론적 우주관과, 만물계와 정신계가 하나라는 세계관까지 포함되어 있다.

　이런 이론적 토대 위에서 레싱은 우선적으로 이분법적 사고를 해체할 것을 주장한다. 예를 들어 '남성성' 대 '여성성'으로 선을 긋고 대립시키기 보다 이 둘을 뛰어넘는 행동 모델을 제안하는데, 이것은 마사가 자신 내부에 웅크리고 있는 '적' 혹은 '자기-혐오자'를 만난 뒤 자신의 진정한 정체성이 자신이 혐오하며 거짓이라고 생각하는 겉모습도 자신이 두려워하는 '적'도 아님을 발견하는 것과 같은 맥락의 사고이다. 융은 이것을 '양극성의 초월'이라고 불렀다. 《황금 노트북》에서 안나와 소올이 벌이는 한판 승부와 이 대결이 끝난 뒤 이들이 얻는 결론 역시 이것과 다를 바 없다. 이것은 또한 차이를 인정하고 존중하는 것이며, 더 나아가 나의 일부로 흡수하는 것이다. 개인의 인격 통합이 '나'와 '내가 아닌 내적 이미지들'이 서로 대화하며 화합하면서 '자아

(ego)'와 '자기(self)'와의 관계를 풍부하게 만드는 것이듯이 사회 통합은 '우리'와 '우리가 아닌 것들'이 서로 대화하며 화합하는 과정이다.

그렇다면 이런 통합 원리의 실천은 사회적 약자를 보듬는 것으로 나타나야 한다. 《황금 노트북》의 결말에서 안나가 야간학교 교사 겸 결혼상담사로 일하기로 결심하는 것이나 《폭력의 아이들》에서 마사가 좌익 활동에 몰입해 있던 과거를 회상하며 원주민의 복지를 위해 일한 것이 가장 보람 있던 일이었음을 깨닫는 것, 프란시스가 사회에 적응 못하는 사람들을 위한 공동체를 만드는 것, 마사가 결손 아이들을 돌보거나 이상감각을 가진 기형 아이들을 돌보는 것 등은 레싱의 통합 실천의 길을 선명하게 보여 준다.

본책은 1969년까지의 레싱의 작품들만을 다루었다. 레싱은 다산의 작가이며 1970년대에는 공상 우주과학 소설로, 그리고 그후에는 철저한 자기 정체성 탐구와 노년에 대한 주제로 꾸준히 관심 영역을 넓혀 나갔다.

레싱이 다룬 1960, 1970년대의 영국에서는 자본주의와 사회주의의 이념 전쟁에서 사회주의가 우위를 차지한 듯이 보인다. 그러나 1980년대를 지나 1990년대에 이르러서는 우리도 잘 알다시피 이에 대한 반발과 반작용이 일어났고, 이에 편승한 대처리즘의 부상으로 시대 정신에 큰 변화가 있었다. 언제나 시대 정신의 추이에 민감했던 레싱이므로 이에 따른 그녀의 시각의 변화와 그것이 그녀의 말기 작품에 어떻게 반영되었는지 등등 아직 레싱에 대해 연구할 여지가 많이 남아 있다.

올해 초 레싱의 신작이 발표되었다는 소식을 접하였다. 80세를 훌쩍 넘긴 최근까지도 여전히 작품 활동을 게을리하지 않고 있는 것이다.

이런 점들을 모두 고려해 볼 때 이 책은 근본적으로 미숙한 책이다. 5부작 《폭력의 아이들》을 읽으며 매 작품의 결론이 임시적일 수밖에 없음을 통감하곤 하였듯이 이 책의 결론도 임시적일 수밖에 없기 때문이다. 레싱의 최근 작품까지의 분석이 끝난 뒤에야 비로소 진정한 결론이 나오지 않을까라는 결론으로 이 책의 결론을 대신한다.

연 보

1919년 10월 22일	도리스 테일러(Doris May Talyer)가 페르시아(오늘날의 이란)의 케르만샤(Kermanshah)에서 출생. 알프레드 쿡 테일러(Alfred Cook Tayler)와 에밀리 모드 테일러(Emily Maude Tayler, 처녀때 성은 McVeague) 사이에서 첫딸로 태어남.
1921년	동생 해리(Harry) 출생.
1924년	테일러 가족이 영국에서 제국 박람회 관람.
	아프리카의 남로디지아로 출발.
	남로디지아에서 농장 구입 및 정착.
1926년	룸바부 파크(Rumbavu Park) 학교에 다님.
	어머니 모드의 병환.
1926~7년	에이번데일(Avondale) 학교에 다님.
1927~32년	수녀원 부속학교(The Roman Catholic Convent in Salisbury)에 다님.
1932~3년	솔즈베리 여자고등학교(Girls' High School in Salisbury)에 다님.
1933년	정규 학교 교육을 포기하고 이후 독자적인 독서로 교육을 대신함.
1934~6년	고향을 떠나 오페어걸로 일함.
1937년	소설을 쓰기 위해 고향에 감.
1938년	솔즈베리에서 전화교환원으로 일하기 시작.
1939년	프랭크 위즈덤(Frank Charles Wisdom)과 결혼.
	제2차 세계대전 발발.
1940년	존 위즈덤(John Wisdom) 출산.
1942년	진 위즈덤(Jean Wisdom) 출산.
	좌익단체의 정치 활동에 참여하기 시작.
1943년	프랭크 위즈덤과 이혼.

고트프리트 레싱(Gottfried Anton Lessing)과 재혼.

법률사무실에서 타이피스트로 일함.

1945년   제2차 세계대전 종전.

1947년   피터 레싱(Peter Lessing) 출산.

아버지 작고.

1947~8년   《풀잎은 노래한다》집필.

1948년   영국 시민이 됨.

1949년   고트프리트 레싱과 이혼.

피터와 함께 영국 런던에 도착.

1950년   《풀잎은 노래한다 *The Grass is Singing*》출간.

조앤 로드커를 만남.

처치 스트리트(Church Street)로 이사.

1951년   영국 공산당에 가입.

단편집 《이곳은 늙은 추장의 나라였다 *This was the Old
Chief's Country*》출간.

어머니 모드의 영국 방문.

서스맨 부인(Mrs. Sussman)에게 상담을 받기 시작.

1952년   5부작 《폭력의 아이들 *The Children of Violence*》의 첫
번째 작품 《마사 퀘스트 *Martha Quest*》출간.

공산당 작가 모임(Communist Party Writers' Group)에 가
입하여 활동.

작가협회(The society of Authors)의 운영위원으로 봉사.

'소련에 대한 작가들의 평화 호소(Authors' World Peace
Appeal to the Soviet Union)'에 파견단의 일원으로 참가.

1953년 중앙아프리카 연방(Federation of Central Africa)
결성.

《다섯: 단편 소설 *Five: Short Novels*》출간.

연극 《홍수가 나기 전에 *Before the Deluge*》런던에서 상
연. 이 연극은 《돌린저 씨 *Mr. Dolinger*》라는 제목도 갖
고 있다.

1954년	5부작 《폭력의 아이들》의 두번째 작품 《올바른 결혼 *A Proper Marriage*》 출간.
	《다섯: 단편 소설》에 실린 단편 소설 〈굶주림 Hunger〉으로 서머셋 모옴상 수상.
	워릭 로드(Warcick Road)로 이사.
	1956 영국과 프랑스의 이집트와 수에즈 운하 침공.
	소련의 헝가리 침입.
	제20차 전당대회.
	남로디지아 방문.
	영국 공산당 탈퇴.
	《순진함으로의 후퇴 *Retreat to Innocence*》 출간.
1957년	소올 그린(Saul Green)의 실제 모델 클랜시 시걸(Clancy Sigal)과 만남.
	어머니 작고.
	《귀향 *Going Home*》 출간.
	단편집 《사랑의 습관 *The Habit of Loving*》 출간.
	장남 존 위즈덤(John Wisdom) 영국 방문.
	소련의 인공위성 스푸트닉 호 발사.
1958년	핵군축 캠페인(Campaign for Nuclear Disarmament)의 올더마스톤(Aldermaston) 행진에 참여.
	5부작 《폭력의 아이들》의 세번째 작품 《폭풍의 여파 *A Ripple from the Storm*》 출간.
	연극 《각자에겐 그만의 황야가 있다 *Each His Own Wilderness*》 런던에서 상연.
	연극 《돌린저 씨》 옥스퍼드에서 상연.
	서스맨 부인에게 다시 상담받기 시작.
1959년	랭햄 스트리트(Langham Street)로 이사.
	《각자에겐 그만의 황야가 있다》 출간.
	《새로운 영국 극작가들: 세 개의 연극 *New English Dramatists: Three Plays*》 출간.

시집 《14편의 시 *Fourteen Poems*》 출간.

1960년　자서전적 에세이집 《영국적인 것을 추구하며 *In Pursuit of the English*》 출간.

연극 《빌리 뉴튼에 대한 진실 *The Truth About Billy Newton*》 월트셔의 솔즈베리에서 상연.

1961년　100인 위원회(Committee of 100)의 트라팔가(Trafalgar) 항의에 참여.

1962년　《황금 노트북 *The Golden Notebook*》 출간.

연극 《호랑이와의 놀이 *Play with a Tiger*》 런던 상연 및 출간.

채링턴 스트리트(Charrington Street)로 이사.

《풀잎은 노래한다》가 텔레비전 극으로 각색됨.

1963년　단편 소설집 《한 남자와 두 여자 *A Man and Two Women*》 출간.

1964년　《아프리카 이야기들 *African Stories*》 출간.

5부작 《폭력의 아이들》의 네번째 작품 《육지에 갇혀서 *Landlocked*》 출간.

《호랑이와의 놀이》 뉴욕 상연.

아이드리스 샤(Idries Shah)의 가르침을 통해 수피즘 연구 시작.

1966년　알렉산더 오스트로프스키(Alexander Ostrovsky)의 연극 《폭풍 *The Storm*》을 레싱이 번역하여 런던에서 상연.

텔레비전극 《제발 방해하지 마세요 *Please Do Not Disturb*》와 《보살핌과 보호 *Care and Protection*》를 씀.

모파상의 작품들을 텔레비전 극으로 공동 각색.

단편집 《검은 마돈나 *The Black Madonna*》 출간.

1967년　자서전적 에세이집 《특히 고양이들은 *Particularly Cats*》 출간.

〈남자들끼리는 Between Men〉이라는 단편 소설을 텔레비전극으로 각색.

1969년	5부작 《폭력의 아이들》의 다섯번째 작품이자 마지막 작품인 《사대문의 도시 The Four-Gated City》 출간.
	미국 여행.
1971년	《지옥으로의 하강에 대한 짧은 보고서 Briefing For a Descent Into Hell》 출간.
1972년	단편집 《잭 오크니의 유혹 The Temptation of Jack Orkney》 뉴욕에서 출간.
	위의 단편집이 영국에서는 《결혼하지 않는 남자에 대한 이야기와 기타 이야기들 The Story of a Non-Marrying Man and Other Stories》이라는 제목으로 출간.
1973년	《어둠 직전의 그 여름 The summer Before the Darkness》 출간.
	교과서에 수록될 단막극 《노래하는 문 The Singing Door》을 씀.
	아프리카에 관한 이야기들을 모두 망라한 단편집 《그들의 발 사이에 있는 태양 The Sun Between Their Feet》과 《이곳은 늙은 추장의 나라였다》 출간.
1974년	두번째 미국 여행.
	《한 생존자의 비망록 The Memoirs of a Survivor》 출간.
	에세이 모음집 《작은 개인적인 목소리》 출간.
1976년	외국인에게 주는 프랑스의 메디치상(Prix Medicis for Foreigners) 수상.
1978년	영국에 관한 이야기들을 모두 망라한 단편집 《19번 방으로 To Room Nineteen》와 《잭 오크니 Jack Orkney》 출간.
1979년	5부작 《아르고스의 카노푸스 제국 Canopus in Argos》의 첫번째 작품 《시카스타 Shikasta》 출간.
	소련의 아프가니스탄 침공.
1980년	5부작 《아르고스의 카노푸스 제국》의 두번째 작품 《제3, 4,5지대 사이의 결혼 The Marriages Between Zones Three, Four and Five》 출간.

1981년	5부작 《아르고스의 카노푸스 제국》의 세번째 작품 《시리
	우스인들의 실험 *The Sirian Experiments*》 출간.
1982년	5부작 《아르고스의 카노푸스 제국》의 네번째 작품 《제 8
	행성에 보낼 대표 만들기 *The Making of the Represen-*
	tative for Planet 8》 출간.
	서독의 함부르커 스티프퉁(The West German Hamburger
	Stiftung)의 셰익스피어상 수상.
	오스트리아의 유럽문학상(Austrian State Prize for Euro-
	pean Literature) 수상.
	스페인 여행.
	아프리카 여행.
	일본 여행.
1983년	5부작 《아르고스의 카노푸스 제국》의 다섯번째 작품 《볼
	린 제국의 감성적 관리들에 관한 문서 *Documents Relating*
	to the Sentimental Agents in the Volyen Empire》 출간.
	제인 소머스(Jane Somers)라는 익명으로 《어느 좋은 이웃
	의 일기 *Diary of a Good Neighbour*》 출간.
1984년	제인 소머스라는 익명으로 《만약 노인이 할 수 있다면 *If*
	the Old Could》 출간.
	캐나다 방문.
	세번째 미국 여행.
	《제인 소머스의 일기들 *The Diaries of Jane Somers*》이
	라는 제목으로 《어느 좋은 이웃의 일기》와 《만약 노인이
	할 수 있다면》 출간.
1985년	샌프란시스코에서 아프가니스탄 구조를 위한 좌담.
	CBS 라디오 방송에서 5회 연속으로 강연.
	열아홉번째 소설 《선량한 테러리스트 *The Good*
	Terrorist》출간.
1987년	《다섯번째 아이 *The Fifth Child*》 출간.
	CBS 라디오 방송 강연집 《우리가 선택한 감옥 *Prisons*

We Chose to Live Inside》 출간.

《바람은 우리의 말을 날려 버린다 *The Wind Blows Away Our Words*》 출간.

1988년　《제8행성에 보낼 대표 만들기》의 오페라 대본 출간.

1989년　《특히 고양이들은 그리고 더 많은 고양이들 *Particularly Cats and More Cats*》 출간.

1991년　《특히 고양이들은 (…) 그리고 루퍼스 *Particularly Cats (…) and Rufus*》 출간.

1992년　《아르고스의 카노푸스 제국》의 다섯 작품이 한 권으로 뉴욕에서 출간.

《아프리카식 웃음: 짐바브웨 방문 *African Laughter: Four visits to Zimbabwe*》 출간.

단편집 《내가 관찰한 런던 *London Observed*》 런던에서 출간.

위의 단편집이 미국에서는 《진정한 것: 이야기들과 스케치들 *The Real thing: Stories and Sketches*》이라는 제목으로 출간.

1994년　자서전 《피부 아래에서: 자서전 제1권, 1949년까지 *Under My Skin: Volume One of My Autobiography, to 1949*》 출간.

1996년　《사랑이여 다시 *Love Again*》 출간.

1997년　자서전 《그늘 속을 거닐며: 1949년~1962년 *Walking in the Shade: 1949 to 1962*》 출간.

《제3,4,5지대 사이의 결혼》의 오페라 대본 출간.

1999년　《마라와 단 *Mara and Dan*》 출간.

2001년　《세상 속의 벤 *Ben, in the World*》 출간.

2002년　《가장 달콤한 꿈 *The Sweetest Dream*》 출간.

2004년　《할머니들: 4개의 단편 소설 *Grandmothers: Four Short Novels*》 출간.

색 인

민경숙

이화여자대학교 졸업(전공 영문학, 부전공 불문학)

프랑스 파리 3대학 비교문학(영문학과 불문학) 박사

이화여대, 외국어대, 경원대 강사 역임

현재 용인대학교 산업정보대학 국제학부 부교수

역서: 《해체비평》(크리스토퍼 노리스, 한신문화사)

《과학과 젠더》(이블린 폭스 켈러, 東文選)

《유인원, 사이보그, 그리고 여자》(다나 해러웨이, 東文選)

저서: 《조셉 콘래드》(건국대학교출판부)

문예신서
278

도리스 레싱: 20세기 여성의 초상

초판발행 : 2004년 9월 20일

지은이 : 민경숙
펴낸곳 : 東文選
제10-64호, 78. 12. 16 등록
110-300 서울 종로구 관훈동 74
전화 : 737-2795

편집설계 : 李姃旻

ISBN 89-8038-503-X-94800
ISBN 89-8038-000-3 (세트/문예신서)

【東文選 現代新書】

31 동양회화미학	崔炳植	18,000원
32 性과 결혼의 민족학	和田正平 / 沈雨晟	9,000원
33 農漁俗談辭典	宋在璇	12,000원
34 朝鮮의 鬼神	村山智順 / 金禧慶	12,000원
35 道敎와 中國文化	葛兆光 / 沈揆昊	15,000원
36 禪宗과 中國文化	葛兆光 / 鄭相泓 · 任炳權	8,000원
37 오페라의 역사	L. 오레이 / 류연희	절판
38 인도종교미술	A. 무케르지 / 崔炳植	14,000원
39 힌두교의 그림언어	안넬리제 外 / 全在星	9,000원
40 중국고대사회	許進雄 / 洪 熹	30,000원
41 중국문화개론	李宗桂 / 李宰碩	23,000원
42 龍鳳文化源流	王大有 / 林東錫	25,000원
43 甲骨學通論	王宇信 / 李宰碩	40,000원
44 朝鮮巫俗考	李能和 / 李在崑	20,000원
45 미술과 페미니즘	N. 부루드 外 / 扈承喜	9,000원
46 아프리카미술	P. 윌레뜨 / 崔炳植	절판
47 美의 歷程	李澤厚 / 尹壽榮	28,000원
48 曼茶羅의 神들	立川武藏 / 金龜山	19,000원
49 朝鮮歲時記	洪錫謨 外 / 李錫浩	30,000원
50 하 상	蘇曉康 外 / 洪 熹	절판
51 武藝圖譜通志 實技解題	正 祖 / 沈雨晟 · 金光錫	15,000원
52 古文字學첫걸음	李學勤 / 河永三	14,000원
53 體育美學	胡小明 / 閔永淑	10,000원
54 아시아 美術의 再發見	崔炳植	9,000원
55 曆과 占의 科學	永田久 / 沈雨晟	8,000원
56 中國小學史	胡奇光 / 李宰碩	20,000원
57 中國甲骨學史	吳浩坤 外 / 梁東淑	35,000원
58 꿈의 철학	劉文英 / 河永三	22,000원
59 女神들의 인도	立川武藏 / 金龜山	19,000원
60 性의 역사	J. L. 플랑드렝 / 편집부	18,000원
61 쉬르섹슈얼리티	W. 챠드윅 / 편집부	10,000원
62 여성속담사전	宋在璇	18,000원
63 박재서희곡선	朴栽緒	10,000원
64 東北民族源流	孫進己 / 林東錫	13,000원
65 朝鮮巫俗의 硏究(상 · 하)	赤松智城 · 秋葉隆 / 沈雨晟	28,000원
66 中國文學 속의 孤獨感	斯波六郎 / 尹壽榮	8,000원
67 한국사회주의 연극운동사	李康列	8,000원
68 스포츠인류학	K. 블랑챠드 外 / 박기동 外	12,000원
69 리조복식도감	리팔찬	20,000원
70 娼 婦	A. 꼬르뱅 / 李宗旼	22,000원
71 조선민요연구	高晶玉	30,000원
72 楚文化史	張正明 / 南宗鎭	26,000원

1005 바흐: 브란덴부르크 협주곡	M. 보이드 / 김지순	18,000원
2001 우리 아이들에게 어떤 지표를 주어야 할까?	J. L. 오베르 / 이창실	16,000원
2002 상처받은 아이들	N. 파브르 / 김주경	16,000원
2003 엄마 아빠, 꿈꿀 시간을 주세요!	E. 부젱 / 박주원	16,000원
2004 부모가 알아야 할 유치원의 모든 것들	N. 뒤 소수아 / 전재민	18,000원
2005 부모들이여, '안 돼'라고 말하라!	P. 들라로슈 / 김주경	19,000원
2006 엄마 아빠, 전 못하겠어요!	E. 리공 / 이창실	18,000원
3001 《새》	C. 파글리아 / 이형식	13,000원
3002 《시민 케인》	L. 멀비 / 이형식	근간
3101 《제7의 봉인》 비평연구	E. 그랑조르주 / 이은민	근간
3102 《쥘과 짐》 비평연구	C. 르 베르 / 이은민	근간

【기 타】

▨ 모드의 체계	R. 바르트 / 이화여대기호학연구소	18,000원
▨ 라신에 관하여	R. 바르트 / 남수인	10,000원
▨ 說 苑 (上·下)	林東錫 譯註	각권 30,000원
▨ 晏子春秋	林東錫 譯註	30,000원
▨ 西京雜記	林東錫 譯註	20,000원
▨ 搜神記 (上·下)	林東錫 譯註	각권 30,000원
■ 경제적 공포[메디치賞 수상작]	V. 포레스테 / 김주경	7,000원
■ 古陶文字徵	高 明·葛英會	20,000원
■ 그리하여 어느날 사랑이여	이외수 편	4,000원
■ 딸에게 들려 주는 작은 지혜	N. 레호레이트너 / 양영란	6,500원
■ 노력을 대신하는 것은 없다	R. 쉬이 / 유혜련	5,000원
■ 노블레스 오블리주	현택수 사회비평집	7,500원
■ 미래를 원한다	J. D. 로스네 / 문 선·김덕희	8,500원
■ 사랑의 존재	한용운	3,000원
■ 산이 높으면 마땅히 우러러볼 일이다	유 향 / 임동석	5,000원
■ 서기 1000년과 서기 2000년 그 두려움의 흔적들	J. 뒤비 / 양영란	8,000원
■ 서비스는 유행을 타지 않는다	B. 바게트 / 정소영	5,000원
■ 선종이야기	홍 희 편저	8,000원
■ 섬으로 흐르는 역사	김영회	10,000원
■ 세계사상	창간호~3호: 각권 10,000원 / 4호: 14,000원
■ 십이속상도안집	편집부	8,000원
■ 얀 이야기 ① 얀과 카와카마스	마치다 준 / 김은진·한인숙	8,000원
■ 어린이 수묵화의 첫걸음(전6권)	趙 陽 / 편집부	각권 5,000원
■ 오늘 다 못다한 말은	이외수 편	7,000원
■ 오블라디 오블라다, 인생은 브래지어 위를 흐른다	무라카미 하루키 / 김난주	7,000원
■ 이젠 다시 유혹하지 않으련다	P. 쌍소 / 서민원	9,000원
■ 인생은 앞유리를 통해서 보라	B. 바게트 / 박해순	5,000원
■ 자기를 다스리는 지혜	한인숙 편저	10,000원
■ 천연기념물이 된 바보	최병식	7,800원

■ 原本 武藝圖譜通志	正祖 命撰	60,000원
■ 테오의 여행 (전5권)	C. 클레망 / 양영란	각권 6,000원
■ 한글 설원 (상·중·하)	임동석 옮김	각권 7,000원
■ 한글 안자춘추	임동석 옮김	8,000원
■ 한글 수신기 (상·하)	임동석 옮김	각권 8,000원

【이외수 작품집】

■ 겨울나기	창작소설	7,000원
■ 그대에게 던지는 사랑의 그물	에세이	8,000원
■ 그리움도 화석이 된다	시화집	6,000원
■ 꿈꾸는 식물	장편소설	7,000원
■ 내 잠 속에 비 내리는데	에세이	7,000원
■ 들 개	장편소설	7,000원
■ 말더듬이의 겨울수첩	에스프리모음집	7,000원
■ 벽오금학도	장편소설	7,000원
■ 장수하늘소	창작소설	7,000원
■ 칼	장편소설	7,000원
■ 풀꽃 술잔 나비	서정시집	6,000원
■ 황금비늘 (1·2)	장편소설	각권 7,000원

【조병화 작품집】

■ 공존의 이유	제11시집	5,000원
■ 그리운 사람이 있다는 것은	제45시집	5,000원
■ 길	애송시모음집	10,000원
■ 개구리의 명상	제40시집	3,000원
■ 그리움	애송시화집	7,000원
■ 꿈	고희기념자선시집	10,000원
■ 따뜻한 슬픔	제49시집	5,000원
■ 버리고 싶은 유산	제1시집	3,000원
■ 사랑의 노숙	애송시집	4,000원
■ 사랑의 여백	애송시화집	5,000원
■ 사랑이 가기 전에	제5시집	4,000원
■ 남은 세월의 이삭	제52시집	6,000원
■ 시와 그림	애장본시화집	30,000원
■ 아내의 방	제44시집	4,000원
■ 잠 잃은 밤에	제39시집	3,400원
■ 패각의 침실	제 3시집	3,000원
■ 하루만의 위안	제 2시집	3,000원

【세르 작품집】

■ 동물학	C. 세르	14,000원
■ 블랙 유머와 흰 가운의 의료인들	C. 세르	14,000원

■ 비스 콩프리	C. 세르	14,000원
■ 세르(평전)	Y. 프레미옹 / 서민원	16,000원
■ 자가 수리공	C. 세르	14,000원

【동문선 쥬네스】

■ 고독하지 않은 홀로되기	P. 들레름·M. 들레름 / 박정오	8,000원
■ 이젠 나도 느껴요!	이사벨 주니오 그림	14,000원
■ 이젠 나도 알아요!	도로테 드 몽프리드 그림	16,000원